KB241576

기찻길
옆 동네

김남중 1972년 전북 익산에서 태어나 원광대 국문과를 졸업했다. 제9회 MBC 창작동화상, 제5회 문학동네어린이문학상을 받았고, 『기찻길 옆 동네』로 제8회 창비 '좋은 어린이책' 원고 공모 창작부문 대상을 받았다. 지은 책으로 『황토』『덤벼라, 곰!』『자존심』『붕어 낚시 삼총사』『주먹곰을 지켜라』 등이 있다.

류충렬 한국화 화가로 활동중이며, 여러 차례의 개인전과 단체전을 통해 우리 민족의 정서와 참모습을 보여주려고 노력해왔다. 그동안 『고태오 할아버지가 들려주는 마지막 말테우리』『해일』『종이학』『이지누의 집 이야기』『제암리를 아십니까』 등에 그림을 그렸다.

기찻길 옆 동네

ⓒ 김남중, 류충렬 2007

2007년 11월 10일 초판 1쇄 발행
2021년 10월 19일 초판 5쇄 발행

지은이 | 김남중
그린이 | 류충렬
펴낸이 | 강일우
책임편집 | 유용민
표지디자인 | 이선희
펴낸곳 | (주)창비
등록 | 1986. 8. 5. 제85호
주소 | 10881 경기도 파주시 회동길 184
전화 | 031-955-3333
팩스 | 031-955-3399(영업), 3400(편집)
홈페이지 | www.changbikids.com
전자우편 | enfant@changbi.com

ISBN 978-89-364-3360-4 03810

* 이 책 내용의 일부 또는 전부를 다시 쓰려면
  반드시 저작권자와 창비 양측의 동의를 얻어야 합니다.
* 책값은 뒤표지에 표시되어 있습니다.

기찻길 옆 동네

김남중 지음 · 류충렬 그림

창비

차
례

1. 낯선 남자

　가을저녁 하늘이 깊은 팔월 오후였다. 드문드문 흰 구름 몇 개는 그려진 듯 움직이지 않았고 쏟아지는 햇살은 바늘같이 따가웠다. 움직일 수 있는 건 모두 그늘 속에 숨어 버려 동네는 우물 속처럼 고요했다. 파리들만 지치지도 않고 잉잉거렸다.

　신작로 옆 당산나무 그늘에서는 아이들이 낮잠을 자고 있었다. 삼백 년이 넘은 당산나무 둥치의 안쪽은 대부분이 불에 그을려 반이 넘게 비어 있었다. 아이들 사이에서는 일제 시대 때 당산나무를 죽이려 일본군이 불을 놓았다는 이야기가 전해지고 있었다. 그렇지만 여전히 창창한 나무는 해마다 새잎이 짙어 넓고 시원한 그늘을 만들어 주었다.

　나무 옆 군데군데 풀이 돋아난 기와지붕을 인 정자는 환갑이 지난 할아버지들의 마실 터였다. '모정'이라 부르는 이 정자에 감히 올라가지 못하고 아이들은 당산나무 밑에 살 빠진 돗자리를 펴고 여름을 보냈다. 동네 아이들이 모이면 나이순, 주먹순대로 순서가 정해졌다. 그 순서대로 이제 열한 살인 선학이는 돗자리의 가장자리를 제 자리로 받았다. 내년 여름이면 선학이 자리는 좀 더 안쪽으로 옮겨 갈 터였다. 그렇게 몇 년이 지나 중학교를 졸업할 때가 되면 머리가 굵어진 아이들은 미련 없이 나무 밑을 떠난다. 하지만 그건 먼 훗날일 뿐, 올해 겨우 당산나무 그늘로 들어온 선학이는 안쪽으로 옮겨 갈 내년 여름도 까마득할 뿐이었다.

"하아아아암!"

누군가 돌아누우며 길게 하품을 내뱉었지만 아무도 움직이지 않았다. 철 만난 매미들만 하늘이 찢어지게 목청을 높였다. 한 무리가 쉬면 다른 무리가 곧 뒤를 따랐다. 귀가 따가운 소리였지만 듣다 보면 있어도 없는 듯 익숙해졌다. 잠에 취한 사람들은 팔베개를 고쳐 돌아누울 뿐이었다.

"부릉, 부르릉, 부르르릉."

한껏 높아진 자동차 엔진 소리가 들렸다. 말똥한 눈을 애써 감고 있던 선학이는 자기도 모르게 벌떡 몸을 세웠다.

"부르르르릉, 부르르릉."

구름다리를 올라오는 자동차 소리는 숨이 넘어갈 듯 가빴다. 이윽고 짐을 꽁꽁 묶은 트럭 한 대가 나타났다. 내리막길에 들어선 트럭은 언제 힘들었냐는 듯 힘찬 엔진 소리를 내며 순식간

에 모정 앞에 다다랐다. 먼지구름을 일으키며 쇳소리와 함께 트럭이 멈추자 선학이는 팔꿈치로 옆자리의 승제와 병철이를 쿡 찔렀다.

"일어나 봐. 차 왔어!"

"나도 알아."

먼지구름이 채 가라앉기도 전에 누군가 트럭에서 뛰어내렸다. 하얀 반팔 와이셔츠에 검은 구두를 신은 삼십대 후반의 남자였다. 남자는 누군가를 찾는 듯 주위를 두리번거렸지만 모정 안의 할아버지들은 트럭 소리가 시끄럽다는 듯 돌아누워 버릴 뿐이었다. 두리번거리다가 아이들과 눈이 마주치자 남자가 한 손을 흔들었다. 선학이도 엉겁결에 고개를 꾸벅 숙였다. 남자는 성큼성큼 당산나무를 향해 걸어왔다. 선학이와 병철이, 승제는 주춤주춤 자리에서 일어나 햇살 속으로 걸어 나갔다. 남자는 웃으며 아이들을 향해 말했다.

"얘들아, 말 좀 묻자. 모현 교회가 어디냐?"

"교회요?"

승제가 말을 받았다. 세 아이들은 서로 얼굴을 바라보았다. 물론 아이들은 모현 교회를 알고 있었다. 모현 교회는 현내 언덕에서 가장 높은 곳에 있는 건물로, 이 년 전 마지막 목사였던 조 목사가 시내 교회로 옮긴 다음부터 내내 비어 있었다. 먼지 투성이에다 귀신이 나올 것처럼 생긴 모현 교회는 낮에는 동네 아이들의 놀이터였고 밤이면 취한 사람이 드러눕거나 동네 형

10

들이 모이는 장소가 되어 버렸다. 아이들은 그런 모현 교회를 '본부'라고 불렀다.

"몰라? 아무도?"

마음이 급한지 남자는 거듭 물었다. 승제가 입을 열었다.

"저 앞에서 위로 올라가면 돼요. 저기 십자가 보이죠?"

남자의 눈길이 승제가 뻗은 손가락 끝을 좇았다. 승제가 가리키는 십자가는 언덕 동네의 꼭대기에 솟은 종탑에 달려 있었다. 철골로 어설프게 올린 녹슨 종탑 위에는 한 말들이 석유통만한 종이 달려 있었지만 종소리를 들은 게 언제인지 가물가물했다.

"아, 저기구나! 고맙다."

남자는 웃는 얼굴로 돌아섰다. 승제가 쪼그려 앉으며 말했다.

"교회에는 왜 가지?"

남자가 올라타자 트럭은 부릉대며 좁은 길에서 어렵사리 방향을 돌렸다. 승제와 병철이는 다시 돗자리에 누웠지만 선학이는 눈으로 트럭을 좇았다. 비틀비틀 멀어지는 트럭 창에서 여자애가 얼굴을 내밀고 선학이 쪽을 바라보고 있었다. 긴 머리카락이 깃발처럼 바람에 날렸다.

해가 서쪽으로 내려올수록 당산나무 그늘은 동쪽으로 길게 뻗쳤다. 아이들은 자리에서 일어나 기지개를 켰다. 오후 내내 잠들지 못한 선학이는 벌떡 일어났지만 나머지 아이들은 정신이 들 때까지 멍한 얼굴로 앉아 있었다.

“야! 저 트럭 뭐냐?”

중학교 이 학년인 이오가 물었다. 무당집 아들인 이오는 당산나무 아래 아이들의 대장이었다.

“이사 왔나 봐요.”

“이사?”

승제의 대답에 이오의 고개가 갸우뚱거렸다. 현내에 사는 사람들은 이사 다닐 때 트럭을 부르는 법이 없었다. 손수레 두세 개면 온 집안 짐을 다 꾸릴 수 있기 때문이었다.

“구경이나 가 볼까?”

아이들은 이오를 따라 어슬렁어슬렁 걸음을 옮겼다. 트럭은 언덕 동네로 올라가는 길목에 세워져 있었다. 짐칸을 활짝 열어 놓고 짐을 내리던 트럭 운전사가 아이들을 흘깃 보고는 다시 짐에 달라붙었다. 길을 묻던 남자가 손수레를 끌고 골목길을 내려왔다. 트럭이 좁은 길을 올라갈 수 없으니 손수레를 빌린 모양이었다. 손수레에는 무릎에 찰랑대는 풀색 멜빵치마를 입은 여자 애가 타고 있었다. 손수레가 트럭 옆에 서기도 전에 여자 애가 손수레에서 뛰어내렸다. 남자는 아이들을 돌아보며 반가운 얼굴로 인사를 건넸다.

“안녕, 애들아!”

아무 대답이 없자 남자는 머리를 긁적였다. 트럭 운전사가 남자를 재촉했다.

“목사님, 짐이나 빨리 내립시다. 이게 뭡니까? 인부도 한 명

안 사고."

"미안하게 됐습니다. 도와줄 사람이 있을 것 같았는데
요……"

트럭에서 짐을 내리는 운전사의 손길이 사뭇 거칠었다. 남자
는 큰 잘못이라도 저지른 것 같은 표정으로 짐을 건네받아 손수
레에 실었다. 아이들의 눈길이 짐에 모아졌다. 학교 음악실에도
있는 큰북과 작은북이 제일 먼저 눈에 띄었다. 오르간도 있었
고, 큼지막한 십자가도 내려졌다. 손수레가 두어 번 더 오르내
리자 트럭의 짐칸이 비었다. 트럭 운전사는 검은 천으로 된 옷
가방 서너 개를 서둘러 내린 다음 고무 빗줄과 덮개용 방수 천
을 서둘러 갈무리했다. 손수레가 다시 비탈길을 내려왔다. 여자
애도 종종걸음으로 따라왔다. 남자에게서 돈을 건네받은 운전사
는 트럭을 몰고 붕붕대며 구름다리를 지나 사라졌다. 마지막 짐
을 손수레에 실은 남자가 둘러선 아이들에게 큰 소리로 물었다.

"너희들 이 동네 사냐?"

몇몇 아이들이 고개를 끄덕였다. 남자는 얼굴을 기억해 두겠
다는 듯 꼼꼼하게 아이들을 한 명 한 명 바라보았다.

"반갑구나. 나는 모현 교회에 새로 온 목산데, 앞으로 자주 만
나자."

울림이 좋은 남자의 목소리에 아이들의 고개가 저도 모르게
끄덕여졌다. 남자는 씩 웃으며 손수레의 손잡이를 쥐었다. 여자
애가 손수레를 밀려고 하자 남자가 말했다.

"이번 짐은 안 밀어도 되겠다. 옷 가방이라서 가벼워."

여자 애는 고개를 숙이고 손수레 옆을 따라 걸었다.

골목길을 올라가는 손수레를 보며 이오가 갈라진 앞니 사이로 침을 찍 뱉었다.

"새로 온 목사라고? 이번에는 얼마나 가는지 보자."

이오는 중학교에 다니는 아이들만 데리고 고현 초등학교 쪽으로 가 버렸다. 남은 아이들은 구름다리 옆 빈터에 모였다. 구름다리를 가운데 두고 빈터의 반대편은 연탄 공장이었다. 시커먼 석탄 가루들이 산처럼 쌓여 있었고, 석탄 가루를 공장으로 나르는 컨베이어 벨트가 넓적한 길처럼 뻗어 있었다. 빈터에서 연탄 공장으로 통하는 길은 동굴처럼 커다란 터널이었다. 아이들은 그늘이 져 어둑한 터널에 모여 이야기를 주고받았다.

"야! 아까 그 애 봤냐? 예쁘더라!"

"예쁘기는, 비실비실 갈비씨더만."

"너보다 비실댈라고."

"뭐?"

승제가 비꼬자 병철이가 주먹을 쥐어 보였다. 선학이는 발로 툭툭 석탄 더미를 걷어찼다. 철호가 말렸다.

"먼지 나. 하지 마."

들은 척도 안 하고 굵은 알을 골라 차던 선학이가 갑자기 멈칫했다.

"온다."

승제와 병철이가 말싸움을 멈추고 선학이를 돌아보았다.

"진짜?"

"들어 봐!"

귀를 기울일 필요도 없었다. 곧 "빼애애애액" 기적 소리가 들렸고 "치이익, 치이익, 치익, 치익" 김 빠지는 소리가 점점 빨라졌다. 아이들은 뒤질세라 구름다리로 뛰어갔다. 코앞에 보이는 이리역에서 출발한 증기 기관차가 천천히 달려오고 있었다. 석탄보다 시커먼 증기 기관차는 하늘을 가릴 듯이 연기를 뿜고 있었다. 힘차게 돌고 있는 바퀴 쪽에서 하얀 수증기가 쉴 새 없이 뿜이져 나왔다. 먹구름 같은 연기 사이로 불꽃이 번개처럼 번득였다. 구름다리가 가까워지자 증기 기관차는 귀를 찢을 듯 기적을 울렸다.

"빼애애애액, 빼애애애액!"

아이들은 주춤주춤 뒷걸음질쳤다. 순식간에 구름다리를 통과한 증기 기관차는 북쪽을 향해 점점 속도를 더했다. 길게 매단 화물차의 꼬리가 구름다리를 통과할 때쯤 증기 기관차는 한 번 더 기적을 울렸지만 다가올 때의 기적 소리보다는 무섭지 않았다. 연하게 풀린 석탄 연기 냄새가 바람결에 풍겨 왔다. 아이들은 재빨리 구름다리 위로 달려갔다. 덩어리진 연기가 저도 기차인 것처럼 줄을 지어 하늘로 올라가고 있었다.

기차가 지나가자 아이들은 구름다리를 내려왔다. 온통 노을진 하늘 아래, 하루 일을 끝낸 사람들이 구름다리 옆 건널목을 지나 동네로 돌아오고 있었다. 자전거 뒤에 공구 가방을 묶은 아저씨들과 머리에 함지박을 인 아주머니들이 건널목의 차단기가 올라가기를 기다리며 서로서로 인사를 주고받았다. 잠시 후 왁자지껄 시끄러운 사람들 앞으로 기차가 지나갔다. 이번에는 사람들을 가득 실은 여객차였고 기관차는 연기가 나지 않는 디젤 기관차였다.

아이들은 디젤 기관차에는 별 관심이 없었다. 소리며 연기가 무시무시한 증기 기관차만이 아이들의 관심거리였다. 증기 기관차가 지나갈 때 구름다리 제일 높은 곳에 올라간 아이는 용기를 인정받을 수 있었지만 대부분 중학생이 되어야 그럴 수 있었고, 선학이 또래는 아무리 용기를 내도 구름다리의 어깨 부분 이상은 올라갈 수 없었다. 증기 기관차가 올 때마다 아이들은 구름다리로 몰려갔지만 누구도 용기를 내어 연기 속으로 뛰어들지 못했다. 기차가 지나갈 때까지 구름다리의 꼭대기에서 버틸 수 있는 건 중학생 몇몇에 지나지 않았고 그중 으뜸은 이오였다. 구름다리 위에서 이미 몇 번이나 기차를 내려다본 중학생들은 더는 구름다리에서 놀지 않았다.

건널목 앞에서 서성대던 아이들은 곧 부모를 만나 하나 둘씩 집으로 돌아갔다. 할머니와 단둘이 사는 병철이는 일찌감치 혼자서 집으로 돌아갔다. 어른들은 약속이라도 한 것처럼 자전거 손잡이에 수박을 한 덩이씩 매달고 있었다. 선학이도 건널목 옆에 앉아 아버지를 기다렸지만 아버지는 좀처럼 돌아오지 않았

다. 하늘이 완전히 어두워져 가로등이 환해지기 시작해서야 건
널목 너머에서 선학이 아버지 모습이 보였다.

"아빠!"

"오냐, 오냐, 내 새끼. 아빠 기다렸냐?"

선학이 아버지는 선학이의 머리를 거칠게 쓰다듬었다. 얼굴
이 붉게 달아오른 아버지의 숨결에서 막걸리 냄새가 흠뻑 풍겼
다. 선학이는 자전거에 수박이 없어 실망했지만 표를 내지는 않
았다. 둘은 자전거를 사이에 두고 집을 향해 걸었다. 길옆으로
띄엄띄엄 '실비집' '현내 전자' '새마을 철물' '서울 이발소' 같은
가게들이 불을 밝히고 있었다. 집으로 들어가는 골목 어귀의
'세창 상회'에 나나르자 선학이 아버지가 걸음을 멈췄다.

"선학아, 뭐 먹고 싶은 거 없냐?"

선학이 아버지는 무슨 일인지 퍽 기분이 좋은 것 같았다. 선
학이는 기회를 놓치지 않고 초코파이를 집어 들었다. 더운 날씨
때문에 초콜릿이 녹아 있어 손으로 집어 들자마자 뭉개졌지만
입 안에서 녹아내리는 달콤한 맛이 다른 어떤 과자보다 맛있었
다. 어머니에게 들키기 전에 먹어 치우려고 한입에 몰아넣은 초
코파이를 우물대며 집안으로 들어서던 선학이는 못 박힌 듯 문
가에 우뚝 서 버렸다. 좁은 마루에 앉아 있는 여자 애와 눈이 마
주쳤기 때문이었다.

선학이 아버지를 본 여자 애가 공손하게 인사를 했다. 선학이
보다 아버지가 더 놀란 듯했다. 열려 있는 작은방 문틈으로 빼

곡한 짐 보따리며 책 묶음이 보였다.

"안녕하세요."

"어? 오냐, 오냐. 그런데 넌 누구냐?"

"오늘 이사 왔어요. 아빠도 인사드린다고 기다리시다가 교회에 잠깐 다녀온다고 나가셨어요."

"교회? 아! 네가 광주에서 온다는 그 집 아이구나. 이름이 뭐냐?"

"서경이에요. 이서경요."

왠지 등이 간질거렸지만 곧 선학이 어머니가 돌아오면서 어색함이 덜해졌다. 선학이 어머니는 서경이네 짐 정리도 도와주고 저녁도 챙겨 주었다. 잠깐 다녀온다던 서경이 아버지는 밤이 늦도록 돌아오지 않았고 기다리던 선학이네 가족은 먼저 잠자리에 들었다.

"애하고 애아빠 둘뿐이라고?"

"예, 홀아비래요."

선학이는 잠든 척하면서 오가는 이야기에 쫑긋 귀를 세우고 있었다. 선학이 아버지는 아랫방 남자가 홀아비인 것보다 목사라는 게 더 마음에 걸리는 모양이었다.

"교회 다니라고 귀찮게 하면 어쩌지?"

"어쩌기는요, 이참에 당신도 교회 한번 다녀 봐요."

"내가 팔자 편하게 교회나 다니면 우리 식구는 누가 먹여 살린대?"

선학이 어머니가 피식 웃었다. 벽에 걸린 모기장 너머 열린 들창으로 하얀 달빛이 쏟아져 들어오고 있었다.

"바쁠 때 말고요. 놀 때 다니면 되잖아요."

"교회 다니는 사람들이 모이면 시끄러울 텐데."

"그런 걱정은 말아요. 아랫방은 네 사람 누우면 땡인데 누가 거기서 모이겠어요?"

선학이 어머니 말이 맞았다. 손바닥만한 마당을 가운데 두고 기역 자로 연결된 선학이네 안방과 아랫방은 근처 집들 중에선 넓은 편이었지만, 그래 봐야 모기장 넓이만했다. 선학이는 달빛을 보며 곰곰이 생각에 잠겼다.

'우리 집에서 산다고? 그 애가?'

시간이 얼마나 흘렀을까? 양철 문이 삐그덕 조심스레 열렸다. 교회 짐 정리를 마친 남자가 돌아오는 소리였다.

"이제 오세요?"

"아직 안 잤냐?"

소곤거리는 소리에 이어 물소리가 조심스럽게 찰랑대다가 곧 잠잠해졌다. 선학이 아버지의 코 고는 소리만 마당에 울려 퍼졌다.

2. 달 뜨는 동네

"이준행이라고 합니다. 앞으로 잘 부탁드리겠습니다."

"예, 목사님 집처럼 편하게 지내십시오."

새벽같이 일어난 선학이 아버지와 이 목사는 두 손으로 공손하게 악수를 나눴다. 선학이 어머니가 아랫방에 딸린 부엌에서 달그락대는 서경이를 불렀다.

"애, 서경아! 좀 나와 볼래?"

"네, 아줌마."

서경이가 행주에 손을 닦으며 나오자 선학이 어머니가 찌개 냄비를 쟁반에 담아 건넸다.

"이거 아침상에 올려라. 아직 부엌살림 정리도 안 됐을 텐데."

"감사합니다."

서경이는 인사를 꾸벅 한 다음 쟁반을 받아 들고 작은 부엌으

로 들어갔다. 잠시 후 나무 소반을 조심스럽게 받쳐 든 서경이
가 방으로 들어갔다.

이른 아침 식사가 끝나자 선학이 아버지는 서둘러 자전거에
연장 가방을 묶고 일하러 나갔다. 칠월 장마가 끝나면서 건축
일이 많아졌기 때문에 선학이 아버지는 쉬는 날 없이 바빴다.

선학이 아버지는 집을 짓는 집 목수였다. 커다란 장도리와 못
가방을 허리에 차고 전봇대만한 나무 기둥과 방바닥처럼 넓은
합판을 뚝딱뚝딱 슥슥싹싹 손쉽게 종이처럼 오리고 붙여 집의
뼈대를 만들었다.

'아빠가 나중에 도목수가 되면 우리 신학이 사 달라는 건 다
사 주마.'

'자전거도?'

'그럼, 제일 비싼 놈으로 사 주지.'

선학이 아버지의 꿈은 집 목수들의 대장 격인 도목수가 되는
것이었다. 밑으로 목수를 몇 명 두고 미장이며 잡부를 손발처럼
부리는 도목수는 돈 잘 버는 일등 기술자였다. 선학이도 아버지
가 빨리 도목수가 되기를 떡 쪄 놓고 비는 마음으로 기다렸다.

이 목사가 밥상을 받쳐 들고 나왔다. 마루를 닦고 있던 선학
이 어머니가 곧 달려가 찌개 냄비를 집어 들려고 했다.

"시원하게 잘 먹었습니다, 선학이 어머님."

"입에 맞으셨다니 다행이네요. 냄비 이리 주세요."

"아닙니다, 설거지라도 해서 드려야죠."

"괜찮아요, 주세요."

양손으로 상을 들고 있던 이 목사는 대뜸 냄비를 집어 드는 선학이 어머니를 말릴 수가 없었다. 부엌으로 들어가 상을 대충 정리한 이 목사는 함지박에 밥공기며 숟가락 등을 담아 가지고 나왔다. 선학이네 집 부엌에는 수챗구멍이 따로 없었다. 마당 가운데 있는 수도꼭지에서 설거지와 빨래를 했고, 구정물과 비눗물은 마당 구석의 고랑을 따라 흘러나갔다. 그나마 수도가 있는 집은 언덕 동네에서 열 집에 세 집이 못 되었다. 언덕이 높아질수록 수도가 들어가지 않아 그런 집들은 양철 물통으로 공동 수도에서 물을 길어다 먹었다.

서경이가 걸레를 들고 따라 나왔지만 이 목사는 서경이 손에서 그것마저 빼앗았다. 서경이는 쪼그리고 앉아서 설거지를 하는 이 목사 곁에 앉아 두런두런 이야기를 나누었다. 그런 이 목사를 본 선학이 어머니는 퍽 놀랐지만 아무렇지도 않다는 듯 방으로 들어왔다.

"세상에, 남자가 벌건 대낮에 설거지를 다 하네."

선학이 어머니 얼굴에 소리 없는 웃음이 가득 떠올랐다. 어제오늘 선학이 어머니 얼굴에는 웃음이 떠나지 않았다. 새로 들인 아랫방 식구들이 퍽 마음에 든 모양이었다.

"월세만 안 밀린다면 오래오래 지내도 좋을 텐데."

그건 지내 보면 알 일이었다. 선학이 어머니는 기분 좋은 고양이 얼굴이 되어 일 나갈 준비를 서둘렀다. 동전이 차락차락

들어 있는 전대를 허리에 두르고 수돗가에 세워 둔 냉차 손수레에서 자물쇠를 풀었다.

"점심 꼭 챙겨 먹고, 나갈 때는 문단속 잘해라."

혼자 집에 남은 선학이는 머쓱해져서 안방으로 들어와 버렸다. 여느 때 같으면 어머니가 일 나가기도 전에 당산나무 아래나 본부로 놀러 나갔을 테지만, 집안에 다른 사람이 들어와 있는 오늘은 집을 비우기가 영 내키지 않았다. 방학 내내 쳐다보지도 않던 교과서를 건성으로 넘겨 댔지만 아랫방 기척에 신경을 곤두세우고 있었나. 삼시 후 이 목사의 복소리가 늘렸다.

"선학이, 뭐 히니?"

"공부하는데요."

선학이는 정말 공부를 하고 있었다는 듯 교과서를 들고 마루로 나갔다. 어제와 다르게 운동복 차림에 운동화를 신은 이 목사와 서경이가 마루 앞에 서 있었다. 선학이는 서경이에게 눈길을 주지 않으려 애썼다. 이 목사가 선학이네 마루에 걸터앉았다.

"방해해서 미안하다. 선학이는 몇 학년이지?"

"사 학년요."

"우리 서경이랑 같은 학년이구나."

선학이도 그럴 거라고 생각하고 있었다. 이 목사는 어정쩡하게 서 있는 선학이의 손을 잡고 말했다.

"서경이도 나도 이 동네에 대해서 아는 게 없어. 선학이가 친구들도 소개해 주고 길도 알려 주고 그러면 참 고맙겠는데. 그래 줄 수 있겠니?”

선학이가 고개를 끄덕이자 이 목사는 웃으며 마루에서 일어났다.

“교회에 올라가야겠다. 놀다가 심심하면 교회로 오렴.”

이 목사가 커다란 가방을 메고 대문을 나섰다. 선학이와 서경이는 나란히 서서 이 목사에게 꾸벅 인사했다. 어른들이 없는 집안은 이상하게도 텅 빈 것 같았다. 선학이도 서경이도 머쓱해져서 마루에 앉았지만 둘 사이는 두어 발짝만큼이나 떨어져 있었다.

‘무슨 말을 하지?’

선학이도 서경이도 손바닥만한 마당만 두리번거렸다. 수챗구멍에서 시궁쥐 한 마리가 고개를 쑥 내밀었다가 선학이와 눈길이 마주치자 얼른 꼬리를 감추었다. 흠흠, 목소리를 가다듬은 선학이가 먼저 말을 꺼냈다.

“어디서 이사 왔냐?”

서경이는 기다렸다는 듯 냉큼 대답했다.

“광주.”

“거기가 어딘데?”

“남쪽이야. 아주 멀어. 트럭으로 두 시간 넘게 걸렸으니까.”

“와—”

선학이는 트럭을 타 본 적도 없었다.

“왜 이사 왔는데?”

서경이는 선학이 질문에 어떻게 대답해야 할지 묵묵히 생각을 간추렸다. 선학이는 서경이가 입을 다물자 양말을 신지 않은 발가락을 꼼지락거렸다.

"긴 대답과 짧은 대답이 있어. 어느 걸 듣고 싶니?"

"너 좋을 대로."

"엄마가 돌아가셨어. 작년 봄에."

서경이가 바람이 지나가는 것처럼 이야기를 시작했다. 선학이는 여전히 발가락을 꼼지락거리며 귀를 기울였다.

"아빠가 신학대 학생일 때였는데 교회에서 피아노를 치는 엄마를 보고 첫눈에 반해 버렸대. 그래서 두 분은 결혼했는데 외갓집에서는 절대로 허락할 수 없다고 반대가 심했대. 아빠가 고아에다 가난뱅이였으니까. 그래서 엄마는 집을 나와서 결혼식을 올렸어."

서경이는 책이라도 읽듯 막힘없이 말을 이어 갔다. 선학이는 나지막한 서경이 목소리 속으로 빠져 들었다. 서경이는 처마 끝을 바라보며 이야기를 계속했다.

"우리 외할아버지는 교회 장로님이고 아주 부자지만 고집이 세신 분이야. 자기 말을 듣지 않고 집을 나간 자식은 자식이 아니라고 엄마를 평생 보지 않겠다고 하셨대. 그래도 우리 가족은 너무너무 행복했어. 그런데 지난봄에 엄마가 갑자기 돌아가셨어. 내 동생을 낳다가 말이야."

동상처럼 앉아 있던 서경이 눈에서 눈물이 주르륵 흘러내렸다. 구슬처럼 볼 위를 구르다가 턱에 맺혀 똑 떨어지는 눈물을 본 선학이는 깜짝 놀랐지만, 서경이는 울고 있지 않다는 듯 태연한 목소리로 말을 이었다.

"처음에는 너무 슬퍼서 엄마를 따라 죽고 싶었는데 지금은 괜찮아. 아빠가 그러시는데 하늘나라에 가면 엄마랑 내 동생이랑 만날 수 있대. 나중에 함께 모여 재미있게 살 수 있을 거랬어. 우리 아빠는 거짓말 절대 안 하시니까 난 그 말을 믿어."

서경이는 손가락으로 눈물을 훔치고는 빨개진 눈으로 선학이를 향해 웃었다.

"미안해. 엄마 이야기만 나오면 이래."

선학이가 고개를 끄덕였다.

"아빠는 작년에 목사님이 되셨는데, 어떤 분이 모현 교회에 가 보지 않겠느냐고 그러셔서 이사 온 거야, 여기로."

이야기를 마친 서경이는 선학이 눈을 보며 활짝 웃었다. 선학이도 어색하게 따라 웃었다.

"나, 이 동네가 좋아질 것 같아."

"뭐?"

선학이는 웃다 말고 멀뚱한 표정을 지었다. 누구도 현내가, 특히 언덕 동네가 좋다고 말하지 않았다. 돈만 생기면, 기회만 생기면 이곳을 뜨고 말겠다고 이 동네 사람들은 누구 할 것 없이 모두 치를 떨었다.

서경이는 마루에서 일어나 병아리처럼 마당을 맴돌며 말했다.

“처음에 아빠가 이사 간다고 했을 때는 싫었어. 친구들이랑 헤어지는 것도 싫었고 낯선 곳에서 새로 시작하는 것도 싫었거든.”

선학이는 잠자코 고개를 끄덕였다.

“하지만 실제로 와 보니까 전에 살던 동네랑 비슷해. 지저분한 것도 그렇고 동네 옆으로 기찻길이 지나가는 것도. 그래서 마음이 놓여.”

서경이는 선학이 앞에서 걸음을 멈추었다.

“내 진구가 되어 줄래?”

“뭐?”

“지금 대답하지 않아도 돼. 나중에 네가 정말 그러고 싶을 때 이야기해 줘.”

선학이는 잠자코 고개를 끄덕였다. 서경이는 달랐다. 보통 현내의 남자 애들은 여자 애들을 무시했고 여자 애들은 남자 애들을 싫어했다. 선학이는 여자 애와 이렇게 긴 이야기를 나눈 것도 처음이었다. 뭔가 도움을 주고 싶다는 생각이 들자 선학이는 앞장서 문을 향해 걸어갔다.

“나가자. 동네 구경 시켜 줄게.”

선학이는 서경이를 데리고 언덕 동네 꼭대기에 있는 교회로 올라갔다. 교회는 작은 창문이 군데군데 나 있었고 지붕은 양철 판으로 되어 있었다. 교회 인에는 긴 나무 의자가 몇 개 놓여 있었다. 울리지 않는 종탑은 페인트가 벗겨져 벌겋게 녹이 부풀어 있었다. 어디 갔는지 이 목사는 보이지 않았다. 서경이는 까치발을 하고 담 너머를 가리키는 선학이의 손가락 끝을 눈으로 좇았다.

"저기 보이는 산 있지? 배산이야. 옛날에는 저기까지 배가 들어왔대."

"꼭 형이랑 동생 같다."

평야 가운데 불쑥 솟은 큰 배산과 작은 배산이 사이좋게 어깨를 맞대고 있었다. 큰 배산 꼭대기에는 이 층짜리 팔각정이, 작은 배산 꼭대기에는 일 층짜리 팔각정이 있었다.

"배산에는 동굴도 있고 저수지도 있다. 나중에 소풍 가면 볼 수 있을 거야. 하지만 혼자서 가면 안 돼. 깡패들이 많이 있거든."

선학이는 깡패를 만난 적이 있기라도 한 것처럼 심각하게 말했지만 실은 아이들에게 들은 이야기일 뿐이었다.

"이쪽은 이리역이야. 우리나라에서 다섯 번째로 큰 역이래."

"그렇구나. 광주역보다 크다!"

이리역은 주위의 건물 중 특히 도드라져 보이는 큰 건물이었다. 서울에서 출발해 목포, 광주로 가는 호남선, 전주, 여수로 가는 전라선, 전주와 군산을 오가는 군산선이 모여 있어 호남 지방에서는 가장 큰 역이었다. 역 앞은 시내 번화가였고 기찻길 수십 개를 건넌 역 뒤편은 허름한 집과 밭이 섞여 있는 농촌 동네였다.

"바로 저 아래부터가 송학동이야. 여긴 모현동이고."

"저기 보이는 학교가 우리가 다닐 학교니?"

"아니. 저건 송학 초등학교고 고현 초등학교는 저쪽이야. 저기 언덕 아래."

고현 초등학교는 키 큰 소나무 수십 그루가 서 있는 언덕 아래에 있었다. 제법 큰 이 층 건물 세 동이 운동장을 가운데 두고 세 방향으로 놓여 있었고, 운동장을 지나 논을 몇 개 건너면 바로 기찻길이었다. 기찻길이 너무 가까워 창문을 열어 놓는 여름에는 증기 기관차가 지나가면 수업이 잠시 중단될 정도였다.

서경이는 선학이의 설명을 들으며 사방을 둘러보았다. 사진이라도 찍듯 자세히 살펴보는 눈치였다.

"교회 너머 송학동 쪽으로는 가지 마. 술집도 많고 깡패도 많아서 밤마다 시끄럽거든."

교회 너머 송학동 쪽 비탈은 술집이 많았다. 건널목 옆 실비집 같은 왕대폿집이 아니고 울긋불긋 화장을 한 아가씨들이 있는 술집이었다. 선학이 어머니도 선학이 아버지가 술 마시러 나갈 때면 실비집에 가는지 송학동 쪽으로 가는지 꼬치꼬치 캐물었다.

교회 안으로 들어간 서경이는 어디선가 이 빠진 수수 빗자루를 찾아내 교회 안을 쓸기 시작했다. 선학이도 서경이를 도와 의자들을 비질하기 좋게 밀었다가 빗자루가 지나가면 제자리로 돌려놓았다. 대충 쓰레기를 쓸어 낸 서경이는 걸레를 집어 들고 의자에 쌓인 먼지를 닦기 시작했다. 걸레가 하나뿐이라 선학이는 밖에 나와 서성댔다. 담 옆에서 얼굴 하나가 불쑥 올라왔다. 승제였다.

"뭐 하냐?"

"아무것도 안 해."

"방죽으로 놀러 가자. 형들이 낚시하고 있던데."

"그래, 가자."

선학이는 서경이와 같이 있는 걸 들킬세라 오히려 앞서 걸었다.

"본부에서 뭐 했냐? 혼자."

"그냥, 심심해서."

"하긴, 목사님이 와 버렸으니까 이제 우리 본부도 아니다."

"그러게."

승제는 못내 아쉬운 표정이었다. 그도 그럴 것이 날씨가 궂을 때면 모두들 본부에 모여 놀았는데 그 좋은 놀이터를 빼앗기게 됐으니 말이다. 선학이네 집을 지날 때쯤 둘은 교회를 향해 걸어 올라오는 이 목사를 만났다.

승제와 선학이는 쭈뼛거리며 이 목사에게 인사했다.

"선학이 어디 가니?"

"방죽에 놀러 가요."

"그래? 서경이는 안 데리고 가고?"

승제가 선학이를 돌아보았다. 선학이는 난처한 얼굴로 승제의 눈길을 피했다. 이 목사는 승제의 이름을 묻고는 외울 것처럼,

"승제, 오승제라……"
하며 몇 번이고 중얼거렸다.

이 목사가 지나간 후 승제가 선학이에게 물었다.

"서경이가 그 여자 애지?"

"응."

"너 그 애랑 벌써 친해진 거야?"

"친해지기는, 그냥 우리 집에 세 들어왔으니까……"

"정말?"

"정말이야."

승제는 선학이의 둘도 없는 친구였다. 비밀이 없는 사이지만 서경이에 대해서는 더 말하고 싶지 않았다.

선학이와 승제는 골목길을 빠져나와 방죽을 향해 걸었다. 답답한 골목과 달리 방죽가에는 시원한 바람이 솔솔 불어왔다. 잠시 숨을 돌리던 매미들이 때맞춰 귀 아픈 울음을 터뜨렸다. 바람이 불 때마다 방죽 옆 신작로가에 줄지어 선 미루나무 잎이 눈부시게 반짝거렸다. 수천 개의 백동전이 짤랑거리는 것 같았다.

3. 부활

이 목사가 이사 온 지 사흘이 지났다. 그동안 이 목사는 헐렁한 반바지에 낡은 셔츠를 입고 교회를 수리하느라 정신없이 일했다. 선학이 아버지에게 녹슨 장도리를 빌리고 '새마을 철물점'에서 못이며 철사를 사다가 부서진 문짝을 고쳤고 깨진 유리창도 직접 바꿔 끼웠다. 유리병을 들고 석유 가게에 가서 휘발유를 석 되 사 온 이 목사는 풀색 페인트를 묽게 섞어 벗겨진 교회 벽에 칠했다. 빈집처럼 버려져 있다가 오랜만에 사람 손을 만난 모현 교회는 며칠 지나지 않아 새 건물처럼 말쑥해졌다. 교회 건물을 손보는 사이사이 이 목사는 만나는 사람마다 인사를 주고받기에 바빴다. 두 번째부터는 어김없이 이름을 기억하고 있는 이 목사를 보고 동네 사람들은 머리 좋은 사람이라며 혀를 내둘렀다.

밤에도 이 목사는 쉬는 법이 없었다. 서경이와 저녁을 먹고 나서 흠뻑 땀에 젖은 옷을 깨끗한 옷으로 갈아입고 동네를 돌았다. 언덕 동네의 집들은 열이면 열 전부 양철이나 슬레이트 지붕을 이고 있어서 낮 동안 달아오른 열기가 밤이 되어도 좀처럼 식지 않았다. 사람들은 훅훅 찌는 집안의 더위를 피해 널찍한 곳에 평상을 내놓거나 대자리를 펴고 옹기종기 모여 여름밤을 보냈다. 이 목사는 그런 자리마다 찾아가 인사를 하고 얼굴을 익혔다. 하나님을 믿는 사람이건 믿지 않는 사람이건 가리지 않는 이 목사를 동네 사람들은 수더분하고 좋은 사람이라고 칭찬을 했다. 바짝 마른 솜에 물이 스며들듯 이 목사는 금세 천내 사람이 되어 가는 것 같았다. 그도 그럴 것이 옷차림도 동네 사람들과 비슷했고 모나지 않은 말투며 사람 좋은 웃음이 누구나 쉽게 마음을 열게 했다. 칠순 할머니나 일곱 살짜리 꼬마나 상대를 가리지 않고 열심히 이야기를 들어 주는 자상함은 그 나이의 남자에게는 드문 일이었다. 동네 사람들은 대부분 이 목사를 자연스럽게 받아들이고 있었다.

반면에 이 목사를 싫어하는 사람들도 있었다. 몇몇 젊은이들과 무당네, 무당집을 찾아다니는 사람들은 드러내 놓고 이 목사를 싫어하는 티를 냈다. 다섯 발이 넘는 왕대 청대에 붉고 푸른 깃발을 묶어 표 나게 세워 놓은 무당네는 이 목사가 지나가면 휙휙 찬바람 돌게 고개를 돌렸다. 무당네 아들인 이오와 딸 정금이도 이 목사를 만나면 인사를 하지 않았다. 이오가 옆에 있

으면 아이들도 이 목사에게 인사하기를 주저했다. 숙인 뒤통수
에 꽂히는 이오의 눈길이 따갑기만 했고, 그런 날이면 이오는
짓궂게도 아이들을 모아 놓고 권투 시합을 시켰다.

선학이는 권투 시합이 싫었다. 어디서 주워 왔는지 모를 낡은
권투 장갑에서는 코가 떨어질 만큼 땀 냄새가 시큼하게 났고,
거기에 얼굴을 한 대 맞기라도 하면 한동안 눈앞이 캄캄했다.
가끔 사정 봐주지 않는 친구 녀석에게 화가 나 막무가내로 주먹
을 휘두르며 덤빌 때는 둘 중 하나 코피가 터지기 일쑤였다. 장
갑을 벗고 나무 그늘에 앉아 땀을 식히면 아까는 왜 그랬나 싶
게 후회하는 마음이 들었다. 흥분이 가라앉고 땀이 열 번 식어
도 손에 밴 시큼한 땀 냄새는 좀처럼 없어지지 않았다.

선학이와 승제, 병철이, 철호는 당산나무 아래로 가지 않고
방죽가 버드나무 아래 앉아 있었다. 병철이는 작게 뭉친 신문지
를 양쪽 콧구멍에 끼우고 있었다. 조금 전 권투 시합에서 승제
에게 맞아 터진 코피가 신문지에 빨갛게 배었다.

"아직도 아프냐?"

"응."

"미안하다. 일부러 그런 거 아니다."

병철이는 뭉친 신문지를 살짝 빼 보았다. 피가 흘러나오지 않
자 물가로 내려가 핏자국을 씻었다.

"우리 다음부터 권투하지 말자."

승제가 말하자 철호가 우울하게 대답했다.

"이오 형이 시키는데 어떻게 안 해."

"다 같이 안 한다고 하면 되잖아."

"그럼 다 함께 맞을걸?"

병철이 말에 모두들 고개를 끄덕였다. 선학이는 버드나무 잎을 훑어 한 개씩 물 위로 던졌다. 하늘하늘 바람을 타던 버드나무 잎은 소금쟁이처럼 사뿐하게 물 위에 내려앉았다. 선학이는 버드나무 잎을 다시 한 줌 훑으며 말했다.

"개학 얼마나 남았나?"

"일주일."

"씨, 방학 숙제 하나도 못했는데."

"나도."

방학 숙제를 한 아이는 하나도 없었다.

'그리기, 만들기, 글짓기, 일기, 휴……'

선학이는 생각만 해도 한숨이 나왔다. 내일부터 모여서 방학 숙제나 할까 생각하고 있을 때였다.

"여기 있었네!"

서경이가 햇빛 속에 서 있었다. 선학이는 자기도 모르게 당산나무 쪽을 돌아보았다. 당산나무 아래 아이들은 낮잠이라도 자고 있는지 아무 기척이 없었다. 선학이가 어색하게 대답했다.

"으응, 너구나. 웬일이냐?"

"심심해서 나왔어. 동네에 애들이 하나도 없기에."

선학이가 우물쭈물하자 서경이는 스스럼없이 버드나무 그늘로 내려왔다. 병철이와 철호가 주춤주춤 자리를 비켜 주었다.

"여긴 참 시원하다. 뭐 하고 있었니?"

"그냥 있었지, 뭐. 아 참, 얘는 승제야. 얘는 철호, 얘는 병철이."

"반갑다."

손이라도 잡을 듯 환하게 웃는 서경이에 비해 남자 애들은 어색하게 웃으며 어쩔 줄 몰라 했다. 서경이가 끼자 그나마 오가던 대화가 딱 끊겼다. 남자 애들은 선생님 앞에라도 나간 것처럼 손발을 쭈뼛거리며 말이 없었다. 서경이가 조근조근 묻는 말에도 '응' 또는 '아니'뿐이었다. 한참을 앉아 있던 서경이가 자리에서 일어났다. 남자 애들은 앉은 채로 고개를 들어 서경이를 쳐다보았다.

"내가 끼어서 재미없나 보구나. 나 갈게."

"그런 거 아닌데."

삐쳤을까 걱정이 된 선학이가 말했지만 서경이의 표정은 밝았다.

"내일 교회에서 첫 예배 드릴 건데, 오지 않을래?"

"내일?"

"교회에?"

서경이 머리카락이 바람 만난 버드나무 가지처럼 찰랑거렸다. 승제가 고개를 끄덕였다.

36

"그럼 내일 보자."

서경이는 모정을 지나며 할아버지들에게 큰 소리로,

"안녕하세요."

하고 인사를 했다. 낮잠에 빠진 할아버지들에게는 순식간에 지나간 서경이가 뭐라고 했는지 잘 들리지도 않았다.

"갈래?"

"가 보자. 우리 엄마가 그러는데, 목사님이 떡이랑 수박이랑 준비해 달라고 그랬대."

승제의 말에 철호가 쐐기를 박았다.

"가야시, 그럼."

네 명이 고개를 끄덕이고 있을 때였다.

"야! 꼬마들, 이리 와 봐!"

당산나무 아래에서 이오의 목소리가 들렸다. 허겁지겁 당산나무를 향해 가면서도 아이들은,

"우리가 뭐 꼬마야?"

하고 투덜거렸다.

"아까 개 누구냐?"

"예? 누구요?"

"방금 너희들하고 이야기한 계집애 말이야."

이오는 처음부터 다 봤다는 듯 다그쳐 물었다. 병철이가 우물쭈물 대답했다.

"새로 온 목사님 딸인데요."

“뭐라고 하고 간 거야?”

“내일 교회에 나오라고 그랬어요.”

“잘한다, 누가 목사 딸 아니랄까 봐. 그래서 너희들은 계집애가 시키는 대로 교회에 갈 거냐?”

네 친구는 서로 눈치를 보며 망설였다.

“왜 대답을 안 해? 갈 거냐?”

이오의 목소리가 커지자 병철이와 철호가 고개를 가로저었다. 이오가 선학이와 승제를 을러댔다.

“너희들 둘은 갈 거냐?”

“그건 우리 맘이에요.”

승제가 불쑥 말했다. 놀란 병철이가 옆구리를 쿡 찔렀지만 이미 늦었다. 잠시 고양이 눈이던 이오가 ‘요놈 봐라’ 하는 것처럼 재미있다는 표정으로 변했다.

“그래, 교회 가는 건 네 맘이지. 권투하고 싶은 건 내 맘이고.”

“권투는 안 해요.”

“내 맘이라니까.”

이오는 승제의 말투를 따라 하며 이죽거렸다.

이오 옆에 앉아 있던 중학교 일 학년짜리 영삼이와 수만이가 재빨리 승제의 팔을 잡고 권투 장갑을 끼웠다. 끈이 매이지 않은 권투 장갑을 낀 이오는 승제의 주위를 빙글빙글 돌며 툭툭 주먹을 날렸다. 사뿐사뿐 이오의 발걸음은 고양이처럼 가벼웠지만 승제는 속지 않았다. 저 발걸음은 보이는 것처럼 가볍기만

한 것이 아니었다. 쉽게 보고 달려들면 순식간에 빈틈을 찾아 매운 주먹을 쏟아 부을 말벌의 날갯짓이었다. 양손을 내리고 묵묵히 서 있는 승제의 입술이 파들파들 떨렸다. 철호와 병철이가,

"안 간다고 해! 잘못했다고 해!"
하고 속삭였지만 승제는 대답하지 않았다.

선학이는 어쩔 줄 몰라 하고 있었다.

'안 간다고 할까? 그럼 승제를 풀어 줄까? 비겁한 놈들, 친구가 맞고 있는데.'

선학이는 철호와 병철이를 원망했지만 그렇다고 달리 뾰족한 수가 있는 건 아니었다.

승제는 장난치듯 톡톡거리는 이오의 주먹을 그대로 맞고 있었다. 양손을 올려 주먹을 막는 건 진짜 싸워 보겠다는 표시이기 때문에 어쩔 수 없었다. 톡톡 구슬을 던지듯 가볍게 끊어 치는 주먹이었지만 은근히 머리가 울렸다. 승제가 이오를 향해 말했다.

"그만 해요, 이오 형. 나 권투 안 해요."
"누구 맘대로! 넌 교회 가. 난 권투할 테니까."
"그만 하라니까요."
"쪼그만 게 누구한테 하라 마라야? 덤벼 봐. 날 이기면 교회에 가든 절에 가든 내버려 둔다."

고양이가 잡힌 쥐를 어르듯 이오의 주먹이 툭툭 승제를 가지

고 놀았다. 승제의 주먹이 부들부들 위로 올라왔다. 선학이와 철호, 병철이가 약속한 듯 중얼거렸다.

"안 돼, 승제야. 안 돼."

승제의 기색을 눈치 챈 이오가 피식 웃으며 손등으로 승제의 코를 툭툭 건드렸다. 아까부터 계속 코만 건드리고 있었다. 또래들 사이에선 가장 힘이 센 승제의 온몸이 부들부들 떨렸다. 뭔가 뜨거운 기운이 순식간에 눈으로 몰리는 것 같았다. 양 주먹을 이마에 올려붙인 승제가 "야아앗!" 소리를 지르며 이오의 얼굴을 향해 오른쪽 주먹을 힘차게 뻗었다. 피식거리면서도 승제의 움직임을 낱낱이 보고 있던 이오는 슬찍 허리를 틀려 주먹을 피하면서 밀고 들어오는 승제의 아래턱을 향해 주먹을 올려쳤다.

"퍽!"

단 한 방에 통나무 넘어지듯 승제가 쓰러졌다. 선학이와 친구들이 몰려들어 쓰러진 승제를 부축했지만 승제는 쉽게 정신을 차리지 못했다. 가볍게 숨을 몰아쉬며 이오가 말했다.

"방죽으로 데려가서 세수 시켜."

다음날 이 목사는 모현 교회에서 첫 예배를 드렸다. 어젯밤 초대한 사람들 중 교회에 나온 사람은 반의반도 되지 않았다. 그도 그럴 것이, 일요일이라고 노는 사람은 현내에 손가락으로 꼽을 만큼밖에 되지 않았다. 디들 일하러 나가고 남은 사람은 노인과 아이들이 대부분이었다. 하얀 와이셔츠에 낡았지만 깨끗하게 닦은 가죽 구두를 신은 이 목사는 평소와 달리 허물없이 대하기 어려운 사람처럼 보였다. 예배가 끝나자 잔치가 벌어졌다.

턱이 아픈 승제는 천천히 떡을 씹었다. 오늘따라 예쁜 머리띠를 두른 서경이가 생글거리며 수박 접시를 날랐다.

"목마르지? 수박 먹어."

"응, 이 떡 진짜 맛있다."

선학이는 야금야금 떡을 먹으며 교회에 모인 사람들을 둘러보았다. 평일보다 장사가 잘되는 일요일이지만 선학이 어머니도 하루 쉬기로 했다. 어른들은 이 목사와 선학이 어머니 주위에 모여 뭐가 그리 재미있는지 하하하 웃음을 터뜨렸다. 선학이 아버지는 새벽같이 일어나 이 목사에게 개업날인데 참석하지 못해 미안하다며 하얀 봉투를 주고 일터로 나갔다.

"개업이오? 그렇죠, 개업은 개업이죠."

이 목사는 너털웃음을 터뜨리며 봉투를 받고는 예배 중간에 감사 헌금을 주신 분이라며 선학이 아버지 이름을 불러 주었다.

동네 사람들은 잔치라도 벌어진 것처럼 재미있어하며 하루를 보냈다. 선학이와 승제는 교회에 나왔고 병철이와 철호는 이오를 따라 배산에 풋밤을 따러 갔다. 해가 지자 일터에서 돌아온 사람들이 교회 구경을 왔다. 이 목사는 만나는 사람마다 손을 붙잡고 기도를 해 주었다. 들어 보아도 좋은 이야기뿐이라 사람들은 겸연쩍어하면서도 함께 눈을 감고 고개를 숙였다.

개학이 일 주일 앞으로 다가왔다. 아이들은 돌돌 만 돗자리를 가지고 뒷동산에 모였다. 방죽을 지나 오 분쯤 걸으면 바가지를 엎어 놓은 모양으로 솟아 있는 자그마한 야산이 나타나는데 그게 바로 뒷동산이었다. 현내 언덕 동네보다는 높지 않지만 집으로 빼곡한 언덕 동네와 달리 뒷동산에는 둥치 굵은 소나무 수십 그루가 솔향기 짙은 그늘을 만들어 주었고, 스무 개 남짓한 묘 사이사이에 수북한 풀숲에는 메뚜기며 방아깨비가 수도 없이 뛰어다녔다.

아이들은 소나무 그늘에 돗자리를 펴고는 배를 깔고 누워 방학 숙제를 했지만 금세 굽은 소나무에 올라타거나 사바귀를 잡아 싸움을 시키기 일쑤였다. 남자 아이들의 손과 발은 금방 송진으로 시커멓게 됐고 옷에도 송진 자국이 졌다. 선학이도 아이들과 어울려 방학 숙제 꾸러미를 들고 뒷동산에 올라왔다. 선학이가 일러 준 대로 먹을 것을 조금 챙겨 온 서경이도 곧 여자 애들의 돗자리에 끼어들 수 있었다.

하루 종일 뛰어다니다 보면 숙제는 아침나절에 해 놓은 게 전부였다. 긴 여름 해가 떨어질 때면 아이들은 지치고 배고픈 얼굴로 서로 기대어 앉아 세상을 붉히는 노을을 바라보다가 하나둘 집으로 돌아갔다. 그 다음날에도 아이들은 약속이나 한 듯이 뒷동산에 모여들었다. 일주일이 접시 깨지듯 지나가 버리고 어느새 개학날이 되었다.

4. 야학이 생기다

학교가 끝나면 아이들은 끼리끼리 떼 지어 동네로 돌아왔다. 십오 분이면 걸어올 길을 삼십 분도 넘게 걸려 돌아와서는 마루나 방에 가방을 팽개치고 공터를 향해 달려 나갔다. 선학이네 친구들은 뭘 하고 놀까 신나게 떠들며 집을 향해 걸었다. 여자애들도 뭐가 그리 재미있는지 웃음을 터뜨리며 앞서 걷고 있었다. 선학이네를 자꾸 돌아보던 여자 애들이 문득 걸음을 멈췄다. 남자 애들은 무슨 일일까 싶으면서도 모르는 척 지나치려 했다. 키가 작고 얼굴이 갸름한 미애가 큰 소리로 선학이를 불러 세웠다.

"김선학!"

선학이는 못 들은 것처럼 목소리를 높여 병철이와 하던 이야기를 계속했다.

“김, 선, 학!”

그제야 선학이가 걸음을 멈췄다. 함께 걷던 남자 애들도 같이 걸음을 멈췄다.

“왜 불러?”

“내일 성신이 생일인데, 너 초대하고 싶대.”

“나만?”

“그건 성신이한테 물어봐.”

성신이는 언덕 동네에 사는 아이가 아니었다. 건널목 건너에 있는 ‘하리우드 미용실’ 집 딸이었다. 같은 동네에 살진 않지만 학교에서 집까지 가는 길이 같아 여자 애들과 친하게 지내고 있었다. 성신이는 부끄러운 듯 등을 돌리고 시경이만 쳐다보며 웃고 있었다. 서경이는 선학이가 어떻게 대답할지 궁금한 듯 눈을 동그랗게 뜨고 있었다. 남자 애들도 선학이의 대답이 궁금한 얼굴이었다. 선학이는 볼이 달아올랐다. 선학이는 일부러 퉁명스럽게 대답했다.

“내가 왜 가냐? 거길.”

“야아!”

남자 애들의 입에서 환성이 터져 나왔다. 선학이는 턱을 높이 들고 여자 애들을 지나쳐 걸었다.

“울지 마. 왜 울어? 울지 마.”

성신이를 달래는 서경이 목소리가 들려왔다.

‘너무 심했나?’

선학이는 후회하는 마음이 들었지만 남자 애들이 둘러싸고 있어서 모르는 척 앞만 보고 걸었다.

"야! 김선학! 거기 서!"

한껏 높아진 미애의 목소리가 선학이의 발걸음을 붙들었다. 선학이가 천천히 돌아서자 얼굴이 빨개진 미애가 그새 바로 옆으로 달려와 있었다.

"너 왜 그래? 생각해서 초대했으면 와야지, 왜 성신이를 울려?"

"내가 뭘……"

선학이는 우물쭈물 말꼬리를 사렸다. 훌쩍이는 성신이를 둘러싸고 있던 나머지 여자 애들도 남자 애들 가까이 다가왔다. 선학이는 흘낏 여자 애들의 표정을 살폈다. 서경이의 얼굴이 찌푸려져 있었다. 선학이는 어쩔 줄 몰라 하며 친구들을 둘러보았다. 난처한 선학이 마음을 알아챈 승제가 미애 앞으로 나섰다.

"가기 싫다잖아. 싫으니까 싫다고 한 건데 왜 시비야!"

덩치가 두 배나 큰 승제 앞에서도 미애는 기가 죽지 않았다.

"성신이가 생각해 줘서 초대를 한 거잖아. 왜 가기 싫은 건데?"

"나 혼자 여자 애들만 있는 델 왜 가냐? 혼자서 뭐 하라고?"

"그럼 다른 남자 애들도 부르면 같이 올 거니?"

"그거야, 뭐……"

선학이의 나머지 말을 듣지도 않고 미애는 성신이에게 쪼르르 달려갔다. 소곤소곤 귓속말이 오갔고 성신이는 뭐가 싫은지 도리질을 했다. 미애는 언니처럼 웃으며 성신이를 달랬다. 성신이는 여전히 도리질을 했지만 처음보다 힘이 빠져 있었다. 난처한 선학이는 친구들과 함께 빨리 자리를 벗어나고 싶었다. 선학이와 친구들이 여자 애들을 남겨 두고 돌아섰을 때였다. 전봇대에 비스듬히 기대선 이오와 눈이 마주쳤다.

"그림 좋은데? 조그만 것들이!"

"이오 형, 안녕하세요."

"그래, 안녕하다. 아주 안녕하지."

대충 인사를 한 선학이와 친구들이 이오의 곁을 지나칠 때였다. 이오가 발을 늘어 길을 막았다.

"오랜만에 만났는데 할 얘기 없냐? 난 할 얘기가 아주 많은데."

바로 뒤에 따라오던 여자 애들도 이오를 보고 우물쭈물 고개를 숙였다. 이오는,

"그래, 그래."

하면서 어른들이 하는 것처럼 일일이 인사를 받았다. 서경이만 무슨 영문인지 몰라 어리둥절해 있었다. 이오는 그런 서경이를 콕 집어냈다.

"너는 윗사람을 만났는데 인사도 안 하냐?"

"안녕…… 하세요?"

망설이는 듯한 서경이의 목소리였다.

"인사가 뭐 그러냐? 다시 해 봐."

"안녕하세요."

"목소리가 작다. 다시!"

"안녕하세요."

"고개도 좀 숙여 봐. 다시!"

서경이는 그제야 이오가 인사를 받고 싶어서 이러는 것이 아니라는 것을 알아차렸다. 다들 이오가 왜 저러나 싶어 불안한 표정이었다.

"너는 아직 인사하는 법도 모르나 본데, 거기서 내가 그만 하라고 할 때까지 연습하고 있어. 그리고 남자들은 나 따라와."

남자 애들이 머뭇거리자 빈들빈들 웃고 있던 이오의 표정이 변했다.

"빨리 안 따라와?"

"왜 애들을 데려가는 건데요?"

서경이가 아이들 앞에 나서며 또렷하게 물었다.

"그건 네가 알 거 없고, 넌 인사 연습이나 하고 있어."

"애들은 안 가고 싶어 해요."

서경이의 표정은 단호했다. 이오의 표정이 대번에 일그러졌다.

"이게 어디서 말대답이야!"

이오의 손이 서경이의 뺨에 날아들었다. 서경이는 갑작스런 이오의 행동에 놀라 옆으로 쓰러졌지만 용수철이라도 달린 것처럼 발딱 일어났다.

"오빠가 누군데 애들을 끌고 가요? 왜 함부로 사람을 때려요?"

이오의 손이 다시 서경이의 뺨에 날아들었다. 서경이가 일어나기 전에 승제가 이오 앞으로 뛰쳐나갔다.

"때리지 마요."

선학이도 승제 옆에 섰다. 이오는 단단히 화가 난 듯 승제의 멱살을 잡아 틀었다.

"이것들이 대들어? 니네들 다 죽었어, 오늘."

"뭐야! 무슨 일이야!"

뒤쪽에서 이른 목소리가 들렸다. 뒤돌아보니 선학이네 반 남임인 김 선생이 달려오고 있었다. 이오는 승제의 멱살을 풀고 재빨리 골목길로 달려 들어갔다. 좁은 골목길을 한참 동안 이리저리 달린 이오는 어느 집 담에 등을 대고 숨을 몰아쉬었다.

"조그만 놈들이 건방지게 대들어? 두고 보자."

이 목사가 교회에 야학을 열었다. 점심 전 두 시간과 저녁 먹고 세 시간 동안이 수업 시간으로, 각각 오전반 야간반이라고 불렀다. 학생들을 모으기 위해 이 목사는 며칠 동안 발이 부르트도록 돌아다녔지만 추석 전 보름 동안은 두 반 합쳐 네 사람이 고작이었다. 그나마 여섯 명으로 학생 수가 늘어난 것은 추석이 지나고 나서였다. 학생마다 나이도 직업도 가지가지였다.

"여기 나오면 고등학교 졸업장 줘요?"

연탄 공장에 다니는 병수의 질문이었다. 야학에서 공부해 검정고시 시험을 봐야 한다고 이 목사가 설명하자 적잖게 실망한 눈치였지만 그래도 한번 해 보겠다며 출석부에 이름을 올렸다. 시내 중앙시장에서 지게를 지는 최씨 아저씨도 야학에 등록했다. 지겟짐을 지노라니 시내 길이야 훤하지만 문패를 읽을 수 없어 곤란하다는 것이 이유였다. 공업 단지에 있는 메리야스 봉제 공장에 다니는 열일곱, 열아홉 먹은 정읍댁네 두 딸도 나란히 야학에 찾아왔다. 사흘에 한 번은 공장에서 밤을 새우기 때문에 둘이서 교대로 나오고, 책이며 공책을 바꿔 가며 공부해 꼭 고졸 검정고시까지 해내겠노라고 결심이 대단했다.

추석이 지나고 가을이 깊어 가면서 야학에 나오는, 학생 수는 오전반 야간반을 합쳐 열 명이 넘었다. 이 목사는 늘어나는 학생 수에 입이 찢어지도록 좋아했지만, 학생이 늘수록 이 목사의 일도 늘어나는 건 당연했다. 특히 한 사람 한 사람의 공부가 달라 일일이 개인 지도를 하다시피 공부를 봐 주고 숙제를 내 줘야 하기 때문에 이 목사가 피곤한 것은 당연했다. 하지만 이 목사는 산삼이라도 먹은 사람처럼 기운차게 야학 수업을 계속했다.

오전반 수업을 마친 이 목사가 혼자 교회 청소를 하고 있을 때였다. 끼이익, 조심조심 교회 문이 열렸다. 소리가 나는 쪽으로 고개를 돌린 이 목사는 고양이처럼 고개를 들이밀고 있는 젊은 여자와 눈이 마주쳤다.

“저기요.”

“무슨 일이신가요?”

“여기서 낮에도 야학을 한다고 해서 왔는데요.”

이 목사는 반색을 하고 여자를 의자에 앉게 했다. 두꺼운 안경을 낀 여자의 얼굴은 왠지 모르게 부어 있었고 푸석푸석해 보였다. 스물을 갓 넘긴 나이의 여자는 눈길을 한곳에 두지 못하고 고개를 숙인 채 여기저기를 두리번거렸다. 이 목사는 먼저 학생 등록부를 펼쳤다.

“몇 가지만 물어보겠습니다.”

이름, 최종 졸업 학교, 연도, 고향을 등록부에 기록한 이 목사는 몇 가지를 더 물어보았다.

“박영자 씨는 지금 하시는 일이 뭔가요?”

여자는 머뭇머뭇 한참을 망설이다 대답했다.

“저어, 가게에서 일하는데요.”

“가게요? 무슨 가게죠?”

턱이 목에 닿도록 고개를 숙인 여자는 들릴락 말락 한 작은 소리로 겨우 대답했다.

“저기, 저어, 사루비아라고……”

이 목사는 잠시 눈을 깜빡거리다가 직업 칸을 비워 두었다. ‘사루비아’는 송학동 쪽 비탈에 있는 술집 중 하나였다.

다음날부터 영자도 야학의 학생이 되었다. 며칠 뒤 영자의 손에 끌려 나온 온보미도 야학에 등록해 학생 수는 총 열네 명이 되었다.

　이 목사는 동네 청년들 몇 명을 눈여겨보고 있었다. 현내에는 공장도 학교도 다니지 않고 낮이면 하릴없이 빈둥거리는 청년들이 몇 있었다. 자취방에서 뒹굴며 빌려 온 만화책이나 무협지를 보고, 배가 고프면 라면을 끓여 낮술을 마시고 늘어지게 낮잠을 자고, 무리 지어 밤늦도록 시내를 어슬렁거리는 청년들이었다. 같은 고등학교 선후배인 그들은 지난봄 소풍에서 만난 다른 학교 학생들과 패싸움을 벌여 큰 부상을 입히는 바람에 퇴학을 당했다. 원래 공부에 뜻이 없어 '에이, 지겨웠는데 차라리 속 시원하다!'라고 생각한 명호와 덕용도 있었지만, 같은 동네 선배라 어쩔 수 없이 싸움에 휘말린 용일은 학교에서 퇴학당한 사실을 집에는 숨기고 있었다. 이런 때에는 집이 전화도 없는 시골에 있는 것이 오히려 다행이었다.

　명호와 덕용은 '서울로 뜨기만 해 봐라. 이놈의 동네 쪽은 쳐다보지도 않을 테다'라며 서울로 떠날 날만 벼르고 있었다. 서울에 가서 성공하겠다며 밤마다 큰 꿈을 그려 댔지만 서울로 갈 기회는 좀처럼 생기지 않았고, 세 청년은 용일의 자취방에 모여 화투를 하거나 만화책을 보며 시간을 보냈다. 그러던 어느 날, 예전처럼 모현 교회가 비어 있는 줄 알고 불쑥 들어온 청년들은 이 목사와 마주쳐 서로 놀란 일이 있었다. 입에서 술 냄새가 솔솔 나는 어린 청년들은 얼마간 투덜대다가 순순히 돌아갔다. 집에 돌아온 이 목사는 선학이에게 용일이 패거리에 대한 이야기를 들었고 '이 어린 청년들을 위해 무슨 일을 하면 좋겠습니까?' 하고 새벽마다 기도했다.

싸움이 있던 밤, 이 목사는 수요일 저녁 예배를 위해 어둑어둑해진 길을 걸어 올라가고 있었다. 마침 저만치 공터 한구석에 앉아 보름달을 바라보고 있는 용일이 눈에 띄었다. 이 목사는 고민거리라도 안고 있는 듯한 용일의 뒷모습을 그냥 지나칠 수 없었다.

'말을 한번 걸어 봐야겠군.'

이 목사가 반갑게 손을 들려 할 때였다. 그림자처럼 소리도 없이 뒤에서 두 사람이 나타나 용일의 양팔을 붙잡았다. 놀란 용일이 몸부림치자 한 사람이 용일의 배에 주먹을 한 방 먹였다.

"가만있어, 자식아!"

배를 맞은 용일은 숨을 쉴 수가 없었다. 용일이 몸부림을 멈추자 두 사람은 손쉽게 용일의 팔을 뒤로 꺾어 돌렸다. 용일은 당황하면서도 두 남자가 누군지 짐작해 보려고 애썼지만 도무지 알 수 없었다. 학교에서 퇴학당한 후로 나쁜 일을 한 기억은 없었다. 어쩔 수 없이 부모님께는 거짓말을 하고 있지만 그렇다고 부모님과 이 두 사람을 연결 지어 생각할 수는 없었다.

'그렇다면 깡패?'

두 남자가 깡패라고 단정 지은 용일은 숨을 멈추고 가만히 있는 척하다가 갑자기 몸부림을 쳤다. 팔을 잡고 있는 두 남자를 뿌리치려고 했지만 두 남자는 강했다.

"말로 해선 안 듣겠군."

한 남자의 말이 끝나자 다른 남자가 다시 용일에게 주먹 한 방을 먹였다. 돌멩이처럼 묵직한 주먹이었다.

"당신들 뭐요? 왜 어린 학생을 괴롭히는 거요?"

용일은 찡그린 얼굴을 들어 목소리가 나는 쪽을 바라보았다. 어둠 속에 숨은 얼굴은 잘 보이지 않았고 아는 목소리도 아니었다.

"아저씨, 가서 일 봐요. 상관하지 말고."

"가지."

두 남자는 용일을 끌고 자리를 뜨려 했다. 이 목사는 반사적으로 두 사람의 앞길을 막아섰다. 약한 사람을 폭력으로 끌고 간다면 나쁜 일임이 분명했고 그렇다면 막아야 했다.

"왜 사람을 함부로 끌고 갑니까?"

한 남자가 이 목사를 거칠게 밀어냈다.

"비키라니까!"

"말로 하시오, 말로!"

이 목사의 반응도 예상 외로 강했다. 두 남자는 뜻밖이라는 듯 서로 얼굴을 한 번 쳐다봤지만 차가운 태도는 변하지 않았다. 용일은 두 남자가 이 목사에게 정신이 팔려 있는 것을 알아챘다. 용일의 팔을 잡은 손도 아까보다 힘이 빠져 있었다. 용일은 이번에는 팔을 빼려 하지 않고 냅다 교회 쪽을 향해 몸을 던졌다. 한 사람의 손이 풀렸다. 다른 남자의 손도 거의 풀렸지만 반사적으로 용일의 옷자락을 잡아챘다. 남자의 손아귀 힘은 보통이 아니었다. 찢어질 것처럼 옷이 늘어났다. 용일은 차라리 옷이 찢어지기를 바라며 몸부림을 쳤지만 가을 옷은 제법 튼튼했다. 용일을 놓칠 뻔한 두 남자는 화가 난 듯 용일을 도로 잡자마자 주먹을 퍼부어 댔다. 순식간에 몇 대나 얻어맞은 용일은 땅바닥에 널브러졌다. 이 목사는 자기도 모르게 쓰러진 용일을 가로막았다.

“말로 하라니까!”

솟구치는 화 때문에 커진 이 목사의 목소리도 두 남자의 주먹을 멈추게 하지 못했다.

“당신도 혼 좀 나 볼래?”

한 남자가 이 목사에게도 주먹을 날렸다. 이 목사는 순간적으로 눈을 감았고 불꽃이 번쩍 튀는 것을 느꼈다. 이 목사는 자기도 모르게 그 남자에게 달려들어 허리를 붙잡았다. 생각지도 못한 반격에 중심을 잃은 남자는 쉽게 이 목사에게 들려 허우적거렸다.

“이거 안 놔? 놔!”

이 목사는 어깨에 받쳐 든 남자를 힘껏 던졌다. 던지면서 바짓가랑이를 잡아당겼다. 떨어지면서 중심을 잡거나 낙법으로 사뿐히 떨어지는 것을 방해해 최대한 충격을 많이 받도록 하는 방법이었다. 이 목사의 예상대로 남자는 바로 일어나지 못했다.

용일을 누르고 있던 다른 남자가 이 목사에게 달려들었지만 쉽게 덤벼들지 못하고 노려보기만 했다.

"목사님!"

반장이 두 사람 가운데로 뛰어들었다. 이 목사는 반장을 보고서야 주위를 둘러보았다. 몰려나온 사람들이 골목 여기저기서 숨을 죽이고 있었다. 이 목사는 됐다 싶어 안심하며 손을 내려놓았다.

"반장님, 잘 나오셨습니다. 글쎄, 이 사람들이……"

반장의 다음 말을 들은 이 목사는 하던 말을 맺지 못했다. 반장은 여전히 이 목사를 노려보고 있는 남자를 불렀다.

"고 형사님!"

고 형사가 이 목사에게 손을 내밀었다. 이 목사도 한 손으로 화끈거리는 눈을 비비며 다른 손을 내밀어 고 형사의 손을 잡았다.

자꾸 허리를 두드리며 "아이고, 허리야."를 연발하던 최 형사도 손을 내밀었다.

"목사님, 전에 유도하셨습니까?"

"유도는요, 어쩌다가 그런 겁니다."

"못 믿겠는데요. 제가 이래 봬도 팔십 킬로그램이 넘어요."

이 목사도 모를 일이었다. 최 형사를 들어 던질 때 아무 무게도 느껴지지 않던 것이 아직도 생생하지만, 지금 다시 해 보라면 못할 일이었다. 이 목사는 옆에 서 있는 용일의 팔을 잡아끌었다.

"용일아, 가자!"

용일은 쭈뼛거리며 걸음을 떼었다.

파출소와 경찰은 언제나 용일을 움츠러들게 만들었다. 잘못한 일이 없어도 일단 경찰을 만나면 자기도 모르게 고개가 숙여졌다. 그건 용일뿐만 아니라 현내에 사는 사람 대부분이 그랬다. 깡패도 무섭지만 경찰도 못지않았다. 그래서 현내 사람들은 경찰을 만나면 죽은 듯이 오금을 펴지 못했다. 그런 경찰들과 수먹다짐까지 하고도 무사히 풀려나오는 이 목사기 용일은 신기하다 못해 조금 무섭기까지 했다. 더구나 형사들은 이 목사와 손을 마주 잡고 인사까지 건넸다. 아무리 생각해도 모를 노릇이었다.

형사들은 며칠 전 고현 초등학교 앞 배산 상회에서 일어난 라면과 소주 상자 절도 사건을 수사하던 중이었다. 빈둥대는 현내 청년들이 의심스럽던 형사들은 뭔가 일을 꾸미는 사람들이 움직이기 시작하는 밤 시간을 노려 순찰에 나선 것이었다. 나쁜 짓을 저질러 뒤가 켕기는 범인들은 조그만 기색에도 표가 나는 법이라, 형사들은 팔을 잡았을 뿐인데도 몸부림을 치는 용일에게 의심이 갔다. 더구나 형사를 무서워하지 않고 대드는 사람까지 나서자 형사들은 '쉽게 범인을 잡는구나' 하고 기대까지 했지만, 그 사람이 새로 온 교회 목사일 줄은 꿈에도 생각하지 못했다.

　형사들은 헛수고했다는 생각에 속 빈 웃음을 웃으며 이 목사와 용일을 보냈다. 고 형사가 교회에 다니기 때문이 아니더라도 두 형사는 좁고 지저분한 현내에 들어가 뭔가 해 보겠다며 덤벼든 이 목사에게 은근히 응원을 보내고 싶었다. 더구나 학교도 퇴학당하고 문젯거리가 되기 십상인 젊은 녀석이 야학 선생을 하며 검정고시를 준비하고 있다는 말에 감동까지 된 것이다. 이 목사를 보내는 고 형사의 악수에 유난히 힘이 들어간 것도 그 때문이었다.

　"용일아, 이제 어떡할래? 너 때문에 목사가 거짓말을 해 버렸다."

　"죄송합니다."

　용일은 고개를 숙인 채 말을 잇지 못했다. 이 목사는 용일을 곁눈질하며 웃음을 감추려 애썼다. 그렇지 않아도 용일이 어울려 다니는 패거리와 친해지고 싶었는데 예상치 못한 기회가 왔다고 생각하니 화끈대는 눈두덩쯤은 아무것도 아니었다.

　"너 학교 안 다닌다면서?"

　"예."

　무겁게 대답하는 용일의 턱이 가슴에 닿아 있었다. 이 목사가 말을 이었다.

　"다시 학교에 다녀 볼 생각 없냐?"

　용일이 번쩍 고개를 들었다.

"교회에서 야학을 하고 있다. 네가 중학교 과정 공부하는 사람들을 도와주면서 고졸 검정고시를 준비하면 어떨까 하는데."

갑작스런 이 목사의 말에 용일의 머릿속이 복잡해졌다.

'선생님을? 내가? 할 수 있을까?'

"옆에서 도와줄 테니 차분하게 마음만 잡으면 어려울 것도 없다. 나도 검정고시 출신이니 도움이 될 거다."

용일이 고개를 끄덕였다. 이 목사는 대견하다는 듯 용일의 어깨를 두드렸다.

"잘해 보자, 우리!"

수업 시간이 훨씬 지났는데도 이 목사가 보이지 않자 교회에 앉아 있던 사람들은 궁금해하고 있었다. 기다리다 못한 사람들이 가방을 챙기기 시작할 무렵 이 목사가 문을 열고 들어왔다.

"늦어서 죄송합니다."

이 목사를 따라 들어온 용일에게 사람들의 눈길이 모아졌다. 어색하게 서 있는 용일의 어깨에 손을 올리고 이 목사가 환한 목소리로 말했다.

"새로 오신 선생님을 소개합니다. 앞으로 국어와 사회 과목을 맡을 김용일 선생님입니다."

뜨거운 박수가 교회 안에 울려 퍼졌다. 용일의 볼이 빨갛게 달아올랐다. 꾸벅 고개를 숙인 용일의 가슴은 터질 듯이 뛰고 있었다.

5. 야릇한 소문

고현 초등학교의 개교 기념일이었다. 해가 마당에 들어올 때까지 늦잠을 잔 선학이는 윗목에 놓여 있는 밥상의 밥상보를 걷으려다 말고 다시 내려놓았다. 늦잠 때문인지 머리가 멍한 게 밥 생각이 전혀 나지 않았다.

"서경아, 선학이 있냐?"

"신발이 있으니까 방에 있겠지. 한번 불러 봐."

드르륵, 문이 열리고 승제가 방 안으로 불쑥 얼굴을 들이밀었다.

"뭐 하냐?"

"아무것도 안 해."

"나와라. 놀자."

선학이는 벽에 걸린 못에서 수건을 빼 들고 마당으로 나왔다.

빨래통에 손을 넣고 있던 서경이가 선학이를 보고 "풋!" 터지는 웃음을 애써 참았다. 선학이는 기둥에 걸린 거울에 얼굴을 비쳐 보았다. 머리는 부스스 새집처럼 일어나 있고 눈에는 하얀 눈곱이 끼어 있었다. 서경이의 눈길에 창피해진 선학이는 허겁지겁 찬물로 세수를 하고 머리도 감았다. 머리카락이 빠질 것처럼 차가운 물을 뒤집어쓰자 눈이 번쩍 뜨였다.

집을 나서면서 선학이가 물었다.

"뭐 하고 놀 건데?"

"지금부터 찾아봐야지."

"난 또, 뭐 새미있는 거라도 있디고."

둘은 터벅터벅 골목길을 걸었다. 발실은 자연스럽게 모헌 교회 쪽을 향하고 있었다. 선학이네 동네는 언덕의 북쪽 면이어서 가을 겨울에는 볕이 인색했다. 이리역을 마주 보고 있는 송학동 쪽 비탈은 남향이어서 햇빛이 잘 들었다. 자기도 모르게 햇빛 드는 곳을 찾아 걷노라니 곧 모현 교회가 나왔다. 승제와 선학이는 교회 앞에서 걸음을 멈추었다.

"한번 들어가 볼까?"

선학이의 대답도 듣지 않고 승제가 문을 열었다. 문이 활짝 열리자 책을 들여다보고 있던 이 목사와 영자가 고개를 돌렸다. 긴 의자에 함께 앉아 있던 두 사람은 공교롭게도 둘 다 안쪽 방향으로 고개를 돌렸기 때문에 얼굴이 부딪칠 것처럼 가까워졌다. 승제와 선학이는 생각지 못한 광경에 문고리를 잡은 채 아무 말도 하지 못했다. 잠시 어색한 공기가 네 사람 사이에 흘렀다. 하지만 곧 이 목사가 거침없는 큰 소리로 아이들을 맞았다.

"너희들 왔구나! 들어와라."

소리 없이 등 뒤에서 나타난 용일이 발을 구르며 "왁!" 소리를 질렀다. 깜짝 놀란 승제가 투덜거렸다.

"에이! 간 떨어질 뻔했잖아요."

"그걸 가지고 놀라냐? 남자가."

용일은 행주로 냄비 손잡이를 감싸 들고 있었다. 냄비를 탁자 위에 내려놓고 뚜껑을 열자 맛있는 냄새가 흰 김과 함께 피어올랐다. 아침도 안 먹은 선학이는 그제야 시장기를 느꼈다. 이 목사가 젓가락 통과 밥공기를 꺼내 왔고 용일은 김치 통 뚜껑을 열었다.

"목사님, 저 그만 가 볼게요."

선학이를 뚫어지게 바라보던 영자가 급히 책을 챙겼다.

"라면 먹고 가지 그래요?"

"아녜요, 많이 드세요."

책을 챙겨 든 영자는 선학이 옆을 지나치려다 문득 걸음을 멈췄다.

"너, 이름이 뭐니?"

"김선학이오."

"몇 살이야?"

"열한 살요."

“우리 막내랑 동갑이구나. 얼굴도 비슷하고.”

금세 머리라도 쓰다듬을 것 같던 영자는,

“진짜 안 먹을 거예요? 후회할 텐데.”

하는 용일의 말에 손을 흔들며 교회 밖으로 뛰어나갔다.

“자, 먹자.”

이 목사의 말에 선학이는 재빨리 젓가락을 집어 들었다.

“하나님 아버지, 오늘도 맛있는 점심을 주셔서 감사합니다. 이 음식을 먹고 힘을 얻어 더 열심히 건강하게 살게 해 주십시오. 예수님의 이름으로 기도했습니다.”

모두들 입을 모아 “아멘” 하고 밀했다. 미리 밥공기와 젓가락을 양손에 들고 있던 선학이는 기도가 끝나자마자 젓가락을 깊숙이 넣고 라면 면발을 밥공기에 수북하게 담았다. 후후 불어가며 라면을 먹는 동안 네 사람은 아무 말이 없었다. 라면 냄비가 순식간에 국물까지 깨끗하게 동이 났다.

“이상하다? 다섯 개나 끓였는데.”

용일이 고개를 갸웃거렸지만 선학이와 승제는 모르는 척 입을 쩝쩝거렸다.

배를 채운 선학이와 승제는 교회에서 놀았다. 용일이 깨끗하게 닦은 유리창으로 제법 따사로운 햇살이 맑게 비치고 있었다. 선학이가 삐걱삐걱 소리도 요란한 풍금 페달을 밟으면 승제는 한 손가락으로 ‘애국가’와 ‘과수원 길’ ‘학교 종’을 연주했다. 이 목사는 점심을 먹자마자 심방을 간다며 교회를 나섰기 때문에 교회 안에는 영어책을 노려보고 있는 용일과 아이들밖에 없었다. 신이 난 승제와 선학이의 풍금 소리가 점점 시끄러워지자 용일은 고개를 절레절레 흔들며 아이들을 쫓아냈다.

교회를 나온 선학이와 승제는 고현 초등학교를 향해 걸었다.

"선학아, 아까 좀 이상하지 않데?"

"뭐가?"

"그 누나랑 목사님 말야. 둘이 딱 붙어 있었잖아."

"무슨 소리야. 목사님이 공부 가르쳐 주는 거 다 봐 놓고."

"그건 그렇지만……"

승제는 뭐가 그리 궁금한지 입을 쉬지 않았다.

"그런데 전에 그 누나 본 적 있냐?"

"아니, 오늘 처음 봤어."

"공부 잘하게 생겼더라. 안경도 쓰고."

"안경 쓴다고 다 공부 잘하냐?"

"예쁘기도 하고."

"니 눈에 안경이다."

"뭐?"

둘은 고현 초등학교 운동장에 도착할 때까지 티격태격 말씨름을 멈추지 않았다. 학교 운동장에서 공을 차고 있던 아이들에게 하나씩 편을 갈라 들어가고 나서야 이 목사와 영자에 대한 생각을 까맣게 잊을 수 있었다.

그런데 승제만 이상하게 생각한 것이 아니었다. 동네 사람들

64

사이에 언제부터인가 조심조심 귓속말로 야릇한 소문이 돌고 있었다. 야학에 다니는 아가씨와 이 목사가 좋아하는 사이라는 것이었다. 소문에 제일 놀란 사람은 두 딸을 야학에 보내고 있는 정읍댁이었다. 아직 둘 다 스물이 안 돼 어리다고는 하지만, 남자 여자가 좋아하는데 나이가 무슨 상관이랴 싶었다. 피곤한 몸으로 공장에서 돌아온 정읍댁네 두 딸은 느닷없는 정읍댁의 채근에 생사람 잡지 말라며 펄쩍 뛰었다.

"아니라니까 자꾸 왜 그래, 엄마는? 목사님은 그런 분이 아니라니까!"

"그래도 남자 여사 사이는 모르는 것이어. 이것아, 뭔 일 있으면 있다고 말을 해 봐. 니네들 말고 야학 나니는 처녀가 없겄여?"

"없긴 왜 없어? 둘이나 더 있단 말야. 그렇지, 막내야?"

"응, 영자 언니랑 보미 언니랑. 근데 보미 언니는 요즘 야학 안 나오던데."

"그게 누구냐? 누구네 집 딸이야?"

"엄마가 그건 알아서 뭐 하려고 그래?"

정읍댁네 두 딸은 왠지 말하기를 주저하는 눈치였고 정읍댁은 그것이 마음에 걸렸다. 확실하게 듣지 않고서는 밤새도록 잠을 안 재울 것 같은 정읍댁의 기세에 둘째 딸이 머뭇거리며 말을 꺼냈다. 두 딸 말고 교회에 다니는 처녀가 누군지 알아낸 정읍댁은 그세야 마음을 놓았고 당장 다음날부터 새로운 소문이 돌기 시작했다. 이 목사를 좋아하는 여자는 영자라는 술집 아가씨라는 소문이었다. 구체적으로 이름이 나오자 사람들은 점점 소문을 사실로 믿기 시작했다. 아가씨가 홀아비인 이 목사를 좋아한다는 것도 재미있었지만, 술집 아가씨와 목사라는 관계가 짜릿하기까지 했다. 더구나 이 목사도 영자도 소문을 부정하지 않았기 때문에 일방적인 소문은 마치 사실인 것처럼 퍼져 갔다.

평소보다 절반밖에 참석하지 않은 주일 예배는 눈에 띄게 쓸쓸했다. 예배가 끝나고 주일 학교가 시작될 무렵이었다. 두고 온 책을 챙기러 자취방에 들른 용일이 뻘게진 얼굴로 돌아왔다. 주인 없는 용일의 자취방에 누워 있던 명호와 덕용이 빈정대며 전해 주는 소문에 흥분한 용일은 이 목사의 팔을 잡고 교회 밖으로 나갔다. 흥분해서 점점 목소리가 커지는 용일을 진정시키며 이 목사는 끝까지 차분하게 용일의 말을 들었지만 표정은 점점 창백해졌다.

"이럴 수가 있어요? 당장 헛소리 집어치우라고 해야 돼요!"

이 목사와 영자가 아무 사이도 아니라는 것을 누구보다 잘 아는 용일은 당장이라도 집집마다 달려갈 듯했다. 이 목사는 우선 용일의 팔을 잡아 자리에 앉혔다.

"용일아, 일단 생각한 다음에 움직이자."

용일은 오히려 차분한 이 목사의 태도에 눌려 자리에 앉았다. 사실 용일은 영자가 술집에 나간다는 사실을 알았을 때부터 마음에 들지 않았다. 말수 적고 열심히 공부하는 모습을 보고 괜찮은 누나라 느낀 첫인상은 영자의 직업을 알게 되자 단번에 사라져 버렸다. 자기가 궁금해 물어보았으면서도, 비밀을 지키기로 약속했으면서도 불쾌하고 입이 근질거리기도 했다. ‘교회에 이런 사람이 와도 됩니까?’ 하는 질문이 혀끝까지 올라왔지만 꾹 참았다. 다행인지 불행인지 영자는 주일 예배나 수요일 예배에는 참석하지 않았다. 사람들이 많이 모이는 자리를 일부러 피하는 것 같았다.

하지만 항상 잠이 부족한 얼굴로 종종 입에서 술 냄새를 풍기면서도 아학에 빠지지 않고 니외 열심히 공부하는 영자를 보면서 용일의 마음은 조금씩 풀려 가고 있었나. 난시 힘겹게 자리를 잡아 가던 야학이 헛소문 한 번에 휘청거릴 위기에 처해 있는 것이 용일은 견딜 수 없었다.

이 목사는 두 눈을 감고 깍지 낀 양손을 이마에 대고 있었다. 기도를 하고 있는지 생각을 하고 있는지 도대체 알 수가 없었다. 오래오래 머리카락 하나 흔들리지 않는 이 목사를 보며 용일의 흥분은 점차 내려앉았다. 어떻게 해야 좋을지 생각해 보려 했지만 뾰족한 수가 떠오르지 않았다.

‘영자 누나를 야학에 못 나오게 하면?’

그러면 될 것도 같았다. 거기서 소문이 시작했으니 소문의 뿌리를 잘라 버리면 소문이 더 뻗어 나가지 않을 것 같았다.

“용일이!”

깍지 낀 손을 턱에 받친 이 목사가 앞을 뚫어지게 노려보며
말했다.

"우리가 어떻게 하면 좋을까? 누구도 상처받지 않게 하려면
어떻게 해야 하겠니?"

"영자 누나를 그만 나오게 하죠."

이 목사가 용일에게 고개를 돌렸다.

"그러면 헛소문은 자연스럽게……"

"그건 안 된다!"

이 목사는 단호하게 용일의 말을 잘랐다. 용일은 이 목사의
태도가 무척 낯설었다. 말을 하고 있는 중에 말허리를 끊는 것
이 평소의 이 목사답지 않았기 때문이다.

이 목사는 높아진 목소리로 말을 이었다.

"영자 씨야말로 도움이 필요한 사람이야. 헛소문이 무서워 우
리가 먼저 포기한다면 영자 씨는 계속 그 자리에서 벗어날 수
없어. 헛소문 때문에 우리에게 등을 돌리는 사람이 있다면 시간
과 정성을 들여 오해를 풀 수 있을 거다. 하지만 우리가 영자 씨
를 외면한다면 그건 그 사람에게 치유되기 힘든, 너무나 큰 상
처를 입히는 거야. 백 사람의 오해보다 한 사람이 입을 상처가
더 중요한 거란다. 안 그러냐?"

용일은 고개를 끄덕일 수밖에 없었다. 다른 삶을 찾으려는 노
력을 포기할 수밖에 없는 다른 술집 아가씨들과 달리 영자는 힘
든 환경에서도 스스로 찾아와 노력하고 있었다. 영자를 통해서

라면 다른 아가씨들에게 새로운 힘과 새로운 희망을 줄 수 있을
지도 몰랐다.

"그 사람을 포기하면 안 돼. 그 사람이 우리를 포기한다 하더
라도 우리는 그 사람을 포기하면 안 돼."

다음날부터 용일은 이 목사를 절대 교회 안에 혼자 내버려 두
지 않았다. 특히 영자가 남아 공부하는 날은 이 목사와 함께 교
회에 남아 일부러 큰 목소리로 수선을 피우며 영자를 가르치기
도 했다. 현내 사람들 중 몇몇은 소문이 진짜인지 확인해 보고
싶어 직접 교회를 찾아오기도 했다. 창문이나 뒷문을 통해 슬그
머니 교회 안을 훔쳐보는 눈길을 느낄 때마다 용일은 당장 멱살
잡이라도 하고 싶을 만큼 분통이 터졌다. 그러나 이 목사의 흔
들리지 않는 태도를 본받아 더 목소리를 높였다. 교회를 찾아온
사람들 중에는 '이 목사가 아니라 그 젊은 총각이 술집 아가씨
를 좋아하는 것 같다'는 새로운 소문을 퍼뜨리는 사람도 있었다.
어쨌든 야학 수업을 마친 영자가 교회를 나서면 서성거리던 사
람들이 '목사를 사랑하는 유명한 술집 아가씨'를 위아래로 훑어
보았다. 술집에서 일하기 시작한 뒤로 모든 사람들의 눈길이 자
신의 직업을 꿰뚫어 보는 것 같아 눈을 마주치기 싫어하는 영자
는 더욱 고개를 숙이고 그 자리를 피했다.

현내 사람들은 셋으로 갈라져 있었다. 헛소문에 시달리는 이
목사를 딱하게 여기는 사람들과 '아니 땐 굴뚝에 연기 나랴' 하

며 이 목사를 비난하는 사람들, 어느 쪽도 아니면서 소문 자체를 재미있어하는 사람들이었다. 색다른 소문에 입이 단 동네 사람들은 모이기만 하면 이 목사 이야기로 꽃을 피웠고 소문은 끝도 없이 부풀어 갔다.

아이들에게도 소문은 퍼져 있었다. 특히 짓궂은 남자 애들은 보기만 하면 서경이를 놀려 댔다. 선생님의 부탁으로 시험지 채점을 하느라 늦게 집에 가던 서경이를 길가에서 놀던 남자 애들이 둘러쌌다.

"야! 술집 여자가 니네 새엄마 될 거라며? 너랑 열 살 차이 난다며?"

"우리 아빠가 그러는데 교회당이 아니고 연애당이래."

"아냐! 아니란 말야!"

심지 굳은 서경이도 계속되는 남자 애들의 놀림에 더 참지 못하고 울음을 터뜨렸다. 곤경에 빠진 서경이를 본 선학이와 승제가 달려와 남자 애들을 쫓았다. 잔뜩 화가 난 선학이와 승제를 본 남자 애들은 쏟아 부은 콩알이 튀듯 도망쳤다.

"니들 걸리면 다 죽어!"

"다 헛소문이야, 이 바보 자식들아!"

선학이와 승제는 도망치는 아이들의 뒤통수에 대고 주먹질을 해 댔다. 주저앉아 한참을 운 서경이는 말없이 일어나 가방을 챙겼다. 터벅터벅 힘없이 걸어가는 서경이를 선학이와 승제가 멀찌감치 떨어져 따라갔다. 마침 집에서 공부하고 있던 이 목사

70

가 서경이를 맞았다. 서경이의 빨간 눈과 눈물 자국을 본 이 목사는 말없이 서경이를 안아 주었다. 듣지 않아도 무슨 일이 있었는지 알 수 있었다.

"아빠를 믿어라, 서경아. 아빠는 지금 하나님이 기뻐하시는 일을 하고 있는 거란다. 하나님이 보시기에도, 사람의 양심으로도 부끄러운 것은 하나도 없어. 하지만 우리 서경이를 힘들게 해서 정말 미안하구나."

이 목사는 오래오래 서경이를 안고 머리를 쓰다듬어 주었다. 양철 대문 사이로 이 광경을 지켜보고 있던 선학이와 승제는 들길세라 조심조심 고양이 걸음으로 집에서 밀어졌다.

큰 소리로 말해도 들리지 않을 만큼의 거리가 되자 승제가 투덜거렸다.

"이 자식들, 만나기만 해 봐라. 엎어 버려야지."

"그러면 네가 서경이 좋아한다고 소문날걸?"

"무슨 소리야? 내가 왜 서경이를 좋아하나?"

승제는 얼굴까지 빨개지며 펄펄 뛰었다. 선학이는 승제의 이상한 반응은 관심도 없다는 듯 교회 쪽을 향해 걸었다. 무언가 곰곰이 생각하고 있는지 고개를 숙이고 땅바닥만 내려다보며 걸었다. 승제는 선학이의 심상찮은 낌새는 관심도 없이 여전히 빨개진 얼굴로 투덜거리며 선학이를 따라 걸었다.

"왜 그래? 남 도시락도 못 먹게."

"지금 밥이 중요한 게 아냐."

"밥이 안 중요하면 뭐가 중요하냐?"

"따라오기나 해. 니 도시락 누가 안 훔쳐 먹어."

승제는 큰일이라도 난 것처럼 잡아끄는 선학이의 손길에 도시락도 못 먹고 교실을 나섰다. 선학이는 주위를 조심스레 살펴가며 화장실 뒤로 돌아갔다. 화장실 뒤는 바로 담장이었다. 선학이는 담장 너머를 살폈다. 다행히 선도부 형들이나 선생님은 눈에 띄지 않았다. 재빨리 담을 넘는 선학이를 따라 할 수 없이 승제도 담을 넘었다. 선학이는 뛰다시피 빠른 걸음으로 집을 향해 걷기 시작했다. 승제가 뭐라고 말을 걸어도,

"나중에 이야기해 줄게."

하고 말할 뿐이었다.

모현 교회 아래까지 와서야 선학이는 발길을 멈췄다. 선학이와 승제의 이마에는 차가운 바람에도 불구하고 땀방울이 송골송골 맺혀 있었다.

"야! 진짜 말 안 할래?"

승제의 목소리가 높아졌다. 선학이는 입술에 손을 대고 "쉿!" 하며 승제를 조용히 시켰다. 살금살금 교회 창문 밑으로 걸어가 안을 엿본 선학이가 되돌아와 승제를 골목길로 끌고 갔다. 승제는 정말 답답한 듯 가슴을 치는 시늉을 했다.

"지금 그 누나랑 용일이 형이랑 교회에 있어."

"그게 어쨌다고?"

"기다렸다가 그 누나가 나오면 물어볼 거야."

"뭐라고 물어볼 건데?"

"진짜 목사님 좋아하냐고!"

승제가 입을 딱 벌렸다. 생각지도 못한 엉뚱한 짓이었다. 하지만 선학이의 표정은 굳어 있었다. 며칠 전부터 생각해 온 계획이었다. 선학이는 이 목사가 새 부인을 맞을 거라고는 생각하지 않았다. 점심도 먹지 않고 달려 나온 이유도 바로 그것이었다. 직접 만나서 영자에게 들은 답을 아이들에게 전할 생각이었다. 혼자 들었다면 안 믿을지 몰라 승제를 증인으로 데리고 왔다.

얼마 지나지 않아 교회 문이 열렸다. 영자가 골목길에 들어서자 선학이는 벌떡 자리에서 일어났다. 승제도 머뭇머뭇 자리에서 일어났다. 무심코 지나치려던 영자가 선학이를 보고 웃으며 말을 건넸다.

"선학이구나! 학교 안 갔니?"

"누나, 나랑 말 좀 해요."

갑작스런 선학이의 말에 영자의 눈이 동그래졌다.

"그러지 뭐. 선학이 이야기라면 언제나 환영이야."

영자는 똑 소리 나는 선학이가 귀엽다는 듯 손을 내밀어 머리칼을 쓰다듬으려 했지만 선학이는 살짝 고개를 돌려 영자의 손길을 피했다. 기다려도 선학이가 좀처럼 입을 열지 않자 영자가 웃으며 말했다.

"어려운 얘기인가 본데, 우리 뭐 좀 먹으면서 얘기할까?"

"예."

가만히 있던 승제가 반색을 하며 앞으로 나왔다. 그렇지 않아도 배가 고파 죽을 지경이었지만 몰래 학교에서 나왔기 때문에 집에 밥 먹으러 가지도 못하기 때문이었다.

선학이가 한 손으로 승제를 밀어내며 말했다.

"누나, 목사님 좋아해요?"

불쑥 시작된 선학이의 질문에 영자는 고개를 갸웃거리며 되물었다.

"누굴 좋아하냐고?"

"목사님 말이에요. 누나, 정말 목사님 좋아해요?"

"그게 무슨 말이니? 내가 왜 목사님을 좋아해야 해?"

"아이 참! 좋아해야 되는 게 아니고요. 좋아하냐고요?"

"존경하기는 하지. 나 같은 게 어떻게……"

우울하게 우물거리는 영자의 뒷말은 선학이도 승제도 듣지 못했다. 선학이는 그럼 그렇지 하는 표정으로 의기양양해졌다.

"안녕히 계세요."

하며 돌아서는 선학이와 승제를 이번에는 영자가 잡았다. 영자는 의아한 얼굴로 선학이에게 물었다.

"너 왜 그런 걸 물어보는 거니? 왜 내가 목사님을 좋아한다고 생각했어?"

"그런 게 있어요."

“선학아! 말해 줘.”

영자는 정색을 하고 선학이를 바라보았다. 한없이 깊은 눈빛을 선학이는 피할 수가 없었다. 어쩔 수 없이 선학이는 동네에 떠돌고 있는 소문과 서경이가 당하는 고통, 동네 사람들의 비웃음 등을 하나하나 이야기했다. 선학이는 책을 감싸 안은 영자의 두 손이 부들부들 떨리는 것을 보고는 말을 짧게 끝내려고 했다. 하지만 숨소리도 내지 않는 영자가 눈물 가득한 눈으로 말없이 선학이를 재촉하고 있었기 때문에 결국 모든 걸 말할 수밖에 없었다.

이야기가 끝났지만 영자는 담벼락에 등을 대고 웅크린 채 움직이지 않았다. 선학이와 승제는 슬금슬금 영자의 눈치를 보며,

“누나, 안녕히 계세요.”

하고 인사하고 학교를 향해 내달렸다.

다음날도 다다음날도 영자는 야학에 나타나지 않았다. 이 목사는 영자의 안부가 궁금했지만 지금까지 한 번도 빠지지 않고 공부에 열심이던 영자이기 때문에 곧 나오겠지 생각하며 며칠을 보냈다.

나흘이 지나도 영자가 나타나지 않자 이 목사는 오해하는 사람이 없도록 한낮에 야학 사람 두 명을 데리고 술집 사루비아를 방문했다. 검은 성경책을 손에 든 이 목사 일행을 현관에서 맞은, 분홍색 추리닝을 입은 아가씨가 껌을 요란하게 씹으며 말

했다.

"영자요? 여기 그런 애 없는데요."

"여기에서 일한다고 그랬습니다. 야학에 다니는 아가씨예요."

"아하, 야학! 진작 그렇게 얘기하시지. 그럼 은보미하고 박수지를 찾으시는 거네."

"지금 만날 수 있겠습니까?"

"박수지는 다른 집으로 옮겼고요, 은보미는 있어요. 잠깐만요."

아가씨가 안으로 들어간 후 얼마 되지 않아 은보미가 얼굴을 내밀었다. 푸석한 맨얼굴의 은보미는 방금 잠에서 깼는지 머리가 까치집처럼 헝클어져 있었다. 이 목사 일행을 본 은보미의 목덜미가 빨개졌다.

"언니, 며칠 전에 딴 집으로 갔어요. 아마 다시 보기 힘들 거예요, 목사님."

"왜 갑자기 옮겼죠? 별다른 이야기도 없었는데."

"언니가 야학 다니려고 얼마나 악착을 떨었는지 목사님은 잘 모르실 거예요. 삼촌들한테 맞고, 큰언니한테 맞고, 그래도 끝까지 야학에 나가겠다고 악착을 떠니까 다들 포기하데요. 우리도 저렇게 공부하면 별수가 생길까 싶어서 지켜보고 있었는데, 며칠 전에 느닷없이 자청해서 딴 집으로 옮겼어요. 모르는 데 가서 모르는 사람들이랑 지내려면 더 힘들 텐데."

"딴 집이라면 어느 집을 말하는 겁니까? 한번 방문하고 싶어

서 그러는데."

이 목사의 말에 은보미는 고개를 가로저었다.

"이 바닥에서 딴 집 갔다고 하면 다른 도시로 갔다는 거예요. 언니가 편지라도 보내 오면 모를까, 그전에는 어디로 갔는지 알 수 없어요."

은보미는 담배라도 피우는 것처럼 길게 한숨을 내뿜었다. 이 목사는 알겠다는 듯 고개를 끄덕이며 일어섰다. 은보미는 잠시만 기다리라며 안으로 들어가더니 곧 종이봉투 하나를 안고 돌아왔다. 갈색 종이봉투 안에는 공책을 잘라 묶고 예쁜 포장지로 겉장을 감싼 단어장이 가득 들어 있었다.

"이거, 언니가 떠나기 전에 저랑 같이 만든 거예요. 학생들 나눠 주세요."

"보미 씨가 와서 나눠 주면 좋을 것 같은데요?"

"저도 야학 그만 나갈 거예요. 영자 언니도 포기했는데 저 같은 건 죽었다 깨어나도 안 돼요."

이 목사가 포기하지 말라며 격려했지만 보미는 이미 마음을 굳힌 듯했다.

돌아서는 이 목사에게 보미가 마지막으로 말했다.

"그리고 봉투 밑에 손으로 쓴 성경책은요, 언니가 꼭 목사님 드리라고 했어요. 십 분의 일밖에 못 썼지만 나중에 나머지도 보내 드리겠다고 꼭 전해 달래요."

6. 목숨을 건 시험

일찌감치 일을 마치고 돌아온 선학이 아버지가 지붕 위로 올라갔다. 같이 온 현내 전자 아저씨의 고함에 따라 선학이 아버지는 장대 끝에 묶은 안테나를 이리저리 돌렸다. 현내 전자 아저씨는 깨끗한 화면이 나오자 "됐어요!"라고 소리쳤다. 선학이 아버지는 그 자리 그대로 움직이지 않도록 철사로 안테나 기둥을 꽁꽁 묶어 세웠다. 해 질 무렵 집으로 돌아온 선학이는 방 위쪽에 떡하니 놓여 있는 텔레비전을 보고 기절할 듯 소리를 질렀다.

"야아, 테레비다!"

아버지는 메뚜기처럼 뛰어다니는 선학이를 보며 흐뭇하게 웃었다. 어머니는,

"그만 뛰어! 방구들 꺼질라!"

하며 말리는 척했지만 말뿐이었다. 현내에서는 세창 상회 승제네 다음으로 두 번째로 생긴 텔레비전이었다.

텔레비전을 산 뒤로 선학이네 집은 동네 아이들 세상이 되었다. 호랑이 같은 할아버지 때문에 승제네 집에 쉽게 놀러 갈 수 없었던 아이들은 선학이네 집으로 모여들었다. 같은 집에 사는 서경이를 핑계로 놀러 온 여자 애들도 슬금슬금 한방에서 텔레비전을 보았다. 예전 같으면 저녁때가 되어도 들어오지 않는 아이들을 잡으러 엄마들이 골목으로 나와야 했지만 요즘에는 다들 선학이네 집에 와서 아이들을 잡아갔다. 저녁때가 됐는데 밥 먹으러 오지 않는다고 콩, 그러니까 우리도 텔레비전 사자고 툴툴대다가 콩, 거푸 꿀밤을 맞고 끌려가면서도 아이들은 아쉬워 뒤를 돌아보았다.

하지만 중학생들은 선학이네 집으로 가지 않았다. 건널목 옆 만화방에 텔레비전이 있어 중학생 체면에 초등학생인 선학이나 승제의 비위를 맞추면서까지 얻어 볼 필요가 없기 때문이었다. 그렇지만 어린아이들로서는 중학생 눈치를 보지 않아도, 만화책 값이 없어도 텔레비전을 볼 수 있는 곳은 선학이네 집뿐이었다.

작년 같으면 날마다 본부나 당산나무에서 함께 모이는 것이 당연했다. 모이면 대장인 이오가 시키는 대로 놀이도 하고 장난도 하며 놀았다. 가끔 하기 싫어도 해야 하는 권투 시합이 싫었지만, 비위를 거스르지 않으면 이오는 권투를 시키지 않았다.

80

눈치 빠른 아이들은 무조건 이오의 말을 따랐고 또 그게 당연한 걸로 알았다. 하지만 언제부터인지 모르게 아이들은 자연스럽게 이오를 잊고 있었다.

자신을 따르던 아이들이 거짓말처럼 텔레비전만 쳐다보게 되자 이오는 심한 배신감을 느꼈다. 외롭기도 하고 화가 나기도 했다. 지난여름 모현 교회에 이 목사가 오고 나서부터 아이들은 조금씩 변하기 시작했다. 이오의 한마디에 죽는 시늉까지 하던 아이들이 슬금슬금 이오를 피했고 더는 이오의 명령을 듣지 않게 되었다. 아이들을 다시 휘어잡으려 해 봤지만 번번이 실패할 뿐이었다. 물론 이오도 인제까지 초등학교 꼬마들과 놀 수 없다는 걸 알고 있었다. 그래서 더욱 손을 봐줘야 했다. 갈 때 가더라도 확실히 잡아 놓고 떠나면 언제 어디서 마주치더라도 기를 꺾고 시작할 수 있을 터였다.

무당네는 요즘 부쩍 이오에게 짜증이 늘었다. 굿 부탁이 눈에 띄게 줄었기 때문이었다. 이 목사가 교회에서 훼방을 놓기 때문이라고 생각한 무당네는 솟구치는 화를 재울 수가 없었다. 당연히 옆에 있는 이오와 정금이에게 화를 내게 됐고, 그런 엄마를 보며 부글부글 팥죽이 끓듯 이 목사와 교회에 대한 이오의 분노도 끓기 시작했다. 이오는 이를 악물고 계획을 짜기 시작했다. 아이들 중에 제일 반항을 잘하는 승제와 선학이를 다시는 눈을 똑바로 들지 못하도록 혼내 줄 생각이었다. 물론 서경이도 빼놓을 수 없었다.

　토요일은 텔레비전 방송이 한 시부터 시작하기 때문에 아이들은 학교가 끝나자마자 선학이네 집에 몰려들었다. 토요일에는 프로레슬링 중계가 있었고 지난주 내내 한 만화를 재방송해 주기도 했다. 이미 본 만화지만 다시 봐도 재미있었다. 만화가 끝나면 시작될 프로레슬링 때문에 남자 아이들은 흥분해 있었다. 여자 아이들은 만화가 끝나면 서경이네 방에 가서 놀 생각이었다. 프로레슬링을 보면 남자 아이들은 가만히 있지 못하고 서로 붙잡고 레슬링 흉내를 내며 방바닥을 굴러다니기 일쑤였다. 구르고 조르다 보면 마구 내두르는 팔다리에 가만히 앉아 있던 여자 애들이 차이기 일쑤였다. 몇 번 겪어 봐서 사정을 빤히 아는 여자 애들은 레슬링이 시작되기 전에 방을 빠져나갔다.

　남자 애들은 광고가 나오는 동안 벌써부터 우당탕거리며 레슬링을 시작했다. 레슬링을 할 때면 누구도 승제에게 도전하려 하지 않았다. 아이들 중 제일 힘이 세기도 하고 기술도 좋은 승제는 아이들이 '현내 김일'이라고 불러 주는 걸 썩 기분 좋게 생각했다. 선학이와 철호는 하는 수 없이 이인 일조가 되어 승제를 공격했다. 힘센 승제지만 두 명의 공격을 받자 고전하는 기색이 역력했다. 쿵쿵거리고 씩씩거리던 아이들은 밖에서 부르는 서경이의 목소리를 듣지 못했다. 승제를 방바닥에 꺾어 눕히고 심판인 병철이가 하나, 둘, 셋을 세고 나서야 아이들의 레슬링은 끝이 났다.

숨을 헉헉 몰아쉬며 방바닥에 큰 대 자로 누운 선학이에게 다급한 서경이의 목소리가 들렸다.

"선학아! 나와 봐, 좀."

"네가 들어와!"

선학이가 숨을 몰아쉬며 말했지만,

"그러지 말고 제발 나와 봐!"

하고 대답하는 서경이의 목소리가 왠지 모르게 떨리고 있었다. 심상치 않은 서경이 목소리에 선학이는 문을 활짝 열었다. 여자애들이 마당에 나와 줄지어 서 있었다.

"너희들 왜 그리고 있냐?"

"저 오빠가 다 나오래."

이오와 그 패거리가 양철 문에 기대어 이쪽을 노려보고 있었다. 이오가 침뿌리를 씹듯 힘을 주어 말했다. 네모난 턱에 힘줄이 도드라져 보였다.

"한 놈도 빠짐없이 따라 나와. 도망가거나 헛짓거리하는 새끼들은 다 죽는다. 알았냐?"

앞장선 이오를 따라 아이들은 방죽 옆 당산나무로 갔다. 바람이 쌀쌀해서인지 모정은 텅 비어 있었다. 당산나무 둥치, 항상 앉던 자리에 떡 앉은 이오는 아이들이 자기 앞에서 우물쭈물하는 모습을 날카롭게 지켜보고 있었다. 아이들을 몰아온 이오의 패거리는 적당한 자리에 흩어져 서 있었다. 원래부터 이오의 부하 노릇을 하던 수만이와 영삼이 말고도 처음 보는 아이들이 두 명 더 있었다. 끊어지기 직전까지 늘어난 고무줄처럼 팽팽한 긴장감에 아이들은 왠지 질려 있었다. 한쪽은 자기들이, 한쪽은 이오 패거리가 쥐고 있는, 보이지 않는 고무줄을 아이들은 결코 놓을 수 없었다. 그런 아이들의 마음을 아는 이오는 여유 있게 고무줄 끝을 놓을까 말까 가늠하며 아이들을 긴장하게 만들고 있었다.

"요즘 너희들 보자 보자 하니까 영 안 되겠어. 눈에 거슬리는 게 한두 가지가 아니야. 선배를 보고 실실 피하기나 하고 말도 안 듣고 단합도 안 돼. 우리 현내 애들이 이러면 되겠냐? 이래 가지고 다른 동네 애들을 당할 수 있겠냐?"

아이들은 이오의 말이 맞는 것 같기도 하고 아닌 것 같기도 했지만 어디가 틀렸는지 알 수가 없었다.

"남자가 여자 눈치나 실실 보고, 그래서 되겠냔 말이다!"

어느새 일어난 이오가 침을 찍 뱉었다. 침은 정확하게 선학이의 발 앞에 떨어졌다.

"우리가 언제부터 딴 동네 사람 말에 죽고 살았냐? 객지 사람이 현내에 대해서 뭘 안다고! 전에 있던 조 목사도 결국 시내로 나가 버린 거 알지? 현내 속사정 하나도 모르는 사람이 뭘 할 거라고 졸졸 따라다니냔 말이야! 오자마자 연애나 하는 사람을."

무슨 말인지 몰라 어리둥절하던 서경이는 그제야 이오가 이 목사와 모현 교회에 대해 이야기하고 있다는 걸 알아차렸다.

"길게 말 안 하겠다. 다들 열 대씩 맞고 정신 번쩍 차려라. 객지 사람은 객지 사람이야. 여기서 끝까지 살 사람이 아니라 장사 잘되면 남고 안 되면 떠날 사람이야. 알아들었으면 엎드려뻗쳐."

이오의 말이 끝나자마자 철호가 엎드려뻗쳤다. 병철이도 머뭇머뭇하다가 엎드려뻗쳤다. 나머지 여자 애들과 남자 애들은 몸이 굳은 것처럼 움직이지 않았다. 이오는 당산나무 등걸에 미리 숨겨 둔 나무 막대기를 꺼내 들었다. 이오는 승제를 지나지는 척하다가 갑자기 막대기로 승제의 배를 찔렀다. 승제의 입에서 "헉!" 하고 헛숨 들이켜는 소리가 나왔다. 승제는 배를 부여잡고 새우처럼 땅에 쓰러졌다. 승제가 쓰러지자 나머지 남자 애들도 잽싸게 땅바닥에 엎드려뻗쳤다.

선학이는 분한 마음이 들었지만 심상치 않은 이오네 패거리 때문에 분을 참고 엎드렸다. 정말 싫다고 생각하면서도 엎드린 선학이는 곁눈질로 서경이를 올려다보았다.

"너도 엎드려!"

조용히 속삭였지만 서경이는 듣지 못하는 것 같았다. 이오가 막대기로 서경이의 배를 찌르는 시늉을 하자 서 있던 여자 애들이 순식간에 다 땅바닥에 엎드려뻗쳤다. 그래도 서경이는 동상처럼 서서 이오를 쳐다보고 있었다. 이오가 막대기로 서경이의 턱을 받쳐 들었다.

"너, 진짜 죽고 싶냐? 나는 일단 화가 나면 남자고 여자고 안 가려. 계집애라고 봐줬더니 끝까지 기어오르냐? 니까짓 게?"

"우리 아버지는 그런 사람이 아니에요."

서경이는 한 자씩 분명히 말했다.

"아니긴 뭐가 아냐? 현내 사람들이 다 아는데. 헛소리 말고 엎드려뻗쳐."

"우리 아버지는 그런 사람이……"

이오는 서경이가 말을 마치기도 전에 얼굴을 밀어 버렸다. 뒤에 엎드려뻗쳐 있던 병철이에 걸린 서경이는 손 짚을 사이도 없이 메주가 떨어지는 것처럼 쿵 하고 땅바닥에 널브러졌다.

"아아아."

"까불지 말랬지! 내 성질 건드리지 말랬지! 오늘 한번 혼 좀 나 봐라!"

웅크린 서경이를 향해 이오가 손에 든 막대기를 치켜들었을 때였다. 배를 부여잡고 비틀거리며 일어난 승제가 이오를 향해 몸을 던졌다. 이오 패거리가 말릴 새도 없이 순식간에 일어난 일이었다. 이오는 생각지도 못한 승제의 공격에 중심을 잃고 무릎을 꿇었다. 승제가 이오의 얼굴을 향해 박치기를 날렸다. 이오는 고개를 젖혀 박치기를 피했지만 승제와 몸이 엉키며 땅에 넘어졌다.

아이들은 뜻밖의 싸움에 어리둥절해하면서도 벌떡벌떡 일어났다. 엎드려뻗쳐 있던 선학이는 승제의 도전에 머리가 뜨거워졌다. 지난번 권투에서 이오에게 당하는 승제를 도와주지 못한 미안함이 새삼스럽게 창피했다.

'이번에도 승제 혼자 싸우게 할 순 없어!'

주먹을 불끈 쥔 선학이는 철호와 병철이에게 말했다.

"우리도 가자!"

선학이가 일어서는 이오를 향해 달려들며 외쳤다.

"나쁜 놈!"

이오는 일으키던 몸을 순간적으로 숙이며 선학이의 주먹을 피했다. 주먹이 빗나가면서 선학이가 이오를 안게 되자 이오는 숙인 허리를 펴머 머리로 신학이의 덕을 들이받았다. 큰 충격을 받은 선학이가 얼어 버리자 이오의 주먹이 배에 꽂혔다. 선학이는 승제 위에 나뒹굴었다. 선학이를 따라 주춤거리던 병철이와 철호는 인형처럼 굳어 버렸다.

"안 엎드려?"

이오가 고함치자 나머지 아이들은 다시 재빨리 땅에 엎드려 뻗쳤다. 이오는 쓰러진 승제와 선학이를 걷어찼다.

"스무 대씩이다! 엉덩이 들어!"

이오 패거리는 아이들의 반항에 분풀이라도 하듯 힘껏 아이들의 엉덩이를 때렸다. 유독 굼벵이처럼 땅바닥을 기어 다니며 엄살을 부리던 철호는 때리던 영삼이가 숫자를 잊어버리는 통에 열 대를 더 맞았다.

엉덩이 타작이 끝나자 이오 패거리는 아이들에게 무릎을 꿇게 했다. 아이들은 맨땅바닥에 무릎을 꿇고 이오의 눈치를 살폈다. 이오는 그때까지도 일어나지 못한 선학이와 승제를 발로 툭툭 차 일으켜 세웠다. 아픈 허리를 한 손으로 짚은 서경이가 선학이와 승제 쪽으로 다가갔다. 이오는 손에 들고 있던 막대기로 서경이의 배를 꾹 찔러 멈추게 했다.

"나 오늘 굉장히 기분이 안 좋다. 너희들 조그만 녀석들이 주제도 모르고 기어올랐기 때문이야. 오늘 일은 짧게 끝날 수 있었는데 너희 셋 때문에 나머지 애들도 고통을 당하고 있는 거야. 니네 잘못이 얼마나 큰지 알겠냐?"

선학이와 승제는 고개를 푹 숙인 채 아무 대답도 하지 않았다. 이오의 눈썹이 꿈틀거렸다.

"대답 안 해? 반항하는 거냐? 그래, 하고 싶은 대로 해 봐라."

언제 이오의 주먹이 날아올지 몰라 선학이는 어금니를 꾹 다물고 있었다. 하지만 이오는 선학이와 승제를 때리는 대신 영삼이에게 소리쳤다.

"야! 애들 다시 엎드려뻗치게 해!"

"알았어, 형! 다 엎드려뻗쳐, 빨리! 빨리!"

아이들은 서슬이 시퍼런 영삼이 기세에 눌려 다시 엎드려뻗쳤다.

이오가 이죽거리며 물었다.

"아직도 모르겠냐?"

대답이 없자 이오는 다시 영삼이에게 소리쳤다.

"전부 다 열 대씩!"

영삼이가 이를 악물었다. 쉭, 바람 가르는 소리를 내며 막대기가 내리쳐졌다.

"아!"

철호가 비명을 질렀다. 나머지 패거리들도 나무 막대기를 치켜들었다.

"잘못했어요."

승제가 말했다. 이오가 오른손을 반쯤 들었다. 영삼이가 다시 내리치려던 막대기를 멈췄다.

"소리가 작다. 다시 말해 봐."

"제가 잘못했어요. 다시는 안 기어오를게요."

눈도 깜빡거리지 않는 승제의 눈에서 눈물이 뚝뚝 떨어지고 있었다. 이오의 얼굴에 보일 듯 말 듯한 웃음이 떠올랐다.

"너는?"

이오가 턱짓으로 선학이를 가리켰다. 선학이도 부랴부랴 말했다.

"저도 잘못했어요."

"잘못을 했다 이거지. 그럼 벌을 받아야지."

이오가 눈짓을 하자 영삼이와 수만이가 당산나무 둥치 안에 숨겨 둔 권투 장갑을 꺼내 와 승제와 선학이의 손에 끼웠다. 이오가 아이들을 향해 말했다.

"일어나서 둥그렇게 앉아. 권투 구경 하는 것처럼."

　아이들은 즉시 일어나 권투 시합을 구경하는 것처럼 승제와 선학이를 중심으로 둥그렇게 둘러앉았다. 어쩔 줄 몰라 하는 서경이의 눈과 선학이의 눈이 마주쳤다. 선학이는 주위를 두리번거렸다. 지나가는 어른이 있으면 달려가서 도움이라도 요청할 생각이었다. 하지만 토요일 오후의 당산나무 주변은 한가했다. 한두 사람 지나가는 어른들도 아이들을 보고는 모여서 놀고 있으려니 생각할 뿐이었다.

　선학이는 주먹을 늘어뜨리고 하늘을 쳐다보았다. 파랗고 높은 하늘에 단단할 것 같은 하얀 구름 뭉치가 떠다니고 있었다.

　"승제한테 한 방 날려."

　이오의 말에 망설이던 선학이가 장갑을 승제의 볼에 툭 가져다 댔다.

　이오가 피식 웃으며 말했다.

　"지금 장난하냐? 세게 못 쳐?"

　선학이가 승제의 볼을 좀 더 세게 쳤다. 승제의 고개가 약간 흔들렸다.

　"이번에는 네 차례다. 쳐!"

　승제도 주저하던 끝에 이오의 재촉을 듣고서야 주먹을 날렸다. 선학이의 고개도 약간 흔들렸다. 이오는 둘러앉은 아이들에게 명령했다.

　"너희들은 주먹이 명중할 때마다 박수를 쳐라. 자, 선학이 네 차례다. 다음부터는 자동! 하나가 쓰러질 때까지! 가짜로 쓰러지면 처음부터 다시 한다."

선학이가 주먹을 날렸다. 아까보다 센 주먹이었다. 승제의 답은 더 센 주먹이었다. 아이들은 고개를 숙이고 박수를 쳤다.

"퍽!"

"짝, 짝, 짝!"

"퍽!"

"짝, 짝, 짝!"

"퍽!"

"짝, 짝, 짝!"

승제와 선학이는 이제 사정을 봐줄 수 없었다. 얻어맞은 볼이 아픈 만큼 나가는 주먹에는 힘이 실렸다. 승제도 선학이도 어느새 생각 없는 주먹을 주고받고 있었다. 눈에 불이 번쩍 나게 한 방 맞으면 다음 주먹에는 분노가 담겼다. 둘은 어느새 양 주먹을 턱 밑에 올려붙이고 서로의 빈틈을 찾고 있었다. 둘러앉은 아이들도 어느덧 고개를 들고 두 친구의 권투를 응원하고 있었다. 이오는 고개를 끄덕이며 아이들을 지켜보았다.

선학이는 머리를 양손으로 감싸고 상체를 웅크렸다. 더는 승제의 주먹을 버티기가 힘이 들었다. 한 대 맞을 때마다 머리가 윙윙거렸고 옆구리라도 맞을 때면 숨이 턱 막혔다. 때릴 차례인지 맞을 차례인지도 구분하기 힘들 정도였다. 그냥 땅바닥에 펴하게 쓰러지고 싶었다. 선학이는 바짝 마른 목을 축이려고 힘겹게 침을 삼켰다. 승제의 권투 장갑이 가을 호박만큼 크게 보였다. 승제는 주먹 두 개로 빈틈이 보이지 않게 온몸을 방어하고 있었다. 얼굴도, 가슴도, 옆구리도 빈틈이 전혀 보이지 않았다. 선학이는 눈을 찡그리며 빈구석을 찾으려고 애를 썼다. 아무리 노려봐도 빈틈이 보이지 않자 선학이는 소리를 지르며 승제를 향해 몸을 날리려 했다.

"야아아아앗!"

"그만!"

선학이와 승제 사이로 서경이가 뛰어들었다. 서경이의 눈에 그렁그렁하던 눈물이 주르르 흘러내렸다.

"그만 해! 친구들끼리 이게 뭐야! 왜들 이래!"

"저게!"

이오가 둘러앉은 아이들을 뚫고 서경이에게 걸어갔다. 서경이는 선학이와 승제의 팔목을 잡았다. 화가 머리끝까지 치민 이오가 다가오자 서경이가 애원했다.

"오빠, 우리는 잘못한 게 없어요. 왜 우리를 힘들게 하는 거예요? 선학이랑 승제가 얼마나 좋은 친구 사이인데 싸우게 만들어요? 제발 부탁이에요. 우리를 그냥 보내 주세요, 네?"

이오는 우뚝 서서 서경이를 내려다보았다. 쓰러지기 직전이던 선학이와 승제는 멍한 눈으로 서경이와 이오를 바라보았다. 서경이는 흐느끼고 있었다.

"그냥 우리끼리 사이좋게 지내게 내버려 두세요. 우리를 괴롭히지 말고요. 시키는 대로 할 테니까, 제발요."

"시키는 대로?"

이오가 서경이의 말꼬리를 잡았다. 서경이는 흐느끼며 고개를 끄덕였다. 이오의 입가가 한쪽으로 치켜 올라가며 눈이 가늘어졌다.

이오는 다른 아이들을 다 흩어지게 한 다음 선학이, 승제, 서경이만 데리고 구름다리 밑으로 갔다. 정신을 차린 승제와 선학이, 울음을 멈춘 서경이는 멍한 표정으로 구름다리를 올려다보았다. 구름다리의 가장 높은 부분에는 나중에 증축하기 위해 세워 뒀다는 빈 교각이 하나 연결되어 있었다. 쇠 울타리를 넘으면 교각으로 넘어갈 수 있었다. 어른들은 아이들이 교각으로 넘어가는 것을 보면 불에 덴 듯 놀라며 아이들을 끌어내렸다. 교각은 높이가 십여 미터나 되었고 아무런 안전 시설이 갖춰져 있지 않아 발만 헛디디면 그대로 낭떠러지였다. 아이들은 교각 위에서 놀다가도 건널목 근처에 어른이 보이기만 하면 교각 위에 납작하게 엎드렸다. 그러면 밑에서는 보이지 않아 감쪽같이 숨을 수 있었다. 그러다가 증기 기관차의 기적 소리가 나면 허겁지겁 구름다리로 돌아와 아래로 내뺐다. 아무리 느림보라도 기적 소리가 나면 번갯불에 콩 구워 먹듯 재빨리 도망칠 만큼 증기 기관차는 무시무시했다.

"네가 해낸다면 앞으로 뭘 해도 상관하지 않겠다. 너도, 네 친구들도."

서경이가 눈을 깜빡거렸다.

“만약에 못하겠다면요?”

“그럼 넌 네 아빠를 졸라서 현내를 떠나야 돼. 실패해도 마찬가지야. 만약 해내지도 못했으면서 현내에 남아 있으려면 단단히 각오해야 할걸? 오늘 일은 약과야.”

서경이는 뭔가 골똘하게 생각했다. 선학이는 ‘과연 서경이가 할 수 있을까?’ 생각했다. 이리역에서 출발한 증기 기관차가 구름다리를 다 지나갈 때까지 교각의 난간에 서서 버티라는 건 분명 어려운 시험이었다. 아직까지 선학이나 승제도 해 본 적이 없었다. 이오와 중학생 패거리 몇몇만이 교각 난간에 서서 증기 기관차의 연기를 버틸 수 있었다.

‘서경이가 해내기만 하면 우리 다 이오의 괴롭힘에서 풀려나는 거야! 친구들끼리 눈치 안 보고 재미있게 놀 수 있는 거야! 그래, 해 봐! 제발 해내라!’

선학이는 서경이와 눈길이 마주치자 고개를 끄덕였다. 서경이는 힘을 얻은 듯 승제를 바라보았다. 승제는 고개를 저었다. 서경이가 다시 선학이를 바라보았다. 선학이는 다시 고개를 끄덕였다. 서경이가 입을 열었다.

“할게요. 대신 분명히 약속해 줘요. 다시는 우리를 괴롭히지 않겠다고요. 권투도 시키지 않고, 때리지도 않겠다고 약속해 줘요.”

“약속하지. 대신 너도 약속을 지켜라. 실패하면 현내를 떠나는 거다.”

“약속해요.”

영삼이가 역 쪽을 살피러 구름다리 위로 올라갔다. 선학이와 승제는 구름다리의 콘크리트 부분이 시작되는 어귀에 연탄 공장 쪽을 보고 앉았다. 승제가 낮은 목소리로 말했다.

“서경아! 하지 마. 내가 영삼이 형을 막을 테니까 시내로 도망갔다가 저녁때 몰래 돌아와. 내 말대로 해, 응?”

고개 숙인 서경이의 머리칼이 잘게 흔들렸다. 선학이는 보이지도 않는다는 듯 승제는 서경이에게만 말을 건넸다.

“제발 부탁이다. 하지 마. 저거 굉장히 무서워. 나도 한 번도 못해 본 거야. 게다가 니는 여자잖아. 하지 마라, 제발.”

“고마워, 승제야.”

서경이가 얼굴을 들었다. 빨개진 눈으로 웃고 있었지만 볼 위에는 덜 닦인 눈물이 촉촉하게 남아 있었다. 서경이는 선학이와 승제를 번갈아 보며 말했다.

“어쩌면 잘된 건지도 몰라. 내가 해내면 다시는 우리를 괴롭히지 않겠다고 자기 입으로 약속했으니까. 나 이거 할래. 할 수 있을 것 같아.”

서경이는 선학이와 승제의 손을 함께 잡았다. 꾹 힘을 주었지만 서경이의 손은 참새처럼 작았다.

“삐이이익!”

기적 소리가 날카롭게 울렸다. 곧 출발한다는 신호였다. 구름다리 위에서 역 쪽을 살피던 영삼이가 아래를 향해 소리쳤다.

"온다!"

서경이의 손이 바들바들 떨리고 있었다. 아래에 있던 이오가 턱짓을 했다. 서경이는 선학이와 승제의 손을 놓고 구름다리를 걸어 올라갔다.

"서경아! 힘내!"

선학이가 소리치자 서경이는 내려뜨린 손을 흔들었다. 서경이는 천천히 한 걸음씩 교각에 가까워지고 있었다.

"삑! 삑! 삑!"

짧은 기적 소리가 세 번 울렸다. 증기 기관차가 출발한다는 신호였다. 뒤이어 증기 기관차의 바퀴 부분에서 하얗게 김이 뿜어져 나왔다.

"치이이이이!"

증기 새는 소리가 길게 나더니 증기 기관차가 움찔 움직이기 시작했다. 매달려 있던 화물차들도 잠든 뱀이 깨어나듯 줄줄이 움찔거렸다. 구름다리의 제일 높은 부분에 오른 서경이는 허리를 굽히고 쇠 울타리를 빠져나갔다. 영삼이는 서경이가 교각 위에 올라서자 재빨리 구름다리를 달려 내려왔다.

"뿌우우우우웅!"

길게 꼬리를 끄는 기적 소리가 들려왔다. 교각 밑에서는 건널목의 간수가 재빨리 차단기를 내리고 땡땡 종을 울리기 시작했다. 지나가는 사람도 없었지만 간수는 빨간 깃발을 손에 쥐고 물샐틈없이 길 복판을 막아섰다.

서경이는 반 걸음씩, 반의반 걸음씩 걸어 교각 난간에 섰다. 어지러울까 봐 일부러 아래쪽은 보지 않았지만 반 발짝만 더 나가면 교각의 끝이라는 것을 알 수 있었다. 교각 쪽을 향해 천천히 달려오고 있는 증기 기관차가 보였다. 수십 미터나 되는, 이무기 같은 연기가 치솟고 있었다. 이무기가 혀를 날름거리듯 연기 기둥 군데군데 불꽃이 번쩍이고 있었다. 서경이는 자기도 모르게 가슴에 손을 모았다.

'조금만 더 버티면 돼. 조금만 더 버티면 끝이야.'

햇빛을 가리는 산 같은 검은 연기에 겁이 덜컥 난 서경이는 눈을 질끈 감았다.

서경이가 난간에 서자 선학이는 침을 꿀꺽 삼켰다. 서경이라면 충분히 해낼 수 있을 거라는 생각이 들었다. 선학이는 승제에게 말을 건넸다.

"서경이는 잘할 거야. 그치?"

대답이 없었다. 선학이는 눈을 돌려 승제를 보았다. 승제는 팔짱을 끼고 선학이를 노려보고 있었다. 선학이는 영문을 몰랐지만 그것보다 서경이가 궁금해 다시 난간 쪽으로 고개를 돌렸다. 검은 연기 덩어리는 더욱 가까워져 있었다. 이젠 구름다리 밑에서도 연기 덩어리 속 불꽃까지 볼 수 있었다. 불꽃은 살아 있는 것처럼 검은 연기 덩어리 속을 마음대로 헤집고 다녔다. 증기 기관차의 증기 새는 소리도 점점 빨라지고 있었다.

"넌 비겁한 놈이야."

"뭐?"

선학이는 난데없는 승제의 말에 고개를 돌렸다. 승제는 여전히 선학이를 노려보고 있었다.

"너 같은 놈은 남자도 아냐. 친구도 아냐."

선학이와 승제는 서로 눈을 마주 보며 시선을 떼지 못했다. 제일 친한 친구인 승제가 낯선 눈빛으로 선학이를 노려보고 있었다. 승제가 다시 뭐라고 말했지만 증기 기관차 소리에 먹혀 들리지 않았다. 증기 기관차는 건널목을 통과하며 뿌웅 짧게 기적을 울렸다. 증기 기관차는 순식간에 구름다리를 통과했다. 굴뚝에서 나온 검은 연기로 다리 윗부분은 보이지도 않았다. 고헌 초등학교 앞을 지나며 기차가 다시 뿌웅 짧은 기적을 울리고 나서야 겨우 연기가 걷혀 나갔다.

어디선가 호루라기 소리가 들려왔다. 정신없이 불어 대는 호루라기 소리에 선학이와 승제는 교각 쪽으로 눈을 돌렸다. 교각 위는 텅 비어 있었다. 선학이와 승제는 한달음에 구름다리 위로 달려 올라갔다. 교각 위로 넘어간 선학이와 승제는 조심조심 교각의 아래쪽을 내려다보았다. 까만 잔돌 위로 반짝이는 선로가 길게 뻗쳐져 있고 그 옆에 하얀 수건이 펼쳐져 있다고 생각한 순간, 둘은 얼굴을 마주 보았다. 건널목의 간수가 그 옆에서 미친 듯 호루라기를 불고 있었고 드문드문 사람들이 모여들고 있었다.

선학이와 승제는 자기도 모르게 교각 위에 납작 엎드렸다. 정신없이 교각 위를 기어 구름다리로 건너왔고, 구름다리를 내려올 때도 사람들 눈에 띄지 않게 기다시피 했다. 이오 패거리는 어디로 갔는지 보이지 않았다. 선학이와 승제는 정신없이 뒷동산 쪽으로 달려갔다. 조금이라도 빨리 구름다리에서 멀어지고 싶었다. 숨이 목구멍에 걸렸지만 멈추지 않았다. 심장이 터질 것처럼 뛰었다. 눈에 땀이 들어가 앞이 잘 보이지 않았다. 그래도 둘은 멈추지 않고 미친 듯이 달렸다. 달려도 달려도 호루라기 소리는 점점 크게 들려왔다. 선학이와 승제를 쫓아오는 것처럼 계속해서 바로 뒤에서 들려왔다.

7. 전쟁 같은 밤

　야학 학생들과 함께 양로원의 겨울 채비를 도우러 간 이 목사
는 일을 마치고 돌아와서야 서경이의 사고 소식을 들었다. 양로
원 창마다 덧대고 남은 비닐 뭉치가 이 목사의 어깨에서 힘없이
떨어졌다.

　이 목사는 미친 듯이 병원으로 달려갔다. 함께 간 승제 아버
지가 혼자 돌아와 궁금해서 죽을 지경인 현내 사람들에게 전해
준 이야기는 사람들을 한 번 더 놀라게 하기에 충분했다.

　"아, 서경이가 눈을 뜨니까 애를 꼭 끌어안고 감사 기도를 하
더라니까, 그 판국에."

　"애는 어떻대요? 얼마나 다쳤어요?"

　"엑스레이 사진을 찍어 보니까 다리가 부러졌다고 그러던데,
거기 말고는 괜찮은 것 같아."

"거기는 왜 기어 올라갔대요? 계집애가 방정맞게."

"난들 알아? 그냥 기차가 보고 싶었다고 하더구면."

"그나저나 부녀가 어쩌면 그렇게 똑같을까. 다리가 부러져도 눈물 한 방울 안 흘리는 딸이나, 딸이 그 지경이 됐는데도 기도가 나오는 아빠나 참 대단하네!"

서경이는 일주일 후 집으로 돌아왔다. 하얀 석고로 왼쪽 다리를 온통 감싼 서경이는 바깥출입을 못하고 방에만 누워 있어야 했다. 학교에서 돌아온 선학이는 집에 들어갈까 말까 양철문 밖에서 한참을 망설였다. 아래쪽에서 올라오는 용일을 보고서야 선학이는 힘 주어 문을 밀었다.

"누구세요?"

문소리를 들은 서경이의 목소리였다.

"나야, 선학이."

"선학아! 어서 들어와."

서경이가 반색을 하고 방문을 열며 선학이를 맞았다. 서경이는 두꺼운 이불을 깔고 그 위에 다친 다리를 올려놓고 있었다. 책을 보고 있었는지 펼쳐진 책이 방바닥에 놓여 있었다. 선학이는 차마 서경이 얼굴을 바로 보지 못하고 석고 다리만 뚫어지게 바라보았다.

"앉아. 잘 있었어?"

선학이는 이불 가에 앉으며 고개를 가로저었다. 서경이는 새삼스럽게 화가 난 것처럼 입을 삐죽거렸다.

"너희들 전부 너무했어. 일주일 동안 문병도 한번 안 오고."

"여자 애들이 갔잖아."

"그건 그거지. 남자 애들은 뭐야."

서경이가 병원에 입원해 있는 동안 여자 아이들은 앞다투어 문병을 갔다. 버스를 타고 가야 할 만큼 병원이 멀었지만 돈을 모아 과자까지 사서 문병을 다니느라 여자 아이들은 부산을 떨었다. 반대로 남자 아이들은 한 명도 문병을 가지 않았다. 선학이와 승제는 서경이를 볼 면목이 없었고 다른 아이들은 쑥스러워서였다.

"너, 걱정하고 있지?"

선학이 표정을 살피던 서경이가 말했다. 선학이는 그저 고개를 떨굴 뿐 말이 없었다. 며칠 전 병원에 다녀온 이 목사가 선학이를 조용히 불러 아이들 사이에 무슨 일이 있었느냐고 물어봤을 때 선학이는 아무 일 없었다며 고개를 흔들었다. 이 목사는 더 물어보지 않고 자리를 떴지만 선학이 마음은 일주일 동안 이를 닦지 않은 것처럼 찜찜했다.

"걱정하지 마. 아무 말 안 했으니까. 어른들이 알면 우리 모두 혼날 텐데 내가 말했겠니?"

선학이가 고개를 들었다.

"진짜?"

"진짜!"

서경이가 고개를 끄덕였다. 전깃불이 켜진 것처럼 선학이 마음이 밝아졌다.

"그 위에서 놀다가 기차가 오기에 무서워서 눈을 감았다고 그랬어. 그리고 깨어났더니 병원이었다고."

"그랬구나."

잘했다고 할 수도 없고 사실대로 말해야 한다고 할 수도 없었다. 선학이는 못 들은 척 가방을 풀었다.

서경이는 책을 꺼내는 선학이의 손을 보며 물었다.

"그 오빠, 요즘도 괴롭혀?"

"아니, 너 병원 가고 나서는 한 번도 못 봤어. 어디 있는지 동네에 나오질 않아."

"계속 그러면 좋을 텐데."

"그러게 말이야."

선학이는 산수책을 꺼내 일주일 전에 배운 부분을 펼쳤다. 서경이가 입원한 다음날부터 선학이는 공부에만 매달렸다. 공부를 더 잘하는 서경이에게 빼먹은 부분을 가르쳐 주려면 평소보다 더 열심히 공부해야 한다고 생각했기 때문이었다.

"다 나을 때까지 내가 선생님 해 줄게."

"고마워!"

서경이가 약간 하얗게 일어난 입술로 활짝 웃었다. 선학이 마음도 조금은 가벼워졌다.

서경이 소원대로 이오는 동네에 나다니지 않았다. 바보 같은 계집애가 못하면 못한다고 포기를 할 것이지 뭣 하러 아등바등 교각에 기어 올라갔는지, 못 버티고 넘어지려면 뒤로 넘어져야지 왜 앞으로 굴러 떨어져서 다리를 부러뜨리는지, 혹시 죽기라도 했으면 어찌 될 뻔했는지 머리가 터질 것처럼 복잡했다. 이 목사나 경찰, 동네 어른들이 금세라도 문을 박차고 들어올 것 같아 바람에 덧문 덜컹거리는 소리만 나도 깜짝깜짝 놀라며 식은땀을 흘렸다. 무당댁은 그런 이오를 보고 여름도 아닌데 기가 허해졌다며 끼니마다 밥상에 고등어자반을 올렸다. 노릇노릇 구워진 고등어자반에 정금이가 슬며시 젓가락이라도 댈라치면 무당댁은 혀를 차며 고등어 접시를 이오 앞으로 옮겨 놓았다. 그렇지만 이오에게는 고등어자반 따위가 문제가 아니었다. 현내의 아이들을 앞으로 어떻게 대할 것인지가 문제였다.

서경이를 빌미로 이 목사가 현내를 떠나게 만들려던 계획은 물 건너간 지 오래였다. 동네 아이들이 뒤에서 비웃는 것 같아 이오는 학교가 끝나면 시내를 어슬렁대다가 어두컴컴해져서야 집에 돌아왔다. 혹시 아이들과 만나게 될 때에도 일부러 눈을 마주치지 않으려고 땅만 보고 걸었다. 나중에 다리가 나은 서경이와 마주치면 어떻게 해야 할지…… 선학이, 서경이, 승제 중 하나가 입만 뻥긋하면 혼나는 정도가 아니라 거의 목숨이 왔다 갔다 할 처지라는 걸 이오는 잘 알고 있었다.

걱정이 가득한 이오의 얼굴은 얼음처럼 굳어졌고 어금니를 꾹 다문 표정은 혹시 황소를 만나면 그 코라도 걷어찰 것 같았다. 현내 아이들은 그런 이오와 마주칠 때마다 호랑이 앞의 토끼처럼 쩔쩔매며 고개를 숙였다. 이오는 아이들이 인사를 하면 무표정한 얼굴로 자리를 피했다. 아이들은 인사가 이오 마음에 들지 않았기 때문이라고 생각하며 혹시나 다시 터질지도 모르는 이오의 분노를 걱정했다. 같은 동네에 살지만 서로 다른 생각을 가진 이오와 아이들 사이에는 물 위에 뜬 기름처럼 보이지 않는 벽이 생겨났다.

서경이 사건 이후 아이들이 유난히 인사 잘하고 조용해진 걸 눈치 챈 어른들은 별로 없었다. 조용히 쌀쌀한 초겨울이 오고 있었다.

“서경아! 서경아!”

몇 번을 불러 봐도 대답이 없었다. 또 잠이 든 것 같았다. 선학이는 서경이네 방문을 슬며시 열어 보았다. 어둑어둑한 방 아랫목의 이불이 불룩했고 보일 듯 말 듯 고개를 벽 쪽으로 돌린 채 잠든 서경이의 머리칼이 보였다. 선학이는 보충 수업을 포기하고 안방으로 돌아왔다. 가방을 내려놓고 윗목에 차려 놓은 밥상을 들고 와 밥상보를 걷었다. 식은 국에 식은 반찬이었지만 밥만은 아직 따듯했다. 선학이 어머니가 아침마다 일 나가기 전에 수건에 겹겹이 싼 밥공기를 아랫목 이불 속에 넣어 두기 때문이었다.

점심을 뚝딱 해치운 선학이는 밥상에 다시 밥상보를 덮어 윗목에 치워 두었다. 책가방을 열고 오늘 숙제거리를 펼친 선학이는 따듯한 방바닥에 배를 깔고 어깨 바로 밑에까지 이불을 덮은 다음 숙제를 시작했다. 보통 때 같으면 점심을 먹자마자 놀려고 달려 나갔겠지만 오늘은 날씨도 춥고 숙제도 급했다. 저녁때 벌어질 축구 중계를 보려면 숙제를 미리 해 놓아야 했다. 서경이 사건 이후 승제와 거의 말도 하지 않고 지내는 것도 밖에 나가 놀지 않는 이유 중 하나였다. 승제는 뭐 때문에 그리 단단히 화가 났는지 지금껏 단짝이던 선학이를 얼음장처럼 차갑게 대했다. 승제와 사이가 틀어지자 밖에 나가서 서로 얼굴 보는 것이 내키지 않게 된 선학이는 서경이 공부를 가르쳐 준다는 핑계로 대부분의 시간을 집에서 보냈다.

가끔 서경이를 찾아오는 아이들이 있었지만 많지는 않았다. 서경이의 잠이 늘었기 때문이었다. 서경이는 요즘 들어 부쩍 잠이 늘었다. 전에는 낮잠을 전혀 자지 않았는데 지금은 낮 시간의 절반을 잠으로 보냈다. 낮잠 때문에 밤에 잠을 못 자는 것도 아니었다. 밤에는 또 밤대로 잘 잤다.

서경이는 자도 자도 밀려오는 잠이 오히려 고마웠다. 꿈속에서는 늘 어머니와 만날 수 있었다. 천국처럼 아름다운 곳에서 어머니와 놀다가 이야기를 하다가 잠이 깨면 다시 잠들어 이야기를 계속할 수 있었다. 신기한 꿈이었고 고마운 잠이었다. '내가 왜 이러지?' 하며 하루의 대부분을 잠으로 보내는 자신이 낯설던 서경이는 곧 고마워하며 꿈을 즐기게 되었다. 꿈속의 어머니는 옛날처럼 아름다웠고 서경이를 혼자 남겨 두고 간 것에 대해 미안해했다. 눈을 뜨면 아버지가 있고 눈을 감으면 어머니가 있었다. 잠에 빠져 든 서경이는 내내 미소 띤 얼굴이었다.

“잠시 후 광주, 광주행 완행 열차가 도착하겠습니다. 승객 여러분께서는 뒤로 물러서 주시기 바랍니다.”

안내 목소리가 역내에 울려 퍼졌다. 이 목사는 말 잘 듣는 학생처럼 뒤로 두어 걸음 물러섰다. 멀리 고현 초등학교 앞 굽이를 돌아 역으로 달려오고 있는 기차가 보였다. 기차는 “빠아앙!” 기적을 울리며 역으로 들어왔다. 기차가 일으키는 찬바람에 기다리던 사람들은 저마다 옷깃을 여몄다. 이 목사의 머리칼도 바람에 흐트러졌다.

이 목사가 빈자리를 찾아 앉자 곧 기차가 출발했다. 이리시를 벗어나기 전 철길은 세 갈래로 갈라졌다. 오른쪽으로 갈라진 기찻길은 육십 리 평야를 달려 서해 바닷가 군산으로 이어졌다. 왼쪽으로 갈라진 기찻길은 전주를 지나면 금세 산속으로 뻗어 웅장한 지리산을 곁눈질로 보며 맑은 남해 바다 여수까지 이어졌다. 이 목사가 탄 기차는 가운데 길인 지평선이 보이는 호남 평야를 지나 무등산 아래 광주로 들어가게 될 터였다.

“이거 좀 드시유.”

앞자리에 마주 앉은 할머니가 삶은 달걀을 내밀었다. 이리에서 함께 탄 할머니는 자리에 앉자마자 보따리를 주섬주섬 풀어

108

삶은 달걀을 꺼내 놓았다. 목인사를 하고 달걀을 받아 든 이 목사는 꼼꼼하게 달걀 껍데기를 벗겼다. 적당히 식어 있던 달걀 껍데기는 손대기가 무섭게 홀랑 벗겨져 윤기 도는 흰자를 드러냈다. 할머니가 신문지에 접어 싼 소금을 내밀기도 전에 달걀은 이 목사의 입으로 들어가 버렸다.

"젊은 양반이 시장했나 보네. 하나 더 드시유."

할머니가 주름진 얼굴로 웃으며 두 번째 달걀을 내밀었다. 팍팍해서 잘 넘어가지 않는 노른자 때문에 말을 못하는 이 목사는 양손을 들어 괜찮다는 표시를 했지만 할머니는 굳이 계란을 이 목사의 손에 쥐어 주었다.

"하나면 정 없다고 안 하요. 하나 더 드시유."

"아, 목 메어서 말도 못하는 거 안 보여? 사과라도 하나 꺼내 봐."

말없이 창밖 가을걷이가 끝난 논만 바라보던 할아버지가 퉁명스럽게 말했다. 할머니는 미처 생각을 못했다는 듯 쑥스럽게 웃으며 보따리 속에서 사과 하나를 꺼냈다.

"잘 씻었으니까 껍질째 자셔도 돼유."

그제야 첫 번째 달걀을 간신히 삼킨 이 목사가 입을 열었다.

"할아버지도 아직 안 드셨는데 죄송해서……"

"저 양반은 기찻간에서 주전부리 안 하니까 상관 말고 잡숴유."

힐아버지는 자기 이야기를 하든 말든 들은 척도 하지 않고 창밖만 바라보고 있었다. 기차는 어느새 김제역에 들어서고 있었다.

"광주 가시는 길이유?"

"예, 처가에 가는 길입니다."

"혼자서 처가에? 새댁은?"

"그렇게 됐습니다."

"사정이 있으면 어쩔 수 없는 노릇이지. 그나저나 장모님이 여간 좋아하지 않으시겠네. 이렇게 듬직한 사위가 처가 나들이를 오면 씨암탉이 아니라 씨돼지를 잡아도 안 아깝겠네그려."

할머니는 어느새 아들을 대하듯 친근하게 말꼬리를 자르고 있었다. 이 목사는 그런 말투에는 전혀 개의치 않았지만 할머니의 말이 자꾸 귀를 울렸다.

'장모님이 여간 좋아하지 않으시겠네……'

"장모님, 허락해 주십시오. 제가 비록 가진 건 없지만 경미 씨를 행복하게 해 줄 자신이 있습니다."

"전도사님! 이러지 말고 돌아가요. 백번 이야기해도 소용없어요."

"엄마, 우리 잘살게요. 열심히 살게요."

"경미 넌 가만히 있어!"

"아빠, 제발요. 아빠도 이 전도사님이 훌륭한 젊은이라고 하셨잖아요."

110

"지금 그 이야길 하고 있는 게 아니잖니? 아빠 말에 꼬리 달지 말고 들어가 있어."

"엄마!"

"얘가 정말?"

딱딱한 마룻바닥에 몇 시간을 꿇어앉아 있었지만 이 목사를 바라보는 시선은 여전히 차가웠다. 어쩔 수 없이 돌아오는 길에 이 목사는 몇 번이나 하늘을 보고 울었다.

'내가 돈이 있다면! 부모가 있다면! 가난한 신학생이 아니라면!'

세상에 속한 부귀영화에 대해 욕심을 버린 지 오래었다. 단지 사랑하는 여자를 위해, 그 여자가 사랑하는 부모를 안심시키기 위해서 필요할 뿐이었지만 그것들은 애초부터 너무나 멀리 있었다. 이 목사에게는 스스로 선택한 길에 대해 흔들리지 않는 믿음이 있었지만 그 믿음은 세상의 눈으로 볼 때 백 원도 되지 않았다.

'하나님, 제게 믿음이 필요합니다. 지혜가 필요합니다. 저를 붙들어 주시길 원합니다.'

밤하늘의 밝은 별을 바라보며 차가운 자취방으로 돌아오는 동안 세상에 대한 원망으로 시작된 이 목사의 기도는 바뀌어 있었다. 이십 분이면 걸어올 길을 먼 길로 돌아와 한 시간이 넘게 걸렸다.

방문을 열자 문틈에 끼워져 있던 편지 한 장이 툭 떨어졌다.

이 목사는 방문도 닫지 않고 편지를 펼쳤다. 평소의 단정하던 글씨와 달리 급하게 날려 쓴 글씨였다.

　전도사님.
　많이 힘드시죠? 죄송해요. 지금 제 마음속에는 전도사님에 대한 사랑과 우리 부모님에 대한 실망이 마구 섞여 있어요. 마음 같아서는 당장 달려가서 전도사님을 위로하고 저도 위로받고 싶지만 부모님 때문에 집을 나갈 수 없어 가정부 아줌마에게 편지를 부탁했어요.
　전도사님.
　아무리 힘들어도 우리 포기하지 말기로 해요. 우리 부모님이 중요하게 생각하는 돈이나 사회적 지위보다 중요한 게 우리에게 있다는 거 잊으면 안 돼요. 그 소중한 사랑을 제게 가르쳐 주신 분이 전도사님이에요. 전도사님이 말씀하신 대로 저, 부모님을 미워하지 않으려고 노력하고 있어요. 끝내 우리를 이해 못하신다고 해도 부모님의 맹목적인 사랑일 뿐 우리가 잘못하고 있기 때문은 아니라고 믿어요. 자식이 원하는 것을 주지 않고 당신들이 주고 싶은 것만을 주는 그런 사랑 말이에요.
　전도사님.
　오늘 잘하셨어요. 비록 부모님의 허락을 받지는 못했지만 전도사님이 저를 얼마나 사랑하시는지, 우리 사랑을 지켜 가기 위해 얼마나 노력하시는지 알게 됐어요. 저도 끝까지 노력할게요. 우리 많이 기도하고 많이 노력해요. 하나님 안에서 아름다운 사랑을 만들어 갈 수 있도록 말이에요.

힘든 하루였어요. 마음 가라앉히시고 안녕히 주무세요. 사랑해요, 준행 씨!

힘든 하루였지만 준행 씨 때문에 행복한 경미가 썼습니다.

십 년도 넘은 일인데 눈만 감으면 순간순간이 사진처럼 선명하게 떠올랐다. 끝내 이 목사를 받아들이지 못하겠다는 부모의 뜻을 따르지 않고 집을 나온 경미를 맞아 아는 사람 몇몇만 불러 조촐하게 결혼식을 올리고, 혼인 신고를 하고, 방을 옮기고, 서경이를 낳기까지의 시간은 태풍을 만난 작은 배처럼 오르락내리락 흥분과 기쁨, 고단함의 연속이었다.

백 일 된 서경이를 안고 처가를 찾아간 이 목사 부부는 집안에 한 발짝도 들어가지 못했다. 소맷자락으로 눈시울을 누르면서도 문을 열어 주지 못하는 가정부 화순댁은 몇 번이고 집안을 들락날락거리며 돌아가기를 재촉했다.

"아가씨, 그만 돌아가랑게요. 날씨도 매운디 아가 감기 들면 큰일 아니요. 사모님은 방문 잠그고 누워 버리셨는디 이 일을 워찌해야 쓸랑가 모르겠네요."

냉정하기는 밤늦게 돌아온 장인이 더했다. 손녀를 봐 달라며 서경이를 안고 다가가는 딸을 뿌리치며 기사에게 말했다.

"내 집을 멋대로 나간 순간부터 넌 내 딸이기를 포기한 거다. 너같이 막돼먹은 애 난 모른다. 김 기사! 이 사람들 내 눈에 안 보이게 해!"

철컹, 대문 닫히는 소리가 두 사람의 마음속에 오랫동안 메아리쳤다. 처음 보는 얼굴인 김 기사가 등을 떠밀지 않아도 두 사람은 돌아설 생각이었다.

부모님께 죄송한 마음은 덜어 낼 수 없었지만 서운한 마음도 그에 못지않았다. 그 마음을 억누르고 몇 번이고 찾아갔지만 돌아오는 장인의 대답은 한결같았다. 장모가 아니었다면 영영 처갓집 문턱도 밟아 보지 못할 뻔했다.

서경이의 돌잔치 날, 모르는 사람 같은 얼굴로 찾아온 장모는 이 목사 부부에게 한사코 눈길을 보내지 않았지만 서경이를 안자마자 아기 옷을 흠뻑 적실 만큼 눈물을 흘렸다. 그 뒤로 장모는 점점 누그러져 남편 모르게 이 목사네를 돕기도 하고 오가기도 했지만 남편 눈치, 주위 눈치에 남모를 가슴앓이를 계속했다.

그런 처가를 지금 이 목사는 다시 찾아가고 있었다. 유난히 몸이 약하던 아내가 세상을 떠나고, 그때까지 기도해 온 대로 빈민촌 목회를 위해 이리로 떠난 후 다시 만나지 못할 거라 생각한 장인 장모를 찾아 떠나는 길은 보통 결심으로 내린 결정이 아니었다. 뜻하지 않은 서경이의 사고만 아니었다면 이런 무거운 마음으로 처가를 찾을 일은 없었을 터였다.

"한 달 후로 수술 날짜를 잡겠습니다. 수술 일주일 전에는 입원 수속을 밟아 주십시오. 이번에 수술을 하지 못하면 평생 불구가 될 수도 있습니다."

의사의 말은 냉랭했다. 평생 불구가 될 수도 있다는 말은 이 목사의 넋을 빼놓았고, 수술비를 마련하기 위해 몸부림을 쳤지만 그런 큰돈을 이 목사에게 빌려 줄 사람은 없었다. 하는 수 없이 이 목사는 기댈 수 있는 마지막 언덕인 장모를 찾아가기 위해 광주행 기차에 올라탄 것이다. 어느새 정읍을 지난 기차는 노령 터널로 접어들었다. 터널을 빠져나가면 곧바로 전라남도였다.

"이거 마셔라."

"뭔데요?"

"생강차야. 감기 걸리면 안 되니까 매일 저녁마다 한 잔씩 마시고 자."

뜨거운 김이 펄펄 오르는 생강차는 매운 생강 향기와 아울러 설탕의 달콤한 맛이 짙었다. 여느 때처럼 느지막이 집에 돌아온 선학이 아버지는 저녁을 한술 뜨고 방바닥에 등을 대자마자 잠속으로 빠져 들었다. 선학이는 배를 깔고 누워 스테인리스 밥그릇에 담긴 뜨거운 생강차를 홀짝거리며 텔레비전을 보고 있었다. 텔레비전에서는 외국에서 벌어지는 한국 팀과 외국 팀의 축구 경기 중계를 하고 있었다. 현내에 사는 아이들 모두 오늘 밤 축구 중계를 한다는 걸 알고 있었다. 아이들은 축구를 보고 싶어 몸살이 날 지경이었지만 밤늦게 중계를 하기 때문에 어쩔 수 없이 라디오나 들어야 했다.

친구들에게 미안하면서도 왠지 모를 고소함에 선학이는 홀짝홀짝 생강차를 마시며 싱글거렸고 선학이 어머니는 옆에서 어묵을 꿰고 있었다. 잠든 아버지에게 방해될까 봐 불을 끈 방 안은 어두웠지만 텔레비전에서 나오는 빛이 있어 어묵 꿰기는 문제없었다. 수북이 쌓아 놓은 대나무 꼬챙이에다 어묵을 길쭉하게 반으로 잘라 꿰었다. 어묵 하나를 대각선으로 잘랐기 때문에 끝으로 갈수록 종이처럼 얇았지만 선학이 어머니는 그래야 국물이 더 맛있다고 했다. 시내에 가면 어묵 하나를 통째로 꿰어 값을 두 배로 받지만 현내에서는 양도 절반, 값도 절반인 어묵이 더 인기였다. 하나를 먹든 두 개를 먹든 국물은 돈을 받지 않기 때문에 다들 국물로 속을 채웠다. 그래서 국물에 더 신경을 써야 하는 선학이 어머니는 단단한 무와 싱싱한 대파, 다시마, 나무 절구에 빻은 고운 멸치 가루로 솜씨 좋게 국물 맛을 냈다.

"서경이는 벌써 자나 보다. 생강차 한 잔 주려고 했더니."

새 어묵 봉지를 들고 오며 선학이 어머니가 말했다. 재빨리 문을 닫았지만 찬 바람이 어느새 방 안을 으스스하게 만들었다. 선학이는 머리끝까지 이불을 뒤집어썼다.

"엎지를라!"

하는 어머니 말에도 아랑곳하지 않고 선학이는 소라 껍데기처럼 뒤집어쓴 이불 속에서 생강차를 홀짝거렸다. 소리를 죽인 텔레비전 화면에서는 축구 선수들이 열심히 뛰어다니고 있었다. 흥분한 아나운서와 해설자가 소리소리 지르고 있었지만 개미가 기어가는 것처럼 들릴락 말락 귀가 간지러웠다. 선학이는 텔레비전에서 눈을 떼지 못하고 있었다. 한국 선수가 공을 몰고 바람처럼 달려갔다. 상대 선수 두 명이 공을 뺏으려 달려들었다.

"어? 어? 뺏긴다, 뺏긴다."

선학이는 주먹을 불끈 쥐고 상대 선수들을 노려보았다. 바로 그때였다.

"과꽝!"

천둥보다 더 큰 폭발 소리가 들렸다. 유리창이 산산조각으로 깨지며 방 안으로 쏟아져 들어왔고 안쪽에 있던 문짝도 날려 들어왔다.

"아이고!"

선학이 어머니의 비명에 이어 귀가 찢어질 것 같은 폭발 소리가 다시 들렸다.

"꽈꽝! 꽝!"

텔레비전이 퍽 소리를 내며 꺼졌다. 놀란 선학이는 홀짝거리던 생강차에 코를 박았지만 뜨거운 줄도 몰랐다. 잠에서 깬 선학이 아버지가 벌떡 일어나 문을 박차고 맨발로 뛰어나갔다.

"뭐야, 뭐! 무슨 소리야?"

"여보, 들어와요! 또 터지면 어떡하려고?"

선학이 어머니가 악을 썼지만 선학이 아버지는 들리지 않는 듯,

"뭐야? 뭐야?"

하며 주위를 두리번거렸다.

선학이는 거북처럼 이불 안으로 머리를 넣고 오들오들 떨었다. 세상이 뒤집어진 것 같았다. 가로등마저 꺼져 버린 세상은 먹물 속에 빠진 듯 코앞에 들이민 손바닥조차 보이지 않았다.

"들어오라니까요!"

이불 속의 선학이를 몸으로 덮으며 선학이 어머니가 더 크게 소리를 질렀다. 그제야 선학이 아버지가 방 안으로 들어왔다.

"전쟁 난 거 아냐? 북한 놈들이 폭탄 떨어뜨린 거 아냐?"

"지금 그걸 어떻게 알아요? 빨리 이불이나 더 내려요."

"그렇지!"

이불, 담요를 죄다 꺼내 선학이를 덮은 어머니는 무덤처럼 동그랗게 쌓인 이불 속으로 들어갔다. 덜덜 떨고 있던 선학이는 어머니 옆구리에 찰싹 달라붙었다.

"오냐, 내 새끼. 엄마 여기 있으니까 걱정 마."

어머니와 선학이는 두 마리 거북처럼 웅크리고 있었다. 선학이 아버지가 어두운 방을 더듬어 양초와 성냥을 찾았다. 촛불 하나가 커지자 어머니와 선학이는 슬며시 고개를 내밀었다.

"이런, 세상에!"

방 안은 온통 난장판이었다. 깨진 유리 조각이 사방에 흩어져 있었고 어묵과 대나무 꼬챙이가 여기저기 널려 있었다. 방바닥에는 빨간 발자국이 어지럽게 찍혀 있었다.

"아빠! 아빠!"

선학이는 기어 들어가는 소리로 아버지를 불렀다. 장승처럼 서 있던 선학이 아버지가 내려다보며 말했다.

"왜? 어디 다쳤냐?"

"발! 발!"

"발 아프냐? 어디 보자, 빨리 발 내놔 봐!"

"내 발 말고 아빠 발!"

선학이 아버지는 그제야 아래쪽을 내려다보았다. 깨신 유리 조각에 벤 발에서 시뻘건 피가 흐르고 있었다. 선학이 어머니는 벌떡 일어나 남편을 붙잡아 앉혔다.

"세상에, 벤 줄도 모르고 돌아다녔어요, 여태까지?"

울상이 된 선학이 어머니는 급한 대로 수건으로 상처를 닦아 냈다. 수건 두 장이 빨갛게 됐지만 닦아 내면 그때뿐 또다시 피가 솟아났다.

"안 되겠네. 여보, 담배 어디 있어요?"

"담배는 왜?"

"그걸로라도 피를 멈춰야지요."

"담배 가루는 쇠로 벤 데다 붙이는 거지."

"그런 거 가릴 새가 어디 있어요? 빨리 내놔 봐요."

선학이 어머니는 담배를 모조리 부러뜨려 가루로 만들었다. 상처에 담배 가루를 붙이고 새 수건으로 동여매자 잠시 후 스며 나오던 피가 멎는 것 같았다. 그러고 나서 양발에 풀빵을 담는 종이봉투를 씌워 묶은 다음 이불 속으로 밀어 넣었다.

"상처가 굳을 때까지 움직이지 말아요. 또 터지면 안 되니까."

유리 조각을 밟을세라 조심조심 비질을 해서 유리를 모으고 젖은 걸레로 남아 있는 모래알 같은 유리 가루를 말끔히 닦아 낸 선학이 어머니가 그제야 무릎을 치며 말했다.

"아 참! 내 정신 좀 봐! 서경이는?"

선학이 어머니는 부랴부랴 서경이가 있는 방으로 달려갔다. 선학이도 이불 속에서 고개를 빼꼼히 내밀고 열린 문틈을 통해 눈으로 어머니를 쫓았다.

서경이네 방문은 마당에 떨어져 있었다. 유리창이 없는 창호지 문이어서 유리 조각이 날리지는 않았지만 마당에 떨어지는 서슬에 곱게 풀 발라 입혀 놓은 하얀 창호지가 갈가리 찢겨 있었다.

"서경아! 괜찮니? 서경아?"

서경이는 이불을 끌고 책상 밑에 기어 들어가 있었다. 선학이 어머니가 서경이를 끌어내려고 이불을 잡아당겼지만 빼앗기면 죽기라도 할 것처럼 한사코 이불을 내놓지 않았다. 선학이 어머니는 이불을 당기던 손을 멈추고 이불 밑으로 손을 들이밀었다.

"서경아, 선학이 엄마야. 많이 놀랐니? 서경아, 아줌마라니

120

까."

 선학이 어머니의 따듯한 손이 이불 속에서 떨고 있는 서경이의 볼을 어루만지자 이불을 그러쥐고 있던 서경이 손에서 힘이 풀렸다. 서경이의 얼굴은 눈물, 콧물로 온통 젖어 있었다. 선학이 어머니는 벽에 걸려 있는 수건을 더듬어 얼굴을 깨끗하게 닦아 주었다.

 서경이는 멍한 얼굴로 선학이 어머니의 부축을 받으며 선학이네 방으로 건너왔다. 대충 방을 치우고 서경이를 따듯한 아랫목에 눕힌 어머니는 담요를 문 위에 걸어 찢어진 창호지 사이로 밀려 들어오는 찬바람을 막았다. 종종 벌어지는 민방위 등화관제 훈련이 몸에 익어서 담요로 불빛 샐 틈 없이 문을 막는 것쯤은 금방 할 수 있었다. 찬바람을 막은 선학이 어머니는 이불을 머리끝까지 뒤집어쓰고 있는 서경이의 손을 잡고 토닥토닥 배를 두드려 주었다. 서경이는 죽은 듯 누워 있다가 잠이 들었다.

 찬바람을 막자 촛불이 켜진 방 안은 곧 따듯해졌다. 그제야 용기가 난 선학이는 이불 밖으로 나와 문 위에 쳐진 담요를 걷고 밖을 내다보았다. 다른 집도 마찬가지인지 골목에서는 사람들이 모여 수런거리는 말소리가 들려왔다. 검은 잉크 속에 빠진 것처럼 어두웠지만 하늘은 노을처럼 붉게 물들어 있었다. 불이 났는지 매캐한 연기 냄새도 바람결에 실려 왔다.

 '도대체 무슨 일일까?'

 궁금했지만 알 길이 없었다. 방 안 정리를 마치고 깨질지도

모르는 물건을 높은 곳에서 내려 대충 싸 둔 선학이 어머니가
말했다.

"그만 자. 내일이면 다 알게 될 거니까."

선학이는 다시 이불 속으로 파고들었지만 말똥말똥한 눈이
감겨지지가 않았다.

'정말 북한이 쳐들어온 걸까? 이리까지 땅굴을 판 걸까? 비
행기로 폭격한 걸까?'

서경이의 숨소리가 쌔근쌔근 방 안을 가득 메웠다. 선학이 아
버지와 어머니는 아무 말 없었지만 잠들지 않고 뭔가 골똘히 생
각하고 있었다. 보이시는 않아도 고르지 않은 숨소리며 소리 죽
인 한숨으로 알 수 있었다.

멀지 않은 곳에서 요란한 사이렌 소리 여러 개가 한꺼번에 들
렸다. 가끔 "펑!" 뭔가 터지는 소리도 끊이지 않았다. 이불 속에
얼굴을 묻고 이리 뒤척 저리 뒤척 하며 긴 밤을 새우던 선학이
가 겨우 잠이 든 것은 초겨울 늦은 해가 뜨기 두어 시간 전, 새
벽이 다 되어서였다.

8. 쑥밭이 된 현내

선학이가 문득 눈을 떴을 때도 방 안은 어두컴컴했다.

'아직 밤인가?'

하지만 방문을 덮은 담요 사이로 실낱 같은 햇빛이 새어 들고 있었고 웅성대는 사람들의 목소리도 들렸다. 선학이는 벌떡 일어나 서경이를 깨웠다.

"서경아, 일어나 봐! 빨리 일어나 보라니까!"

서경이는 선학이가 어깨를 잡아 흔들고 나서야 눈을 떴다. 마루에 나와 엉망이 된 집안을 본 서경이는 순식간에 잠이 달아났다.

"꿈이 아니었구나."

"그래, 꿈 아냐!"

선학이는 서경이를 부축해 다시 방으로 들어갔다. 서경이를 이부자리에 앉히고 밖으로 나가 신을 신었다.

"내가 나가서 둘러보고 올게."

"빨리 와, 그럼."

"알았어. 어디 가지 말고 꼭 방 안에 있어. 알았지?"

"다리 아픈 거 알면서."

"그렇지, 참!"

선학이는 떨리는 마음으로 집을 나섰다. 선학이 눈앞에 펼쳐진 광경은 여태껏 눈에 익은 현내가 아니었다. 성한 유리창들이 없었고 두 집 건너 한 집은 주저앉아 있었나. 그나마 제대로 서 있는 집도 벽마다 번개 치듯 금이 가 있었다. 세창 상회 앞 공터로 내려가자 아이들이 모여 있었다. 약속이나 한 듯이 모두들 학교에 가지 않았다. 그나마 친구들을 보니 선학이는 힘이 솟는 것 같았다.

"애들아! 무슨 일이야, 이게?"

"이리역에서 폭탄이 터졌대."

언제나 소문에 밝은 철호가 대답했다.

"누가 터뜨렸대? 북한에서 공격한 거야?"

"어른들이 그러는데 간첩이 그랬대."

아이들은 적잖게 흥분한 표정이었다. 간첩이 내려와 이리역에서 폭탄을 터뜨렸다니. 간첩을 신고하면 삼천만 원을 받고 간첩선을 신고하면 오천만 원을 받을 수 있다는 걸 아이들은 알고 있었다. 거동이 수상하고, 군복에 농구화를 신고, 담뱃값을 잘 모르고, 밤에 이불 속에서 몰래 단파 라디오를 듣고, 돈을 많이 쓰는 낯선 남자가 바로 간첩이라는 것을 달달 외울 정도로 많이 들어 온 아이들은 어디선가 곧 간첩이 나타날 것 같은 생각이 들었다. 간첩이 나타난다면 세창 상회에서 담배를 살 것이 분명했다. 이 근방에서 담배를 살 수 있는 곳은 세창 상회뿐이니까. 곧 아이들은 간첩이 나타났을 때 어떻게 서로 연락할 것인지 비상 신호를 정했다. 공터에서 놀고 있다가 세창 상회에 들어가는 간첩을 보면 '애들아, 윤식이 왔다! 놀러 가자' 하며 소리를 지르고, 그 소리를 들으면 어디서 무엇을 하든 다시 큰 소리로 복창하며 공터로 모이기로 했다. 윤식이는 학생들 잘 때리기로 소문난 선도부장 선생님이었다.

아이들이 한창 간첩 잡기 계획을 짜고 있을 때 더러운 옷에 얼굴이 온통 얼룩투성이인 병철이가 비척비척 걸어 내려왔다. 병철이는 아이들을 보자 "우아아앙!" 울음을 터뜨렸다. 아이들은 갑작스레 울음보를 터뜨린 병철이를 달래려 했지만 병철이는 좀처럼 울음을 그치려 하지 않았다.

"애들아, 우리 집 허물어졌어."

"뭐?"

한참 후에야 숨을 가다듬은 병철이가 훌쩍거리며 말했다. 어젯밤 폭발이 있은 다음 벽과 천장에서 뿌지직 소리가 나기에 겁이 나서 할머니와 도망 나오자마자 집이 무너져 내렸다고 했다. 온통 야단법석이라 누굴 찾아가지도 못하고 뜬눈으로 밤을 새웠고, 아침부터 잔해 더미를 헤쳐 살림살이를 꺼내고 있는데 겨우 이불 한 채를 꺼냈을 뿐 밥그릇도 옷도 하나 못 꺼냈다고 했다. 아이들은 우르르 병철이네 집터로 몰려갔다. 병철이 할머니 혼자서 흙 조각, 시멘트 조각을 옮기며 애를 쓰고 있었다. 도와주겠다며 몰려온 아이들을 본 병철이 할머니는 먼지투성이 치마로 연방 주름진 눈초리를 훔쳤다.

"애기들이 고맙기도 하지."

개미처럼 달려든 아이들은 부엌 살림살이와 병철이 책가방을 들어냈지만 더는 찾아낼 수 없었다. 지친 아이들이 진흙탕의 강아지 같은 몰골로 주르르 앉아 있는데 통장과 동사무소 직원이 왔다.

"우리 집이 무너졌소. 우리 손자녀석이랑 나랑 둘이 밖에서 한밤을 새웠다니께."

동사무소에서 달마다 나오는 밀가루와 구호 물품을 타 오면서 얼굴이 익은 직원이 오자 병철이 할머니는 아들이라도 만난 것처럼 하소연을 늘어놓았다.

아이들은 모현 교회로 올라갔다. 그곳에 가면 현내가 한눈에 보이겠지 싶은 마음에 다들 약속이나 한 것처럼 지친 발걸음을 옮겼다.

모현 교회는 폭격을 맞은 것처럼 주저앉아 있었다. 지붕이 날아가고 벽도 선학이 키 정도만 남아 있을 뿐 온통 무너져 내렸다. 울리지 않는 종과 종탑만이 그대로 있을 뿐이었다. 아이들은 모현 교회를 보고도 놀라는 기색이 없었다. 눈에 보이는 곳 대부분이 그런 몰골이었기 때문이다.

송학동 쪽 비탈은 사정이 더 심했다. 이리역을 정면으로 바라보고 있기 때문에 선학이네 집이 있는 반대쪽보다 피해가 더 컸다. 날아가지 않은 지붕이 없었고 거의 모든 집이 무너져 있었다. 집이라고 해 봐야 방 한 칸과 부엌이 대부분인, 슬레이트 지붕, 함석지붕이 섞인 게딱지 같은 집들이었으니 폭탄이 터질 때 일어나는 강한 바람을 이겨 낼 리 없었다. 장마 지난 강변의 갈대가 하류 쪽으로 넘어져 있듯 송학동 쪽 비탈의 집들은 모두 한 방향으로 쓰러져 있었다.

이리역 구내 승강장 안에는 커다란 구멍이 파여 있었다. 얼핏 봐도 교실 서너 개 넓이 정도는 됐고 깊이도 이층집보다 깊은 것 같았다.

"저게 폭탄 구멍인가?"

"그런가 봐!"

"끝내 준다."

"원자 폭탄인가?"

선학이가 아는 체를 했지만 대답하는 아이는 없었다. 아이들은 곳곳에서 연기가 올라오고 있는 역을 넋을 놓고 바라보았다. 폭격이라도 맞은 듯 잘린 간선 철로가 고사리 순처럼 말려 있었고 화차 수십 대가 장난감처럼 엎어져 있었다. 승강장 가운데 있던 콘크리트 건물은 정확하게 절반이 짜부라졌다. 다행히 여객용 기차가 다니는 본선은 파손되지 않아 수북이 쌓인 쓰레기를 치워 내자 기차의 통행이 가능해졌다. 수백 명의 사람들이 우왕좌왕 역내를 오가고 있었다. 거대한 폐허 안의 사람들은 마치 물이 말라 가는 웅덩이 속 올챙이들처럼 보였다.

여기저기서 먼지처럼 일어나던 헛소문은 소나기라도 맞은 듯 곧 사라져 버렸다. 정확한 사고 원인이 밝혀졌기 때문이었다. 군용 폭발물 화차의 관리인이 술에 취해 잠을 자던 중 불이 켜진 촛불을 넘어뜨렸고, 침낭에 옮겨 붙은 불은 곧 폭발물 상자에도 옮겨 붙었다고 했다. 삽시간에 혼자서는 어쩔 수 없을 만큼 불길이 일어나자 술이 깬 관리인이 밤거리를 달려 도망가면서 폭탄이 터진다고 고래고래 소리를 질렀지만, 추운 초겨울 밤거리에서 그 소리를 들은 사람은 거의 없었다. 들었어도 누군가의 술주정이겠거니 하고 웃어 넘겼을 터였다.

군용 폭발물 수십 톤이 터진 이리 시내는 온통 쑥대밭이 되었다. 그중 피해가 심한 곳이 역을 정면으로 마주 보고 있는 송학동 일대와 모현동이었고, 그중에서도 가장 심한 피해를 본 곳이 현내였다. 기찻길 옆 동네가 대부분 그렇듯, 판잣집 일색인 현내는 동네 절반이 날아가 버려 도저히 사람이 살던 곳이라고 상상할 수 없을 정도였다.

기차에서 내린 이 목사는 눈을 깜빡거렸다. 눈앞에 펼쳐진 광경은 어제 떠난 그 이리가 아니었다. 군데군데 쌓여 있는 잔해 더미, 여기저기 주저앉아 통곡하고 있는 사람들, 건물마다 깨진 유리창과 파손된 간판이 흉물스러웠다. 이 목사는 지나가는 경찰을 붙잡고 물어보았다.

"말 좀 묻겠습니다. 이게 도대체 어떻게 된 일입니까?"

"간밤에 폭탄이 터졌어요, 폭탄이!"

경찰은 바빠 죽겠다는 듯 걸음을 멈추지 않았다. 이 목사의 머릿속이 힘껏 얻어맞은 종처럼 울렸다.

'폭탄? 폭탄이 터져?'

고개를 갸웃거리며 현내를 향해 걷던 이 목사의 눈에 거대한 쓰레기 더미 같은 현내 언덕 동네가 들어왔다.

'현내가 저렇게 됐다면, 교회는? 서경이는?'

서경이 생각이 들자 이 목사는 정신없이 달리기 시작했다. 건널목을 건너 현내로 들어서자 삽이며 괭이를 든 사람들이 눈에 띄었다. 그중에 선학이 아버지가 있었다.

"선학이 아버님! 서경이는 어디 있습니까? 서경이 괜찮습니까?"

선학이 아버지는 느닷없는 이 목사의 출현에 깜짝 놀랐지만 이내 이 목사를 안심시키려고 흙 묻은 손으로 어깨를 두드려 주었다.

"서경이는 괜찮습니다. 집에 있으니까 빨리 가 보세요."

이 목사는 대꾸도 하는 둥 마는 둥 허겁지겁 집을 향해 달려갔다. 갈기갈기 찢어진 방문을 열었지만 서경이는 보이지 않았다.

"서경아! 서경아!"

이 목사는 목이 찢어져라 서경이를 불렀다. 쩌렁쩌렁한 이 목사의 목소리가 동네를 울리는 듯했다.

"아빠, 나 여기 있어요."

서경이 목소리가 선학이네 안방에서 들려왔다. 선학이 어머니가 차려 준 밥상 앞에 앉아 있던 서경이가 숟가락을 든 채 엉덩이 걸음으로 방문을 열었다. 이 목사는 신발도 벗지 않고 달려 들어가 서경이를 안았다.

"미안하다, 서경아! 혼자 있게 해서. 정말 미안하다."

"괜찮아요, 아빠."

광주에 간 아버지는 괜찮을 기라고 생각한 서경이었지만 그래도 눈앞에 나타난 아버지를 보니 천국에서 돌아온 사람을 본 것처럼 눈물이 솟았다. 이 목사는 서경이를 한참 동안 안아 주었다.

"진짜 괜찮은 거지? 다치지 않은 거지?"

"예."

서경이가 식사를 마치자 이 목사는 교회에 가 보겠다며 일어섰다. 아무래도 교회가 성하지 못할 것 같다는 불길한 예감이 아지랑이처럼 머릿속을 맴돌았다.

골목을 돌자 모현 교회가 눈앞에 나타났다. 이 목사는 자기도 모르게 털썩 무릎을 꿇었다. 입에서 신음 소리가 흘러나왔다.

"아버지!"

짧은 해가 지자 찬바람이 드세지기 시작했다. 하루 종일 다리 아픈 줄도 모르고 돌아다니던 아이들은 다시 공터로 돌아왔다. 공터는 평소처럼 비어 있지 않았다. 집을 잃은 사람들이 모여 있었다. 한쪽에서는 아주머니들이 큼직한 돌을 모아 솥을 걸고 나무를 때 밥을 하고 있었고 다른 쪽에서는 모닥불을 둘러싼 아저씨들이 분통을 터뜨리고 있었다. 아이들의 눈길은 세창 상회 옆 비교적 바람이 덜 드는 구석에 깔린 수십 채의 이불에 모아졌다. 흙바닥 위에 비닐이나 판자, 마분지 상자 같은 것을 깔고 그 위에 편 이불 속에서 꼬마들이 키득거리며 장난을 치고 있었다. 아이들을 본 낯익은 얼굴 하나가 이불 속으로 쑥 사라졌다. 선학이는 친구들이 돌아간 후 병철이가 있던 이불을 향해 걸어갔다. 조용히 신을 벗은 선학이는 다짜고짜 이불 속으로 쑥 파고들었다. 캄캄한 이불 속에 누워 있던 병철이가 깜짝 놀랐다.

"누구야!"

"나야."

선학이는 빙글빙글 웃으며 대답했다. 병철이는 선학이가 반가우면서도 길 위에 누워 있는 게 창피했다.

"웬일이야?"

"웬일은, 친구한테 놀러 오지도 못하냐?"

"뭐, 그건 그렇지만……"

선학이와 병철이는 곧 이불 속을 구르며 꼬마들처럼 장난을 쳤다. 이불을 들썩이면 찬 바람이 들어오기 때문에 몸을 움직이지 않으려 애썼지만 간질이고 꼬집다 보면 이불 한구석이 들려 찬 바람이 휙 들어왔다. 병철이네 할머니가 라면 그릇을 들고 올 때까지 선학이와 병철이는 킥킥대며 놀았다. 할머니가 부르는 소리가 들렸다.

"추운데 저녁밥도 못 먹었지야? 여그 라면 먹어라."

"아니에요. 엄마가 기다려서 가야 돼요."

"어른이 먹고 가라면 그래야지."

라면 두 개를 끓인 냄비에 선학이가 끼어들면 할머니가 굶을 걸 뻔히 알기에 선학이는 배가 고팠지만 한사코 마다했다. 때마침 선학이를 부르며 골목길을 내려오는 어머니 목소리가 들렸다.

"병철아, 나 갈게. 할머니, 안녕히 계세요."

선학이는 집 쪽을 향해 뛰어가며 연방 뒤를 돌아보았다. 멀찍이 피워 놓은 모닥불을 불빛 삼아 라면을 먹고 있는 병철이와 할머니가 마음에 걸렸다.

어머니도 세창 상회에서 사 온 라면으로 저녁상을 차렸다. 빨간 봉지의 라면 하나에 밥 한 공기를 말면 한 끼 식사가 뚝딱이었지만 라면 값도 싼 편은 아니어서 자주 먹지는 못했다. 하지만 식사 준비를 제대로 할 수 없는 형편이 되고 보니 세창 상회의 라면과 양초는 날개 돋친 듯 팔려 나갔다. 집이 무너진 사람들이 돈이 있을 리 없었다. 돈은 없고 먹기는 해야겠고, 사람들은 세창 상회에 줄을 서 라면을 사 가면서 저마다 외상을 그었다. 승제네 엄마는 외상 늘어나는 것이 탐탁지 않았지만 빤히 아는 동네 사람들 밥 굶어야 하는 사정을 알기에 어쩔 수 없이 빨간 장부를 펼쳤다.

서경이네 몫까지 끓인 라면을 따로 그릇에 담아 건네준 다음 어머니는 상을 들고 안방으로 들어왔다. 어젯밤 나간 전기가 아직 들어오지 않았기 때문에 방에는 양초가 켜져 있고 선학이 아버지가 일 갈 때마다 허리에 차던 라디오가 오랜만에 방 안에서 치직거렸다.

저녁을 먹으며 선학이 어머니가 걱정스레 말했다.

"교회가 다 무너졌던데, 목사님은 어쩌려는지 모르겠네요."

"그러게. 교회가 무너졌으면 장사 끝난 거 아녀?"

"그런 말이 어디 있어요? 교회가 장사예요?"

"말이 그렇다는 거지."

말문이 막힌 선학이 아버지는 라면 국물만 훌훌 들이켰다. 옆에서 듣고 있던 선학이가 말참견을 했다.

"아빠가 교회를 지어 주면 되잖아요."

"뭐?"

"아빠는 일등 목수잖아요. 교회도 지을 수 있죠?"

"허튼소리 그만 하고 밥이나 먹어."

어머니 핀잔에 선학이의 말참견은 끝이 났지만 아버지는 뭔가를 곰곰이 생각하는 눈치였다.

134

선학이 아버지는 저녁 늦게까지 마루에 앉아 담배를 피우며 깊은 생각에 빠졌다. 추운 바람도 아랑곳하지 않는 아버지의 어깨 위에 어젯밤 현내 사람 누구도 눈에 담지 못한 반달이 쓸쓸하게 앉아 있었다.

다음날부터는 걱정 하나가 줄어들었다. 빨간 십자가 모자를 쓴 적십자 사람들이 와서 끼니때마다 라면을 끓여 나눠 주었기 때문이었다. 송아지라도 목욕시킬 수 있을 것 같은 솥 세 개가 공디에 걸렸다. 솥 하나에 라면 팔십 개를 한꺼번에 끓일 수 있었지만 줄을 선 사람들이 하도 많아 적십자 사람들은 잠시도 쉴 틈이 없었다. 학교가 임시 휴교를 했기 때문에 아이들은 아침마다 모여 함께 놀았고 배가 고파지면 잔해 더미에서 꺼내 비밀 장소에 숨겨 둔 그릇을 들고 가 공짜 라면을 타 먹었다. 몇 끼니를 라면으로 먹었어도 여전히 맛이 있었기 때문에 대부분 아이들은 제 몫을 다 먹은 다음 다시 줄을 서 두 번이나 타 먹었다.

길거리에 이불을 펴고 지내던 사람들은 학교로 옮겼다. 교실마다 의자와 책상을 뒤로 밀어내고 이불을 폈다. 온기 없는 마룻바닥이었지만 땅바닥에서 올라오는 찬 기운이 없고 이불 틈을 비집는 칼바람도 없었기 때문에 훨씬 나았다.

덕분에 학교에 가지 않아도 되는 아이들은 신이 났다. 하루해가 짧을세라 아침부터 저녁까지 몰려다니며 정신없이 놀았다. 여기저기 쌓여 있는 잔해 더미는 신나는 놀이터였다. 전쟁놀이를 해도 실감이 났고 보물찾기를 하면 말 그대로 진짜 보물을 건질 수 있었다. 어제 철호는 무너진 집 자리에서 동전이 반쯤 찬 빨간 돼지 저금통을 주웠다. 축구공을 주운 아이도 있었다. 그렇지만 보물찾기가 다 성공적인 것만은 아니었다. 옆 동네에서는 보물찾기를 하다가 죽은 사람의 팔을 만진 아이도 있었다. 그럴 만도 한 것이, 무너지는 집에 온 가족이 깔린 일도 많았고 그런 집은 복구 공사가 시작되어서야 시신을 찾을 수 있었다. 보물이 나올 것인가 시체가 나올 것인가, 쌓여 있는 잡동사니를 하나씩 치울 때마다 두근거림은 점점 커졌고 침이 마르는 재미가 있었다.

"부르릉! 부릉!"

수십 대나 되는 군용 트럭이 줄줄이 구름다리를 넘어왔다. 굴비처럼 길가에 줄을 선 아이들은 풀색 트럭과 트럭에 타고 있는 군인들을 향해 박수를 쳤다. 현내 사람들을 돕기 위해 출동한 군인들이었다. 군용 트럭은 현내를 지나 배산 언저리에 도착했다. 배산 옆에 있는 학교 운동장 몇 배 넓이의 잡초 밭에서는 먼저 도착한 불도저가 웅웅대며 땅을 밀고 있었다. 불도저가 울퉁불퉁한 곳을 다듬고 지나가자 삽을 든 군인들이 우르르 몰려들어 바둑판처럼 단정하게 물길을 파고 터를 다듬었다. 삽을 든 군인들이 지나가자 다음 군인들이 달려들어 집처럼 생긴 천막을 세웠다. 사각형의 군인 천막은 진짜 집만큼 컸고 창도 달려 있었다. 천막이 세워지자 다른 군인들이 달려들어 나무판으로 바닥을 깐 다음 전기를 연결하고 전구를 달아 주었다. 그다음 군인들은 천막마다 연통을 달고 난로를 놓아 주었다.

아이들은 날마다 군인들이 천막촌을 세우는 현장에 가서 놀았다. 하루가 다르게 늘어 이제 백 개가 넘는 천막이 반듯하게 줄을 지어 늘어서 있었다. 천막에는 저마다 번호가 매겨져 있었고 가운데를 갈라 두 집이 각각 살 수 있도록 만들어져 있었다. 집을 잃어버린 사람들이 들어와서 살 천막이지만, 자기 집이 멀쩡한 아이들마저 부러워할 만큼 멋진 천막집이었다.

아이들은 천막을 세워 주는 군인들이 공수 부대 군인들이라는 걸 이미 알고 있었다. 공수 부대 군인들은 하나같이 키가 크고 어깨가 넓었다. 짧게 깎은 머리에 비스듬히 찰싹 달라붙는 검은 베레모도 볼수록 멋이 있었다. 물론 공수 부대가 아닌 군인들도 열심히 일하고 있었지만, 야구 모자를 쓴 보통 군인들보다 베레모를 쓴 공수 부대 군인들이 더 멋있었고 일도 잘하는 것 같았다. 삽으로 흙을 한 삽 뜨더라도 더 멋있어 보였고 망치질을 한 번 하더라도 더 근사해 보였다. 당연히 아이들은 공수 부대 군인들이 일하는 뒤를 졸졸 따라다녔다.

쉬는 시간이면 군인들은 편하게 앉아 담배를 피우거나 건빵을 먹었다. 군인들 몇몇은 아이들을 불러 건빵을 나눠 주기도 했다. 갈색 종이봉투에 들어 있는 건빵을 두어 개 입에 몰아넣고 씹으면 목이 메일 듯 팍팍했지만, 그럴 때는 같이 들어 있는 별사탕을 하나 오도독 깨뜨리면 금세 침이 배어 나왔다. 고소하고 배부른 건빵을 아이들이 얼마나 좋아하는지는 군인들이 더 잘 알고 있었다. 자기가 먹던 건빵을 덜어 주던 군인들은 곧 뜯지도 않은 새 건빵을 주머니에 넣고 다니다가 아이들을 만나면 건네주었다.

유독 선학이를 기다렸다가 건빵을 주는 군인이 있었다. 얼굴이 다른 군인보다 더 까무잡잡한 박 중사였다. 박 중사는 선학이의 어디가 그렇게 마음에 들었는지, 말없이 뭔가를 자꾸 선학이 손에 쥐여 주었다. 선학이는 박 중사의 선물을 고맙게 받으면서도 그때마다 쑥스러운 기분이 들었다. 선학이를 바라보는 박 중사의 눈 때문이었다. 지그시 선학이를 바라보는 박 중사의 눈은 따듯했다.

"너만 한 동생이 있다, 고향에."

"남동생요?"

"응."

군인들이 철수하기 전날 박 중사는 선학이를 따로 불러 옆에 앉혔다. 선학이도 박 중사가 좋았다. 큰형이라도 되는 것처럼 마음이 편했다. '이런 형이 있었으면……' 하고 혼자서 생각하는 요즘이었다.

"부모님이랑 누이동생이랑 막내랑 참 재미있게 살았는데, 지금은 막내 혼자서 늙으신 부모님과 같이 지낸다. 여동생은 돈 벌러 가고 나는 군대에 와 있고."

“네.”

“너를 보고 막내 생각이 많이 났다. 요즘 우울했는데 너를 보니까 막내를 위해서라도 힘내야겠다는 생각이 들었다.”

선학이는 자기도 모르게 바보처럼 웃었다.

“내일이면 철수한다. 너도 폭발 사고 때문에 힘들겠지만 열심히 살아라. 그러면 뭔가 바뀌는 게 있을 거다.”

박 중사는 선학이에게 총을 만지게 해 주었다. 현내에서 진짜 총을 만져 본 아이는 선학이가 처음이었다. 생각한 것보다 훨씬 가볍고 장난감 같았다. 노리쇠도 “철컥” 밀어 보고 방아쇠도 “딸칵” 당겨 보고 빈 탄창도 “께깍” 밀어 넣어 보았다. 참새를 향해 총을 쏘는 시늉도 내 보았지만 아무리 봐도 텔레비전에서 나오는 총 같지 않고 장난감 총 같았다.

총을 가지고 놀면서 선학이는 전에도 자기를 보고 동생 같다고 말한 누나가 있었다는 걸 박 중사에게 이야기해야 할지 말아야 할지 수십 번이나 망설였다. 뭔가 할 이야기가 있었으면 좋겠는데 아무리 생각해 봐도 박 중사가 듣고 좋아할 이야깃거리가 생각나지 않았다. 동생을 닮았다는 박 중사의 이야기를 듣자마자 영자 누나가 생각났지만, 왠지 말하지 않는 게 좋겠다고 생각했다. 막내 동생 이야기를 하면서 쓸쓸해하는 박 중사를 더 힘 빠지게 하고 싶지 않았다.

멀리서 호각 소리가 들리자 박 중사는 집합 장소를 향해 날듯이 달려갔다. 선학이는 박 중사의 뒷모습을 물끄러미 바라보다가 박 중사가 앉아 있던 자리에 남아 있는 건빵 두 봉지와 목걸이를 집어 들었다. 비스듬히 자른 탄피에 총알을 집어넣고 구멍을 뚫은 다음 은색 알알이 군번줄로 연결한 목걸이였다. 선학이는 목걸이를 목에 걸었다. 선뜻한 차가움에 몸이 떨렸지만 용감한 군인이라도 된 것처럼 어깨가 펴졌다. 선학이는 건빵을 집어 들었다. 친구들한테 들키지 않고 서경이에게 가져다줄 생각이었다.

신작로를 걸어 현내로 돌아오던 선학이는 동네가 가까워지자 건빵 봉지를 겉옷 속 겨드랑이에 끼었다. 놀고 있는 친구들이 보면 나눠 줘야 할 테고 그러다 보면 서경이 몫을 지키기가 어려울 테니 처음부터 없는 듯 시치미를 떼고 바로 집으로 가 버릴 생각이었다. 웬일인지 공터에는 아이들 그림자도 없었다. 대신 선학이는 집 앞에서 서성대고 있는 승제와 마주쳤다.
“여기서 뭐 하냐?”
“응? 나? 너 있나 보려고.”
“그냥 집에 들어가면 되지 왜 밖에 서 있어?”
승제는 당황한 얼굴로 씩 웃었지만 표정이 그리 밝지는 않았다. 서경이의 사고 다음부터 서로 투명 인간인 듯 대하던 승제가 오늘은 웬일로 선학이네 집을 찾아온 것이다.
“들어와!”
승제는 웃음기 가신 얼굴로 선학이를 따라 들어왔다. 마루에 걸터앉으며 선학이가 물었다.

"뭐 때문에 왔는데?"

닫혀 있는 서경이네 방문 쪽을 살피던 승제는 안 그랬다는 듯 급히 돌아보며 얼버무렸다.

"뭐, 특별한 이유가 있는 건 아냐."

"이유가 없어?"

혹시 승제가 지난 일을 사과하러 왔을지도 모른다고 생각하고 있던 선학이는 갑자기 기분이 나빠졌다. 진심으로 사과한다면 용서하고 전처럼 친하게 지낼 수도 있다고 마음속으로 생각해 왔는데 승제는 사과할 마음이 전혀 없는 것 같았다. 눈치를 보는 듯한 승제의 눈길도 기슬렀다. 선학이가 옷 속에 숨겨 온 건빵을 보란 듯이 꺼내 방 안에 던져 넣어도 승제는 안 보는 척하면서 줄곧 서경이네 방문 쪽만 살피고 있었다.

"서경이 보러 왔냐?"

대답이 없자 선학이가 다시 물었다.

"너 서경이 보러 왔지?"

"뭘 하러 왔든 무슨 상관이야!"

"너, 전에 나보고 비겁하다고 그랬지? 네가 더 비겁해. 서경이 보러 왔으면서 아닌 것처럼 핑계나 대고."

"뭐? 내가 비겁해?"

승제는 발끈 화를 내며 선학이의 멱살을 잡았다. 선학이도 지지 않고 승제의 멱살을 잡았다.

“너 서경이 좋아하지? 그래서 전부터 서경이 일이라면 기를 쓰고 덤벼든 거지? 그래서 나한테도 못되게 구는 거지?”

“그래, 좋아한다. 어쩔래, 이 비겁한 놈아!”

“내가 어쨌다고 자꾸 비겁하대? 내가 어쨌다고?”

선학이는 그동안 쌓인 분통을 터뜨리듯 승제를 향해 주먹을 날렸다. 엉겁결에 한 방 얻어맞은 승제가 뒤로 넘어졌지만 금세 발딱 일어나 선학이를 향해 몸을 던졌다. 두 아이는 차디찬 흙바닥에서 엎치락뒤치락 몸싸움을 벌였다. 힘세고 재빠른 승제가 곧 선학이 위에 올라탔다. 이마 끝까지 빨개진 승제가 밑에 깔린 선학이를 향해 주먹을 치켜들었을 때였다.

“그만!”

서경이의 비명 소리였다. 선학이와 승제는 깔리고 누른 채 소리가 나는 쪽을 돌아보았다. 어느 틈엔가 방문을 연 서경이가 두 아이를 지켜보고 있었다.

“왜 또 싸워! 싸우는 거 지겹지도 않니? 이오 오빠가 없으면 너희들끼리라도 싸워야 되는 거야? 왜들 그래, 정말!”

승제의 주먹이 힘없이 내려왔다. 서경이가 승제를 향해 말했다.

“약한 사람 괴롭히는 사람은 정말 싫어. 이오 오빠랑 다를 게 뭐야! 승제 너, 그렇게 안 봤는데 실망이야.”

승제는 선생님 앞에서 야단맞을 때처럼 꼿꼿이 서 있었다. 선학이는 자기편을 들어 주는 서경이가 고마울 뿐이었다. 먼지를 대충 턴 선학이가 문 쪽으로 승제의 어깨를 툭 밀었다. 승제는 느릿느릿 문을 나섰다. 승제가 보이지 않자 선학이는 씩 웃으며 서경이에게 말했다.

"고맙다, 역시 같은 집에 사는……"

"너도 똑같아."

서경이의 차가운 목소리였다. 선학이 얼굴에서 웃음이 사라졌다.

"안에서 다 들었어. 선학이 너 어쩜 그렇게 말할 수 있어? 가장 친한 친구를 어떻게 그렇게 몰아붙이니? 둘 다 정말 실망했어, 실망했다고!"

방문이 "쾅!" 하고 닫혔다. 선학이는 뒤통수를 얻어맞은 것 같은 기분이 들었다.

'다 들었다고?'

선학이의 머릿속이 복잡해졌다. 자기편을 들어 줄 거라고 생각했다가 배신당한 황당함은 둘째로 치더라도 서경이와 승제 사이에 분명 뭔가 있다는 생각이 들었다.

'서경이는 자기를 좋아한다는 승제의 말을 듣고서도 가만히 있다가 싸움이 벌어지고 나서야 방문을 열었어. 싸움이 벌어지지 않았다면 자는 것처럼, 못 들은 것처럼 시치미를 떼고 있었겠지. 좋아한다는 말을 듣고서도 가만히 있었다는 건, 그래도 괜찮다는 건가? 그렇다면 서경이도 승제를 좋아한다는…… 그럼 나는?'

선학이는 서경이를 여자 친구로 좋아하지는 않았지만 서경이의 가장 친한 친구는 분명 자기라고 생각하고 있었다. 비록 사이가 이상하게 틀어지긴 했지만 그래도 승제의 가장 친한 친구 역시 자기라고 생각하고 있었다. 친한 친구 둘을 한꺼번에 잃어버린 것 같았다. 화가 난 선학이는 건빵 봉지를 집어 방바닥에 팽개쳤다. 종이봉투가 터지면서 작고 네모난 건빵들이 방바닥에 흩뿌려졌다. 동그란 별사탕이 건빵 사이를 도르르 굴러다녔다.

9. 버티느냐 떠나느냐

이재민들이 완성된 천막촌으로 옮겨 가자 다시 학교 수업이 시작되었지만 여기저기 빈자리가 많았다. 병원에 입원한 아이, 돈이 없어 입원하지 못하고 천막집에 드러누운 아이, 하늘나라로 떠나 버린 아이 등 반마다 책상 대여섯 개씩은 비어 있었다. 학교가 끝나면 아이들은 약속이나 한 것처럼 천막촌으로 몰려가 놀았다. 천막촌에 살지 않더라도 천막집에 살고 있는 친구들을 찾아가면 항상 재미있는 일이 있었다. 특히 구호품을 배급할 때가 제일 재미있었다.

날마다 구름다리를 건너는 구호 트럭들의 행렬이 끊이지 않았다. 트럭들은 저마다 옆구리에 '이리 시민 여러분, 힘내세요' 또는 '여러분은 혼자가 아닙니다' '오늘의 역경을 딛고 내일의 영광을' 등이 쓰인 현수막을 붙이고 있었다. 구호 트럭이 온 곳도 다양해서 서울, 부산, 대구, 광주, 대전, 경기, 경상, 충청, 강원 등 전국 각지의 차들을 다 볼 수 있었다. 담요나 라면, 난로 등은 어른들이 증명서를 가지고 가서 확인을 받아야 나눠 주지만 헌 옷가지나 과자, 공책 같은 것은 아이들이라도 줄만 서면 타 올 수 있었다. 사람들은 전국 방방곡곡에서 끊이지 않고 쏟아지는 격려를 받고 고마운 마음을 감추지 못했다. 천막촌 여기저기서 조금씩 조금씩 웃음소리가 들리기 시작했다. 김치며 양곡 등을 마지막으로 구호품 행렬이 뜸해질 무렵 대통령이 온다는 소식이 들렸다.

대통령이 오는 날이 되자 사람들이 벌떼처럼 모여들었다. 배산이 생긴 뒤로 그렇게 많은 사람이 모인 것은 처음일 거라고들 했다. 선학이와 현내 아이들도 학교가 끝나자마자 천막촌으로 달려갔다. 얼마 지나지 않아 시끄러운 소리를 내며 헬리콥터 두 대가 도착했다. 온몸에 힘을 주어 버티지 않으면 날려 가 버릴 것 같은 바람과 귀가 터질 듯 시끄러운 소리는 헬리콥터를 처음 본 아이들의 넋을 쏙 빼놓았다.

터져 나오는 박수에 정신을 차린 아이들은 늘어선 행렬 사이를 비집고 들어가 대통령을 보려고 애썼다. 하지만 어른들의 어깨는 너무 높았고 다리 사이를 비집고 들어가기에는 사람들이 너무 많았다. 선학이와 아이들은 발을 동동 구르며 안타까워했다. 이윽고 올 때처럼 요란하게 헬리콥터가 떠났다. 아이들은 넋을 놓고 멀어지는 헬리콥터를 바라보았다. 대통령도 대통령이지만 아이들에게는 헬리콥터가 더 근사해 보였다. 대통령이 되면 헬리콥터를 타고 마음대로 날아다닐 수 있다! 아이들은 커서 대통령이 되고 싶다고 생각했다. 생각보다 키가 작더라는 둥, 얼굴만 비추고 갔다는 둥 어른들이 수군대는 소리는 귀에 들어오지도 않았다.

그날 제일 횡재한 사람은 천막 안에서 봉투를 붙이고 있던 병철이네 할머니였다. 여러 사람이 불쑥 천막 안으로 얼굴을 들이밀더니 그중 작은 체구의 사람이 할머니의 양손을 붙잡고,

"고생 많으십니다. 필요한 것 없습니까?"

하고 묻는 말에 이어 정신없이 터지는 카메라 플래시 때문에 눈도 제대로 못 뜨고,

"양식이나 넉넉했으면 좋겠구먼요."

하고 아무런 생각 없이 대답한 할머니는 밤이 되기도 전에 동직원들이 메고 온 쌀 세 가마에 벌어진 입을 다물 줄 몰랐다.

"집이나 한 칸 얘기해 볼 걸 그랬나 보다."

할머니는 이불 속에서 병철이를 끌어안으며 말했다.

모현 교회 사람들은 주일마다 고현 초등학교 교실 한 칸을 빌려 예배를 드렸다. 예배에 참석하는 사람들은 눈에 띄게 줄어 있었다. 현내 사람들은 다들 '하나님이 있다면 왜 폭발 사고가 났겠어? 하나님이 가난한 사람들 편이라면 왜 하루 벌어 하루 먹고 살기도 힘든 현내 사람들이 제일 큰 피해를 입었겠어? 하

나님이 있다면 왜 모현 교회가 날아갈 때 가만히 있었겠어?'라고들 생각하고 있었다.

판잣집이긴 했지만 그래도 마음 두고 정 담아 살아가던 터전을 한순간에 잃어버린 사람들은 저마다 의지할 곳을 찾아 헤맸다. 술을 마시는 남자들은 밤마다 값싸고 독한 술을 마시면서 울분을 터뜨렸고 그러지도 못하는 사람들은 무당을 찾아가거나 산으로 치성을 드리러 갔다. 현내 사람들의 외면 속에서 모현 교회는 서서히 숨이 끊어져 가는 것 같았다. 야학에 다니는 젊은이들만이 아랑곳하지 않고 이 목사를 격려하며 함께 버텨 나가고 있었다.

이 목사의 기도 시간은 점점 길어졌다. 마음 놓고 큰 소리로 기도할 곳을 찾아 늦은 밤마다 배산에 오르던 이 목사는 어느 날 기도를 하던 중 찾아온 경찰에게 끌려 파출소에 다녀와야 했다. 이 목사가 진짜 목사임을 확인한 경찰관은 멋쩍은 듯 머리를 긁적이며 미안한 웃음을 지었다.

"이거 죄송하게 됐습니다. 밤마다 숲 속에서 소리를 지르는 미친 사람이 있다는 신고가 들어와서요."

"괜찮습니다. 괜한 수고를 하시게 했네요."

집으로 돌아오는 이 목사의 발걸음은 한없이 무거웠다. 며칠 동안 밥도 먹지 않고 금식 기도를 했기 때문만은 아니었다. 무겁고 힘들어도 한 걸음씩 쉬지 않고 내디딜 수 있는 발걸음과 달리, 이 목사의 마음은 한곳에 말뚝으로 박아 놓은 양 움직일 줄 몰랐다.

다들 잠들어 있는지 선학이네 방은 불이 꺼져 있었다. 혹시라도 방해가 될까 소리를 죽여 방에 들어온 이 목사는 불도 켜지 않은 채 방 한가운데 우뚝 서서 잠든 서경이를 내려다보았다. 모레까지는 서경이를 입원시켜야 했다. 서경이는 이 목사에게 단 하나뿐인 혈육이었다. 이 목사는 서경이에게만은 고아인 자신과 같은 힘든 과거를 남겨 주고 싶지 않았다. 그렇지만 가난하더라도 꿋꿋이 옳은 일을 해 나가면 내내 행복하리라는 굳은 자신감은 아내가 죽고 서경이가 다치고 모현 교회가 무너지면서 점점 줄어들고 있었다.

서경이가 잠결에 성한 다리로 이불을 걷어찼다. 그렇지 않아도 외풍이 센 방에 이불마저 허술하게 덮으면 감기가 들 게 뻔했다. 이 목사는 이불을 덮어 준 다음 구석에 개켜진 이불 하나를 덧덮어 주었다.

이 목사는 벽에 등을 기대고 앉았다. 이 목사의 눈길은 앉은뱅이책상의 두 번째 서랍에서 떠날 줄 몰랐다. 서랍 안에는 장모가 마련해 준 돈 봉투가 들어 있었다. 돈 봉투를 쥐여 주며 장모는 몇 번이고 자기 가슴을 두드리면서 울었다.

"그러지 말고 서경이랑 광주로 내려오게. 경미야 가고 없더라도 서경이는 하나뿐인 내 손녀 아닌가. 그만 고집 꺾고 제발 내 소원 하나만 들어주게. 자네하고 서경이 두 식구 먹고살 방도쯤 내가 찾아 줄 수 있으니까 그렇게 해 주게. 내 이렇게 부탁하네."

　죄송한 마음에 얼굴을 들 수 없었지만 이 목사는 광주로 돌아오겠다는 대답만은 할 수 없었다. 수술만 마치면, 서경이 걱정만 덜면 아무 걱정 없이 모현 교회를 일궈 나갈 수 있으리라. 부담스럽기도 하고 고맙기도 한 돈 봉투를 가슴에 품고 돌아올 때만 해도 모든 일이 잘 마무리되었다 싶은 안도감마저 들었다. 그러나 무너져 버린 모현 교회를 보자 이 목사는 그 자리에 쓰러져 버리고 싶을 만큼 힘을 잃었다. 그리고 새로운 고민이 머리를 들었다. 그 고민은 지난 이 주일 동안 이 목사에게 뿌리까지 썩은 충치처럼 달라붙어 잠시도 딴생각을 할 수 없게 만들었다. 서경이의 다리와 무너진 모현 교회가 양쪽에서 이 목사를 숨 막히게 만들고 있었다.

　다친 서경이의 다리를 고칠 수 있는 방법은 분명 있었다. 무너진 모현 교회를 다시 세울 방법도 물론 있었다. 그러나 한꺼번에 두 가지를 다 해낼 수는 없었다. 그러기에는 서랍 속의 돈이 부족하기 때문이었다. 서경이의 다리를 고치느냐, 모현 교회를 다시 세우느냐. 오늘도 어제처럼 고민하는 동안 손 안에서 새어 나가는 모래처럼 시간이 흘렀다. 벽에 기대앉아 어둠 속을 노려보던 이 목사의 고개가 어느 순간에 툭 어깨로 떨어졌다. 물에 젖은 신문지처럼 온몸이 피곤했지만 그보다 마음을 더 갈등하게 만들던 고민이 잠시 머뭇거리는 사이 잉크병을 엎지른 것처럼 잠이 찾아들었다. 눈뜨자마자 시작될 고민을 안고 이 목사는 웅크린 채 잠이 들었다. 꿈도 없이 깊은 수렁 같은 잠이었다.

"목사님! 목사님!"

"아빠!"

두 사람의 목소리가 제법 컸지만 이 목사는 죽은 듯 꼼짝도 하지 않았다.

"목사님! 목사님!"

"아빠, 일어나세요!"

서경이와 용일은 이 목사의 어깨를 가볍게 흔들었다. 좀처럼 떠지지 않을 것 같던 이 목사의 눈이 번쩍 떠졌다. 이 목사는 정신을 추스를 틈도 없이 벌떡 일어났다.

"뭐? 뭐? 무슨 일이야? 뭐야?"

"목사님, 용일입니다."

이 목사는 눈을 깜빡거리며 시선에 힘을 모으려 애썼다. 엉거주춤 서 있는 용일과 이부자리에 앉아 놀란 표정으로 이 목사를 바라보고 있는 서경이가 보였다.

"아, 용일이구나. 내가 좀 깊이 잠들었나 보다."

"치, 아빠는, 저는 보이지도 않아요?"

"안 보이기는. 잘 잤니, 서경아?"

세 사람은 늦은 아침 식사를 마쳤다. 이 목사는 물을 끓여 서경이 머리까지 감겨 준 다음 집을 나섰다. 현내를 벗어나자 작은 논들이 띄엄띄엄 들어선 옆으로 작은 집들이 옹기종기 모여 있었다. 폭발 사고의 피해를 받지 않은 집들이었지만 살얼음이 낀 논과 회색 잔돌이 깔린 기찻길이 어우러져 쓸쓸하고 초라해 보였다. 용일은 오늘따라 왠지 힘차게 걷는 이 목사의 뒤를 쫓느라 발을 빠르게 놀려야 했다.

이 목사는 고현 초등학교의 교장 선생을 만나러 가는 길이었다. 교회가 무너진 다음부터 교실을 잃어버린 야학 학생들은 한동안 공부를 쉬어야 했다. 다행히 천막촌이 완성되어 사람들이 잠잘 곳 걱정을 덜게 되자 이 목사는 초등학교 교실 한 칸을 빌려 야학을 다시 열었고 주일이면 예배도 드렸다. 밤늦게까지 남아 공부를 하는 야학 학생들을 숙직 선생들과 소사 아저씨는 탐탁지 않게 생각했고 가끔 표 나게 눈총을 주기도 했다. 입김이 허옇게 일어나는 교실은 가만히 앉아 있어도 손이 시렸지만 녹슨 배불뚝이 난로에 불을 땔 생각은 꿈도 꾸지 못했다. 자나 깨나 불조심을 해야 했기 때문이기도 했고 난로에 땔 조개탄을 얻지 못했기 때문이기도 했다.

발을 동동 구르고 손을 호호 불어 가며 공부를 하던 어느 날 밤, 교장 선생이 뒷문을 열고 교실에 들어왔다. 워낙 소리 없이 들어오기도 했고 눈에 띄지 않을 만큼 체구가 작기도 했기 때문에 공부에 열중하고 있던 야학 학생들 누구도 알아차리지 못했다. 병수에게 영어 시제를 설명하던 이 목사도 등을 돌리고 있었고 잠시 후 병수 뒤의 학생을 향해 몸을 돌렸을 때에는 뒷문

쪽에 아무도 없었다.

잠시 후 앞문이 드르륵 열리고 손에 조개탄 양동이를 든 숙직 선생이 들어왔다. 이 목사의 인사는 듣는 척 마는 척 배불뚝이 난로에 신문지를 꾸깃꾸깃 집어넣은 숙직 선생은 나무 쪼가리를 그 위에 세우고 신문지에 불을 댕겼다. 금세 불기운이 오르자 한여름 밤 불빛을 본 하루살이가 모이듯 학생들이 우르르 난로 주위에 모여들었다.

"좀 비켜 봐요."

나무에 불이 댕겨지자 숙직 선생은 모양 좋은 조개탄 열두서너 개를 골라 난로에 집어넣었다. 잠시 후 타 버린 나무 쪼가리가 빨간 숯으로 변하자 나무 쪼가리 몇 개를 더 집어넣은 다음 나머지 조개탄을 쏟아 부었다.

"불은 이렇게 붙이면 되고, 조개탄은 숙직실 옆에다 내놓을 테니까 가져다 때요."

"그럼 내일부터 난로를 때도 되는 겁니까?"

"불조심들 하시고 당번 정해서 뒷정리 확실하게 하시오."

숙직 선생은 실내화를 찍찍 끌며 사라졌다. 이 목사와 학생들은 난로 주위에 둥글게 모여 앉아 점점 뜨거워지는 난로를 바라보았다. 잠시 손만 녹였다가 다시 공부를 시작할 셈이었지만 뜨거워지는 난롯불에 얼었던 온몸이 녹아내리자 금세라도 잠이 쏟아질 것처럼 눈들이 무거워졌다.

"참, 불이 좋기는 좋네."

"누가 아니래. 온몸이 녹아내리는 것 같아."

"이럴 때 두부 김치에 왕대포나 한잔 탁 걸치면 좋겠다."

"떽! 목사님 계시는데."

이 목사도 빙긋이 웃으며 난롯불에 등과 가슴을 번갈아 데웠다. 불을 안으면 등이, 등지면 가슴이 추웠다. 내일부터는 일찍 불을 피우고 학생들을 불에서 좀 떨어뜨려 앉혀야겠다고 생각하며 이 목사가 말문을 열었다.

"옛날이야기 하나 해 줄까요?"

"그거 좋지요!"

"네, 좋아요!"

학생들은 반색을 하며 바짝바짝 당겨 앉았다. 이 목사는 흠흠, 목을 가다듬고 이야기를 시작했다.

"옛날에 영국에서 있었던 일인데요. 처음 증기 기관이 발명되었을 당시 얘기예요. 그전에는 석탄이 그저 불 때는 장작 대신으로 일부 지방에서만 사용됐는데 석탄을 이용한 증기 기관이 발명되면서 석탄 신세가 백팔십도 바뀌게 된 거죠."

이 목사는 노는 것처럼 석탄을 핑계로 자연스럽게 산업 혁명과 시민 계급과 제국주의와 일차대전까지 이야기를 엮어 낼 생각이었다. 술술 풀어내는 이 목사의 이야기 서양사에 학생들은 저도 모르게 꿈꾸듯 빨려 들고 있었다.

그 후부터 쭉 밤이 되면 숙직실 옆에 조개탄 반 양동이가 놓여 있었다. 교실에 나눠 주는 조개탄도 칼같이 배급을 하고 밤이면 도둑이 들지 못하도록 조개탄 창고에 자물쇠까지 채워 놓는 판국에 공짜 조개탄 반 양동이는 절이라도 하고 싶은 선물이었다. 그렇지만 누구도 조개탄과 난로 사용에 대한 허락이 교장 선생의 배려라는 것을 알지 못했다.

야학 문제로 한번 만나고 싶다는 교장 선생의 전갈을 받고 고현 초등학교로 걸어가는 이 목사의 마음은 발걸음처럼 힘차지만은 않았다. 일부러 활기차게 걷고 있지만 마음속에는 수만 가지 생각이 얽히고설키어 있었다. 지금껏 학교 측 사람이 야학 교실에 얼굴을 비칠 때마다 혹시 교실을 비우라는 이야기는 아닐까 미음 졸이며 나날을 보냈다. 오늘은 분명 교실에 대한 이야기가 나올 테고 십중팔구는 비우라는 이야기가 되기 쉬웠다.

"여기 앉으시지요."
"네, 감사합니다."
이 목사와 용일은 교장 선생의 맞은편 의자에 앉았다.
"녹차라도 한잔 하시겠습니까?"
"예, 좋습니다."
교장 선생은 사환을 불러 차를 가져다 달라고 말했다. 교장 선생은 야학이 잘 운영되느냐고 묻고는 바로 본론을 꺼냈다.
"문제가 하나 생겼습니다. 어떤 사람이 학교 안에 교회가 생겼다고 시 교육청에 투서를 하는 바람에 진상 조사가 있었어요. 야학은 그다지 문제될 게 없는데 학교 안에서 특정 종교 행사를 한다는 게 같이 얽혀서 좀 곤란한 사항이 되어 버렸어요. 그래서 말인데……"

사환이 차를 가지고 들어왔다. 교장 선생은 뜨거운 차를 한 모금 마시고 다시 말을 이었다.

"후배 하나가 시립 복지회관의 장을 맡고 있어요. 혹시 그곳에 공간이 마련되면 그쪽으로 옮겨 보실 생각이 있으신지요?"

돌아오는 길에 이 목사와 용일은 둘 다 기운이 빠져 있었다. 교장 선생의 배려는 고마웠지만 시 반대쪽 공업단지 입구에 있는 시립 복지회관은 너무 멀었다. 걸어서 오십 분은 족히 걸리기 때문에 지친 몸으로 일터에서 돌아오는 야학 학생들에게는 무리였다. 게다가 야학은 그렇다 치더라도 예배를 드릴 교회는 여전히 없는 셈이다. 이 목사는 이를 지그시 깨물었다.

'그래, 그 방법밖에 없다.'

"목사님, 어떡하죠?"

답답하기만 한 용일이 묻자 이 목사는 말없이 큭큭 웃었다. 실성이라도 했나 싶어 깜짝 놀란 용일에게 이 목사가 차분하게 말했다.

"용일아!"

"예?"

"우리 내일부터 새 교회를 짓자."

용일은 이 목사가 제정신이 아니라고 생각했다. 돈 한 푼 없는 처지를 뻔히 아는데 새 교회를 짓겠다니 멀쩡한 정신으로 한 말이 아닌 게 분명했다.

"목사님, 괜찮으세요?"

"물론 괜찮지. 괜찮고말고."

"우리 땡전 한 푼 없잖아요. 돈도 없이 어떻게 교회를 지어요?"

"돈 있다. 이럴 때 쓰라고 하나님이 주신 돈이 있어."

광주에서 가져온 돈이 있다는 이 목사의 설명을 들은 용일은 갑자기 답답하던 가슴이 뻥 뚫리는 것을 느꼈다. 신이 난 용일이 한성을 지르며 헌내를 향해 달려갔다. 용일의 뒷모습을 보며 이 목사는 사기도 모르게 중얼거렸다.

"서경이에게는 다른 길을 준비해 주실 거야. 분명히 그러실 거야."

내일부터 교회를 새로 짓는다. 용일의 온몸에 힘이 불끈불끈 솟았다.

'내일부터 현장에서 열심히 일해야겠다. 교회가 완성되면 열심히 공부해야지. 뭐든지 열심히 할 테다. 뭐든지. 열심히만 하면 검정고시도 대학도 다 잘될 거야. 잘될 거야.'

자취방에 돌아온 용일을 맞은 건 방바닥에 누워 담배를 피우고 있던 명호와 덕용이었다. 용일이 야학에 열중하게 된 다음부터 함께 어울리지 않은 사이여서 서먹함이 감돌았다. 솔직히 말

해 예전에도 용일은 명호와 덕용을 본받을 만한 선배로 우러러
보지는 않았다. 덕용이 용일의 얼굴을 향해 담배 연기를 길게
내뿜으며 말했다.

"어이, 용일이! 요즘 바쁜가 보네?"

"예, 조금요."

"네가 뭘 한다고 바빠? 이 목사네 식모라도 됐냐?"

비꼬는 명호의 말에 용일은 먼지바람이라도 지나가는 것처럼
입을 굳게 다물었다. 명호는 그런 용일의 태도에 기분이 상한
듯했다.

"어쭈, 선배 말이 말 같지 않냐? 너 많이 컸다."

금세라도 한 대 올려 칠 것 같은 명호를 덕용이 말렸다.

"왜 그래, 선후배끼리. 용일이 너도 앉아. 선배한테 그러면 안
되지."

덕용이 명호와 용일의 어깨를 번갈아 두드리며 담배를 뽑아
내밀었다.

"자, 한 대 피우고 맘 가라앉혀."

용일은 덕용이 내미는 담배를 거절했다. 전에는 떼거리로 몰
려다니는 분위기에 휩쓸려 피우기도 했지만 야학에 나가기 시
작한 다음부터는 정신을 똑바로 차린다는 결심에 눈길도 보내
지 않던 담배였다.

"이게 보자 보자 하니까!"

"괜찮아, 괜찮아."

다시 발끈하는 명호를 덕용이 달랬다. 명호는 잔뜩 찌푸린 얼굴로 빡빡 담배를 피웠고 덕용은 용일의 눈치를 살피며 말을 꺼냈다.

"현내에 처박혀 있기 답답하지? 우리 서울로 뜨지 않을래?"

용일이 숙이고 있던 고개를 들어 덕용을 보았다. 덕용은 그것 보라는 듯 명호 쪽으로 눈길을 한 번 돌렸다가 용일에게 속마음을 털어놓았다.

"우리 같은 열혈 청춘이 이런 쓰레기 바닥 같은 데서 썩고 있어서야 되겠냐? 전부터 뜬다 뜬다 했는데 돈이 없어서 여태껏 이 비닥 신세지. 안 그래? 돈만 있었으면 진작 서울로 날아서 폼 나게 사는 건데."

"맞아!"

명호가 고개를 끄덕이며 맞장구를 쳤다. 덕용이 문밖의 인기척을 살피는 듯 소리를 죽이더니 용일에게 속삭였다.

"옛 의리로 너를 끼워 주는 거다. 천막촌 옆에 큰 석유 저장고 있지? 내가 아는 형님이 그걸 한탕 하려고 하는데, 내가 특별히 얘기해서 네 자리도 말해 놨다. 한 건 크게 해서 그걸 밑천으로 서울로 뜨는 거야. 누가 아냐? 서울 가서 잘 풀리면 우리도 사장 소리 들으며 자가용 몰고 다닐지?"

"망설일 필요도 없어. 다 널 생각해서 권하는 거니까. 넌 시키는 대로만 하면 돼."

천막촌 옆의 석유 저장고는 천막촌 사람들에게 하루에 두 되씩 배급해 주는 석유를 저장해 놓은 큰 탱크였다. 석유는 물로 된 돈이었다. 여느 때 같으면 유리병에 한 되씩만 사다가 석유 곤로에 아껴 가며 땔 만큼 값도 만만치 않았다. 성공하기만 하면 큰돈이 생길 게 분명했다. 하지만 용일은 두 번 생각하지도 않고 고개를 저었다.

"싫어요. 그런 일 안 해요."

"이 새끼가!"

명호가 손바닥으로 용일의 뒤통수를 때렸다. 용일은 앉은 자세 그대로 앞으로 꼬꾸라졌다. 쓰러진 용일을 밟아 버리려는 듯 명호가 발을 치켜들었다. 덕용이 손을 들어 명호를 막았다. 덕용이 싸늘한 목소리로 용일에게 말했다.

"네가 동생 같아서 하는 소리야. 그 거지 같은 목사 밑에 있으면 돈이 생기냐, 밥이 생기냐? 이왕 학교까지 때려치웠으면 뭔가 큰일 하나는 해 봐야 될 거 아냐. 큰일 하려면 서울로 가야 될 거 아니냐고! 다들 뛰쳐나가고 싶어 안달하는 현내로 기어 들어온 목사 밑에서 네가 뭐 건질 게 있냐? 솔직히 그 목사가 능력이 있었으면 시내로 나가 큰 교회를 차리지 이런 데서 뭉그적거리겠냐?"

"맞아. 교회도 무너져 버렸으니까 곧 옛날 다른 목사들처럼 시내로 나가 버릴 테지."

용일은 어금니를 악물었다. 다른 건 다 참아도 이 목사를 욕하는 것만은 참을 수 없었다.

“우리 목사님은 현내를 떠나지 않아요. 내일부터 새 교회를 지을 거라고요.”

“잘도 그러겠다. 새 교회를 지을 돈이 있었으면 현내에 들어오지도 않았을 거라니까? 그 사람은 끝났어.”

명호가 새 담배에 불을 붙이며 용일을 비꼬았다. 얼굴이 빨개진 용일이 온몸을 부들부들 떨며 말했다.

“우리 목사님한테는 새 교회 지을 돈이 있어. 새 교회 지어서 현내 사람들을 위해 더 멋진 일을 하실 거야. 난 공부 열심히 해서 목사님 같은 사람이 될 거야. 너희들이 도둑이 되든 사장이 되든 나는 너희들하고 같이 다니지 않을 거니까 당장 내 방에서 나가! 낭상!”

“이 새끼가!”

눈에 불이 붙은 명호가 용일의 멱살을 거머쥐었다.

“너 오늘 죽었어!”

순간적으로 명호의 팔을 잡은 건 덕용이었다. 명호는 덕용의 팔을 뿌리쳤다.

“이거 놔! 이 자식 죽여 버릴 거야!”

“야, 인마!”

덕용의 주먹이 명호의 가슴에 꽂혔다. 생각지도 못한 주먹에 명호는 숨도 쉬지 못하고 방바닥에 나뒹굴었다. 신음도 크게 내지 못하고 가슴을 부여안은 명호를 본 체 만 체한 덕용은 용일의 어깨를 두드렸다.

“네 마음 알았다. 더 귀찮게 안 할 테니까 공부 열심히 해서 목사처럼 돼라. 오늘 내가 한 얘기는 없던 걸로 하고. 대신 비밀은 지켜라.”

순식간에 돌변한 덕용의 태도에 용일은 어리둥절한 표정을 감추지 못했다.

“일어나!”

덕용의 목소리는 차가웠다. 명호가 얼굴을 찌푸리며 가까스로 일어났다. 둘은 아무 일 없었다는 듯 신발을 구겨 신고 용일의 자취방을 나섰다.

겨우 숨을 쉬게 된 명호가 덕용에게 투덜거렸다.

“왜 날 쳤냐? 용일이 새끼를 밟아야지, 왜 날 쳤어?”

“그럴 일이 있어. 숨 쉴 만하면 술이나 한잔 꺾으러 가자. 내가 산다.”

서경이는 오늘따라 푸짐한 저녁상에 눈이 동그래졌다. 밥상에는 막 지어 김이 오르는 하얀 쌀밥과 불고기, 서경이가 제일 좋아하는 소시지 부침에 실비집에서 사 온 해장국까지, 상이 비좁도록 올려져 있었다. 서경이는 이 목사의 재촉을 받고서도 쉽게 숟가락을 들지 못했다.

“아빠, 오늘 무슨 날이에요?”

“아니, 아무 날도 아니야. 그냥 오랜만에 우리 서경이 맛있는 것 좀 먹이고 싶어서 솜씨 좀 내 봤다.”

"정말요?"

"그럼. 식기 전에 먹자. 어서 먹어."

배부르게 먹은 서경이가 숟가락을 내려놓자 이 목사는 어두운 수돗가에서 재빨리 설거지를 마쳤다. 따듯한 보리차를 두 잔 담아 온 이 목사는 서경이에게 한 잔을 내밀었다.

"서경아, 외할머니 보고 싶지 않니?"

"갑자기 왜요? 내일 할머니 오세요?"

"그런 건 아니고……"

이 목사는 보리차를 마시며 뜸을 들였다. 서경이는 아버지가 말할 준비를 끝낼 때까지 양손에 쥔 따듯한 물잔을 만지작거렸다.

"아빠는 내일부터 교회 건축을 시작할 거야. 아마 끝날 때까지 눈코 뜰 새 없이 바쁘겠지. 아빠가 바빠지면 너도 많이 불편할 거야. 다리가 나으려면 아직 멀었고 돌봐 줄 사람도 마땅치 않으니까. 그래서 말인데, 교회가 완성될 때까지 외할머니한테 가 있으면 어떻겠니?"

"혼자요?"

이 목사는 묵묵히 고개를 끄덕였다. 서경이는 싫다고 말하려던 입을 다물었다. 어릴 적에 화가 나거나 슬퍼지거나 울고 싶거나 겁이 날 때면 입 안 가득 고인 침을 세 번 삼키며 그 순간을 참는 법을 배웠다. 엄마에게 배운 방법은 어려운 일이 있을 때마다 서경이를 도와주었다. 그 순간이 지나도 여전히 슬프거

나 무서우면 울어도, 소리를 질러도, 도망을 가도 괜찮았다. 입 안 가득 고인 맑은 침을 꿀꺽 삼킨 서경이는 이 목사에게 물었다.

"제가 있으면 아빠가 더 힘든가요?"

"조금은."

"제가 없으면 교회가 더 빨리 지어지나요?"

"아빠가 교회 건축에 좀 더 신경을 쓸 수 있겠지."

"교회가 다 지어지면 저를 데리러 오실 거죠?"

"첫 예배에 맞춰 데리러 가마."

"정말요?"

"아빤 너에게 거짓말하지 않는다."

"알아요. 그냥 아빠 대답을 한 번 더 듣고 싶었어요."

이 목사는 서경이를 살며시 끌어안았다. 서경이도 아버지 품에 얼굴을 묻었다. 오랜만에 맡아 보는 아버지 냄새에 왠지 눈물이 났다. 낡은 옷이지만 항상 깨끗한 차림으로 다니던 아버지에게서 퀴퀴한 땀 냄새가 풍겨 왔다. 그래도 서경이는 이 목사의 가슴에서 얼굴을 들지 않았다.

"아빠, 나 광주 갈래요. 예쁜 교회가 될 수 있도록 할머니랑 기도 많이 할게요."

이 목사는 고개를 끄덕이며 서경이의 머리를 쓰다듬었다. 외갓집에 가서 제발 마음의 상처를 받지 않도록, 외할아버지의 얼어 버린 마음을 서경이가 녹일 수 있도록 마음속으로 기도하고

축복하며 머리를 쓰다듬었다. 서경이는 이 목사의 품에 안긴 채
잠이 들었다. 이 목사는 오랫동안 서경이의 머리를 쓰다듬었다.
만 번을 쓰다듬어도 모자란 외동딸이었다.

10. 다시 빛고을로

해가 뜨기도 전에 선학이 아버지는 집을 나섰다. 누꺼운 장갑을 끼고 목도리까지 둘렀지만 겨울바람은 용케도 틈새를 비집고 들어왔다. 눈가에 묻어 있던 잠기운이 찬물로 씻은 듯 대번에 달아나 버렸다. 어둑어둑한 골목길을 조심스럽게 빠져나간 선학이 아버지는 공사 현장을 향해 자전거 페달을 힘차게 밟았다.

예년 같으면 겨울철에는 공사가 거의 없었다. 날씨가 추워지면 해가 짧아질 뿐 아니라 추운 겨울바람에 콘크리트도 더디 굳었다. 겨울에 지은 건물은 날이 풀려 땅이 녹으면 어딘가에 균열이 생기기 십상이었고 지붕에서 비가 새기도 했다. 그래서 사람들은 겨울에는 공사를 하지 않았고 봄이 되기를 기다려 공사를 시작했다. 건축 일을 하는 목수나 미장이, 철근공들도 대부분 겨울이 되면 집에서 쉬거나 잠시 다른 일거리를 찾는 게 보통이었다.

하지만 폭발 사고 때문에 온 시내가 쑥대밭이 된 올해 겨울은 사정이 달랐다. 부서진 건물을 고치고 주저앉은 자리에 새 건물을 세우느라 시내 전체가 공사장으로 변했다. 일손이 부족해 공사장마다 난리였다. 어지간한 기술자들 구하기가 웃돈을 준다고 해도 하늘의 별 따기였다. 객지에서 몰려든 날품팔이 인부나 건축 기술자들도 때 아닌 일복이 터져 바쁘게들 움직였고 열심히 일한 만큼 제법 돈을 만질 수 있었다.

보름 전 선학이 아버지는 지금까지 일하던 중앙 인력사의 박 사장에게 따로 독립하겠다고 말했다. 눈코 뜰 새 없이 바쁜 터에 선학이 아버지 같은 상목수가 빠져나가면 손해가 이만저만이 아닌 박 사장은 한사코 만류했지만 선학이 아버지의 결심은 굳었다. 아무리 말려도 선학이 아버지가 들으려고 하지 않자 박 사장은 화를 내며 삿대질을 했다.

"자네 그렇게 안 봤는데 역시 사람 속은 모르는 것이구먼. 뻔히 내 속 타는 줄 알면서도 이러긴가?"

"저라고 언제까지 남의 밥만 먹을 수는 없잖습니까? 이왕 보낼 사람 웃는 낯으로 보내면 어디가 덧납니까?"

나가려고 작정한 터에 언제까지 아랫사람 취급을 받을 수는 없다고 생각한 선학이 아버지의 대꾸도 만만치 않았다. 지금까지 열심히 일한 만큼 충분한 대우를 받았다고 생각하는 것도 아니었다.

박 사장은 선학이 아버지의 대꾸에 대뜸 목소리를 높였다.

"이래서 옛말에 머리 검은 짐승은 거두는 게 아니라고 그랬군. 지금껏 거둬 준 은혜도 모르고 뭐가 어째?"

"내가 공밥 먹은 것도 아니고 말 참 이상하게 하네요. 내가 짐승이란 말이오?"

두 사람의 목소리가 점점 커지자 곁에 있던 사람들이 두 사람을 떼어 놓았다. 못 이기는 척 돌아서는 선학이 아버지를 대여섯 명의 기술자들이 따라왔다. 선학이 아버지와 죽이 맞아 오랫동안 함께 일해 온 기술자들이면서 다들 전부터 박 사장의 일당 계산에 불만을 가진 사람들이었다.

실비집에서 막걸리 잔을 기울이며 선학이 아버지는 함께 나온 사람들과 결심을 굳혔다.

"나랑 일해서 손해 보는 일 없도록 할 테니 앞으로 잘해 봅시다."

"두말하면 잔소리지요. 내가 우리 형님이랑 사 년을 일했는데 우리 형님같이 솜씨 좋고 계산 정확한 사람 없소. 다들 맘 푹 놓고 일이나 열심히 해서 이번 기회에 돈 좀 만져 봅시다."

같은 동네에 사는 둘째 목수 조씨가 선학이 아버지의 기운을 북돋우며 다른 사람들을 안심시켰다. 시 전체가 공사판으로 변한 마당에 일자리 걱정이 있을 리 없었다. 선학이 아버지는 모레부터 시작하기로 한 이층집 공사에 대해 다른 기술자들과 공사 계획을 세우며 막걸리를 마셨다.

자전거 페달을 밟으며 선학이 아버지는 어젯밤 이 목사와 나눈 이야기에 대해 곰곰이 생각했다. 교회를 짓는다? 이 손으로? 못 지을 것도 없었다. 지금 일하고 있는 이층집 현장에서 두세 사람 정도 빼고 막일꾼 몇 명 사면 두 군데에서 공사를 벌여도 무리가 되진 않는다. 이리 시내의 건축 열기가 식기 전에 도목수로, 건축업자로 자리를 확실히 굳히기 위해서 오히려 좋은 기회라고 생각한 선학이 아버지는 저녁에 집에 돌아가는 대로 이 목사에게 공사를 맡겠다는 뜻을 밝히기로 결심했다. 대충 계산해 봐도 공사 규모에 비해 이 목사의 돈이 부족한 것 같았지만, 두어 달 뒤에 받는 게 보통인 다른 공사 대금에 비해 이 목사의 돈은 눈앞의 현금이었다. 바로 대금 결제만 받을 수 있다면 그보다 더 좋은 조건이 없었다.

자전거가 역전으로 뻗은 내리막길에 접어들었다. 페달을 밟지 않아도 자전거는 쭉쭉 달려 나갔다. 얼굴에 와 닿는 찬 바람이 오히려 시원하게 느껴졌다. 기분 좋게 일터로 향하는 선학이 아버지의 머리 위로 아침 하늘이 조금씩 밝아지고 있었다.

이른 점심을 먹고 이 목사는 서경이의 짐을 꾸렸다. 한 시 반 기차로 서경이를 내려 보낼 계획이었고 광주 외갓집까지 용일이 동행해 주기로 했다. 학교에 간 선학이와 다른 친구들을 보지 못하고 떠나게 된 서경이는 못내 섭섭한 표정이었다.

"아빠, 세 시나 네 시 차로 가면 안 돼요? 친구들한테 인사도 못하고 가는 거 싫어요."

"그러면 용일이 오빠가 밤에 돌아올 때 힘들어."

"그렇지만……"

어쩔 수 없는 걸 알지만 서운한 마음은 쉽게 가시지 않았다. 이 목사가 마루 앞에 쪼그리고 앉아 서경이에게 등을 돌려 댔다.

"자, 우리 아기 어부바."

"아이, 아빠는! 내가 무슨 아기예요?"

말은 그렇게 해도 서경이는 아버지의 등이 좋았다. 따듯하고 넓은 등에 업혀 이리역으로 가면서 서경이는 재잘재잘 입을 쉬지 않았다.

"외갓집에 가면 엄마가 쓰던 방에서 잘 거예요. 엄마가 쓰던 책상에도 앉아 보고 엄마가 읽던 책도 다 읽을 거예요. 생각만 해도 좋아요. 근데 외할아버지가 걱정이에요. 아빠는 외할아버지가 좋은 분이라고 했지만, 저는 아직 한 번도 외할아버지가 웃는 걸 본 적이 없거든요. 아빠도 없이 혼자, 다리까지 다쳐서 외갓집에 가면 외할아버지가 화내시지 않을까요? 아빠를 더 미워하시지 않을까요?"

재잘대는 새소리 같은 서경이의 말에 일일이 맞장구를 쳐 주며 걷다 보니 어느새 이리역에 다다랐다. 걸어서 십오 분이면 오는 길을 미리 서둘렀기 때문에 기차 시간은 아직 이십오 분이나 남아 있었다. 이 목사가 차표를 끊는 동안 용일과 서경이는 임시로 지어 놓은 대합실 안을 두리번거렸다. 폭발 사고 때 무너진 역사를 새로 짓기 위한 공사가 한창이었다. 한쪽에서는 공사가 한창이고 한쪽에서는 표를 사고 차를 기다리는 사람들로, 엉성한 대합실 전체가 장날처럼 어수선했다. 표를 사 온 이 목사는 용일과 서경이 옆에 앉아 함께 기차를 기다렸다. 이 목사가 굳이 시계와 서경이를 자꾸 번갈아 보지 않아도 시간은 거침없이 흘렀다.

학교가 끝나자마자 집에 달려온 선학이는 텅 빈 서경이네 방을 보고 맥이 풀려 마루에 주저앉았다. 혹시 떠나는 서경이에게 인사라도 할 수 있을까 해서 청소도 빼먹고 달려오는 길이었다.
"좀 기다리지."
야속한 생각에 자기도 모르게 나온 혼잣말이었다. 다시는 서경이를 볼 수 없을 것 같아 눈물이라도 나올 것처럼 눈시울이 뜨거워졌다. 서경이가 가 버리면 심심할 거라 생각은 했지만 이렇게까지 허전할 줄은 미처 몰랐다. 선학이는 자기도 모르던 제 마음에 어쩔 줄 몰라 하며 차가운 마루에 앉아 있었다.
"저기요!"
'누구세요?' 라고 말도 꺼내기 전에 덕용과 명호가 양철 문을 열고 들어왔다. 선학이는 우는 모습을 들키기라도 한 것처럼 얼굴이 빨개졌다. 덕용과 명호가 집안을 쓱 살피더니 선학이에게 물었다.

“어른들 있냐?”

“아니요.”

“용일이는?”

“없어요.”

“그래? 이거 참 큰일이네.”

“왜요?”

덕용은 난처한 표정이었다.

“아까 목사님을 만났는데 급한 일이 있다면서 용일이한테 목사님 방에서 뭘 좀 가져다 달라고 전해 달랬거든. 그런데 동네를 아무리 찾아봐도 용일이가 보여야지. 그래서 우리가 직접 온 거야. 용일이가 없어서.”

“그러게 말이야, 목사님이 굉장히 바쁜 거 같던데. 어쩌지?”

명호는 정말 급하다는 듯 발을 동동 굴러 보였다. 덕용이 좋은 생각이 난 것처럼 반색을 했다.

“이러면 어때? 네가 나가서 용일이를 찾아다 주든지, 아니면 용일이를 찾을 것 없이 우리가 그걸 목사님한테 가져다주는 거야. 어때?”

기분이 좋지 않던 선학이는 용일을 찾아다니고 싶은 생각이 전혀 없었다. 선학이는 방으로 들어가며 말했다.

“형들이 찾아가요, 그냥.”

“에이, 우리도 바쁜데.”

덕용이 서경이네 방으로 들어가고 명호는 선학이네 마루에 앉았다. 선학이는 명호가 마루에 있는데 혼자 밥을 먹기도 뭐해서 방에 배를 깔고 소년 잡지를 펼쳤다. 명호가 선학이를 경계하는 동안 덕용은 소리 죽여 서경이네 방을 뒤졌다. 돈다발이 든 서류 봉투를 발견하기까지는 그리 오랜 시간이 걸리지 않았다. 가지런히 개켜져 있는 이불 더미를 헤친 다음 두 번째로 뒤진 앉은뱅이책상의 서랍에서 봉투가 나왔다.

"멀었냐?"

"조용히 하고 꼬마나 지키고 있어."

잔뜩 긴장하고 있던 터에 느닷없는 명호의 목소리가 들리자 덕용은 가슴이 철렁 내려앉았다. 핀잔을 받은 명호가 다시 선학이네 마루로 돌아갔다. 덕용은 봉투 안의 새파란 지폐 뭉치를 확인하고는 그중 한 뭉치를 얼른 웃옷 속주머니에 넣었다. 봉투를 들고 나오며 눈짓을 하자 명호가 일어났다. 고양이처럼 선학이네 집을 빠져나온 덕용과 명호는 곧 덕용의 집으로 줄달음질을 쳤다.

덕용의 방에는 미리 싸 놓은 가방 두 개가 이불에 덮여 있었다. 덕용은 봉투를 꺼내 재빨리 돈을 나눴다.

"일단 셋으로 나누자. 하나는 네가 갖고, 하나는 내가 갖고, 나머지 하나는 공동으로 쓰는 거다. 불만 없지?"

"없어! 없어!"

난생 처음 파란 돈뭉치를 만져 본 명호는 입이 귀밑까지 찢어져 고개를 끄덕였다. 분배를 끝낸 덕용과 명호는 가방을 들고 집을 나섰다. 이제 이리역에 가서 서울행 기차를 타면 끝, 다시는 이 지긋지긋한 현내에 돌아오지 않을 결심이었다.

'가는 거야. 서울로 가서 보란 듯이 성공하는 거야.'

이리역을 향해 발길을 옮기는 두 청년의 가슴은 힘차게 두드려 대는 북처럼 뛰고 있었다.

소년 잡지를 읽던 선학이는 문득 문밖이 조용하다는 생각이 들었다. 별생각 없이 문을 열어 보니 서경이네 방문이 활짝 열려 있었나.

"씨, 지기네 집 이니리고 문도 안 닫고 쟀네!"

그렇지 않아도 추운 겨울인데 방눈마저 열려 있으면 방바닥이 금세 식어 버릴 터였다. 선학이는 벌떡 일어나 방을 나섰다. 서경이네 방문을 닫으려다가 보니 엉망이 된 방 안이 눈에 들어왔다. 이불이 흐트러져 있고 책상 서랍도 방바닥에 뒤집어져 있었다.

'혹시?'

가슴이 두근거렸다.

'아니겠지, 아닐 거야!'

아니라고 생각하려 했지만 엉망이 된 방을 보면 아닌 게 아니었다.

"도, 도둑이야!"

마음과는 반대로 입이 붙은 듯 목소리가 제대로 나오지 않았다. 빨리 파출소에 신고해야 되는데 발이 돌로 된 것처럼 무겁기만 했다. 금세라도 덕용과 명호가 돌아와 선학이를 해코지할 것만 같았다. 선학이는 덜덜 떨며 골목길로 걸어 나갔다. 누구라도 만나면 좋으련만 골목은 텅 비어 있었다. 선학이는 천천히 세창 상회 쪽 공터를 향해 걸었다. 마침 세창 상회에서 나오던 승제와 마주쳤다. 승제는 모르는 척 선학이에게 등을 돌리고 학교 쪽을 향해 걸었다. 선학이는 기어 들어가는 소리로 승제를 불렀다.

“승제야…… 승제야……”

승제는 내키지 않는 표정으로 돌아보았다. 파랗게 질린 선학이의 얼굴이 대번 눈에 들어왔다. 승제는 잽싸게 선학이에게 달려갔다.

“너 왜 그래? 어디 아프냐?”

“도둑이 들었어!”

“뭐? 언제? 누구네 집에?”

“목사님 방에. 어른들 좀 불러 줘.”

승제는 가게로 달려 들어가며 고래고래 소리를 질렀다.

“엄마! 엄마! 목사님네 방에 도둑이 들었대요. 엄마! 도둑이 들었대요!”

“승객 여러분, 죄송합니다. 서울발 광주행 열차는 정시보다 약 십오 분, 십오 분 늦게 도착하겠습니다. 불편을 끼쳐 드려서 죄송합니다."

안내 방송이 울려 퍼졌지만 기다리던 사람들은 불평하지 않았다. 특급이 아닌 완행 열차가 제시간에 도착하는 건 신기할 정도로 드문 일이기 때문이었다.

이 목사가 서경이와 용일을 보며 말했다.

"좀 쌀쌀하지만 미리 나가서 기다리자. 사람들이 몰려 나갈 때 누가 서경이 다리를 건드릴 수도 있거든."

가방을 든 용일이 앞서고 서경이를 업은 이 목사가 뒤를 따랐다. 이 목사는 차표 두 장과 입장권 한 장을 내밀었다. 개찰구에 선 역원이 온빛 천공기로 구멍을 뚫어 주었다. 광주로 가는 호남선 하행 열차는 사 번 승상상이었나. 건널목을 건너 승깅징에 다다른 이 목사는 긴 나무 의자에 서경이를 앉혔다. 이 목사와 용일은 기차가 들어올 북쪽을 말없이 바라보았다.

서경이는 눈앞에 줄지어 선 화물차들을 바라보았다. 석탄차, 유조차, 유개화차, 무개화차 등 갖가지 화물차가 눈앞에 줄지어 있었다. 화물차를 둘러보던 서경이의 눈길이 한군데에 못 박힌 듯 움직이지 않았다. 서경이의 눈길은 증기 기관차에 머물러 있었다. 검은 굴뚝을 우뚝 세운 증기 기관차는 소리 없이 구석에 정차해 있었다. 연기도 불꽃도 나지 않는 증기 기관차는 무시무시한 겉모습과 달리 수줍은 것처럼 보였다. 서경이는 증기 기관차를 향해 소리 없이 웃었다.

'그래, 네 잘못 아냐. 참 이상하지? 이렇게 보니까 너도 참 멋

진데 그때는 왜 그렇게 무서워 보였을까? 다른 장소에서 다른 시간에 만나서일까? 그래서일까?'

증기 기관차는 이게 진짜 자기 모습이라는 듯 묵직하게 제자리를 지키고 있었다. 디젤 기관차들이 우르릉거리며 화물차들을 이어 붙이고 있었지만 홀로 서 있는 증기 기관차는 전혀 주눅 들지 않고 당당해 보였다.

"곧 서울행 특급 열차가 도착합니다. 승객 여러분은 뒤로 물러서 주십시오."

여수에서 올라오는 서울행 열차가 남쪽에서 다가오고 있었다. 대낮이었지만 이마에 환하게 불을 밝힌 급행 열차는 기세 좋게 "빠아아아앙" 기적을 울리며 역으로 들어섰다. 기차가 일으키는 차가운 바람에 승강장에 있던 사람들은 저마다 고개를 반대로 돌리며 피하려고 했다. 푹신한 의자에 넓은 유리창이 편안해 보였다. 빈자리가 더 많은 특급 열차였다.

"서울행 특급 열차가 곧 출발하겠습니다. 승객 여러분은 개찰을 받으시고 빨리 승차해 주십시오."

대합실 안에 울려 퍼지는 안내 방송이 덕용과 명호를 서두르게 만들었다. 우물쭈물하다가는 기차를 놓칠 것 같아 덕용은 줄 선 사람들을 헤치고 제일 앞으로 끼어들었다.

"서울행 두 장이오."

"왜 끼어들고 난리야!"

"급해서 그래요. 서울행 두 장 빨리요!"

덕용은 줄 선 사람들의 불평을 무시하고 서울행 기차표 두 장을 끊었다. 잔돈을 세어 보지도 않고 주머니에 담은 다음 개찰구를 빠져나온 두 사람은 금세라도 출발할 것 같은 서울행 열차를 향해 달렸다.

"사 호 차가 어디냐?"

"여기가 칠 호 차니까 저기가 육 호, 다음이 오 호……"

"어? 고개 돌려!"

덕용이 갑자기 역 쪽으로 돌아섰다. 맞은편 승강장에 서 있는 이 목사와 용일이 눈에 띄었기 때문이었다. 덕용과 명호는 고개를 돌리고 칠 호 차에 올라탔다. 사 호 차로 건너가 자리를 찾아 앉자 바로 기차가 출발했다. 명호는 자리에 앉아 푹신하고 넓은 의자를 만지며 어린애처럼 수선을 피웠다.

"야, 이래서 특급 열차가 비싼 거구나. 끝내 준다, 끝내 줘."

덕용은 차창을 통해 멀어지는 이 목사와 용일을 돌아보았다. 미안한 마음이 없지 않았지만 그보다는 청춘을 걸기 위해 떠나는 서울에 대한 기대가 더 컸다.

'세상이 다 그런 거 아니겠어? 당신에게 하나님이 필요한 것처럼 나는 돈이 필요하거든.'

"오징어, 땅콩 있어요. 심심풀이 오징어, 땅콩, 맥주 있어요."

"맥주 마실래? 내가 살게!"

덕용이 고개를 끄덕이자 명호가 맥주 세 병과 오징어를 샀다. 종이컵에 맥주를 부어 마시면서 덕용은 흐릿한 눈으로 창밖을

바라보았다. 기차는 부스러진 눈발이 날리는 들판을 지나 어느
새 나지막한 산들 사이를 달리고 있었다.

역에서 돌아온 이 목사는 집 앞에서 웅성대는 사람들과 마주
쳤다.
"무슨 일이라도 있습니까?"
"아이고, 목사님 오시네. 목사님, 빨리 방에 들어가 보세요."
"도둑이 들었대요, 도둑이!"
쿵! 이 목사의 가슴이 내려앉았다. 이 목사는 신발도 벗지 못
하고 방으로 달려 들어갔다. 방 안은 온통 난장판이었다. 뒤집
힌 책상 서랍을 본 이 목사는 다리에 힘이 풀려 방바닥에 주저
앉아 버렸다. 머릿속이 하얗게 비었다. 파출소의 김 순경이 사
람들을 헤치고 방 안으로 얼굴을 들이밀었다.
"신고 받고 왔습니다. 잃어버린 물건이 있습니까?"
"………"
이 목사는 대답할 말이 없었다. 김 순경의 목소리가 한 자, 한
자 따로 귓속을 맴돌았다.
"보면 몰라요? 사람이 저렇게 넋이 나간 걸 보면 알지."
아주머니 한 명이 김 순경에게 핀잔을 주었다. 김 순경도 그
렇다는 듯 고개를 끄덕였다. 텅 비었던 이 목사의 머릿속에 잃
어버린 돈 생각이 차오르기 시작했다. 이 목사는 자기도 모르게
혼잣말을 중얼댔다.

"그게 어떤 돈인데, 그게 어떤 돈인데 훔쳐 가…… 그게 어떤
돈인데……"

이 목사가 정신을 차리자 김 순경은 서류를 꾸며야 한다며 이
목사와 선학이를 데리고 파출소로 갔다. 뒤에 남은 사람들은 흩
어질 줄 모르고 수군거렸다.

"목사는 돈 욕심 없는 줄 알았더니 그것도 아니네. 아예 넋이
나가더만."

"세상에 돈 욕심 없는 사람이 어디 있어요. 목사도 사람인데."

"그니저니 큰돈이 없이긴 모양인데, 이디서 그런 돈을 벌었을
까?"

"그러게 말에요. 교회가 신통하긴 신통하네. 교회가 무니저도
어디 돈 나올 구멍은 있나 봐요."

폭발 사고 이후 한동안 뜸하던 현내 사람들의 입이 다시 달아
오르기 시작했다. 금세라도 짐을 쌀 것 같던 이 목사가 알고 보
니 돈뭉치를 집에 쌓아 둔 알부자라는 소문은 누가 들어도 귀가
솔깃한 재밋거리였다. 한참 동안 떠들던 사람들은 내일 아침의
새 소식을 기대하며 각자 집으로 향했다.

파출소에서 돌아온 이 목사는 저녁도 먹지 않고 방에 틀어박
혔다. 선학이 아버지와 어머니가 교대로 문을 두드렸지만 혼자
있고 싶다는 이 목사의 말에 문도 열어 보지 못하고 돌아와야
했다. 도둑이 들었는데 만화책만 보고 있었다며 선학이 아버지

는 회초리를 들었다. 스스로도 잘못했다고 생각하던 선학이였지만 종아리에 빨간 줄이 죽죽 생기는 회초리를 참지 못하고 경중경중 뛰며 소리를 질렀다. 그날 밤 선학이는 이불을 뒤집어쓰고 늦게까지 깨어 있다가 서경이네 방에서 들려오는 낮은 신음 소리를 들었다.

'다 내 잘못이야. 서경이가 다친 것도 그렇고, 목사님 돈을 도둑맞은 것도 다 내 잘못이야.'

깨질 것 같은 머리와 불붙은 것 같은 종아리가 아파 쩔쩔매면서도 선학이는 스스로를 자책하며 늦게까지 잠들지 못했다.

자정이 가까워서야 돌아온 용일을 맞은 이 목사는 북받쳐 오르는 눈물을 참지 못했다. 눈물을 줄줄 흘리는 이 목사를 보고 용일은 어쩔 줄 몰라 쩔쩔맸다. 이유도 모를뿐더러 이 목사의 눈물을 보는 것도 처음이었다. 한참 후 이 목사가 진정된 후에야 사연을 들은 용일은 까무러치게 놀랐다. 용일 자신이 덕용과 명호를 불러들인 것이나 마찬가지였다. 용일은 이 목사 앞에 무릎을 꿇고 자초지종을 털어놓았다. 속 시원하게 때려 주기라도 하면 좋으련만 이 목사는 눈을 감고 돌기둥처럼 움직이지 않았다. 꿇어앉은 용일과 돌기둥 같은 이 목사 사이에 먹물 같은 어둠이 고였다. 창밖에서 사르륵사르륵 눈송이 떨어지는 소리가 들렸다. 주먹만 한 눈송이가 뚝뚝 떨어지는 소리가 온몸을 간질이는 것 같았다. 새벽이 가까워지자 이 목사가 감았던 눈을 떴다.

"용일아……"

"예, 목사님."

"광주로 가자."

"예?"

"광주로 돌아가야겠다. 함께 가자."

"예, 목사님. 저도 따라가겠습니다."

둘 사이에는 다시 침묵이 흘렀다. 여전히 눈 소리가 들려왔지만 이미 쌓일 대로 쌓인 눈은 처음과 달리 사르륵사르륵 소리가 점점 작아지고 있었다. 창밖은 온통 하얀 눈 세상이었다. 멀리서 발 시린 개가 컹컹 짖어 댔다. 두 사람이 있는 방 안은 여전히 어둡었다. 아무 일 없었다는 듯 다시 하루가 시작되는 아침이었다.

11. 모현 아파트

선학이 어머니는 떠나는 이 목사를 아쉬워하며 마지막 달치 방세를 받지 않았다. 이 목사는 굳은 얼굴로 고개를 숙이고 광주로 떠났다. 선학이와 친구들은 눈 덮인 길을 걸어 떠나는 이 목사를 배웅했다.

사람들은 이 목사가 떠났다는 소식을 듣고 그럴 줄 알았다는 듯 혀를 찼다. 이 목사에 관한 무성한 소문을 감추기라도 하려는 듯 새로운 소문이 돌기 시작했다. 폐허가 된 송학동 쪽 비탈과 절반이나마 온전하게 남아 있는 모현동 쪽 비탈을 모두 정리하고 그 자리에 오 층짜리 아파트 삼십 동을 짓기로 했다는 소식이었다. 송학동 쪽 비탈은 벌써 측량 기사들이 들어와 깃발을 꽂고 측량을 시작했다. 현내에서도 천막촌에서도 사람들은 모이기만 하면 아파트 이야기로 입에 침이 말랐다.

영영 가지 않을 것 같은 겨울이었지만 정신없이 움직이다 보니 어느새 봄이 턱밑에 와 있었다. 날씨가 풀리면서 현내는 더욱 부산해졌다. 불도저들이 들어와 남아 있는 건물 잔해를 밀어냈고 빈집을 헐었다. 끝까지 남아 있던 사람들도 거처를 구해 짐을 쌌다. 며칠이 지나자 현내는 사람 산 흔적이 전혀 없는 민둥산처럼 훤하게 비어 버렸다. 현내에 남아 있던 사람들은 대부분 배산 천막촌으로 집을 옮겼다. 천막 유치원에 천막 교회, 천막 가게까지 들어선 천막촌은 이제 하나의 동네로 변해 있었다. 선학이네는 천막촌으로 옮기지 않고 고현 초등학교 앞에 넓은 셋방을 얻었나.

"일 년만 참아라. 일 년 후에는 번듯한 우리 집을 사서 이사를 나갈 테니."

아침마다 선학이 아버지는 누구든지 들으라는 듯 큰소리를 치며 일터로 향했다. 선학이 아버지의 사업은 하루가 다르게 뻗어 나갔다. 대부분 기술자들이 새로 생길 모현 아파트 현장에 모여들어 일하고 있었지만 선학이 아버지네 사람들은 거기서 일하지 않았다.

이리역 광장의 남쪽 끝으로 가면 땅속으로 뚫린 터널이 나왔다. 모두들 굴다리라고 부르는 이 터널은 기찻길 아래로 뚫려 시내와 송학동을 연결해 주었다. 일제 시대 때 뚫었다는 굴다리는 어두컴컴했고 천장에서 항상 더러운 물이 뚝뚝 떨어져 퀴퀴

한 냄새가 코를 찔렀다. 굴다리를 통하지 않고 시내로 나가려면 현내 앞 건널목으로 가든지 상업 고등학교 앞 건널목으로 돌아가야 했는데, 보통 이십 분이 넘게 걸리기 때문에 다들 눈살을 찌푸리면서도 굴다리를 이용하고 있었다.

선학이 아버지는 굴다리의 송학동 쪽 출구 앞에 삼 층짜리 건물을 새로 짓고 있었다. 건물 주인인 양 사장은 건들건들한 사람이었지만 시내에 큰 가게가 두 개나 있어 알부자라고 소문난 사람이었다. 워낙 바쁜 사람이어서 이런저런 대금을 지불해야 할 때 바로 지불하지 않는 점이 흠이었지만 평균 이상의 좋은 조건으로 계약을 했기 때문에 선학이 아버지는 별 불만 없이 공사를 진행하고 있었다. 양 사장 얼굴 보기 힘들 때면 선학이 아버지가 대신 자재값이나 막일꾼 일당을 치르고 나중에 양 사장에게 돈을 받기도 했다. 그렇게 공사를 진행하다 보니 선금으로 받은 얼마 안 되는 돈이 어느새 없어져 버렸다. 중도금을 받을 때가 지났지만 양 사장이 워낙 바쁜 탓에 선학이 아버지가 기술자들을 달래 가며 공사를 하고 있었다. 이 공사를 마치면 평소 만져 보기 힘든 큰돈을 손에 쥘 수 있을 터였고, 이런 공사를 몇 번만 더 맡으면 나중에는 스스로 건물을 지어 팔 수 있는 돈이 모일 것도 같았다.

'사람 팔자는 알 수 없는 거야.'

선학이 아버지는 일당벌이 기술자 신세에서 일 년도 못 되어 자재상이나 막일꾼들에게 사장님 소리를 듣는 신분으로 변한

186

게 스스로 생각해도 신기했다.

'이렇게 몇 년만 지나면 그때는……'

문득문득 시간이 날 때마다 선학이 아버지는 눈을 감고 하늘을 날아올랐다. 이번 공사만 끝나면 선학이 어머니의 풀빵 수레를 아예 부숴 버릴 생각이었다. 선학이 어머니는 여전히 예전처럼 건널목 입구에서 풀빵과 어묵을 팔고 있었다.

"이제 그거 그만 하지?"

"아이고, 됐네요. 손 안에 들어와야 내 돈이지, 아직 익지도 않은 감 떨어지길 기다리라고요?"

넌지시 말을 꺼낼 때마다 선학이 어머니는 가당치도 않다는 듯 손을 휘휘 내저었다. 아직 선학이 아버지의 벌이가 전과 크게 달라지지 않아서였다. 오히려 여기저기 씀씀이가 커진 탓에 따져 보면 전보다 밥상 차림이 더 풍성해졌을 뿐 모은 돈이 있는 것도 아니었다. 그럴 때마다 자존심이 상한 선학이 아버지는 이번 공사가 끝나면 두고 보자며 속으로 벼르고 있었다.

중간고사가 끝나자 햇살이 아침부터 뜨거워졌다. 동쪽을 정면으로 바라보고 있는 선학이네 반은 아침부터 창문을 열어 놓고 수업을 시작했다. 하루에도 두어 번씩 오가는 증기 기관차 소리가 시끄러웠지만 기적 소리는 잠시였고 더위는 끈적끈적 하루 종일 아이들을 괴롭혔다. 청소가 끝나고 조회 시간이 되자 담임선생인 신도부 담당 김윤식 선생이 난데없이 편지를 몇 통

들고 들어왔다.

"오승제!"

"예!"

"김선학!"

"예?"

"라성신!"

"예!"

"김미애!"

"예!"

"나와서 편지 받아 가라."

다들 누굴까 고개를 갸웃거리며 선생님 손에서 편지를 받아 들었다. 선학이가 받아 든 편지 봉투에는 또박또박한 글씨로 '이리시 모현동 고현 초등학교 오 학년 김선학 앞'이라는 글씨가 씌어 있었다. 보낸 사람은 '광주시 산수동 산수 초등학교 오 학년 삼 반 이서경'이었다.

선학아.

그동안 소식 못 보내서 미안해. 너에게 쓰는 편지는 이게 처음이지, 아마? 정신없이 광주로 떠나면서 인사도 못했어. 광주에 와서도 정신을 차릴 짬이 없었는데 이제야 연필을 든다. 별일 없이 건강하게 지내고 있지? 아저씨 아주머니도 건강하시고?

난 광주에서 잘 지내고 있어. 이리로 이사 가기 전 살던 동네로 다시 돌아와 옛날 친구들도 만나고 전에 다니던 초등학교에 다시 다니고 있어. 생각해 보면 육 개월 동안 긴 여행을 다녀온 것 같아. 평생 동안 못 잊을 긴 여행 말이야. 지난봄에는 다리 수술도 받았어. 석고 붕대를 풀고 나니까 황새 다리처럼 가늘어져 있어서 한참 동안 힘들었지. 지금은 힘이 붙어서 괜찮아.

우리 아빠는 새로 교회를 시작하셨어. 이름이 '초록빛 교회'인데, 모현 교회보다 조금 크고 사람들도 훨씬 많아. 자리가 비좁아서 예배 때마다 띰두성이가 되기 일쑤지만, 그래도 서로 친하고 아껴 주니까 참 좋아. 참! 용일이 오빠도 잘 지내고 있어. 공부도 열심히 하고 교회도 열심히 다녀서 중고등학교 언니들한테 인기가 좋아.

내가 지금 살고 있는 동네도 예전 현내랑 비슷해. 기찻길이 바로 옆에 있고 집들은 작고 좁아. 외할머니가 외갓집으로 들어와 살라고 하셨지만 아빠는 그게 불편하신가 봐. 수술을 마치고 퇴원하니까 셋방을 얻어 놓으셔서 그 방으로 이사했지. 그런데 그거 아니? 지금 우리 방이 꼭 전에 너네 집에서 우리가 살던 방하고 똑같이 생겼어. 대문 옆에 방이 있는 거하며, 골목길 쪽으로 창이 있는 거하며.

언제고 한번 만났으면 좋겠다. 현내 친구들 다 너무너무 보고 싶어. 너는 어떻게 지내는지 알고 싶으니까 꼭 답장해 줘야 돼. 알았지?

그럼 이만 줄일게. 안녕!

햇살 눈부신 오월에 광주에서 서경이가

보름이나 지나서야 선학이는 답장을 보냈다. 곰살맞게 쓰고 싶은 이야기도 많았지만 쓰고 나면 왠지 모르게 뒷덜미가 근질거려서 아까운 편지지를 몇 장이나 버린 다음에야 완성할 수 있었다. '난 잘 지내니까 너도 잘 지내라'는 딱딱한 편지에도 서경이는 곧 답장을 보내 왔다. 이번에는 학교로 보내지 않고 답장에 적은 집 주소로 편지가 배달됐다. 모르긴 해도 다른 아이들도 서경이와 열심히 편지를 주고받는 눈치였다. 서경이가 소개해 준 광주 친구와 편지를 주고받는 아이도 생겨났다.

아이들은 얼굴도 모르는 광주 친구에게 제각기 열심히 편지를 써서 보내고 정성 어린 답장을 받았다. 남쪽으로 이백 리가 넘는다는 광주에서 날아온 편지들은 외국에서라도 온 것처럼 아이들을 설레게 하기에 충분했다. 주로 여자 애들이 편지를 많이 썼지만 남자 애들도 쑥스러워하면서 곧잘 편지를 썼다. 하얀 편지 봉투에 정성 들여 모은 우표며 향기 나는 껌, 사진 들을 주고받으며 아이들은 다가오는 여름을 맞고 있었다.

선학이 아버지는 어쩔 줄 몰라 하며 연방 이마의 땀을 닦았다. 우르르 몰려온 목재 업자, 벽돌 시멘트 업자, 유리 업자, 전기자재 업자가 아우성을 쳐 댔다.

"그게 무슨 소리여, 양 사장을 찾아야 결재가 된다니."

"사정이 그런 걸 어떻게 하겠습니까? 양 사장을 찾아야 돈이 나오지요."

"얘기가 틀리잖소. 전에 내가 밀린 돈 받기 전에는 자재 못 준다고 할 때 김 사장 당신 입으로 당신 얼굴을 봐서 자재를 달라고 했잖소?"

"맞아요, 김 사장이 책임진다고 했잖아요."

"딴소리하지 말고 내 돈부터 내놔! 돈도 없으면서 내 자재를 왜 사셔나 써!"

선학이 아버지는 좀처럼 놓여나질 못했다. 일손을 놓은 막일꾼과 기술자 들도 하나 둘씩 모여들었다.

양 사장이 흔적도 없이 자취를 감춘 건 공사 끝나기 며칠 전이었다. 전화도 되지 않았고 시내에 있는 사무실에 찾아가도 도무지 만날 수가 없었다. 참다 못해 집으로 찾아간 선학이 아버지가 만난 건 거실과 안방에 자리를 잡고 앉아 있는 빚쟁이들이었다. 빌린 돈으로 무리하게 사업을 벌이고 흥청망청 써 대던 양 사장이 결국 어디론가 숨어 버린 걸 알게 되자 선학이 아버지는 그 자리에 주저앉고 말았다. 공사만 마치면 한꺼번에 모든 돈을 지불하겠다는 양 사장의 호언장담을 믿고 무리하게 공사를 이끌어 온 것이 화근이었다. 인부들의 임금도 밀려 있었고 각종 외상도 쌓여 있었다. 중간에 공사를 중단했다면 최소한의 손해로 끝났을 일이건만 자기 일처럼 무리하게 끌고 온 선학이 아버지는 그 책임을 고스란히 떠안아야 했다.

날품팔이 인부와 목수, 미장공, 타일공, 전기공 들도 밀린 임금을 내놓으라며 악을 썼고 멱살잡이를 당한 것만도 수십 번이었다. 구름을 타다가 발을 헛디뎌 땅바닥에 떨어진 것처럼 선학이 아버지의 신세가 바뀌었다. 선학이 아버지와 함께 일해 보겠다고 모인 사람들도 금세 등을 돌리고 모현 아파트 현장으로 가 일하기 시작했다.

선학이 아버지는 전 재산을 다 털어 넣고서야 겨우 양 사장 건물 건을 수습할 수 있었다. 독이 오른 선학이 아버지는 양 사장을 고소했지만 이미 양 사장 이름으로 된 재산은 모두 은행이 압류한 다음이었고 선학이 아버지가 돈을 돌려받을 수 있는 길은 전혀 없었다.

선학이 아버지는 그동안 모은 돈도 다 날리고 얼마간의 빚마저 지게 되었다. 더 심한 것은 일자리를 구할 수도 없는 것이었다. 선학이 아버지처럼 솜씨 좋은 목수는 어디를 가도 환영받게 마련이었지만, 선학이 아버지가 독립할 때 앙심을 품은 중앙 인력사 박 사장의 입김은 예상 외로 컸다. 가재는 게 편을 든다고, 박 사장과 같은 위치의 도목수나 건축업자들은 선학이 아버지를 외면하기 일쑤였다. 언젠가는 자기 사람을 빼돌려 뒤통수를 칠 거라는, 미움에 가까운 감정을 갖고 냉대하는 시선을 대할 때마다 선학이 아버지는 그저 발길을 돌려 다른 건설 현장을 찾아다닐 뿐이었다.

하릴없는 하루가 한 주가 되고 어느새 한 달이 되었다. 일하고 싶어도 일하지 못하고 시간을 보내는 동안 선학이 아버지는 실비집에서 살다시피 하며 지난 일 년 동안 마신 술보다 더 많은 술을 한 달 동안 마셨다. 저녁마다 선학이는 아버지 마중을 나가야 했다. 술에 잔뜩 취한 아버지는 넘어지는 바람에 옷이 찢길 때도 있었고 길가 수채에 빠져 엉망이 된 적도 많았다. 지나가는 사람과 어깨라노 부닞칠 때넌,

"너도 날 무시하는 기냐? 네가 뭔데 날 무시해? 네까짓 게 뭔데'?"

하고 고래고래 소리를 지르며 싸움을 걸었다. 사람들이 자기를 피해 버리면 분에 못 이겨 땅바닥에 주저앉아 엉엉 우는 걸로 끝이 났지만, 만만치 않은 사람들이 지지 않고 멱살을 잡으면 싸움이 커지는 것은 당연했다.

처음에는 선학이 어머니가 마중을 나갔었다. 하지만 취한 선학이 아버지는 반가워하지 않았다.

"당신이 옳았어. 뭣도 모르고 붕어빵 틀을 부쉈으면 지금 밥도 못 먹고 있겠지? 허허허허!"

"그런 얘긴 집에 가서 하고 이제 좀 일어나요."

"내버려 둬, 좀! 가슴이 터질 것 같아서 그래, 가슴이."

"알아요. 그 속을 내가 왜 모르겠어요. 하지만 그런다고 술만

마시면 뭐가 해결이 돼요?"

"알긴 당신이 뭘 알아? 취하지 않으면 미칠 것 같은데 내 속을 당신이 어떻게 알아?"

"그래요, 모른다고 쳐요. 당신이 제일 힘들다고 치자고요. 그렇지만 선학이를 봐서라도 집에 들어가야지요. 조금 지나면 통금 시간이에요, 통금! 벌금까지 내고 싶어요? 나라 좋은 일만 시키게?"

"선학이? 그렇지, 선학이 보러 가야지. 내 새끼 보러, 내 아들 보러 가야지. 그럼!"

선학이는 그런 아버지가 미워지기 시작했다. 자전거를 사 준다, 사장이 됐다, 큰소리만 뻥뻥 치더니 몇 달 만에 홀딱 망해 동네 웃음거리가 된 것도 창피했고, 매일 밤 술에 취해 소란을 피워 대는 것도 창피했다. 지금껏 그런 적이 없는 아버지였기 때문에 더욱 싫었다. 잠든 체하는 선학이 얼굴에 볼을 비빌 때마다 풍기는 술 냄새와 땀 냄새, 까칠한 수염도 전과 같지 않게 싫었다.

"그럼 안 돼. 아빠가 지금 얼마나 힘드신데. 조금만 지나면 전처럼 일도 나가고 돈도 잘 벌고 술도 조금만 마시는 아빠로 돌아올 거야."

어느 날 어머니가 말했지만 선학이는 여전히 우울해하며 고개를 갸웃거렸다.

그 후 선학이 어머니는 일부러 선학이를 보냈다. 어머니가 갈 때보다 선학이가 갈 때 아버지는 더 순순히 집으로 돌아왔다. 술에 취한 아버지가 싫은 선학이는 마중 나가고 싶지 않았지만 어머니 부탁에 할 수 없이 아버지를 찾아갔다.

선학이가 처음 아버지를 찾아간 밤, 열린 문틈으로 슬며시 들여다본 실비집 안에는 술잔을 묵묵히 바라보고 있는 아버지와 뒷정리에 부산한 삼례댁 두 사람만 있었다. 아버지는 거울이라도 보는 것처럼 한참 동안 내려다보던 사기 그릇에 담긴 막걸리를 단숨에 마셔 버렸다. 길쭉하게 자른 오이 한 조각에 고추장을 듬뿍 찍어 우물거리던 아버지가 찌그러진 양은 주전자를 흔들었다.

"삼례댁, 여기 한 주진자 더 줘!"

"그만 좀 마셔요! 그렇게 마셔 대면 술병 나! 기분 좋으라고 마시는 술인데 마시고 병나면 쓰겠어? 그만 마시고 집에 갑시다. 여기 시원한 숭늉 한 사발 마시고 집에 갑시다. 예?"

"내가 이만한 술 마시고 병날 사람처럼 보여? 이 김원중이가 그렇게 비실비실한 인간으로 보여? 왜들 이래? 나 아직도 팔팔하게 살아 있어. 이대로 안 무너진다고!"

"아빠."

선학이가 조그맣게 아버지를 불렀다. 빨개진 얼굴로 소리소리 지르는 아버지가 금세라도 삼례댁을 향해 막걸리 주전자를 집어던질 것 같았다. 별로 무서워하지도 않던 삼례댁은 반색을 하며 선학이를 맞았다.

“아부지 데리러 왔냐? 아이고, 애기가 영 기특하네.”

“어? 네가 웬일이냐? 엄마는?”

“집에요. 아빠, 그만 가요.”

선학이가 옷자락을 잡아끌자 아버지는 언제 소리를 질렀냐는 듯 순순히 따라 나왔다. 꾸벅 인사를 하고 돌아서는 선학이와 아버지 뒤로 삼례댁의 인사인지 혼잣말인지 모를 소리가 따라 나왔다.

“살펴 가시오. 나한테 저런 아들 하나 있으면 막걸리보다 백 배 좋은 걸 줘도 집으로 달음박질쳐서 가겠네.”

선학이 아버지의 걸음이 비틀거렸다. 선학이는 아버지가 비틀거릴 때마다 어깨에 힘을 주고 아버지 허리를 붙안았다. 선학이 이마가 아버지의 가슴에 닿았다. 넓고 단단하던 아버지 가슴은 어디로 갔는지 무르고 힘없는 가슴이 느껴졌다. 선학이는 서글픈 마음이 들었지만 그것보다는 비틀대는 아버지를 부축하는 데 더 정신을 집중해야 했다.

“아빠, 저한테 기대세요.”

“뭐라고?”

“제가 옆에 있으니까 기대서 걸으세요. 술 마시고 혼자 걸으면 넘어지잖아요.”

“그래? 그럼 어디 편하게 걸어 볼까?”

선학이 아버지는 지그시 선학이의 어깨에 몸을 실었다. 한 손에 들어오는 가냘픈 어깨였지만 제법 힘을 주며 무게를 버텨 냈

196

왕대포
탁
주

다. 선학이가 부축해 주자 걷기가 훨씬 수월했고 뭔지 모를 뿌 듯함에 술기운이 점점 깨는 것 같았다.

"선학아, 아빠 밉냐?"

"아뇨, 밉지는 않아요."

"밉지는 않아? 그럼 좋지도 않다는 거냐?"

"아니, 아빠 좋아요. 그런데 술 많이 마시면 싫을 때도 있어 요."

"아빠가 힘들어서 그런다. 너무 힘들어서 술이라도 한잔 먹고 잊으려고."

선학이도 아버지 마음을 모르는 건 아니었다. 하지만 잊혀지 지 않으니까 매일매일 술을 마시는 것일 테고, 그럼 잊으려고 술을 마신다는 건 거짓말인 게 분명했다. 그래도 선학이는 아버 지에게 그런 말은 하지 않았다.

선학이 어깨를 잡고 묵묵히 걷던 아버지가 말했다.

"우리 선학이, 오랜만에 무동 태워 줄까?"

"지금은 싫어요. 술 깨면 태워 주세요."

"그래? 쩝! 그러지, 뭐."

못내 아쉬워하는 아버지가 딱하기도 했지만 혼자서도 비틀거 리는 아버지 목에 탈 수는 없었다. 선학이는 풀이 죽은 아버지 에게 등을 돌려 댔다.

"대신 내가 아빠 업어 줄게요."

"아서라, 다칠라."

"할 수 있어요. 업혀 보세요."

선학이는 자신 있는 목소리로 아버지를 재촉했다. 머뭇거리던 선학이 아버지는 어디 보자는 생각으로 선학이의 어깨에 겨드랑이를 깊숙이 실었다. 선학이는 아버지가 생각보다 무겁다고 생각했지만 사나이 체면에 한번 한 말을 취소할 수는 없었다. 비틀거리며 열댓 걸음을 가자 아버지가 말했다.

"아빠 내릴란다. 속이 불편하구나."

선학이 등에서 내려온 아버지는 속이 불편한 듯 배를 어루만지면서도 선학이에게 칭찬을 잊지 않았다.

"아, 우리 선학이 다 컸다. 넌 이제부터 진짜 남자다. 아빠랑 얘기할 때도 남자 내 남자로 얘기하는 거야. 알았지?"

"예."

선학이 아버지와 선학이는 어깨동무를 하고 집에 돌아왔다. 웃으며 집에 들어오는 부자를 보고 선학이 어머니는 좀 놀란 듯했지만 좋은 건 좋은 것이었다. 오랜만에 세 식구는 편안한 마음으로 잠자리에 들 수 있었다.

다음날 아침부터 다시 일거리를 찾아 나선 선학이 아버지는 며칠이 지나자 다시 실비집에서 술을 마시기 시작했다. 그토록 많은 건축 현장에 선학이 아버지를 받아 줄 일자리 하나가 없다는 거짓말 같은 사실은 선학이를 봐서라도 힘을 내야겠다는 선학이 아버지의 결심을 물에 풀린 설탕처럼 만들었다.

선학이는 밤마다 아버지를 마중 나갔다. 실비집 앞에서 서성대다가, 몇 번이고 실비집 안을 흘깃거리다가 아버지가 일어날 때가 되었다고 생각하면 들어가 모시고 나왔다. 실비집 밖에서 서성대며 선학이는 아버지의 절망과 외로움을 점점 이해하게 되었다. 그래서 밤이 되면 어김없이 아버지를 모시러 실비집에 갔다. 술을 마시지 않으면 좋으련만 그래도 아버지는 아버지였다.

장마가 끝나자 곧 방학이 시작되었다. 선학이는 빌린 책을 읽으며 집에서 시간을 보냈다. 책 읽기에 지치면 아버지와 함께 배산에 올랐다. 배산에 오르면 서해로 들어가는 만경강과 끝없이 펼쳐진 호남평야, 그리고 멀리 전주와 논산 언저리까지 한눈에 들어왔다. 산에서 내려오는 길에는 어머니를 보러 갔다. 선학이 어머니는 작년처럼 냉차를 팔지 않고 새로이 시작한 빙수를 팔고 있었다. 얼음을 잘게 갈아 만든 물에 과일 주스 가루와 설탕을 넣은 빙수는 목구멍을 얼얼하게 만들어 더위를 식히는 데 그만이었다. 아버지와 둘이 수북이 담긴 빙수를 한 그릇씩 먹고 집에 돌아오면 오후 햇살에 그늘이 길어지기 시작했다. 집에 돌아오면 등목을 했다. 훌훌 다 벗고 목욕을 하면 좋겠지만 셋방 사는 처지에 목욕은 좀처럼 쉽지 않았고, 주인집 눈치를 살펴 안주인이 없을 때에야 등목이나마 할 수 있었다.

오늘은 마침 주인집이 비어 있었다. 훌훌 웃옷을 벗고 물가에 엎드린 선학이 아버지가 선학이를 재촉했다.

"뭐 하냐? 빨리 와서 물 좀 뿌려 봐라."

선학이는 마루 위에 놓여 있던 편지 한 장을 뚫어지게 내려다보았다. 이 목사가 아버지 앞으로 보낸 편지였다.

"선학아, 뭐 하냐니까? 빨리빨리."

아버지는 무엇보다 등목이 급한 모양이었다. 하는 수 없이 선학이는 편지를 내려놓고 물가로 갔다. 지하에서 뿜어 올린 지하수는 한여름에도 등골이 오싹할 정도로 시원했다. 비누를 넓은 등 구석구석 칠해 가며 말끔히 등목을 마치자 선학이 아버지는,

"으으으! 시원하다."

하며 몸서리를 쳤다.

"잎드러라. 네 차례나."

"아빠, 편지 왔어요."

"편지? 편지 할 사람 없는데."

편지를 뜯어 읽은 선학이 아버지는 선학이가 등목을 할 차례인 것도 잊고 깊은 생각에 빠졌다. 아버지 등을 밀어 주면서 땀을 식힌 선학이는 그냥 세수를 하는 것으로 끝냈다.

선학이 아버지는 오후 내내 말이 없었다. 긴 여름 해가 지자 날것, 물것 많은 여름밤이 시작되었다. 저녁 식사를 마치고 선학이 아버지는 아내에게 말없이 편지를 내밀었다. 편지를 받아 읽은 선학이 어머니가 물었다.

"당신, 진짜 가 볼 거예요?"

"응, 일단 가서 알아보고 결정할 생각이야."

"그럼 쇠뿔도 단김에 빼랬다고 내일 당장 내려가 봐요."

"그래야지. 일자리가 마냥 나만 기다리고 있는 것도 아니니까."

밤이 늦었지만 주인집에 가서 전화를 빌린 선학이 아버지는 교환원에게 시외 전화를 신청했다.

"광주 이 국에 칠삼삼사 번 대 주세요."

"지급인가요, 보통인가요?"

"지급으로 해 주세요."

지급은 보통보다 두 배나 비쌌지만 밤이 늦은 탓에 주인집 전화를 오래 붙잡고 있을 수도 없어서 선학이 아버지는 눈 딱 감고 지급 전화를 신청했다. 오 분도 채 되지 않아 전화벨이 울렸다. 재빨리 수화기를 들자 교환원이 나왔다.

"신청하신 전화 연결되었습니다. 통화하세요."

"여보세요? 거기 이준행 목사님 계십니까?"

선학이 아버지의 통화는 짧게 끝났다. 아버지가 방으로 돌아오자 어머니와 선학이가 바싹 다가앉았다.

"어떻게 됐어요?"

"내일 점심때쯤 만나기로 했어. 아침 일찍 나가야겠는데."

다음날 새벽같이 집을 나선 선학이 아버지는 자정이 다 되어서야 돌아왔다. 피곤한 얼굴은 땀으로 번들거렸고 모처럼 다려 입고 나선 흰색 셔츠도 주름투성이에 땀 냄새가 심하게 났지만 얼굴만은 밝았다. 선학이 아버지는 모기장 안에 있는 선학이 어

202

머니에게 낮고 힘찬 목소리로 말했다.

"우리 광주로 가지."

안녕하세요, 선학이 아버님.

이준행 목사입니다. 오랜만에 편지로나마 인사를 드립니다. 간략하게 본론 먼저 말씀드리겠습니다. 서경이 친구의 편지를 통해 선학이 아버님 가정 형편을 대략 들었습니다. 사업 실패라는 것은 가족들에게까지 그 고통을 강요하는 힘든 과정임이 틀림없습니다. 선학이 아버님 가정이 그런 시련 중에 있다고 생각하니 님의 일 같지 않게 마음이 아픕니다. 그 힘든 과정을 끝까지 참으시고 언젠가는 이겨 내실 수 있도록 하나님께 열심히 기도 드리고 있습니다.

제가 모현 교회에 있을 때 여러모로 도와주신 은혜를 지금도 잊지 않고 있던 차에 금번 소식을 듣고 혹시라도 작은 도움이 될 수 있지 않을까 생각해서 말씀드립니다. 저희 교회에 선학이 아버님처럼 건축 일을 하시는 성도가 있습니다. 자세히는 모르지만 상당히 크게 사업을 운영하시는 것 같고, 그래서 선학이 아버님 이야기를 했더니 마침 새로이 시작하는 건축 현장에 목수가 필요하다는 대답을 들었습니다.

그래서 말인데, 괜찮으시면 광주에 와서 일을 해 보시면 어떻겠습니까? 삶의 터전을 옮긴다는 것이 물론 쉬운 일은 아니지만 한번 생각해 보시고 편히실 대로 결정하십시오. 아래의 전화번호로 연락 주시면 저와 통화하실 수 있으니 편지를 받으시는 대로 전화 부탁드립니다.

그럼 건강하시고, 이만 줄이겠습니다.

초록빛 교회 이준행 드림

선학이는 편지를 책가방에 넣고 트럭으로 걸어갔다. 많을 것도 없는 짐을 꽁꽁 묶어 놓은 트럭은 선학이네 가족이 타기만 하면 광주를 향해 떠날 참이었다. 트럭 주위에는 동네 사람들이 모여 있었다. 선학이 어머니와 인사를 나누는 동네 아주머니들은 눈물을 글썽이고 있었다. 아무렇지도 않게 악수를 나누는 선학이 아버지 역시 눈이 빨개졌다. 선학이도 친구들과 마지막 인사를 나눴다. 승제, 병철이, 철호 등이 다가왔고 여자 애들은 저만치 모여 서서 시무룩한 표정이었다.

"잘 있어."

"잘 가."

승제가 선학이의 어깨를 툭 때렸다. 선학이도 승제의 어깨를 툭 때렸다. 잠깐 동안 둘 사이가 어색했던 적도 있었지만 둘은 누가 뭐래도 가장 친한 친구 사이였다. 서로 손을 잡은 채 선학이가 물었다.

"네가 서경이한테 알려 줬지?"

"응. 미안하다."

"미안하긴. 나한테도 편지할 거지?"

승제가 웃으며 고개를 끄덕였다. 선학이는 눈이 뜨거워져 그만 입을 다물었다. 한마디만 더 하면 눈물이 나올 것 같았다. 트럭 기사가 빵빵 경적을 울리며 선학이네를 재촉했다. 선학이네가 트럭에 올라타자 트럭은 부웅 소리를 높이며 출발했다. 어른들이 손을 흔들었고 아이들은 트럭을 쫓아 달리기 시작했다.

"선학아, 잘 가! 우리 잊으면 안 돼! 잘 가!"

일부러 돌아보지 않고 있던 선학이는 친구들의 목소리를 듣자마자 주르르 눈물을 흘렸다. 더 참을 수가 없었다. 손수건으로 눈가를 누르던 선학이 어머니가 선학이의 눈물을 닦아 주었다. 선학이 아버지는 말없이 창밖만 노려볼 뿐이었다.

트럭은 곧 구름다리를 오르기 시작했다. 비탈진 구름다리를 오르기 위해 트럭은 한껏 소리를 높여 웅웅거렸다. 트럭 뒤로 까만 연기가 쏟아져 나왔다. 오른쪽으로 고개를 돌리자 거의 완성되어 가는 모현 아파트가 당당하게 보였다. 오 층 건물이 우뚝 선 높이가 거의 구름다리만큼 높아 보였다. 모현 교회가 있던 자리에서 시작해 철길을 건너 시내로 이어진 새 다리도 거의 완성되어 가고 있었다. 구름다리처럼 둥글지 않은 신식 다리였다.

이리역에서 출발하는 증기 기관차가 보였다. 연기가 하늘 높이 솟아오르고 있었다. 증기 기관차가 구름다리에 다다르기 전에 트럭은 구름다리의 내리막길을 달렸다. 선학이는 창밖으로 고개를 내밀고 뒤를 돌아보았다. 기차는 보이지 않았지만 까맣게 올라가는 연기 덩이는 끊임없이 멀어지고 있었다. 선학이네 트럭은 남쪽으로 방향을 돌렸다. 증기 기관차는 북쪽을 향해 점점 속도를 높이고 있었다. 고현 초등학교 앞을 지난 다음 힘차게 울리는 기적 소리가 들려왔다.

"빼애애액! 빼애애애액! 빼애애애액!"

본격적으로 속도를 낼 테니 조심하라는 기적이었다. 선학이는 까만 연기가 보이지 않을 때까지 뒤를 바라보았다. 연기는 곧 건물에 가려 보이지 않게 되었다. 눈물은 어느새 말라 있었다. 선학이는 손등으로 눈가를 비비며 어머니에게 물었다.

"엄마, 서경이네가 광주로 돌아간 것처럼 우리도 이리로 되돌아올 수 있을까요?"

"그러지 말아야지. 한 번 옮기기도 이렇게 힘이 드는데."

"그래도 다시 오고 싶어요."

선학이 어머니는 말없이 고개를 끄덕였다. 새로 지어진 이리역 앞을 지난 트럭은 곧 시내를 벗어나 들판 한가운데로 접어들었다. 도로 왼쪽으로 난 기찻길을 달려 광주로 내려가는 기차가 보였다. 트럭이 먼저인지 기차가 먼저인지 경주하듯 나란히 달리던 트럭이 이윽고 만경강 다리에 들어섰다. 마침 서해 바다가 밀물이어서 만경강은 넘칠 듯 물이 불어 있었다. 햇살이 강물 위에 눈부시게 반짝거렸다. 강을 건넌 트럭은 넓디넓은 평야로 접어들었다. 길은 평야 한가운데로 끝이 안 보이게 이어져 있었다. 창밖에서 불어오는 시원한 바람에 선학이는 자기도 모르게 스르르 눈을 감았다. 잠든 선학이를 어머니가 안아 주었다.

트럭은 남쪽을 향해 부지런히 달렸다. 논에서 먹이를 잡던 제비들이 장난처럼 트럭을 쫓아 날았다. 번갯불 같은 제비들에 비하면 트럭은 거북 같았다. 느릿느릿한 트럭에 시들해진 제비들은 곧 저희끼리 장난치며 하늘로 솟구쳤다. 문득 트럭을 기억한 제비 한 마리가 길 위를 두리번거렸을 때 트럭은 이미 멀리 사라져 있었다. 그저 기억이 났을 뿐 쫓아갈 이유가 있는 것도 아니었다. 제비들은 몸을 낮춰 논 위를 낮게 날기 시작했다. 날아도 날아도 끝이 없는 평야는 온통 물오른 벼들로 가득한 초록 바다였다. 바람이 불면 시작도 끝도 모를 초록 물결이 일었다. 등 띠밀리듯 몰려들이 순식간에 부서지는 비닷기 피도와 달리, 납할 것도 없고 불거품처럼 사라질 일도 없는 볏잎이 사사삭 부딪치는 소리를 내며 몸을 뒤척였다.

12. 매화 지면 봄이 오고

"철컥, 철컥, 철컥, 철컥."

겨울에는 벌어지고 여름이면 좁아지는 레일 이음매 위로 육중한 기차 바퀴가 지날 때마다 신음 같은 쇳소리가 났다. 광주역을 떠나 순천으로 가는 완행 열차는 철로 양쪽으로 빼곡하게 들어선 집들 사이로 속도를 줄여 느릿느릿 움직였다. 기찻길 옆에서 놀고 있던 아이들이 놀이를 멈추고 손을 흔들었다. 기차 안의 사람들도 외면하지 않고 열에 두셋쯤은 아이들에게 손을 흔들어 주었다. 지루할 만큼 천천히 움직이는 기차였지만 한시도 쉬지 않은 덕에 곧 무등산을 뒤로한 채 남도의 나직한 산들 사이로 빠져 들어갈 수 있었다. 시가지를 벗어난 기차는 이제야 몸이 풀린다는 듯 긴 기적을 울리며 속도를 높였다.

기차가 달리며 일으키는 거센 바람에 기찻길 옆 나뭇가지에

쌓여 있던 눈들이 풀썩풀썩 내려앉았다. 코앞에 다가온 봄에게
앙탈 부리는 마지막 꽃샘추위가 불러온 눈이었다. 하루가 다르
게 푸근해지는 햇살에 주체할 수 없이 녹아내리던 눈은 작은 바
람에도 허물어지듯 철퍽 떨어져 내렸다. 마침 활짝 핀 매화나무
에 얹혀 눈인지 꽃잎인지 흐벅지기만 하던 늦눈이 바람결에 힘
없는 꽃잎 몇 장을 안고 떨어져 내리기도 했다. 내일이면 햇빛
드는 곳에서 눈을 찾기 힘들 만큼 햇살이 정다운 오후였다. 먼
산의 북쪽 뒷덜미, 야산 골짜기, 외진 밭두렁에 희끗한 잔설도
곧 옛이야기처럼 자취도 없어질 터였다. 나무마다 꽃눈, 잎눈이
터질 듯 부풀어 있었다. 춥고 힘든 겨울을 지나온 사람들의 가
슴도 웬지 모를 기대로 팽팽하게 부풀었다. 지나 버린 겨울에
대한 아쉬움마저 일으키며 화사하게 봄이 오고 있었다.

“이상해요.”
“이상하긴 뭐가, 멋있기만 한데.”
“벗을래요.”
“가만히 있어 봐. 바짓단만 접으면 돼.”
선학이는 온몸이 근질거리는 것처럼 기분이 야릇했다. 따듯
한 목욕물 속에 들어간 것처럼, 깃털로 온몸을 간질이는 것처럼
가만히 서 있을 수가 없었다. 어머니는 자꾸 꼼지락거리는 선학
이에게 움직이지 말라고 핀잔을 주면서도 핀을 든 손을 재게 놀
리지 않았다.

선학이 어머니 눈에는 까만 교복을 단정하게 입은 아들이 대견하고 든든하기만 했다.

'마냥 어린애인 줄 알았는데 다 컸네, 다 컸어.'

시원하게 밀어 버린 민둥머리가 불쌍해 보이기도 했지만 '역시 남자는 제복을 입어야 돼' 하는 소리가 절로 나올 만큼 교복을 입은 선학이는 남달라 보였다. 이제 정말 품 안의 자식이 아니구나 싶은 생각에 괜스레 눈시울이 뜨거워지는 것 같아 선학이 어머니는 바짓단 하나 접어 넣는 간단한 일에도 몇 번이고 손을 놓고 아들을 바라보았다.

어머니가 바짓단을 핀으로 고정하자마자 교복을 벗어 버린 선학이는 새 책가방에서 중학교 교과서를 꺼내 보았다. 교과목 수도 많고 각 과목마다 내용도 만만치 않아 보였다.

'중학교 들어가서도 일 등 할 수 있을까?'

며칠 전에 본 반 배치 고사 결과가 궁금했다. 시험 성적에 따라 일 등은 일 반, 이 등은 이 반 순으로 나아가다가 구 등부터 다시 일 반으로 되돌아왔다. 손가락에 꼽힐 만큼의 우등생을 제하면 나머지 아이들은 시험을 잘 보고 못 보고를 떠나 그저 순서에 따라 반 배치가 되는 셈이었지만 일이 반 아이들의 은근한 자부심은 칠팔 반 아이들을 일 년 내내 약 오르게 했다. 선학이는 되도록 일 반이 되고 싶었다. 중학교에 가면 정말 열심히 공부해 보고 싶은 마음이었다.

원래부터 공부에 열심이던 선학이는 아니었다. 광주에 이사

오기 전만 해도 반에서 십 등 안에 들면 스스로 만족할 뿐 굳이 첫째 하려고 아등바등 공부에 매달리지 않았고, 일에 바쁜 부모님도 그런대로 선학이 성적에 만족해 성적을 더 올리라고 다그치지 않았다. 하지만 광주로 이사 온 다음부터 선학이는 사람이 바뀐 것처럼 공부에 열중했다.

집 밖으로 잘 나가지 않고 책만 보는 선학이를 걱정한 것은 다시 목수 일을 시작한 아버지도 아니었고 가까운 산수 시장에 좌판을 펼친 어머니도 아니었다. 바로 선학이네가 이사 들어간 니멋전 오거리 뒷골목의 셋방 주인인 완도댁 할머니였다. 육이오 때 혼자되어 홀몸으로 키운 외아들이 서울에서 대학을 나온 다음 취직까지 해, 내내 홀로 사는 완도댁 할머니는 셋방 식구들을 자식처럼 살갑게 대했다. 근처 조선 대학교에 다니는 대학생 네 명과 용일, 선학이네까지 방 넷에 여덟 명이 완도댁 할머니네 셋집 식구 전부였다.

월말에 받는 수도세, 전기세를 사람 수대로 나눠 원 단위까지 끊어 받는 것을 보고 지독한 할머니라고 고개를 절레절레 흔들던 선학이 어머니는 두 달이 되기도 전에 완도댁 할머니와 모녀 간처럼 정이 들었다. 돈보다 흐뭇한 인심 때문이었다. 선학이가 학교에서 돌아오면 밥을 챙겨 주는 사람도 완도댁 할머니였고, 장에 갈 때마다 선학이 어머니네 좌판에서 푸성귀를 듬뿍듬뿍 사 주는 사람도 완도댁 할머니였다. 들어올 돈 챙길 때는 칼 같지만 나가야 할 돈 나갈 곳에 시원하게 쓸 줄도 아는 통 큰 사람이 바로 완도댁 할머니였다. 선학이를 친손자 보듯 아끼는 완도댁 할머니가 선학이 어머니를 부른 것은 선학이네가 이사 온 지 보름쯤 지나서였다.

"이봐, 선학이네! 안 바쁘면 나 좀 봐."

"왜 그러세요?"

"저기 말이여, 선학이 쟈가 좀 이상한 것 같지 않어?"

"뭐가요?"

완도댁 할머니는 선학이 어머니를 향해 눈을 흘기며 쯧쯧 혀를 찼다.

"아무리 돈벌이가 바뻐도 그렇지, 그것도 자식 잘 키우자고 하는 일인디 외아들 낌새도 몰르고 싸다니면 되겠어?"

"그러게, 얘길 해 보세요. 뭐가 이상한데요?"

"애가 하루 종일 바깥출입을 안 한단 말이여. 사내자식이 저만 한 때면 하늘이 뚫어져라 뛰어다니고 목이 찢어져라 시끄러울 땐디, 비리비리한 병아리 새끼가 양지녘에서 자울자울하듯 학교 끝나면 딱 방에 틀어박혀서 통 바깥출입을 안 혀. 동무라고 놀러 오는 놈 하나 없고. 남의 자식이지만 신경이 안 쓰일 수가 없다니께."

완도댁 할머니의 말을 들은 선학이 어머니는 선학이의 기색을 유심히 살피기 시작했다. 과연 선학이는 병이라도 앓은 다음처럼 조용해져 있었다. 목소리도 크게 내지 않고 잘 웃지도 않았다. 참새같이 부산한 건 아니지만 그렇다고 학처럼 잔잔한 아이도 아니라는 것을 아는 선학이 어머니는 무슨 일이 있긴 있다고 결론을 내렸다.

다음날, 해가 지기도 전에 좌판에 남은 풋마늘을 몽땅 떨이로 넘겨 버린 선학이 어머니는 집에 돌아오자마자 선학이를 불러냈다. 선학이는 어머니가 잡아끄는 대로 나뭇전 오거리의 영춘원에 들어갔다. 잘그락잘그락 작은 색색 구슬을 꿰어 만든 발을 젖히고 들어가자 맛있는 자장면 냄새가 코라도 떼어 갈 듯 진동했다. 선학이는 자기도 모르게 한껏 냄새를 들이마셨다. 주방 쪽에서 나무판 위에 면 반죽을 내리치는 소리가 탕, 탕 들려왔다. 갈색 물잔을 식탁 위에 내려놓은 주인 남자가 두 사람을 물끄리미 내려다보있다.

선학이 어머니가 물었다.

"뭐 먹을래?"

"자장면요."

선학이 어머니가 주인 남자에게 물었다.

"자장면 곱빼기는 얼마예요?"

"삼백 원요. 곱빼기 둘요?"

"하나만 주세요."

선학이가 말했다.

"엄마는?"

"엄만 이따 아빠랑 밥 먹어야지. 아빠는 혼자 밥 못 드신다."

자장면이 나오길 기다리면서 선학이는 새하얀 양파 조각을 춘장에 찍어 야금야금 베어 먹었다.

뜨거운 보리차를 후후 마시며 선학이 어머니가 물었다.

"학교는 좀 어뗘냐? 친구들하고 좀 친해졌어?"

선학이는 건성으로 대답하며 고개를 끄덕였다.

"괴롭히는 애도 없고?"

"응."

"선생님은 잘해 주시냐?"

"응."

바로바로 이어지는 짧은 대답에 어머니는 선학이의 마음속 이야기를 끄집어낼 빌미를 쉽사리 찾아낼 수 없었다.

"요즘에……"

"식사 나왔습니다."

주인 남자가 선학이 어머니의 말을 끊으며 자장면 그릇을 식탁 위에 놓았다. 속이 깊숙한 그릇에 넘치도록 가득 담긴 자장면에서 모락모락 김이 피어올랐다. 선학이 어머니는 하려던 말을 속으로 사리고 나무젓가락을 갈라 자장면을 비벼 주었다.

"엄마도 먹어요."

말은 그렇게 했지만 선학이는 코를 박을 듯 머리를 숙여 정신없이 자장면을 먹기 시작했다. 선학이 어머니는 한 손으로 턱을 받치고 입 주위가 까매진 선학이를 바라보았다. 자장면 한 그릇이 순식간에 사라졌다. 그릇에 남은 건 돼지고기인지 감자인지 언뜻 구별이 안 되는 까만 찌꺼기와 짧게 끊어진 면발 몇 가락이었다. 젓가락을 내려놓고 그새 식은 보리차를 꿀꺽꿀꺽 마신 선학이가 겸연쩍게 씩 웃었다. 어머니는 그릇을 끌어당겨 선학이가 남긴 찌꺼기를 먹기 시작했다. 미안하기도 하고 누가 볼까 창피하기도 한 선학이가 어머니 팔을 잡았다.

"그거 먹지 말아요, 엄마."

"음식 남기면 죄받는다."

그릇을 깨끗하게 비운 선학이 어머니는 보리차로 입가심을 하고 일어났다.

집으로 돌아오는 길에 어머니는 선학이의 손을 잡았다. 쑥스 러워 선하이가 손을 놓으려 했지만 어머니는 지그시 손에 힘을 주었다.

"선학아!"

"응?"

"너 무슨 일 있는 거 아니지? 누가 못살게 굴어서 집에만 있 는 거 아니지?"

"그런 일 없어요."

어머니는 마주 잡은 선학이 손에서 힘이 빠지는 것을 느꼈지 만 모르는 척 앞만 보고 걸었다. 선학이를 더 유심히 지켜봐야 겠다고 생각했다.

'그래, 무슨 일인지 잘 모르겠다만, 혼자 해 보고 싶으면 그렇 게 하렴. 나중에 정말 힘들 때, 버틸 수 없을 때, 그때는 엄마한 테 오면 돼.'

집으로 들어가는 골목 어귀에 다다랐을 때였다. 큰길 쪽에서 여자 애 둘이 걸어왔다. 선학이는 여자 애 얼굴을 보기도 전에 먼저, 눈에 띄는 걸음걸이로 서경이를 알아보았다. 서경이도 선학이를 향해 한 손을 들었다.

"선학아."

선학이는 불에라도 덴 듯 어머니와 맞잡고 있던 손을 쓱 빼냈다. 선학이의 얼굴이 갑자기 붉어졌다. 서경이를 알아본 어머니도 걸음을 멈췄다.

"아줌마, 안녕하세요?"

"그래, 서경아. 집에 가니?"

서경이와 함께 있는 여자 애도 꾸벅 고개를 숙였다. 같은 교회에 다니는 은성이였다. 서경이가 씩씩하게 은성이를 소개했다.

"애는요, 은성이에요. 유은성. 저하고 제일 친한 친구예요."

"은성이? 얼굴처럼 이름도 예쁘구나."

은성이가 보일 듯 말 듯 웃는 것 같았다. 서경이는 얼굴이 빨개진 선학이를 보더니 고개를 갸웃거렸다.

"너 왜 그래? 왜 얼굴이 새빨개?"

"내가 뭘?"

퉁명스럽게 말했지만 선학이는 목덜미까지 후끈 달아올랐다. 은성이가 선학이 어머니에게 다시 한 번 꾸벅 인사를 하더니 서경이의 팔을 잡아끌었다. 은성이에게 끌려가던 서경이가 선학이에게 손을 흔들었다.

"안녕히 가세요. 선학아, 내일 교회에서 만나."

"잘 가라."

서경이는 뭐가 그리 재미있는지 쨍쨍한 웃음소리를 남기며 사라졌다. 골목길에 서경이의 웃음이 가득 남아 있는 것 같았다. 둘의 뒷모습을 물끄러미 바라보던 선학이에게 어머니가 말했다.

"들어가자."

골목길을 걸으며 선학이 어머니는 연방 혀를 찼다.

"쯧쯧, 딱하기도 하지. 저렇게 싹싹한 애도 드문데. 다리만 멀쩡했으면……"

어머니의 말 한마디 한마디가 바늘처럼 선학이의 마음을 찔렀다. 선학이는 서경이가 왜 다리를 절게 됐는지 알고 있었다. 오랫동안 지켜 온 둘만의 비밀이었다.

선학이네가 광주로 이사 오던 날, 이 목사는 서경이와 용일, 낯선 청년 한 사람을 데리고 선학이네 이사를 도우러 나타났다. 오랜만에 서경이를 본 선학이는 그만 주저앉을 뻔했다. 살이 올라 통통한 얼굴, 짧게 자른 머리칼, 바지 차림의 서경이가 낯설기도 했지만 무엇보다 걸음걸이 때문이었다. 서경이는 발목이라도 삔 것처럼 다리를 절고 있었다. 크게 표가 나는 걸음걸이는 아니었지만 그렇다고 전혀 표가 나지 않는 것도 아니었다.

선학이는 이 목사에게 인사하는 것도 잊고 서경이 다리를 뚫어지게 쳐다보았다.

뿌리라도 내린 것처럼 마냥 서 있는 선학이에게 서경이가 먼저 말을 건넸다.

"오랜만이야!"

"서경아, 너 다리……"

"내일 얘기해. 우리끼리."

서경이가 찬바람 도는 얼굴로 돌아섰다.

"선학아, 뭐 하냐? 이것 좀 날라라."

홀린 듯한 얼굴로 서 있던 선학이는 아버지의 재촉을 받고서야 정신을 차렸다.

그다지 짐이 많은 것도 아니어서 선학이 아버지와 이 목사, 청년 둘이 달려들자 한 시간이 지나지 않아 다 들여놓을 수 있었다. 선학이 어머니가 분주하게 짐을 정리하는 동안 선학이 아버지는 이 목사와 용일을 붙잡고 쉴 새 없이 떠들어 대고 있었다. 낯선 곳에 와서 아는 얼굴을 만나니 퍽 반가운 모양이었다.

반가워하기는 이 목사도 마찬가지였다. 선학이 아버지가 하는 말마다 맞장구를 쳐 주었고 종종 "와하하" 하는 웃음소리가 쩌렁쩌렁 골목을 울리기도 했다. 단정한 차림새의 용일도 키가 더 커진 듯했다. 전부터 알던 사람들이지만 낯선 도시에서 오랜만에 보니 이유 모를 서먹함에 선학이는 좀처럼 앞에 나서지 못하고 짐 정리 하는 어머니 뒤만 졸졸 따라다녔다.

이삿짐 정리가 대충 끝나자 긴 여름 해가 저물었다. 부엌 정리가 끝나지 않아 저녁밥을 먹으러 다들 근처의 '나주 식당'으로 갔다. 간단하게 먹자며 이 목사가 말렸지만 선학이 아버지는 이삿짐 나르느라 땀들 뺐는데 든든히 먹자며 불고기 백반을 시켰다.

"내일 오전 중에 교회로 오십시오. 전에 말씀드린 건축 일 하시는 성도님하고 점심을 같이하기로 했습니다. 인사도 하시고 언제부터 일을 시작할 수 있는지 확인도 하셔야지요."

"저야 뭐, 언제라도 좋습니다."

선학이 아버지는 당장이라도 연장 가방을 들고 나실 것처럼 힘차게 고개를 끄덕였다. 선학이 아버지의 어깨에 오랜만에 힘이 들어가 있었다.

저녁 식사를 마치고 이 목사와 용일, 다른 청년은 야학 수업을 해야 한다며 교회로 떠났다. 이 목사와 선학이 아버지가 악수를 하는 사이 서경이가 선학이에게 속삭이듯 말했다.

"내일 점심 먹고 교회에서 만나."

선학이는 어두운 골목길로 사라지는 서경이의 뒷모습을 물끄러미 바라보았다. 함께 걸어가는 사람들의 발소리 옆에서 표 날 듯 말 듯 박자가 맞지 않는 발소리가 어둠 속에서 멀어져 갔다. 서경이의 모습은 보이지 않았지만 귀를 기울이면 언제까지라도 그 소리가 들릴 것 같았다.

지난밤 늦도록 연장을 손질하던 선학이 아버지는 약속대로 점심 시간 전에 이 목사를 만나러 나갔고 선학이 어머니도 설거지를 마치자마자 시장 쪽 일을 알아보겠다며 완도댁 할머니와 함께 나갔다. 선학이는 혼자 점심을 먹고 텅 빈 집을 나섰다. 해가 터질 듯이 뜨거운 여름 한낮이었다. 좁고 외진 골목길에도 여름 햇살은 공평하게 쏟아지고 있었다. 굽이굽이 골목길을 한참 동안 돌아 나가자 기찻길이 나왔다. 집보다 아래쪽으로 나 있는 기찻길에서 이글이글 열기가 올라왔다.

선학이는 기찻길 옆으로 나란히 나 있는 작은 길을 걸었다. 기찻길을 따라 고만고만한 집들이 이어지고 있었다. 마당도 대문도 없어 방문을 열면 바로 길이었지만, 참을 수 없는 더위에 집집마다 활짝활짝 문을 열어 놓고 있었다. 선학이는 눈동자만 돌리면 방 안이 훤히 보이는 집들을 애써 외면하며 걸었다. 커다란 개 한 마리가 밥상만 하게 난 그늘에 누워 잠을 자고 있었다. 험상궂은 생김새에 덜컥 겁이 났지만 사람이 지나가든 말든 개는 혀를 빼물고 꼼짝도 하지 않았다. 죽었나 싶은 생각도 들었지만 옆구리가 조금씩 움직이는 걸 보아 살아 있는 게 분명했다. 안심이 되지 않아 선학이는 개가 보이지 않을 때까지 뒤를 조심하며 걸었다.

멀리서 "빠아아아앙" 기적 소리가 들렸고 "철컥, 철컥" 느린 기차 소리가 뒤를 따랐다. 돌아보았지만 굽은 기찻길 때문에 멀리까지 보이지는 않았다. 뒤에서 들려오는 기차 소리가 점점 가까워졌다. 선학이는 약간 비탈진 길을 걸어 올라갔다. 이마에 송골송골 맺히던 땀방울이 이제는 줄줄 흐르고 있었다. 비탈길을 오르자 잎 넓은 플라타너스 한 그루가 나왔다. 서경이가 나무 밑 긴 의자에 앉아 기찻길을 내려다보고 있었다. 선학이가 다가가자 서경이가 제 옆자리를 가볍게 두드렸다. 선학이는 의자에 앉아 서경이의 눈길이 가 있는 기찻길을 내려다보았다.

곧 기차가 나타났다. 까만 몸체에 귤색 줄무늬가 그려진 디젤 기관차는 집 옆으로 지나가는 게 미안하다는 듯 숨을 죽여 천천히 객차를 끌었다. 기차 안도 더운지 다들 창을 열고 있었다. 물 마른 웅덩이에 모여 입 내민 붕어처럼 창마다 바람이 시원찮다는 표정을 한 얼굴들이 보여 있었나. 길지 않은 넉 대의 객차는 천천히 움직였어도 금세 멀어져 갔다.

"이사 오니까 어때?"

기차가 사라지자 서경이가 활짝 웃으며 물었다. 선학이의 대답은 시원치 않았다.

"그냥 그래."

"친구들 보고 싶지?"

"응."

"나도 그랬어. 곧 새 친구가 생길 거야."

조심스레 선학이가 물었다.

"서경아, 너 지난번 편지에서는 수술받았다고 했잖아. 그런데……"

"그런데 왜 다리를 저냐고?"

선학이가 고개를 끄덕였다. 서경이는 다시 기찻길 쪽으로 눈길을 돌렸다.

"수술이 좀 잘못됐대. 늦기도 했고."

"그럼 평생?"

서경이가 쓸쓸하게 웃었다. 잠시 동안 둘은 말없이 기찻길을 내려다보았다. 선학이는 진심으로 서경이에게 사과하고 싶었지만 입술이 풀로 붙여 놓은 것처럼 떨어지지를 않았다.

'이 목사님 말이야, 광주로 와서 훨씬 잘 풀린 것 같네.'

'누가 아니래요. 애초부터 현내 같은 데 있을 분이 아니었다니까요.'

'장인네가 그렇게 부자라며?'

'잘은 모르지만 광주에서도 다섯 손가락 안에 든다는 것 같아요.'

어젯밤 부모님의 이야기가 귓가에 윙윙거렸다. 서경이에게 선학이가 해 줄 수 있는 것은 아무것도 없었다. 망해서 도망 나오듯 현내를 빠져나온 선학이네가 광주에 자리를 잡게 된 것도 서경이네 도움이 있어서였다. 집도 일자리도 이 목사가 도와주지 않았으면 어림도 없었을 터였다. 그런 처지에 서경이에게 무엇을 해 줄 수 있을까? 미안한 마음을 어떻게 전하고 용서받을 수 있을까? 선학이 입에서 자기도 모르게 "휴우우" 한숨이 새어 나왔다.

"한숨 쉬지 마!"

서경이의 날카로운 목소리였다. 선학이는 자기도 모르게 움
찔 어깨를 움츠렸다. 제 소리에 제가 놀란 듯한 서경이가 선학
이의 팔을 잡았다.

"미안해. 소리 지르려고 한 게 아니었는데."

"괜찮아."

"한숨 쉬는 거 싫어. 우리 외할머니도 그러고 화순댁 아줌마
도 그래. 나만 보면 뒤돌아서 몰래 한숨을 쉬어. 그런 거 정말
싫어."

"다신 안 그럴게."

"고마워. 실은 나, 네가 이사 와서 참 좋아. 현내에 살던 일이
까마득하게 옛일처럼 느껴질 때가 많았는데, 네가 오니까 현내
에 살던 게 진짜처럼 느껴져."

"그래?"

선학이는 쑥스러운 표정으로 머리를 긁적였다. 서경이와 선
학이는 나무 그늘이 길어질 때까지 오랫동안 현내 이야기를 주
고받았다. 돌이라도 던지면 닿을 것처럼 무등산 이마가 가깝게
보이는 여름 오후였다.

그날 이후로 선학이의 마음은 늘 무거웠다. 종종 서경이와 마
주치거나 먼발치에서 서경이를 볼 때마다 서경이 발자국 소리
가 선학이 마음속에 크게 울려 퍼졌다. 서경이 다리를 원래대로
돌려놓을 수 있다면 무엇이라도 할 수 있을 것 같았다. 서경이

가 구름다리에 올라가기 전 시간으로 돌아갈 수 있다면, 그래서 서경이를 말릴 수 있다면 내일 죽어도 괜찮다고 생각하기도 했다. 승제가 왜 힘으로라도 서경이를 말리지 않았는지 새삼 원망스럽기도 했다. 그러나 상상은 상상일 뿐 선학이의 마음을 가볍게 해 주지 못했다. 차츰 선학이는 방에만 틀어박혀 있게 되었다. 서경이를 볼 때마다 서경이 발자국 소리가 '너 때문이야! 너 때문이야!' 하듯 가슴속에 울리는 메아리를 참을 수 없었기 때문이었다.

구월이 되자 선학이도 서경이가 다니는 산수 초등학교에 다니게 되었다. 서경이와 같은 반이 되지는 않았고 은성이와 같은 이 반이 되었다. 학교에서 선학이는 은성이 못지않게 조용한 아이였다. 묵묵히 공부만 한 선학이는 시험을 볼 때마다 고현 초등학교 때보다 더 높은 점수를 받았다. 같은 반 친구들은 선학이를 얌전하고 공부 잘하는 아이라고 생각했다. 서경이도 선학이가 공부를 잘한다는 소문을 듣고는 자기 일처럼 기뻐해 주었다. 서경이는 광주에 돌아와서는 공부를 열심히 하지 않았는지 반에서 십 등 안팎에 드는 게 보통이었다. 선학이는 더 열심히 공부해야겠다고 결심했다. 밖에 나가지 않고 방 안에서 공부만 하는 건 서경이를 기쁘게 해 줄 수 있는 방법이기도 하고 서경이를 덜 볼 수 있는 방법이기도 했다.

혼자서 책을 읽거나 공부를 하면서 가을 겨울이 가고 새로운 봄이 왔다. 선학이는 반에서 늘 일이 등을 했고 육 학년 때도 은성이와 같은 반이 되었다. 말이 없는 은성이였지만 교회 친구이면서 같은 반 친구이기도 한 선학이에게는 전과 달리 한두 마디쯤 건네기도 했다. 시간이 갈수록 선학이와는 반대로 서경이는 점점 밝아지는 것 같았다. 어른들은 그런 애가 없다며 기특해했지만, 그런 이야기를 들을 때마다 선학이는 서경이 혼자만의 속병이 보이는 것 같아 가슴이 찌르듯이 아팠다.

육 학년 일 년은 고양이가 돌팔매를 피하듯 빨리 지나갔다. 봄에 목포로 잠깐 수학여행을 다녀오고 졸업 앨범 사진을 찍자 그만이었다. 광주로 이사 온 지 어느새 일 년 반이 넘었다. 선학이 아버지 일은 일씨삼지 자리가 잡혔고 선학이 어머니도 시장에 좌판을 벌이게 되었다. 선학이 키도 작년보다 사 센티미터 더 자랐다.

11월을 며칠 앞둔 어느 날 대통령이 암살당했다. 십팔 년 동안 대한민국을 통치해 온 군인 출신 대통령은 결국 부하의 권총에 맞아 세상을 떴다고 했다. 며칠 후 애국 조회에 어린이회장이 나가 추모사를 읽었고 슬픔이 북받친 아이들은 아버지라도 돌아가신 것처럼 울음보를 터뜨렸다. 처음에는 여학생 몇이서 흑흑거렸지만 결국 열 맞춰 서 있던 전체 학생들이 눈물을 흘리며 추모사를 들었다. 애국 조회 때마다 온몸을 비틀며 갑갑해하던 오륙 학년 남자 애들마저 반질반질한 소매로 눈물을 닦아냈다.

오래지 않아 굵은 뿔테 안경을 쓴 새 대통령이 취임했다. 깡마르고 금방이라도 큰 소리로 구령을 터뜨릴 것 같던 전번 대통령보다 훨씬 자상해 보이는 새 대통령이었지만 아이들에게는 관심 밖이었다.

새 우표가 나오는 날마다 아침 일찍 우체국으로 달려가는 선학이는 제10대 대통령 취임 기념 우표를 사서 우표첩에 소중하게 간직했다. 새 대통령이 취임했지만 시내 여기저기서 시위하는 사람들의 구호 소리, 함성이 끊이지 않는 겨울이었다.

아이들은 날마다 초록빛 교회에 모였다. 야학 선생님들은 중고등학교에 올라가는 학생들을 모아 특별 학습을 실시했다. 수업이 끝나면 아이들은 따뜻한 난롯가에 모여 고구마나 밤을 구워 먹으며 놀았다. 어린애 키만 한 톱밥통에 가득 채워 넣은 톱밥이 다 탈 때쯤이면 해가 지게 마련이었다. 서경이가 몇 번이고 교회에 나와 함께 공부하자며 졸랐지만 선학이는 쑥스러운 듯 고개를 저으며 집에 남았다. 겨울이 되어 일감이 끊긴 아버지와 장기도 두고 같이 책도 읽으며 겨울방학을 보낸 선학이는 이듬해 봄 충장 중학교에 입학했다.

13. 은성이

"학교 다녀오겠습니다!"

"오냐, 차 조심하고."

"예!"

합창처럼 다섯 사람의 목소리가 동시에 울려 퍼졌다. 아침밥을 먹고 나면 완도댁 할머니의 집은 장터처럼 소란스러웠다가 학생들이 문을 나선 다음부터는 절간처럼 조용해졌다. 돌아올 때는 각각이지만 나갈 때는 함께 집을 나서는 것이 완도댁 할머니네 대학생들의 약속이었다. 수업이 있든 없든 일찍 가서 밝고 조용한 도서관에 자리를 잡아 공부하는 것이 하루의 첫 일이었다.

근저의 조선 대학교에 다니는 다섯 명은 전공이 각각 달라서 용일은 국문학과, 강진에서 온 명식은 사학과, 완도에서 온 근수는 의예과, 곡성에서 온 창원은 철학과, 함평에서 온 병석은 토목공학과에 다녔다. 근수와 용일이 일 학년이었고 병석과 창원은 이 학년, 명식은 삼 학년이었지만 병석이 군대를 다녀왔기 때문에 나이가 가장 많았다. 다들 시골에서 광주로 유학을 온 셈이었다.

완도댁 할머니는 이들을 친손자처럼 아껴 주었다. 방 청소며 빨래, 식사까지 손자를 대하듯 정성스레 챙겨 주는 완도댁 할머니에게 가끔 광주로 아들을 보러 나오는 부모들은 고마운 마음에 몇 번이고 머리를 숙였다.

"하숙비 받았으면 받은 만큼 해 줘야 쓰지, 안 그러면 쓰간디?"

완도댁 할머니는 인사를 받을 때마다 당치 않은 말 말라는 듯 한마디를 빼먹지 않았지만, 무뚝뚝한 말투와 달리 마음속은 사월의 남해 바다처럼 푸근하다는 것을 모두들 알고 있었다.

외동으로 자란 선학이는 여태껏 형이나 누나가 있는 친구를 부러워했지만 지금은 아니었다. 비록 친형은 아니지만 다섯 명이나 되는 대학생 형들이 단번에 생긴 것이다. 집에 돌아오면 늘 이야기 상대가 있는 것도 좋았고 뭔가 배울 게 많은 것도 좋았다. 기타를 잘 치는 창원에게 더듬더듬 기타도 배웠고 명식에게는 가랑이 아픈 태권도 발차기도 배웠다. 공부하다 막히는 게 있으면 쪼르르 근수에게 달려갔다. 근수는 제 공부가 바쁠 때라도 선학이가 내민 문제를 찬찬히 알기 쉽게 설명해 주었다. 선학이는 종종 형들 방에서 잠을 잤다. 책이며 옷가지가 널려 있는 방은 지저분했지만 깔끔하게 정리된 방보다 오히려 마음이 편했다. 야릇한 냄새도 남자만의 냄새려니 생각하면 같은 편이 된 것 같은 생각마저 들었다.

선학이 부모님도 선학이를 귀여워해 주는 대학생들을 고맙게 생각했다. 어머니는 종종 과일을 푸짐하게 사 오거나 솜씨를 낸 도시락 반찬을 만들어 주었고 아버지는 종종 근처 막걸리집으로 술 좋아하는 창원과 명식을 불러냈다. 남자들은 남자들끼리 통하고 여자들은 여자들끼리 잘 통했지만 숫자 많은 남자들보다 둘뿐인 여자들이 더 큰 목소리를 내는 것이 완도댁 할머니의 집이었나.

"선학아, 형 간다!"
"잠깐! 잠깐! 진짜 잠깐만!"
선학이는 변소에서 마지막 힘을 주며 잠깐을 외쳤다. 일 초가 급한 용일은 변소 밖에서 발을 동동 굴렀다. 마치 볼일이 급해 쩔쩔매는 것처럼 보였다. 화장실 안에 쭈그리고 앉아 있는 선학이도 안절부절못하기는 마찬가지였다. 조금만 더 지체하면 용일이 혼자서 가 버릴 것 같았다. 선학이는 재빨리 뒷마무리를 하고 변소 밖으로 나왔다. 용일은 선학이가 변소에서 나오자마자 골목길로 내달렸다. 마루에 놓아둔 책가방을 챙긴 선학이는 놓칠세라 허겁지겁 용일을 쫓아갔다.

이 목사는 광주에 내려와서도 야학을 열었다. 교회가 자리잡은 동네에는 어려서 학교를 그만두었거나, 아예 학교를 다니지 못했거나, 학교에 다니긴 하지만 집에서는 공부할 장소가 없는 사람들이 많았다. 열이면 열, 손바닥만 한 부엌도 귀한 방 한 칸에 살고들 있기 때문에 집에 돌아온 청소년들이 차분하게 공부할 공간을 가지기란 쉬운 노릇이 아니었다. 때문에 교회에 다니는 사람이든 다니지 않는 사람이든 구별 없이 와서 공부할 수 있는 이 목사의 야학은 항상 서른 명이 넘는 학생들로 북적댔다.

야학은 검정고시반과 한글반, 중고등학교 공부반으로 나뉘었다. 용일은 검정고시반을 거쳐 대학에 들어갔고 지금은 검정고시반과 한글반을 가르치고 있었다.

용일이 나무 문을 슬며시 밀자 경첩에서 삐그덕 쇠 갈리는 소리가 났다. 안에 있던 사람들의 머리가 약속이나 한 듯 문을 향해 돌아갔다. 선학이는 사람들의 시선이 쑥스러워 용일의 등에 바짝 달라붙었다.

교회의 긴 나무 의자들은 세 분단으로 나뉘어 있었다. 철로 쪽 벽이 중고등학교 공부반, 반대쪽이 한글반, 앞쪽이 검정고시반이었다. 중고등학교 반에는 서경이와 은성이, 낯익은 남학생 한 명이 앉아 있었고 검정고시반에는 십대 후반부터 사십대 초반까지 열한 명이 앉아 공부하고 있었다. 한글반 자리는 비어 있었다.

선학이가 다가가자 서경이가 반색을 하며 반겼다.

"너도 나오기로 했구나!"

"응."

"잘됐다. 여기 앉아, 여기."

서경이가 제 옆자리에 있던 가방을 옮겨 놓으며 선학이를 불렀지만 선학이는 겸연쩍게 웃으며 서경이 뒷자리에 앉았다.

"야, 넌 공부 잘하잖아. 여긴 왜 왔냐?"

서경이 앞에 앉아 있던 중학교 삼 학년 경훈이가 비꼬았다.

"오빠는, 우린 뭐 공부 못해서 와 있는 줄 알아?"

"아니었냐?"

서경이가 경훈이를 향해 눈을 흘겼다.

"조용!"

용일에게 수업 진도를 설명해 주고 있던 창원이 나지막한 목소리로 말했다. 창원이 다시 용일과 이야기를 시작하자 서경이는 앞에 앉아 있는 경훈이의 등을 따끔하게 꼬집었다. 흠칫 놀란 경훈이가 홱 뒤를 돌아보는 서슬에 의자가 삐걱거렸다. 눈살을 찌푸린 창원과 눈이 마주친 경훈이는 아무 말도 못하고 다시 책 속에 얼굴을 묻었고 서경이와 선학이는 고개를 숙이고 소리 죽여 웃었다. 서경이 옆에 앉아 있는 은성이는 아무 소리도 들리지 않는 것처럼 얼굴 한번 들지 않고 공부에 빠져 있었다.

재깍거리는 벽시계 소리가 들렸다. 연필에 힘주어 글씨를 쓰는 소리가 다각다각 들렸고 책장 넘기는 소리도 팔락팔락 들렸다. 가끔 손을 번쩍 드는 학생이 있으면 용일과 창원이 번갈아

가며 속삭이는 목소리로 모르는 부분을 알려 주었다.

선학이가 수학 숙제를 마치고 영어 예습을 시작할 무렵 용일이 나지막하게 말했다.

"잠깐 쉬겠습니다."

자리에 앉아 있던 사람들이 제각기 어깨를 폈다. 경훈이가 기지개를 켜는 척하면서 서경이의 머리통을 쿵 때렸다.

"아야!"

서경이가 머리를 싸안자 경훈이는 모르는 척 교회 밖으로 나갔다. 영문을 모르는 선학이는 양손으로 머리를 싸안은 서경이를 보고 어쩔 줄 몰라 했다.

"서경아, 왜 그래? 어디 아프냐?"

"많이 아파? 응?"

은성이와 선학이가 교대로 물어보았지만 서경이는 쉬는 시간이 끝날 때까지 얼굴을 들지 않았다. 십 분이 지나자 밖에 나간 사람들이 들어왔다. 고개를 든 서경이의 얼굴은 자두처럼 빨개져 있었다. 경훈이가 시치미를 떼며 털썩 자기 자리에 앉았다.

"윽!"

벌에라도 쏘인 것처럼 경훈이가 벌떡 일어났다. 사람들의 눈길이 경훈이에게 쏠렸다. 경훈이가 앉은 자리에 딱딱한 풀 뚜껑이 놓여 있었다.

"어머, 한참 찾았는데 거기 있었네. 은성아, 네 풀 뚜껑 찾았어."

서경이가 풀 뚜껑을 집어 들며 호들갑스럽게 말했다. 빨개진 볼로 싱긋 웃으며 경훈이를 올려다봤다.

"오빠, 어디 아파?"

"별일 아니면 빨리 앉아라."

용일이 한마디 하자 경훈이는 엉덩이를 문지르며 자리에 앉았다. 분한 나머지 씩씩거리는 숨소리가 선학이에게도 들렸다. 선학이는 빙긋 웃으며 앞자리에 앉은 두 아이를 무심코 바라보았다. 소리 죽여 킥킥대는 서경이 옆에서 환한 미소를 짓고 있는 은성이의 옆얼굴이 선학이 눈에 가득 들어왔다. 긴 머리칼을 빨간 고무줄로 질끈 동여맨 은성이의 하얀 목덜미에 난 솜털이 유독 눈에 띄었다. 실핏줄이 비칠 것처럼 투명한 귓불과 보조개가 쏙 팬 볼, 작지만 오뚝한 콧날이 사진 찍듯 선명하게 선학이 눈에 들어왔다.

어느새 선학이 얼굴에서 웃음이 사라져 있었다. 누군가 뒤에서 머리를 붙잡고 있는 것처럼 선학이는 은성이에게서 눈을 뗄 수가 없었다. 갸름한 턱에 선학이의 눈길이 머물고 있을 때 갑자기 은성이가 고개를 돌려 선학이를 보았다. 선학이는 깜짝 놀라 책에 얼굴을 묻었다. 곧 서경이도 은성이도 공부에 열중했지만 선학이는 도대체 지금 읽고 있는 부분이 어떤 내용인지 머릿속에 들어오지 않았다. 눈앞에서 하늘거리는 은성이 머리칼에 신경이 쓰여서였다. 어깨를 넘는 은성이의 머리카락은 거미줄처럼 가늘고 부드러워 보였다. 은성이가 머리를 움직일 때마다 찰랑대는 머리칼에서 향기가 나는 것 같아 아무도 모르게 숨을 깊이 들이쉬기도 했다.

일 년 반이 넘게 은성이와 같은 교실에서 공부했으면서도 오늘 은성이 모습은 처음 보는 것처럼 낯설었다. 여태껏 은성이를 보아 오면서도 지금처럼 눈길이 가는 것도 처음 있는 일이었다. 선학이는 자기도 모를 제 마음에 어쩔 줄 몰라 하면서도 자꾸만 은성이를 훔쳐보았다. 그러고 싶지 않지만 눈길이, 마음이 말을 듣지 않았다.

'아, 모르겠다!'

선학이가 고개를 흔들고 있을 때 용일의 목소리가 들려왔다.

"오늘 밤도 수고하셨습니다. 내일은 말씀드린 대로 검정고시 반과 한글반의 월말 시험이니까 빠지지 마세요."

용일의 말이 끝나기가 무섭게 재빨리 몸을 돌린 경훈이가 서경이의 이마에 집게손가락으로 땅콩을 한 대 먹이고 달아났다. 끝날 시간 맞춰 가방도 미리 싸 둔 모양이었다. 불시에 습격을 당한 서경이가 벌떡 일어났을 땐 경훈이는 이미 교회 밖으로 사라지고 없었다.

선학이는 일요일이 더 바빴다. 숟가락을 내려놓자마자 몇 번이고 거울을 본 다음 초록빛 교회로 달려갔다. 야학에 나간 뒤로 생긴 버릇이었다. 아침 첫 예배는 순천으로 가는 첫 기차가 지나간 다음 시작되었다. 철커덕거리는 기차 소리가 충분히 멀어지면 이 목사는 작은 종을 울리고 예배 첫 기도를 시작했다. 선학이가 늘 앉는 자리는 철로가 내려다보이는 창가 자리였다. 쏟아져 들어오는 햇살이 따갑긴 하지만, 항상 앞쪽 가운데 자리에 앉는 은성이의 옆모습이 가장 잘 보이는 자리였다. 이 목사와 은성이와 선학이가 일직선이기 때문에 눈도 함부로 깜빡이지 않는 선학이를 누가 본다면 예배에 몰두한 것처럼 보일 터였다. 찬송가를 부르고 기도를 하고 설교를 듣는 동안에도 선학이는 은성이에게서 눈을 떼지 못했다. 예전 같으면 이 목사가 설교를 시작하자마자 흔들흔들 흔들바위처럼 잠 속을 헤맸을 테지만 이제는 아니었다. 은성이 모습을 마음 놓고 볼 수 있는 시간은 오로지 예배 시간뿐이었다. 예배가 끝나면 반을 나누어 성경 공부를 하는 시간이 있지만 그때는 은성이를 바라보기가 쉽지 않았다. 어쩌다가 눈이라도 마주치면 속이 뜨끔해 바람처럼 눈길을 돌리기 일쑤였다.

선학이네 성경 공부반 선생은 용일이었고 중학교 일이 학년 반의 학생은 남녀 합쳐 모두 아홉 명이었다. 날아가는 참새만 봐도 왁자지껄 시끄러워지는 중학생들이었지만 용일은 별로 힘들이는 것 없이 아이들을 이끌어 나가고 있었다. 껑충한 키에 마른 듯한 몸매였지만 용일의 목소리는 깊고도 맑았다. 아이들은 무엇에라도 홀린 것처럼 용일의 목소리에 귀를 기울였다. 허무맹랑한 옛날이야기처럼 들리기 쉬운 성경 이야기를 솜씨 좋게 요즘 세상에 적용시키는 용일의 성경 수업은 아이들의 넋을 빼놓기에 충분했다. 하지만 말씀씨만 믿고 준비를 게을리하는 용일은 아니었다. 일 주일 동안 틈틈이 기도하고 깊이 생각한 용일의 성경 이야기는 주일 학교 교사들 중에서도 유독 돋보였다. 네 개의 성경 공부반이 교회 구석마다 자리잡고 각각 목소리를 높이기 때문에 교회 안은 시장에라도 온 것처럼 떠들썩했다. 때문에 용일은 일찌감치 교회 밖 나무 그늘로 자리를 옮겼다. 아직 사월 초라 그늘 밑이 약간 선선하게 느껴졌지만 아이들을 집중시키는 데는 그편이 더 나았다.

"결론을 내리자면 하나님의 사랑은 무조건 편을 들어 주는 그런 사랑이 아니란 거야. 예를 들어서 사랑하는 아들이 도둑질을 하고 다니는데 그걸 숨겨 주는 게 사랑이 아니라는 거지. 혼도 내고, 말 안 들으면 때리기도 해서 바르게 잡아 주는 그런 아버지가 아들을 더 사랑하는 거야. 알았어요?"

"네!"

아이들이 입을 모아 대답했지만 선학이는 입을 열지 않았다. 선학이 눈은 은성이에게 못 박혀 있었다. 앞자리에 앉은 은성이는 진지한 얼굴로 용일을 바라보고 있었다. 출석을 부르고 나서부터 은성이는 내내 용일에게서 눈을 떼지 않았다. 선학이는 설마 하며 혼자서 앓아 온 추측이 맞아 들어가는 것을 느낄 수 있었다. 용일을 바라보는 은성이의 눈빛에는 뭔가 다른 게 있었다. 뭐라고 꼭 집어 말할 수는 없지만, 따듯하고 보드라운 마음이 가득한 눈빛이었다. 다른 누구에게서도 본 적이 없는 눈빛이지만 선학이는 그게 무엇을 뜻하는지 알 수 있었다. 은성이를 볼 때마다 선학이 마음속에서 자기도 모르게 솟아나는 그런 감정. 하지만 은성이의 눈빛에는 선학이에게 없는 게 하나 담겨 있었다. 초조하고 왠지 목이 마른 선학이와 달리 은성이는 여유로워 보였다. 그 이유를 모르는 선학이는 가슴 한구석이 막힌 듯 답답할 뿐이었다.

"기도합시다."

용일과 아이들이 일제히 눈을 감으며 머리를 숙였다. 선학이도 눈을 감았지만 용일의 기도는 귓전에서만 맴돌 뿐이었다.

용일이 기도를 마치자 아이들은 제가기 뿔뿔이 흩어졌다. 전심을 먹으러 집에 돌아가는 아이도 있었고 교회에 남아 노는 아이들도 있었다. 선학이는 나무 그늘에 앉아 무등산을 바라보았다. 장원봉 아담한 봉우리 너머로 듬직하고 훤칠한 무등산이 든든하게 자리를 잡고 있었다. 참새 몇 마리가 솟았다가 내렸다가 부산하게 산 쪽으로 몰려갔다. 수선스러운 참새 따위는 모른다는 듯 제비 두어 마리가 날렵하게 하늘을 가르며 날아갔다.

"선학아, 뭐 하냐?"

"응? 뭐?"

축 늘어져 있는 선학이의 어깨를 툭 밀친 사람은 같은 학교에 다니는 규민이였다. 중학교에 들어가서 알게 된 친구지만 얼마 전 규민이네가 선학이네 동네로 이사 오면서 부쩍 친해졌다.

"혼자서 뭐 하냐니까?"

“아무것도 안 했어. 아무것도.”

규민이는 선학이 옆에 털썩 주저앉았다.

“너 걱정 있냐? 뒤에서 보니까 꼭 구멍 난 축구공같이 쭈그리고 있던데.”

“그런 거 없어.”

“진짜?”

“진짜!”

“우표첩을 걸고도?”

“뭐? 그건 좀……”

우표첩은 선학이의 보물 1호였다. 규민이도 우표첩을 가지고 있긴 하지만 선학이처럼 깨끗하고 보기 좋게 정리해 놓은 일급 우표첩은 아니었다. 새 우표가 나올 때마다 우체국에 달려가 낱장, 명판, 수집용 시트, 초일 봉피를 종류대로 사서 깔끔하게 배열해 놓은 선학이의 우표첩을 규민이는 퍽 탐내고 있었다.

예상치 못한 규민이의 기습에 말문이 막혀 버린 선학이는 우물쭈물대다가 벌써부터 웃고 있던 규민이와 눈이 마주친 순간 뒤통수를 긁적이고 말았다.

“말할 거지? 무슨 일이야?”

“그게, 말하기가 좀 그런데. 뭐냐 하면 말이야……”

“아 참, 답답해 죽겠다.”

“저기 말이야.”

“응!”

“저기······”

집게손가락으로 이마를 긁적이며 한참이나 뜸을 들이는 선학이가 답답했는지 규민이가 먼저 자리를 깔았다.

“맞다, 틀리다 그거만 말해. 여자 문제냐?”

“맞아.”

“우리 교회 애야?”

“맞아.”

“우리 학년이냐?”

“응.”

“서경이?”

“아니.”

“수미?”

“아니.”

“은성이야?”

“응.”

선학이의 대답을 들은 규민이가 동그래진 눈으로 선학이를 바라보았다.

“은성이라고?”

선학이는 침을 꿀꺽 삼키며 고개를 끄덕였다. 그런 선학이를 보며 규민이는 긴 한숨을 쉬었다.

“선학이 너, 은성이가 용일이 형 좋아하는 거 몰라?”

선학이는 규민이 말에 눈길을 돌려 기찻길을 바라보았다. 반짝반짝 닦인 기찻길 옆으로 한결 색이 짙어진 개나리가 휘청휘청 바람에 흔들리고 있었다. 혼자 착각한 것이길 얼마나 바랐는지 모른다. 어렵겠지만 용기를 내어 은성이에게 이런 마음을 이야기하면 은성이가 따듯하게 미소 짓는 것으로 혼자만의 마음고생은 끝나 버리고 둘은 마음을 터놓는 좋은 친구가 되고, 시간이 더 흐르면 그것보다 더 특별한 사이가 될 수 있을 거라고 혼자 상상했다. 하지만 그건 은성이가 용일이 형을 좋아하지 않을 때 가능한 일이었다. 혼자만의 착각이길 바랐지만 규민이까지 그렇게 생각하고 있다면 그건 이미 틀림없는 사실이었다.

"그걸 어떻게 아냐?"

선학이는 무너지는 것 같은 마음을 숨기려고 일부러 퉁명스럽게 물었다. 규민이가 이맛살을 찌푸리며 대답했다.

"알 만한 애들은 다 알아. 은성이 눈치 보느라고 말을 안 해서 그렇지, 벌써 소문 다 났는데, 뭐."

"그렇구나."

선학이는 고개를 뚝 떨어뜨렸다. 은성이는 같은 또래지만 서너 살은 더 먹은 것처럼 어른스러웠다. 바람만 불어도 깔깔대는 또래 여자 애들과 달리 항상 침착했고 말하는 것도 차분했다. 어지간해서는 웃지 않았지만 그래도 쌀쌀맞게 느껴지지 않았고 한번 웃을 때면 보는 사람의 마음이 온통 화사해지는 것 같았다. 당연히 아이들도 은성이를 함부로 대하지 못했고 어른들도 은성이를 대할 때만큼은 뭔가 달랐다. 그런 만큼 은성이가 직접 말하기 전까지는 아이들이 쉬쉬 하며 비밀을 지키는 것도 이상한 일이 아니었다.

"야! 밥 먹어라!"

교회 옆에 혹처럼 붙은 부엌에서 용일이 소리를 질렀다. 공사장에서 쓰다 남은 나무판자로 벽을 치고 양철 판으로 지붕을 덮은 부엌은 서너 명 들어서면 움직이기도 힘들 만큼 비좁았지만 일요일마다 교회에서 식사를 해결하는 스물댓 명분의 밥은 문제없이 지어 낼 수 있었다. 국이며 반찬도 솜씨 좋은 아주머니들이 순번대로 장만했고 설거지는 청년들 차지였다. 선학이와 규민이가 들은 척도 하지 않자 마음 급한 용일이 이쪽으로 달려왔다.

"밥 먹으라니까 뭐 해? 지금 안 오면 밥 없어!"

"안 먹어요."

휙 등을 돌린 선학이는 터벅터벅 집으로 향했다. 황당한 용일이 규민이에게 물었다.

"쟤 왜 저러냐?"

"몰라요. 오늘 반찬이 뭐예요?"

규민이는 슬쩍 말을 돌렸다.

"응? 오늘 반찬? 풋마늘하고 돌나물 무침에 쑥국이다."

"에이, 풀밭이네, 풀밭."

"싫으면 말고."

"누가 싫대요?"

용일을 따라가던 규민이가 뒤를 돌아보았다. 어깨가 처진 선학이는 소금에 절인 배추 같았다. 용일이 건네주는 식판을 받아 첫 숟가락을 뜨며 규민이는 밥을 다 먹는 대로 선학이를 찾아가야겠다고 생각했다.

14. 무등산의 이마가 푸르러지던 사월

"오늘 하루도 수고하셨습니다."

용일의 힘찬 목소리가 조용한 교회 안에 울려 퍼졌다. 또각또각 공책 위에 연필심 부딪치는 소리, 책장 넘기는 소리만 들릴 만큼 고요하던 교회당 안이 갑자기 웅성거리기 시작했다. 제각기 책들을 가방에 꾸려 넣으며 옆 사람과 이야기 나누는 소리에 교회 안은 잠시 학교의 하교 시간처럼 소란스러워졌다. 마룻바닥에 나무 의자 끌리는 소리, 집에 가는 방향이 같은 사람을 찾는 소리, 굼뜬 사람을 재촉하는 소리가 한데 어울려 어둑어둑하던 계림동 한구석이 문득 환해지는 듯싶더니 잠시 후 사람들이 제각기 흩어지자 교회 앞 큰 등은 미련 없이 꺼져 버렸다. 교회에 남은 사람은 야학 선생인 용일, 창원, 명식과 야학 학생 대표 세 사람, 문 옆 의자에 앉아 있는 선학이뿐이었다.

함께 집에 가려고 기다리는 선학이에게 용일이 말했다.

"오늘은 바자회 준비 모임 때문에 좀 늦을 것 같으니까 너 먼저 가라."

선학이는 고개를 끄덕이며 가방을 들었다. 교회 문을 닫자 눈앞은 캄캄한 어둠이었다. 어둠이 눈에 익기까지 선학이는 잠시 동안 가만히 서 있었다. 차츰차츰 어둠에 묻혀 있던 나무며 집들이 윤곽을 드러내기 시작했다. 달이 없을 뿐 하늘에는 오늘따라 많은 별들이 푸르게 총총 빛나고 있었다. 선학이는 집을 향해 걸음을 옮겼다. 어두컴컴한 골목길이 으스스해 일부러 쿵쿵 걸음을 내딛는데, 플라타너스 나무 뒤에서 꿈틀 움직이는 그림자가 눈에 띄었다. 깜짝 놀란 선학이는 그 자리에서 한 발짝도 뗄 수 없었다. 어두운 나무 그늘 밑, 둥치에 절반쯤 가려 있는 까만 그림자는 사람이 틀림없었다. 선학이 머릿속에 이런저런 생각들이 휘리릭 소리를 내며 책장처럼 넘어갔다.

'강도? 귀신? 도둑? 도깨비?'

선학이가 나무 그늘을 바라보며 움직이지 않자 그늘 밑의 그림자는 어쩔 수 없다는 듯 입을 열었다.

"선학아, 나!"

"유은성?"

입 안이 바짝 말라 있었기 때문에 목소리까지 갈라졌다.

"응."

"거기서 뭐 하냐?"

“선생님 기다려. 뭐 좀 물어볼 게 있거든.”

“선생님? 용일이 형?”

“응.”

은성이가 그늘 아래서 주춤주춤 걸어 나왔다. 선학이도 은성이를 향해 몇 발짝 옮겼다. 나무 그늘을 벗어난 은성이 얼굴을 확인하자 선학이는 몰래 한숨을 내쉬었다. 아직도 심장이 둥둥대고 있었지만 놀랐다는 기색을 보이고 싶지는 않았다.

“용일이 형 나오려면 한참 멀었는데. 집에 안 가?”

“조금 늦게 가도 돼. 선생님한테 바래다 달래도 되고.”

“내가 바래다 줄까?”

선학이는 자기도 모르게 불쑥 튀어나온 말에 깜짝 놀랐지만 말해 놓고 나니 차라리 잘했다는 생각도 들었다. 은성이를 바래다 준다고 생각하니 주먹에 불끈 힘이 들어가는 것 같았다.

“아니, 괜찮아. 정말 궁금한 문제가 있어서 선생님한테 물어보려고.”

“무슨 문젠데? 내가 도와줄게.”

이번에는 용기를 내서 한 제안이었지만 가로젓는 은성이의 머리칼이 별빛을 잘게 부쉈다. 선학이는 눈도 깜빡이지 않고 은성이 머리칼을 바라보다가,

“그럼 잘 있어라!”

하고 힘없이 돌아섰다.

선학이의 축 처진 어깨를 바라보던 은성이가 나지막하게 선

246

학이를 불렀다.

"잠깐만…… 선생님 나오실 때까지 같이 기다려 줄래?"

선학이와 은성이는 플라타너스 그늘 아래로 들어가 놓여 있던 의자에 앉았다. 별빛마저 들지 않는 어두운 공간이 더없이 포근했다. 은성이 얼굴은 보이지 않았지만 향기로운 비누 냄새가 옅게 느껴졌다. 엄지와 집게 손가락으로 잡아 비비면 잘 익은 밤고구마처럼 곱게 부서질 듯한 은성이 목소리에서 따스한 숨결까지 느낄 수 있었다. 선학이는 아예 눈을 감았다. 귓속에 나지막하게 울리는 은성이 목소리에 온 신경을 집중시켰다.

"선생님은 왜 늦으시는 거니?"

"바자회 준비 한대. 니 바자회 가 봤어?"

"아니, 너는?"

"가 봤지. 얼마나 재미있는데."

다음 달이면 초록빛 교회 청년부에서 바자회를 열 예정이었다. 안 쓰는 물건들을 가지고 나와 싸게 팔기도 하고 교환도 하는 행사였다. 주로 옷이나 책이 많았지만 축구공이나 탁구채 같은 운동용품도 있었고 여학생들이 가져온 인형도 있었다. 어른들이 하는 바자회보다 청년들이 하는 바자회가 훨씬 재미있었고 살 만한 것, 볼 만한 물건들도 많았다. 규민이만 해도 두어 달 전 친구네 교회 바자회에 놀러 갔다가 가죽 농구공을 단돈 오백 원에 사 올 수 있었다. 고무 농구공도 천 원은 줘야 살 수 있는데 가죽 농구공이 오백 원이라면 거저나 다름없었다. 규민이의 횡재를 알고 있는 친구들은 다들 바자회를 눈이 빠지게 기다리고 있었다.

바자회에 가면 먹을 것도 많았다. 어른들의 바자회보다는 음식 종류가 많지 않지만 그래도 제법 맛나는 파전이며 떡볶이, 어묵 등 단골 음식들이 많았다. 가끔 짓궂은 청년들이 몰래 숨겨 들어온 막걸리가 한 컵씩 등장할 때마다 믿음이 독실한 청년들과 한바탕 언쟁이 있기도 했는데, 교회 어른들이 알세라 막걸리 주전자는 은밀하게 바자회장 밖으로 쫓겨 나갔다. 옷소매를 팔꿈치까지 걸어 올린 여학생들이 하얀 손으로 만들어 내는 음식은 왠지 더 맛있고 깔끔한 것 같았다. 그런 자리에서는 청년들이 괜히 서성대다가 쪽파를 다듬으라든지, 설거지를 해 달라는 여학생의 부탁을 받고서는 머리를 긁적이며 괜히 싫은 척 소매를 걸어 올렸다. 부탁을 받지 못한 청년들은 입을 모아 열심히 일하는 친구를 놀려 댔지만 실은 그 친구가 부러울 뿐이었다.

초록빛 교회 청년부에서도 오래전부터 바자회 계획을 세워 두고 있었다. 하루 즐겁게 웃으며 화목을 도모하는 모임도 좋겠지만, 일하며 공부하는 젊은 노동자가 많은 초록빛 교회에서는 좀 더 실제적인 도움을 줄 수 있는 알찬 바자회를 만들려는 계획이었다.

바자회 준비 모임을 주관하고 있는 명식이 먼저 입을 열었다.

"다들 알겠지만 우리 바자회는 많이 다를 거야. 실제적인 이

248

익이 많이 남는 바자회를 만들어야 하니까 좋은 의견들 좀 내
봐라."

"내 생각에는 일단 음식을 많이 만들어서 팔아야 할 것 같아.
옷이니 책이니 내놔 봐야 결국 안 팔리고 남으면 쓰레기거든.
다른 교회에서 보니까 음식을 만들어 팔아서 돈을 버는 것 같던
데 우리도 그렇게 했으면 좋겠어, 형."

창원이 거침없이 제 의견을 말했다. 명식이 고개를 갸우뚱거
리자 창원은 야학 학생 세 사람을 둘러보았다. 세 사람은 눈만
끔뻑일 뿐 입을 열지 않았다. 창원은 세 의견이 무시되는 것 같
았는지 목소리를 높였다.

"좋으면 좋나, 싫으면 어째서 싫나 말을 해 봐요. 바자회 하는
게 결국 돈 벌어서 좋은 일에 쓰자는 거 아닌가? 그럼 답은 뻔
하잖아."

야학 학생 중 창원이 또래의 봉수가 조심스럽게 말을 꺼냈다.

"저기요, 우리가 이런 일은 한 번도 해 본 적이 없어서 뭐가
뭔지 앞뒤는 잘 모르지만요, 놀자고 하는 잔치도 아니고 살림에
보탬이 되자고 하는 일이라면 어차피 돈 없는 사람들끼리니까
야박하게 돈으로 셈하지 말고 책도 서로 바꾸고 옷도 서로 바꾸
고 하는 게 더 좋겠는데요."

"거기 더해서 어른들한테 기증을 좀 받았으면 합니다."

용일이 입을 열었다. 창원을 뺀 나머지 사람들의 눈이 용일에
게 몰렸다. 용일은 깍지 낀 손을 내려다보며 말을 이었다.

“어른들한테 물건을 좀 기증받으면 바자회 내용이 더 풍성해
질 겁니다.”

“그거 좋은 의견이네.”

명식이 두어 번 작은 박수를 쳤다. 야학 학생들도 고개를 끄
덕였다.

“음식도 안 팔고 잡동사니만 쌓아 놨다가 바자회 망하면 어떻
게 할 건데? 누가 책임질 건데?”

창원이 볼멘소리로 딴죽을 걸었다. 용일은 옆에 앉은 창원의
어깨에 부드럽게 팔을 두르며 말을 시작했다.

“창원이 형, 그럼 우리 이렇게 해요. 다음 주에 전 교인에게
설문지를 돌리는 거예요. 자기가 필요해서 사고 싶은 물건 세
가지, 자기에게 있는 것 중 팔고 싶은 것 세 가지, 그냥 줘도 좋
은 것 세 가지, 누구에게 선물받고 싶은 것 세 가지, 이렇게 설
문을 해서 우리가 미리 교환 물품, 판매 물품, 증정 물품 목록을
만들어 조정을 좀 하는 거예요. 아무도 가지고 싶지 않을 것 같
은 건 가지고 나오지 못하게 하면 되지 않을까요?”

“좋은 생각이야. 훌륭해.”

명식은 항상 칭찬 인심이 후했다.

“하지만 창원이 말대로 음식이 빠지면 안 되니까 창원이 너는
자매들이랑 음식 판매 계획을 세워 줄래? 간소하고 깔끔하게
세워 봐. 잘 팔릴 음식으로.”

창원의 부어 있던 볼에서 바람이 빠졌다.

"설문지를 돌린다, 세 가지씩, 구체적으로 적을 수 있도록."

회의 내용을 수첩에 적은 명식이 마무리하듯 말했다.

"나는 동아리나 과사무실에서 기증받을 수 있는 게 있는지 알아볼게."

"학교에서도?"

"그럼, 형이 괜히 학생회 간부냐? 이럴 때 힘 좀 써 봐야지."

"멋져! 멋져!"

창원이 엄지손가락을 들어 보였다. 중요한 내용을 결론지은 청년들은 편안한 마음으로 음식은 뭐가 좋을지, 누구를 초대할 것인지 잡담처럼 이야기를 나눴다. "와하하하" 터지는 웃음소리도 교회 밖으로 새어 나왔다.

웃음소리가 들릴 때마다 선학이와 은성이는 교회를 돌아보았다. 금세라도 회의를 마치고 나올 듯하던 청년들은 뭐가 그리 재미있는지 연방 웃음소리만 높을 뿐 회의를 좀처럼 끝내지 않았다. 선학이는 마음속으로 회의가 더 길어지기를 바라고 있었다. 기다리다 못한 은성이가 포기하고 집에 돌아간다고 하면 집까지 바래다 줄 수 있기 때문이었다. 그런 선학이 마음을 아는지 모르는지 은성이는 웃음소리가 잦아들자 하던 이야기를 계속했다.

"빨리 어른이 되고 싶을 때도 있지만 늘 그런 건 아냐. 어차피 한번 지나간 시간은 다시 돌아오지 못하니까 되도록 천천히 행복하게 사는 게 더 좋을 거란 생각이 들어."

"그렇구나. 어떤 때 어른이 되고 싶은데?"

"그건……"

은성이가 갑자기 입을 다물었다.

"어떤 때 어른이 되고 싶냐니까?"

은성이가 고개를 잘래잘래 저었다.

"우리 다른 이야기 하자. 너 요즘에 무슨 책 읽니?"

'책? 책 이야기는 아까 했는데?'

선학이는 입 안에 맴도는 말을 침과 함께 꿀꺽 삼켰다. 선학이 주위를 둘러싸고 있던 따듯한 기운이 순식간에 날아가 버렸다. 작은 방에라도 들어가 벽에 등을 기대고 앉아 도란도란 밤 늦도록 이야기를 나누는 것 같던 오붓함이 허망하게 사라졌다.

'결국 너는 굳이 내가 아니라도 누구에게나 할 수 있는 그런 이야기를 하고 있었구나.'

마음속에 찬 바람이 휭 불어오는 것 같아 선학이는 몸을 웅크렸다.

"추워?"

'마음이 추워.'

선학이는 속으로만 대답했다. 선학이가 아무 말 없이 웅크리고 앉아 있자 은성이는 뒤꿈치로 톡톡 의자 다리를 건드렸다. 톡 톡 톡 톡 톡 톡.

어디선가 해사한 아카시아 향기가 날아왔다. 배가 부를 것처럼 짙은 향기였다. 선학이는 잠자코 아카시아 향기를 맡았다.

"향기 참 좋다."

은성이의 말에 선학이는 말없이 고개를 끄덕거렸다. 장원봉 쪽에서 소쩍새 울음소리가 들렸다. 둘은 말없이 꽃향기를 나눠 맡으며 소쩍새 울음소리를 들었다.

저벅 저벅 저벅 저벅, 소쩍, 저벅 저벅 저벅 저벅, 소오쩍. 구두 소리가 멈췄다.

"거기 있는 게 누구지?"

이 목사가 교회로 가던 걸음을 멈추고 물었다. 나무 밑에 있던 두 사람이 머뭇거리는 기색이 전해졌다.

"목사님, 지 선학인데요."

"은성이에요."

"밤늦게 뭐 하나? 부모님이 걱정하시겠다."

"예, 곧 가려고요."

"좀 기다려 봐라. 청년들한테 바래다 주라고 할 테니."

이 목사는 문을 열고 교회로 들어갔다. 선학이와 은성이는 나무 그늘에서 나와 문틈에 눈을 대고 안쪽을 살폈다. 이 목사가 들어가자 길게 누운 것처럼 편하게 기대 있던 청년들이 자세를 가다듬었다.

"곧 통금이 될 텐데 아직 할 얘기가 안 끝났나요?"

"다 끝났습니다. 전에 말씀드린 바자회 때문에 회의를 좀 하느라고요."

명식이 수첩을 펼쳤다.

"다음 달 중순쯤 하기로 결정했고요. 다른 바자회와 내용을 좀 다르게 꾸몄습니다. 물물교환을 중점적으로 진행하기로 했고 세부적으로……"

이 목사가 손을 들어 명식의 말을 그치게 했다.

"중간에 말을 막아서 미안하지만, 우리 바자회 건에 대해서는 좀 더 생각해 봐야 될 것 같습니다."

"무슨 말씀이시죠?"

창원과 용일이 한목소리로 물었다. 이 목사가 청년들 한 사람 한 사람과 눈을 맞추며 말을 꺼냈다.

"상황이 좋지 않아요. 한두 달 전보다 시국이 더 어수선해졌고 여러분도 알다시피 지금은 모든 집회가 금지되어 있는 비상 시국입니다. 특히 우리 교회는 청년부 활동이 활발하기 때문에 주목을 받고 있는데 바자회를 강행한다는 건 현실적으로 불가능하다는 생각이 들어요."

"전에는 괜찮다고 하셨잖습니까!"

"전에는 그랬지. 하지만 하루가 다르게 시국이 경직되고 있는 걸 여러분도 알고 있지 않아요? 시위도 나날이 거세지고 있고 정부에서는 사람들이 모이는 행사에 대해 드러내 놓고 탄압을 하고 있는데 일부러 화를 자초할 필요는 없겠지요. 엄밀하게 말하자면 우리 야학도 현 계엄하에서는 불법 모임입니다. 지금까지는 잘 꾸려 왔지만 전망이 불투명한 지금 같은 때 불필요한 마찰을 일으킬 필요는 없다는 생각이 들어요."

잠시 동안 교회 안이 고요해졌다. 청년들의 얼굴에서는 이미 웃음이 사라져 있었다.

명식이 수첩을 접어 책상 위에 올려놓으며 말했다.

"목사님, 몇 가지 묻고 싶은 게 있는데요."

"말해 봐요."

"지금 저희 모임에 사회적으로나 양심적으로, 신앙적으로 떳떳하지 못한 부분이 있습니까?"

"없습니다, 한 점도!"

"반대로 정부기 모든 집회를 금지하고 있는 긴 정부 스스로가 국민에 대해 떳떳하지 못하기 때문이라고 생각하는데요. 맞습니까?"

"그렇게 볼 수도 있습니다."

"그렇다면 옳지 않은 강제에 대해 스스로 복종하는 건 강제를 인정하는 것 아닌가요?"

"그게 그렇게 쉬운 문제가 아니라니까요."

이 목사는 땀이라도 닦는 것처럼 손등으로 이마를 훔쳤다. 청년들은 아무 말 없이 명식과 이 목사의 대화를 듣고 있었다.

"나는 여러분을 보호하고 싶어요. 앞으로 할 일도 많고 장차 큰일을 해야 될 여러분을 이런 사소한 일로 위험에 처하게 하고 싶지 않습니다."

"목사님, 이건 제 의견일 뿐입니다. 아직 우리 청년회 회원들과 열린 이야기를 나누지 않았으니까요. 하지만 비단 바자회를 열고 못 열고에 국한된 이야기가 아니기 때문에 꼭 하고 싶은 말이기도 합니다. 목사님이 저희들을 보호하고 싶어하시는 의도는 충분히 감사드리지만요, 저는 비겁하게 웅크려 있고 싶지는 않아요. 타협하고 싶지도 않고요."

"형!"

용일이 말하고 있는 명식의 팔을 잡았지만 명식은 아랑곳하지 않고 제 할 말을 끝냈다.

아랫입술을 지그시 물고 있던 이 목사가 다른 청년들을 향해 물었다.

"여러분 생각도 같습니까?"

야학 학생들이 고개를 끄덕였다. 창원과 용일은 침만 꿀꺽 삼킬 뿐이었다.

"알았으니 돌아들 가세요. 곧 통금입니다."

"안녕히 계세요."

청년들은 우르르 교회를 빠져나왔다. 기다리던 선학이와 은성이가 발딱 의자에서 일어났지만 심상치 않은 분위기에 눌려 입을 열지 못했다. 선학이와 은성이를 발견한 용일은 깜짝 놀랐다.

"너희들, 아직 안 갔어?"

"물어볼 문제가 있어서요, 선생님. 영어 문젠데요."

"내일 하자, 내일."

256

선학이는 굳은 얼굴로 지나치는 용일을 허겁지겁 쫓아갔다. 뒤돌아보며 손을 흔들었지만 은성이는 장승처럼 움직이지 않고 있었다. 용일과 선학이는 서로 모르는 사람처럼 제각기 깊은 생각에 빠져 묵묵히 걸었다. 집으로 돌아가는 어두운 골목길에 발소리만 둔탁하게 울려 퍼졌다.

"때르르릉!"

혹시나 건넌방의 서경이가 깰세라 이 목사는 재빨리 손을 뻗어 자명종의 꼭지를 눌렀다. 곧이어 통금 해제 사이렌이 울려 퍼졌다. 새벽 네 시, 먼동이 트기끼지 한 시간 반이 더 남은 창밖은 한밤처럼 어두웠다. 산밤에 늦게까지 잠들지 못했기 때문인지 머리가 묵직했고 눈도 뜨거운 것 같았다. 하지만 십오 년을 넘게 지켜 온 새벽 기상이었다. 몸이 아프거나 피곤하면 더더욱 기를 쓰고 몸을 일으켰다. 새벽 예배를 마친 후 다시 쓰러지더라도 하루의 시작을 하나님께 드리기로 한 약속은 지켜야 한다고 다짐했고 해가 더할수록 그 약속은 스스로의 양심에 무게를 더했다.

이 목사는 찬물을 받아 머리를 담갔다. 모근 속으로 바늘을 밀어 넣는 것처럼 짜릿한 느낌이 남아 있던 잠기운을 순식간에 몰아냈다. 세수를 마친 다음, 머리칼을 닦아 젖은 수건으로 벗은 윗몸을 고루 문질렀다. 사월이었지만 새벽 기운은 서늘하기 그지없었다. 이 목사는 이를 악물고 거침없이 윗몸 구석구석 냉

수 마찰을 했다. 수건이 지나간 자리마다 하얗게 김이 올랐다. 깡마른 몸이지만 열기만큼은 십대 못지않았다.

방으로 돌아와 옷을 차려입은 이 목사는 가방을 들고 시계를 바라보았다. 이십 분이 지나 있었다. 서경이가 자는 건넌방 문을 조용히 열었다. 서경이는 베개를 안고 잠이 들어 있었다. 무릎까지 내려간 이불을 올려 덮어 주고 서경이의 손을 잡았다. 이 목사의 손이 차가웠는지 서경이는 잠결에 손을 뿌리쳤다. 이 목사는 빙긋 웃으며 이불 위로 서경이의 발목을 잡았다. 보통 사람들처럼 부드럽게 굽혀지지 않는 서경이의 오른쪽 발목은 항상 부어 있었다. 정상적인 각도로 움직이지 않는 발로 걷고 뛰느라 서경이의 발목은 매일 혹사당하고 있었다. 서경이는 힘든 내색을 하지 않으려 애쓰고 있지만 이 목사는 힘들어하는 서경이의 몸과 마음을 잘 알 수 있었다. 서경이의 발목을 어루만지며 이 목사는 자꾸 되뇌었다.

'더 나은 선물을 주실 거야, 하나님께서. 하나님께서는 분명 너를 위해 준비하고 계신 게 있단다. 서경아, 힘내자, 우리!'

이 목사는 따듯해진 손으로 서경이의 머리를 몇 번 쓰다듬은 다음 집을 나섰다. 몇 명 안 되지만 그래도 새로운 하루를 예배로 시작하려는 성도들을 맞기 위해 초록빛 교회로 걸음을 옮겼다. 하늘은 조금씩 밝아지고 있었지만 튀어나온 처마가 하늘을 반 넘게 가린 골목길은 여전히 어두웠다. 아침 일찍 집을 나서기 위해 일어나는 사람들이 불을 켜자 골목길로 난 들창이 하나

둘씩 환해지기 시작했다.

교회의 불이 환하게 밝아졌고 인근 집들도 저마다 불을 켜고 새벽을 맞았다. 집집마다 켜진 전등불은 새벽 하늘이 밝아 오자 곧 꺼졌다. 일 분이 다르게 밝아지는 아침 햇살 속에 동네가 점점 깨어나기 시작했다. 두부 장수의 종소리와 아침부터 줄달음질치는 발자국 소리, 개 짖는 소리, 잠꾸러기 아이를 깨우는 소리가 여기저기서 들려오는 가운데 골목 입구 가로등은 켜진 채로 점점 빛을 잃어 갔다.

15. 학생의 본분

"군사 정권, 독재 정권, 물러가라! 물러가라! 물러가라!"

"빵! 빠바방! 빠바방! 빵! 빵!"

시내 쪽에서 함성 소리가 들려왔고 대답처럼 최루탄 터지는 소리가 뒤를 따랐다.

"또, 또 지랄이네. 야, 창문 닫아!"

창가 쪽 아이들이 일제히 일어나 창을 닫았다. 사월의 햇살이 운동장 가득 눈부시게 들어차 있는 삼 교시 시간이었다. 삼 교시 수업이 시작되자마자 들려오기 시작한 함성 소리에 아이들이 먼저 공부할 마음을 잃었다. 한 손에는 교과서를 들고 한 손에는 두 뼘 길이의 대뿌리 막대를 들고 있던 도덕 선생이 교과서를 교탁 위에 내려놓았다. 가볍게 쥔 대뿌리 막대를 왼손 손바닥에 탁탁 쳐 가며 창가를 어슬렁거리다가 갑자기 주변을 불렸다.

"주번! 오늘이 며칠이냐?"

"이십일 일인데요."

"나와 봐!"

도덕 선생의 말이 떨어지자 걸렸다 싶은 표정으로 고개를 숙이고 있던 일 번, 십일 번, 이십일 번, 삼십일 번, 사십일 번, 오십일 번이 줄줄이 앞으로 나갔다.

"육십일 번은 없냐? 왜 여섯 명이야?"

"육십일 번 전학 갔는데요."

"알았다. 너희들 순서대로 칠판 앞에 서 봐."

아이들이 칠판 앞에 번호대로 서자 도덕 선생은 대뿌리 막대로 한 명씩 지적하며 말했다.

"세속오계, 삼강, 오륜, 고조부부터 부친까지 성명, 너는 본적하고 현주소, 너는 국민교육헌장 써라."

국민교육헌장을 과제로 받은 오십일 번의 얼굴이 환하게 밝아졌다. 한문으로만 써야 하는 다른 아이들과 달리 국민교육헌장은 한글로 써도 괜찮기 때문이었다. 도덕 선생은 시간만 나면 아이들에게 세속오계나 삼강오륜을 외워 쓰게 했다. 덕분에 아이들의 한문 실력이 약간 는 건 사실이지만 시도 때도 없이 불쑥 시작되는 즉석 시험은 아이들에게 공포의 대상이었다. 한 자 틀릴 때마다 대뿌리 막대로 한 대, 학기 초부터 유명하던 도덕 선생의 깨달음의 매였다. 공부를 잘하는 일 번과 이십일 번은 거침없이 임전무퇴(臨戰無退), 살생유택(殺生有擇), 군신유의(君臣有義), 부부유별(夫婦有別) 같은 사자 성어를 쓱쓱 써 내려갔지만 나머지 아이들은 몇 자 적어 놓고 인상만 찌푸리고 있을 뿐이었다. 오십일 번은 교실 앞쪽에 걸려 있는 국민교육헌장을 요령껏 훔쳐보며 칠판에 옮겨 적었다.

"야, 이 녀석들아! 고깟 것 가지고 해 넘길래?"

도덕 선생이 재촉했지만 모르는 건 모르는 것이었다. 십일 번과 삼심일 번, 사십일 번은 침통한 표정으로 분필을 내려놓았다. 분필을 잡은 손으로 머리를 긁적였는지 삼십일 번의 머리는 하얗게 눈이 내려 있었다.

"허 참, 꼭 공부 못하는 놈들이 분필 가루 묻히고 다니지."

십일 번이 양손을 내밀며 두 눈을 질끈 감았다.

"어디 보자, 너는 여섯 대다."

도덕 선생의 대뿌리 막대는 교내에서도 악명이 자자한 물건이었다. 도덕 선생이 고향인 담양 대밭에서 직접 고르고 잘라 그늘에서 말리고 반지르르하게 왁스까지 입힌 대뿌리 막대는 수수깡처럼 가볍지만 질기고 단단했다. 학생 지도부 주임의 여의봉으로 허벅지 때리기, 영어 선생의 실내화 거꾸로 잡고 따귀 때리기와 함께 도덕 선생의 대뿌리 막대로 손가락 때리기는 학생들이 두려워하는 삼대 '사랑의 매'였다.

"어허, 이놈이 한두 번 맞아 보나! 휘딱 뒤집어!"

손바닥을 내밀던 삼십일 번이 잽싸게 손을 뒤집었지만 한 대를 덤으로 더 맞았다. 두 대를 맞고 양손을 허벅지에 끼워 비비고 있던 사십일 번에게 도덕 선생이 물었다.

"너 오늘 아침에 학교 몇 시에 왔냐?"

"여덟 시에 왔는데요."

팔 번대 아이들 얼굴이 일제히 찌그러졌다. 다른 아이들이 내쉬는 안도의 한숨 소리가 낮게 교실 안에 깔렸다. 도덕 선생은 재미있다는 듯 웃으며 사십일 번에게 다시 물었다.

"몇 분이디? 교실에 들어오니까?"

사십일 번이 곁눈질로 친구들을 훔쳐보았다. 아이들은 약속이나 한 깃처럼 고개를 푹 숙였다. 사십일 빈이 눈을 질끈 김고 대답했다.

"십일 분이었습니다!"

"일 번대는 했는디? 알았다. 그럼 지금이 삼십육 분이니까 육 번들 나오그라."

육 번들이 줄줄이 칠판 앞으로 나갔다. 저마다 도막 난 분필 하나씩을 쥐고 도덕 선생을 불안한 표정으로 바라보았다.

"빠바바바방! 빠바바바바방! 빠바바바바바바바바방!"

연발로 발사되는 최루탄 소리가 요란하게 울렸다. 교실 안 공기도 조금씩 메케해지고 있었다.

선학이는 고개를 돌려 창밖을 바라보았다. 살랑살랑 봄바람에 벚꽃 잎이 날리고 있었다. 돌멩이를 던지면 퐁 소리가 날 것 같은 맑은 하늘 아래 무등산 서석대가 우뚝 솟아 있었다.

"대학생 놈들이 하라는 공부는 안 하고 만날 데모질이여! 아무 상관 없는 중학생들이 왜 이런 고생을 해야 하냐고! 진도도 못 나가게. 에이!"

도덕 선생이 대뿌리 막대를 휙휙 휘두르며 투덜거렸다. 칠판 앞의 아이들은 놀란 자라처럼 목이 줄어들었다.

"학생이면 학생답게 공부나 열심히 하고 졸업한 다음에 정치를 하든 사업을 하든 순리대로 세상을 바꿔야지. 짱돌 들고 길거리 나서면 뭐가 해결이 되냐? 목소리 크면 다야?"

눈앞에 데모하는 학생이 있다는 듯 도덕 선생이 열을 올렸다.

"너희들은 절대 데모하지 마라. 알았냐? 저거 아주 빨갱이 놈들이 하는 짓거리라니까. 길거리 가게 다 때려 부숴 놓고도 나 몰라라야. 저건 민주 시민이 할 짓이 아니지. 너희들은 나중에 대학 가도 절대 데모하지 마라. 알았냐?"

"예."

아이들이 입을 모아 대답했다. 선학이는 대답하지 않고 도덕책을 펼쳐 세웠다. 그리고 도덕책 뒤로 살며시 머리를 숨겼다. 조는 줄 알았는지 뒷자리 친구가 콕콕 등을 찔렀지만 선학이는 꼼짝도 하지 않았다. 도덕 선생의 핏대 세운 목소리가 책을 넘어 들려왔다.

"자고로 학생의 본분은 공부에 있는 법이다. 공부하지 않는 학생은 자신의 신분을 망각한 거야. 공부 안 할 거면 왜 학교에 다녀? 다 때려치우고 농사나 짓든지 공장에 다녀야지. 저래 봐야 다 제 손해인 것이다. 알았냐?"

무심코 끄덕이던 선학이의 머리가 갑자기 멈췄다. 학생에게
도 공부보다 더 급한 일이 있을 수 있다는 명식의 말이 생각나
서였다. 어젯밤 완도댁 할머니의 하숙집은 형들의 싸움으로 밤
늦게까지 소란스러웠다. 얌전하고 잘 웃던 형들의 눈에 불이 켜
진 것 같았다. 완도댁 할머니도, 선학이 아버지 어머니도 잘잘
못을 가려 주지 못하고 "참아, 참아."라고 되뇌며 다툼이 가라앉
기만 기다릴 뿐이었다.

싸움이 시작은 밤늦게 들어온 명식이 일찍 집에 들어와 있던
근수에게 툭 던진 한마디였다. 최루탄 냄새가 폴폴 나는 웃옷을
탈탈 흔들어 턴 다음 방으로 들어가던 명식이 방문을 열어 놓고
공부하던 근수에게 말했다.

"공부? 학우들이 줄줄이 잡혀가고 있는데 책이 손에 잡히나
보지?"

근수는 책에서 눈을 떼지 않고 말을 받았다.

"가만히 있는 사람 건드리지 마요. 남의 인생 책임져 줄 것도
아니면서."

"비겁한 자식!"

명식의 한마디에 근수가 책을 내팽개쳤다.

"나 건드리지 말랬죠? 형이 나에 대해 뭘 안다고 그래?"

"어쭈, 뭐 뀐 녀석이 성낸다더니, 뭘 잘하고 있다고 큰소리

야?"

"못한 건 또 뭔데요? 내가 어쨌다고 다들 날 못 잡아먹어서 난리야?"

"뭘 잘못하고 있는지 몰라? 정말 몰라? 네가 그러고도 대학생이냐? 네가 그러고도 젊은이라고 할 수 있어?"

나름대로 힘든 하루를 보낸 두 사람의 감정이 한순간에 걷잡을 수 없이 터져 버렸다.

근수가 입술을 파들거리며 말했다.

"난 뭐 마음 편하게 공부하는 줄 알아? 나도 힘들어요. 나도 괴롭다고!"

"방구석에 틀어박혀서 괴로워만 하면 무슨 소용이냐? 정말 괴롭다면, 정말 힘들다면 떨쳐 일어나야지!"

"세상 사람들이 다 자기 같기를 바라는 건 독선 아냐? 내 처지가 형 처지와 다른 건 왜 생각 못해!"

"다르면 얼마나 다른데? 나도 너처럼 학생이고 우리 집도 너희 집처럼 똥구멍 찢어지게 가난해. 왜 환경을 탓하냐! 왜 비겁한 너 자신을 숨기려 들어!"

"그래, 나 비겁한 놈이야. 비겁해서 골방에 숨어서 공부만 하고 있는 거야. 비겁해서 손가락질 받아 가며 중간고사 시험 준비하고 있어. 비겁한 나는 독재 정권 타도보다 고향에 계신 어머니가 더 중요해. 내 대학 등록금 대느라 남의 논일, 밭일, 양식장 일에 손톱이 다 빠져 버린 어머니를 빨리 편하게 모시는

266

게 독재 정권 타도보다 참민주주의보다 더 중요해. 그때까진 난 딴 데 눈 돌릴 시간 없어!"

투명한 안경을 통해 명식을 노려보고 있는 근수의 눈에서 불똥이 튀는 것 같았다. 웃옷을 든 명식의 손도 부들부들 떨고 있었다. 주인 없는 명식의 방에서 숙제를 하다가 기척을 듣고 마루로 나온 선학이는 어쩔 줄 모르고 둘을 번갈아 가며 바라보았다. 앞집 독구가 캉캉 짖어 대더니 대문이 열리고 병석과 용일이 들어왔다. 마루 위에 우뚝 서 있는 명식과 근수를 발견한 병석이 분위기 파악도 못하고 농담을 걸었다.

"장승인 줄 알았나야, 너희 둘이 그렇게 서 있으니까."

대답하는 사람이 없었다. 병석과 용일이 신발을 벗고 마루에 올라설 때까지도 두 사람은 아무 말이 없었다. 그제야 어색한 분위기를 알아차린 병석과 용일이 각각 제 방 짝의 팔을 잡아 흔들었다.

"어이! 육근수 선생, 왜 그래? 환자 하나 죽였어?"

"명식이 형, 둘이 싸웠어요?"

병석의 농담에도 근수는 입을 열지 않았다. 명식은 팔을 잡은 용일의 손을 뿌리치고는 제 방을 향해 등을 돌렸다. 그러면서 흘러가는 말처럼 한마디를 던졌다.

"대학생들이 모두 너 같다면 이 땅의 군사 정권은 영원히 지속될 거다."

"군사 정권을 몰아내는 건 간단해요. 모든 대학생들에게 힝저럼 학생회 감투를 씌워 주면 되니까.”

우뚝 멈춘 명식의 등에 대고 근수가 질근질근 씹는 듯 말을 뱉었다.

“누가 더 비겁한지는 스스로의 양심이 말해 주는 거야. 난 더는 이해를 구걸하지 않겠지만, 이 말만은 꼭 해야겠어요. 내가 정말 싫어하는 부류의 인간이 누군지 알아? 자신의 비겁을 감추기 위해 남을 비난하는 인간이야. 졸업 후에 두고 봐요. 지금 큰 소리로 다른 사람을 매도하는 인간들 열에 아홉은 언제 그랬냐는 듯 제 살 길 찾기에 바쁠걸? 돌을 던지던 군사 정권이 말단 공무원이라도 시켜 준다면 황송해서 발바닥이라도 핥을걸? 그런 인간들이 들개 떼같이 뭉쳐서 누구더러 비겁하대? 누가 비겁……”

퍽 소리와 함께 근수가 쓰러졌다. 순식간에 달려든 명식이 주먹으로 근수의 얼굴을 힘차게 지른 것이다.

“명식아! 왜 이래, 인마!”

당황한 병석과 용일이 명식을 가로막았다.

“놔! 이 자식, 너 오늘 죽었어. 나이도 어린 자식이 벌써부터 한참 썩었어! 뭐가 어째? 너같이 제 잇속만 차리는 놈이 순수한 희생에 대해 알아? 고작 남보다 더 못 가진 게 세상 고통의 전부라고 생각하는 놈이 착취당하고 고문당하고 죽음까지 당하는 다른 사람의 고통에 대해 뭘 안다고 함부로 입을 놀려? 남이 목숨 바쳐 얻어 낸 자유는 당연한 듯 누리고 제 손가락은 하나도

까딱하기 싫어하는 놈이 투쟁하는 학우들을 비판해? 무슨 낯짝으로? 무슨 양심으로!"

병석과 용일에게 붙들린 명식이 분을 참지 못하고 소리를 고래고래 질렀다. 근수는 쓰러진 채로 그런 명식을 올려다보며 숨을 쌔근거렸다.

"오메! 이게 뭔 일이여!"

집으로 들어오던 완도댁 할머니가 비명을 질렀다.

"야들아, 왜들 이러냐, 한 동무끼리."

"어이! 명식이, 왜 이러나. 참어, 참어!"

고무신도 제대로 벗지 못한 완도댁 할머니가 행여 더 맞을라 근수를 감싸 안았고 뒤따라 들어오던 선학이 아버지도 명식을 말리러 달려들었다. 장바구니를 든 선학이 어머니만 어쩔 줄 모르고 우뚝 서 있었다. 완도댁 할머니가 근수의 입 주위에 흐르는 피를 치맛자락으로 닦아 냈다.

"워째 동생을 때리고 그려. 뭔 잘못을 그리 크게 혔다고?"

흥분을 가라앉히지 못한 명식이 씩씩대며 방으로 들어갔다. 근수도 수돗가로 나가 몇 번이고 입 안을 헹군 다음 방으로 들어갔다. 방마다 일찍 불이 꺼졌지만 다들 늦도록 잠들지 못한 밤이었다.

다음날 아침 통금이 걷히자마자 근수는 학교로 가 버렸다. 다들 말없이 깨작깨작 젓가락으로 먹는 아침밥은 참 맛이 없었다. 서너 번 뜨다 만 밥그릇들에 밥이 반이나 남았어도 완도댁 할머니는 여느 때와 달리 야단치지 않았다. 근수가 안 가지고 간 점심 도시락에 아침밥까지 더해 싼 찬합을 병석의 손에 쥐여 주면서 연방 막내손자 같은 근수를 걱정했다.

"입술 속이 터졌든디 덧나지는 않겄제? 이는 안 상했겄제?"

명식이 집을 나설 때에는 골목까지 따라 나와 명식의 손을 꼭 잡았다.

"내가 좁은 소견이라 세상 돌아가는 꼴을 몰라서 이러는 것이 아니여. 근수를 손찌검했다고 나무라는 것도 아니고. 아무리 장정이래도 성은 성인게 말 안 늘으면 따끔하게 혼도 내고 그래야제. 그래도 말이어, 이거 하나는 꼭 명심해 둬야 써. 세상이 아무리 어수선해도, 난리가 나고 또 나서 하룻밤 새 나라 깃발 색깔이 파랗니 빨갛니 열두 번이 바뀌어도 막판까지 남는 건 정든 사람밖에 없는 거여. 서로 피 한 방울 안 섞였지만 고향 떠나 광주까지 와서 한 지붕 아래 한솥밥 먹고 사는 게 보통 인연이여? 악심 품고 때리지 않았겄지만 때린 주먹 울화보다 맞은 멍이 오래가는 법인게, 오늘 근수 오면 조용히 데리고 나가서 조근조근 이야기혀서 속에 든 멍 풀어 주고 서운한 맴도 삭혀 줘. 지금 풀면 아무것도 아닌디 묵혀 놓으면 평생 감정 생기는 것인게 그리혀. 알겄제?"

"예."

명식은 고개를 끄덕이고는 골목길을 걷기 시작했다. 부지런한 앞집 독구가 명식의 발지국 소리가 못마땅한지 대문 밑으로 코를 내밀고 짖어 댔다. 골목을 빠져나가는 명식의 뒷모습을 바라보던 완도댁 할머니는 행주치마에 코를 흥 풀고는 혼잣말을 중얼거렸다.

"시상이 소란스러우면 장정들한티 불꽃이 먼저 튀는 법인디, 일정 지나고 인공 난리 지난 담부터 살 만한가 싶었더니 또 시작이네. 젊은 혈기들에 마냥 죽어 지내기도 애로울 것인디, 속타고 애타서 워떻게 살끄나. 워떻게 살끄나!"

수업 끝 종이 울렸다. 도덕 선생이 출석부와 대뿌리 막대를 옆구리에 끼고 문을 나섰다. 문이 드르륵 닫히자 아이들의 얼굴이 환하게 펴졌다. 와글와글 떠드는 사이 십 분이 오는지 가는지 모르게 지나갔다. 수업 시작 종이 울리자 아이들은 제각기 자리를 찾아 앉았다. 쉬는 시간 동안 도시락을 까먹은 몇몇 아이들이 냄새를 없애려고 창문을 열자 나머지 아이들이 난리를 쳤다.

"야! 문 닫아, 최루탄 냄새 나잖아."

"빨리! 빨리!"

성화에 못 이겨 창문을 닫자 곧 국어 선생이 교실로 들어왔다. 작은 키에 얼굴이 잘 빨개지는 국어 선생은 대학을 졸업한 지 삼 년째인 젊은 선생이었다. 종종 농담 삼아 '내가 이 나이에 여학생들을 가르쳤으면 그 학교가 뒤집어졌을 텐데, 냄새나는 너희들하고 뭐 하고 있는지 모르겠다'라고 이야기하지만 아이들은 모두 알고 있었다. 국어 선생이 얼마나 아이들을 좋아하는지, 얼마나 뜨거운 마음으로 수업에 임하는지. 국어 선생을 싫어하는 아이는 거의 없었다.

학교 육성회장 아들을 때렸다는 이유로 엉덩이가 터지도록 얻어맞던 삼 학년 학생 하나를 구하기 위해 학생 지도부 주임과 한판 붙은 사건은 모르는 학생이 없는 전설이었다. 해병대 출신의 학생 지도부 주임은 태권도 삼 단, 유도 초단의 체육 선생으로 국어 선생보다 머리 하나는 더 컸고 겨울에도 반팔 옷을 입고 다니며 뽐내는 팔뚝은 아이들의 다리만큼이나 굵었다. 당구 큐를 잘라 만든 일명 '어외봉'으로 실행하는 사랑의 매 타작은 맞은 아이를 일 주일 동안은 절뚝거리게 만들 만큼의 위력을 가지고 있었다. 같은 교사들끼리라도 학생 지도부 주임 선생에게는 말을 조심하고 부딪히기를 꺼릴 만큼 교내에서 독보적인 위치를 자랑했으며, 국어 선생이 학생 지도부 주임에게 맞섰을 때 국어 선생 편을 들어 주는 사람은 아무도 없었다.

"이런 체벌은 교육이 아니라 폭력입니다."

하고 말하며 국어 선생이 맞고 있는 학생을 일으켜 세우자 학생 지도부 주임은 벼락처럼 고함을 질렀다. 하지만 국어 선생은 아랑곳하지 않고,

"내가 책임진다. 아무 걱정 말고 양호실에 가서 치료나 받아라."

하며 학생을 교무실 밖으로 내몰았다.

"이런 병아리 같은 게 어디서 감히 선배를 가로막고 나서!"

학생 지도부 주임이 큰 소리를 치자 국어 선생은,

"교무실에서 이러지 말고 조용한 곳으로 갑시다."

하며 앞장서서 교무실을 나섰다.

체육관 옆 학생 지도부실로 들어간 두 사람은 말리는 동료 선생들을 몰아내고 문을 잠가 버렸다. 삼십 분 후 상기된 얼굴로 학생 지도부실을 나온 두 사람은 교무실로 돌아와 소란을 피운 점에 대해 동료 교사들에게 사과하고 아무 일 없었다는 듯 업무를 계속했다. 학생 지도부실 안에서 무슨 일이 있었는지 두 사람 다 철저하게 입을 다물었다. 그 후부터 학생 지도부 주임 선생은 국어 선생에게 '송 선생'이라며 깍듯이 호칭을 썼지만 다른 선생들에게는 '어이, 음악! 나 좀 봐!' 하는 식의 종전 태도를 고치지 않았다. 선배로부터 이 이야기를 전해 들은 일 학년 아이들은 국어 선생을 우상처럼 받들었다.

출석부를 접은 국어 선생은 교과서와 공책을 덮으라고 말했다.

"오늘은 이야기나 하자."

아이들이 지르는 환성에 교실이 시끄러웠지만 국어 선생은 말없이 창밖만 바라보고 있었다. 교실 안은 곧 고인 침을 꿀꺽 삼키는 소리가 들릴 만큼 조용해졌다. 시내 쪽에서 "와아아아!" 함성 소리가 희미하게 들려왔다. 간간이 "빵, 빵, 펑" 최루탄 터지는 소리도 들렸다. 아이들은 귀를 기울여 교실 밖에서 나는 소리를 들었다. 어느 반에서 웃음보를 터뜨리는 소리가 아스라이 들렸고 그 소리가 사라지자 다시 함성 소리가 스멀스멀 들렸다.

"대학에 다닐 때 선생님과 정말 친한 친구가 한 명 있었다. 그 친구는 지리산 밑 구례에서 온 친구였고 나는 광주에서 왔기 때문에 우리는 곧 친해졌다. 선생님이 다닌 대학교에는 전라도 사람이 별로 많지 않았거든. 어쨌든 우리는 같이 수업을 들었고 밥도 같이 먹고 술도 같이 마시고 여행도 같이 다니는 단짝 친구였다. 군대도 같은 날 갔고 제대도 같은 날 했지."

아이들은 눈빛을 반짝이며 국어 선생의 입에 눈길을 모았다. 국어 선생은 아이들 얼굴을 하나하나 눈에 담으며 말을 계속했다.

"제대를 한 후 선생님은 도서관에서 매일같이 열심히 공부를 했다. 군대 가기 전에 너무 엉망으로 놀아서 학점이 밑바닥이었지. 남은 학기 동안 좋은 점수를 따지 않으면 선생님이 되기 힘들 만큼 형편없는 점수였다. 선생님이라고 다 공부를 잘한 건 아니다."

아이들이 쿡쿡 웃었다.

"선생님 친구도 열심히 공부를 했지. 다만 도서관에서 책을 가지고 하는 공부가 아니고 사람 사는 세상에 대한 공부였다. 야학 선생도 하고 공장에서 일하기도 하고 농사짓는 곳에도 부지런히 쫓아다녔지. 선생님을 만날 때마다 그 친구는 같이 하자며 손을 잡았지만 선생님은 지금 도서관에서 준비하는 시험 공부가 더 급하다고 생각했다. 시험 공부가 꼭 중요하다고 생각한 건 아니었다. 단지 교사가 된 후에도 사람에 대한 공부는 충분히 할 수 있다고 생각했을 뿐이지. 어쨌든 그 친구와 선생님은 여전히 좋은 친구였지만 자주 얼굴을 볼 수도 없었고 옛날처럼 재미있게 놀지도 못했다. 선생님 친구에게도 애인이 생겼거든. 너희들도 나중에 애인이 생기면 조심해야 한다. 여자들은 남자가 여유 시간에 자기를 안 만나고 딴 짓을 하면 화를 내기 일쑤지."

"애인이 있는데 왜 딴 짓을 해요? 애인이랑 거시기하기도 바쁜데."

뒷자리에서 누군가 말하자 아이들이 키득거렸다. 국어 선생도 피식 웃었다.

"두고 보면 알게 된다. 이야기가 곁으로 흘렀는데, 선생님 친구의 애인은 야학에서 만난 제자였다. 낮에는 공장에서 일하고 밤에는 야학에서 공부하는 부지런한 여자였지. 애인을 더 깊이 사랑하게 될수록 선생님 친구는 애인이 사는 환경에 더 깊은 관심을 가지게 되었다. 평균 열두 시간에 가까운 근무 시간, 때론 야근 특근이 끼어 하루에 열다섯 시간 넘게 근무할 때도 있고, 그렇게 일해야만 겨우겨우 입에 풀칠하기에도 빠듯한 돈을 받을 수 있었다. 친구 애인은 형편없이 낮게 책정된 임금으로 시간당 급여를 받는 노동자였거든. 너희들 중 누나나 엄마가 공장에 다니는 애도 있을 거다. 그러면 무슨 말인지 이해가 가겠지.

그때나 지금이나 별로 바뀐 게 없으니까."

몇 명이 고개를 끄덕였다. 국어 선생이 말을 이었다.

"여자가 남자보다 불우한 환경일 경우 대부분 남자는 자신의 환경으로 여자를 끌어올린다. 남자는 그걸 큰 미끼로 삼고 여자도 내심 그걸 바라는 경우가 있다. 시집 잘 갔다고도 하고 여자를 호강시켜 주는 능력 있는 남자라는 소리도 듣고, 그런 경우 보통은 여러 사람이 다 행복해한다. 하지만 선생님 친구와 그 애인은 뭔가 다른 사람이었다. 그 환경, 몸이 닳아빠지도록 열심히 일하지만 노동의 열매는 대부분 빼앗기고 결국 병과 고물이 된 몸밖에 남는 것이 없는 그런 환경을 변화시키기 위해 선생님 친구는 일 년 남은 대학을 그만두고 애인과 함께 공장에 취직을 했고 노동 운동에 본격적으로 뛰어들었다."

"우와아아!"

아이들 입에서 감탄이 흘러나왔다. 국어 선생은 잠시 말을 멈추고 교탁으로 돌아왔다.

"이 년이 지나고 선생님이 교사가 되던 해, 그 친구는 선생님을 찾아왔다. 불법 노동 운동을 하기 위해 위장 취업한 빨갱이라는 죄목으로 지명 수배된 친구는 한동안 연락이 없더니 나를 찾아온 거야. 일 년 넘게 숨어 다녔더니 더는 숨을 곳이 없다며 마스크를 쓴 채 웃었다. 결혼식에 참석 못해 미안하다며 선생님 아내를 향해 웃을 때도 마스크를 쓰고 있었다. 밥상을 받고 나서야 친구는 마스크를 벗었다. 아내가 차려 준 저녁을 먹은 다음 술상을 마주하고 옛이야기를 할 때만 해도 선생님은 그 친구를 얼마든지 숨겨 줄 수 있다고 생각했다. 작은 집이지만 다락도 있고 따로 창고도 있었으니까. 세 번째 술주전자가 비자 아내가 나를 안방으로 불렀다. 너무 늦지 않았느냐고, 곧 통금이 될 텐데 친구는 왜 돌아가지 않느냐고, 절대로 우리 집에서 자고 가게 하지 말라고 했다. 친구를 숨겨 주려는 내 계획을 이야기하자 아내는 그럴 수 없다며 길길이 뛰었다. 아내를 진정시키려 했지만 아내의 목소리는 점점 커졌다. 친구가 들을까 봐 입을 틀어막으려 했지만 아내는 막무가내였고 나는 처음으로 아내의 뺨을 때렸다. 그제야 잠잠해진 아내를 방에 남겨 두고 거실로 나왔지만 이미 친구는 떠나고 없었다."

국어 선생은 입을 꾹 다물었다. 옆얼굴에 턱 근육이 선명하게 도드라져 보였다. 아이들은 국어 선생의 얼굴을 뚫어지게 바라볼 뿐 누구도 입을 열지 않았다. 시간이 한참 흐른 뒤 후유 짧은 한숨을 내쉰 국어 선생이 손바닥을 마주 잡고 말했다.

"물론 그 친구도 나를 원망하며 떠나지는 않았을 거다. 하지만 그 친구가 떠나고 얼마 되지 않아 통금 사이렌이 울렸고 그 소리를 들으며 참 많이 울었다."

어느새 끝종이 울렸다. 옆교실에서 와글와글 떠드는 소리가 들려왔지만 선학이네 반은 쥐 죽은 듯 조용했다. 국어 선생은 옆반에서 들려오는 소음은 아랑곳하지 않고 말을 맺었다.

"어젯밤 오랜만에 동창에게서 전화를 받았다. 친구가 복역중인 교도소로 주말에 면회를 가자고 하더구나. 당연히 가야 할 면회지만 그 친구에게 무슨 이야기를 해야 할지 모르겠다. 엊그제 백일 잔치를 한 내 첫아들 얘기를 할까, 내년에 탈 적금으로 옮길 새집 얘기를 할까."

국어 선생은 국어책과 출석부를 집어 들었다.

"오늘은 이런 말이라도 하지 않으면 견딜 수가 없구나."

국어 선생은 교실 문을 닫기 전 한마디를 덧붙였다.

"마지막으로 이 말을 꼭 해야겠다. 비누가 때를 지우고 악취를 없앨 수 있는 건 제 몸을 녹이기 때문이다. 그렇기 때문에 똥통 속에 빠져도 비누는 더러워지지 않는 거다. 지금 우리가 편하게 교실에 앉아 있을 때 길거리에 나가 맞고 끌려가며 투생하는 사람들을 오해하지 마라. 그 사람들은 우리같이 뒤로 물러서 있는 사람들과 함께 잘살아 보려고 몸부림치는, 비누 같은 사람들이다. 알겠냐?"

아이들은 어리둥절한 표정으로 서로를 돌아보았다. 국어 선생은 대답 없는 교실을 떠나며 씁쓸하게 웃었다. 벌써 도시락을 해치우고 복도에 나와 뛰어다니던 아이들이 국어 선생에게 길을 비켜 주며 공손하게 허리를 굽혔다. 복도 바닥을 보고 쿡쿡 웃으며 교무실을 향해 걷는 국어 선생은 평소와 달리 인사에 답하지 않았고, 그런 국어 선생의 뒷모습을 보며 아이들은 의아해했지만 그런 걸 생각하기에 점심 시간은 너무 짧았다. 아이들은 다시 우당탕 복도를 뛰어다니기 시작했다.

16. 수상한 그림자

　일곱 시가 넘은 줄도 모르고 규민이에게 빌려 온 "학생 과학"
을 읽던 선학이는 완도댁 할머니가,

　"오늘은 밤 학교 안 가냐, 아가?"

하고 묻자 아차 하며 뒤늦게 벽에 걸린 시계를 올려다보았다.
일곱 시 십오 분! 벌써 십오 분이나 늦었다. 늦었다고 용일에게
잔소리를 듣느니 그냥 쉬어 버릴까 생각도 해 봤지만 밤에 돌아
온 용일에게 내밀 핑곗거리가 마땅치 않았다. 게다가 내일 숙제
도 상당했고 집에 있으면 "학생 과학"의 유혹을 이겨 내기 힘들
것 같았다.

　가방을 챙겨 헐레벌떡 달려간 선학이는 교회 바로 앞 골목의
마지막 모퉁이에 다다르자 걸음을 멈췄다. 들어가기 전에 턱밑
까지 차오르는 숨을 가다듬기 위해서였다. 모퉁이를 돌자 점점

짙어지는 노을 아래 벌써 교회 앞에 불이 켜져 있었다.

그런데 교회 창가에 점퍼 차림의 남자 한 명이 찰싹 붙어 있었다. 남자는 교회 내부 기색을 살피기에 정신이 없었다. 교회로 다가가는 선학이의 발소리가 들리자 남자는 아무 일 없었다는 듯 괜히 옷을 툭툭 털며 걸어 나왔다. 심상치 않은 남자의 분위기에 그렇지 않아도 두근대던 선학이 가슴이 더 크게 울리기 시작했다.

'혹시 도둑? 도둑놈?'

"야!"

"에?"

남자가 선학이를 부르자 금세라도 고함을 지를 듯 힘이 들어갔던 선학이의 목에서 김새는 소리가 나왔다.

"이 근처에 변소 없냐? 급해 죽겠는데."

"저기로 가면 공중 변소 있어요."

"고맙다."

자세한 설명도 듣지 않고 황급히 자리를 뜬 남자는 순식간에 공중 변소 반대쪽 골목길로 사라져 버렸다. 선학이는 형들에게 이야기해야겠다고 생각하며 그 남자가 서 있던 창가로 살금살금 걸어갔다. 슬며시 고개를 내밀자 교회 내부가 한눈에 들어왔다. 용일과 명식이 한 반씩 맡아 수업을 하고 있었고 중고등부 학생들도 몇 명 공부하고 있었다. 선학이의 눈길은 은성이에게서 오랫동안 떨어지지 않았다. 은성이는 공부에 방해되지 않도록 실핀을 꽂아 고정시킨 머리칼을 가끔 만지작거리며 나직한 목소리로 뭔가를 설명하고 있는 용일을 문득문득 바라보았다. 그럴 때마다 옆 자리의 서경이도 은성이를 흘낏거렸지만 은성이는 눈치 채지 못했다. 표 나지 않게 잠깐 동안 용일을 바라본 후 다시 책으로 눈을 옮긴 은성이는 옅게 웃고 있었다. 유리처럼 투명한 은성이의 웃음을 보자 선학이는 가슴이 꽉 막히는 것 같았다. 서경이가 뒷자리에 앉아 있는 규민이에게 몸을 돌리며 말을 건넸다. 혹시나 들킬까 선학이는 급히 몸을 숙이고 그 자리를 떠났다.

선학이는 심호흡을 한 번 하고 문을 열었다. 때마침 용일의 목소리가 높아져 선학이를 돌아보는 사람은 없었다. 규민이 옆 자리를 찾아가 앉은 선학이는 속삭이듯 인사를 건네는 서경이에게만 어색하게 웃어 줄 뿐 은성이를 향해서는 고개도 돌리지 못했다. 숙제를 시작했지만 선학이의 신경은 뒤쪽에 대각선으로 앉은 은성이에게 집중되어 있었다. 은성이의 책장이 팔랑 넘어갈 때마다 선학이 마음속에서도 살랑 바람이 부는 것 같았다. 답이 틀리는지 맞는지도 모르는 머리와 자동으로 움직이는 손이 남의 것만 같았다. 은성이를 훔쳐보는 눈과 뛰고 있는 심장만이 내 몸 같았다.

한동안 은성이 책에서 책장 넘기는 소리가 나지 않았다. 몸이 움직이거나 연필이 움직이는 소리도 들리지 않았다. 선학이는 슬그머니 고개를 돌렸다. 역시나 은성이는 용일을 바라보고 있

282

었다. 한 손을 들고 머리를 가로저으며 일제 시대 저항 문학에 대해 설명하고 있는 용일을 향한 은성이의 눈길은 움직일 줄 몰랐다. 용일은 퍽이나 흥분한 듯 한껏 목소리를 높였다. 자기 수업을 방해받은 명식이 피식 웃으며 용일을 향해 소리를 낮추라는 손짓을 했다. 그제야 용일은 머리를 긁적이며 목소리를 낮췄다. 은성이의 입술 끝이 약간 올라가며 눈이 가늘어졌다. 가늘어진 눈은 유난히 반짝거리는 것 같았다.

"야!"

규민이가 낮은 목소리로 불렀지만 선학이는 듣지 못하고 여전히 은성이에서 눈을 떼지 못했다.

"야! 뭐 해?"

규민이가 팔꿈치로 선학이의 옆구리를 찔렀다. 그제야 정신이 든 선학이는 화들짝 놀라 규민이를 돌아보았다. 규민이는 눈짓으로 서경이를 가리켰다. 서경이가 갸우뚱한 얼굴로 선학이를 보고 있었다. 선학이는 고개를 돌려 다시 책으로 눈길을 옮겼지만 이미 얼굴은 빨갛게 달아 있었다.

"쉬는 시간입니다."

명식의 목소리에 교실이 부산스러워졌지만 선학이는 움직이지 못하고 책만 바라보고 있었다. 서경이의 의아해하는 눈빛이 선학이 등에서 여전히 떠나지 않았다.

"선학아, 잠깐 나 좀 볼래?"

시경이가 선학이의 등을 톡톡 두드렸다. 선학이는 돌이기지 않으려는 고개를 억지로 서경이 쪽으로 돌렸다.

"뭔데? 말해."

"여기서 말고 밖으로 나가자."

"쉬는 시간 다 끝났어."

"잠깐이면 돼."

선학이 대답은 듣지도 않고 서경이가 먼저 일어났다. 서경이가 교회 밖으로 나가자 선학이도 어쩔 수 없이 자리에서 일어났다. 검정고시반 누나들과 놀던 규민이는 선학이의 뒷모습을 보고 고개를 돌려 반대쪽에 있는 은성이를 보았다. 은성이는 공책에 써 온 글을 용일에게 교정받고 있는 중이었다. 규민이는 고개를 설레설레 흔들고는 다시 누나들과 장난을 쳤다.

앞장선 서경이를 따라 나무 밑까지 왔지만 서경이는 오랫동안 말이 없었다. 기다리다 못한 선학이가 머리를 긁적이며 말했다.

"그만 들어가자. 쉬는 시간 벌써 끝났겠다."

과연 교회 주변은 서성대는 사람 하나 없이 조용했다. 서경이는 야학은 안중에도 없다는 듯 나무 밑 의자를 향해 가며 말했다.

"이 교시부터는 토론회한다고 했으니까 좀 늦어도 돼."

"토론회? 무슨 토론회?"

"양심과 행동, 이 시대가 요구하는 젊은이."

표어라도 읽듯 또박또박한 목소리로 서경이가 말했다.

"중등부는 안 들어도 된다고 그랬어, 용일 오빠가."

"그렇구나. 그럼 난 집에 가서 숙제나 해야겠다."

"나랑 얘기 좀 하자니까?"

"도대체 할 얘기가 뭐야? 뭔데 그래?"

선학이가 재촉했지만 서경이는 묵묵히 입을 열지 않았다. 그런 서경이가 답답한 나머지 선학이는 서경이의 어깨를 톡톡 손가락으로 두드렸다.

"나 숙제 많단 말이야. 무슨 얘긴지 빨리 해."

"손대지 마!"

서경이의 곤두선 목소리에 선학이의 몸이 굳어 버렸다.

"왜 소리를 지르고 그리냐? 난 그냥   "

"집에 가서 빨리 숙제나 하고 싶겠지. 나하고 이야기하는 것보다 숙제가 더 급한 거겠지. 안 그래?"

"야아, 갑자기 왜 그래?"

화가 난 것 같기도 하고 울먹이는 것 같기도 한 서경이 목소리 때문에 선학이는 뾰족하게 할 말이 없었다. 서경이는 선학이를 뚫어지게 바라보았다. 어두운 그늘 아래여서 눈빛까지는 보이지 않았지만 선학이를 향한 서경이의 머리는 조금도 흔들리지 않았다.

"요즘 너 이상해졌어. 나하고 이야기도 잘 안 하고, 눈도 안 마주치려고 해. 왜 그래?"

"내가 뭘……"

"은성이 때문에 그런 거야?"

서경이 입에서 은성이란 이름을 듣는 순간 선학이의 등이 서
늘해졌다. 입속이 바짝 마른 선학이가 겨우 말을 받았다.

"은성이가 뭘."

"너 그러지 마. 은성이가 아무리 좋아도 친구를 섭섭하게 만
들면 안 되는 거야. 몰라?"

'모르겠는데.'

선학이는 입속에 맴도는 말을 꿀꺽 삼켜 버렸다.

'내가 어쨌다고 몰아붙이는 거야? 내가 뭘 잘못했다고 이래?
너하고 난 그냥 친구야, 친구. 내가 널 은성이처럼 생각해야 되
는 건 아니잖아. 너를 보면 은성이를 볼 때처럼 가슴이 떨리거
나 하지 않아. 지금까지 그랬듯 우린 친구로 지내면 되는 거야.
그런데? 내가 너를 섭섭하게 했어? 나 때문에 섭섭하다고? 옛
날에 내가 승제한테 섭섭하던 것처럼? 그럼, 그럼 말이야, 너
혹시 나 좋아하는 거냐?'

"미안하다."

머릿속에서 맴도는 생각과 달리 선학이는 달랑 한마디를 뱉
어내듯 말했다. 서경이는 선학이가 쉽게 꼬리를 내리자 벼르고
별러 한껏 열을 올린 자신이 오히려 무안해졌다.

"미안하지? 그럼 다시는 다른 친구들을 섭섭하게 하지 않겠
다고 약속할 거니?"

'다른 친구들을 섭섭하게 만든 적 없어. 서경이 너 혼자만 서
운해하는 거야. 은성이를 향한 내 관심에 대해 이유는 모르겠지

만 너 혼자만 화를 내는 거라고. 다른 친구들은 아무 상관 안 해. 전혀.'

"그렇게. 노력할 테니까 화 풀어, 그만."

"네가 그렇게 생각한다면 됐어. 이 문제로 더 목소리 높이지 말자."

선학이가 고개를 끄덕였다. 서경이 표정이 평소처럼 밝아졌다.

"이제 들어가자."

"조금만 더 있다 가자니까. 어차피 안에서도 공부 안 해, 지금."

"숙제해야 돼."

"그러니까 조금만, 조금만 더."

여느 때와 달리 서경이는 꼬마처럼 어리광을 부렸다. 선학이는 어쩔 수 없이 다시 의자에 엉덩이를 붙였다.

"은성이 어디가 좋아? 나한테 잘 보이면 내가 도와줄 수도 있으니까 말해 봐. 어디가 그렇게 마음에 들어?"

"몰라……"

난처해진 선학이는 서경이의 짓궂은 질문에 어쩔 줄 몰라 했다. 그 모습이 재미있는지 서경이는 자꾸 선학이를 놀려 댔다.

"당장 은성이한테 말해 버릴까? 선학이 네가 좋아한다고? 싫어? 그럼 빨리 알려 줘. 아님 당장 말해 버린다?"

"그러지 마. 왜 그래, 자꾸……"

"그럼 대답을 해 줘야지."

"조용!"

"내 질문에 대답 먼저 하라니까! 안 그러면…… 흡!"

선학이는 손으로 서경이 입을 막았다. 선학이 손에 힘이 실려 있었다. 서경이 머리를 안기라도 할 것처럼 선학이는 다른 손으로 서경이의 목덜미를 잡았다. 놀란 서경이 눈이 구슬처럼 동그래졌다. 선학이는 서경이 귀에 입을 대고,

"조용히 해. 아무 말도 하지 마."

하고 속삭였다. 서경이가 고개를 끄덕이자 선학이는 슬며시 서경이 입에서 손을 떼었다. 서경이 볼이 순식간에 빨갛게 달아올랐지만 교회 쪽을 살피는 데 정신이 없는 선학이는 귓가를 간질이는 서경이의 숨결마저 느끼지 못했다.

"왜? 왜 그래?"

"수상한 사람이 왔어. 이번에는 둘이야."

선학이가 속삭였다. 교회 창가에는 점퍼 차림의 남자 둘이 벽에 찰싹 몸을 붙이고 교회 내부를 훔쳐보고 있었다. 그중 한 사람은 아까 변소를 물어보던 바로 그 사람이었다.

서경이가 선학이에게 몸을 기댔다.

"저 아저씨들이 수상한 사람들이야?"

"응. 아까부터 자꾸 교회 안을 살피고 있어."

"도둑일까?"

"그럴지도 몰라. 경찰한테 신고하든지 형들한테 알려서 잡아야겠다."

"어떻게?"

"내가 교회 안으로 안 들키게 들어갈 테니까 너는 파출소로 가."

"조심해!"

"너도!"

그늘을 골라 움찔움찔 교회 반대쪽으로 움직이는 선학이를 남겨 두고 서경이는 발소리를 죽여 골목길로 들어섰다. 이 정도 거리면 달려도 발소리가 들리지 않겠다 싶은 생각이 들자 서경이는 온 힘을 다해 달리기 시작했다. 평소 같으면 무슨 일이 있어도 달리지 않을 서경이었나. 움직이는 속도가 빨리지면 불편한 다리가 더 표가 났다. 그래서 천천히 걸으려 신경을 썼시만 지금은 경우가 달랐다. 충격을 덜 주기 위해 아픈 다리로 내디딜 때는 걸음 폭을 줄였고 아프지 않은 다리로 내디딜 땐 한껏 보폭을 넓혔다. 무딘 칼로 단단한 무를 썰 때처럼 박자가 맞지 않는 걸음 탓에 서경이는 스스로 답답해하면서 파출소를 향해 내처 달렸다.

파출소는 골목 수십 개가 지네발처럼 연결되어 있는 큰길 가에 있었다. 어두운 골목과는 달리 큰길가에는 가게도 많았고 가로등도 켜져 있었다. 가슴이 터질 듯 숨이 찬 서경이는 파출소가 코앞에 보이자 속도를 늦췄다. 파출소 바로 앞 금성 센터를 지나칠 때였다. 한 무리의 사람들이 가게 앞에 내어 놓은 흑백 텔레비전으로 뉴스를 보고 있었다. 그중 한 남자가 서경이를 발견하고 자리에서 벌떡 일어났다.

"서경아!"

큰 소리로 이름을 불렀지만 서경이는 듣지 못했다. 남자는 서경이의 앞길을 막아서며 어깨를 잡았다. 서경이는 그제야 남자의 얼굴을 올려다보았다.

"아빠!"

"무슨 일이냐, 이 시간에 여기까지 나오고?"

"파출소! 하아, 하아!"

숨이 찬 서경이는 말을 끝까지 잇지 못했다. 이 목사는 서경이를 파출소 앞 계단에 앉히고 숨을 돌릴 때까지 손에 든 서류 봉투로 부채질을 해 주었다. 곧 숨을 가다듬은 서경이가 파출소로 달려온 이유를 말해 주자 이 목사의 표정이 굳어지는 것 같았다.

"아빠! 빨리 신고해야 돼요. 선학이가 오빠들한테 알려서 그 사람들 잡는다고 그랬으니까, 빨리 경찰 아저씨들 데리고 가서 도와줘야 돼요."

"서경아, 그 사람들은 아마 도둑이 아닐 거다."

"예? 도둑이 아니라고요?"

"도둑이라면 차라리 다행이지만."

이 목사는 알 수 없는 혼잣말을 중얼거리며 서경이 손을 잡고 교회를 향해 걷기 시작했다. 서경이는 급한 이 목사의 걸음에 보조를 맞추기가 힘들었다.

"아빠, 먼저 가세요. 저 금방 따라갈게요."

"그럴래? 아빠 먼저 가마, 그럼."

이 목사는 서경이를 멀리 앞섰다. 교회 사정이 궁금한 서경이도 부지런히 걸음을 옮겼다. 끊어질 듯 이어지는 발소리가 조용한 밤 골목에 울렸다.

서경이가 떠난 지 한참 지났지만 선학이는 아직 교회 부엌에서 끙끙대고 있었다. 부엌 구석 쪽 판자를 힘겹게 들어내자 팔 하나를 들이밀 수 있을 만한 구멍이 생겼다. 구멍을 통해 강단에 선 명식의 종아리가 보였다. 명식은 자리에 앉은 야학 학생들을 향해 사뭇 흥분한 목소리로 외지고 있었나.

"그래서 우리 청년 학도들이 일어서야 합니다. 군사 독재 정권을 종식시키고 참민주주의 세상을 구현하기 위해 우리 청년 학도들이 일어나 가열찬 투쟁을 전개해야 합니다. 학교에서 산업 현장에서 농촌에서 도시에서 우리가 모두 떨쳐 일어난다면 이십 년 만에 찾아온 참민주주의의 싹은 우리 대한민국에 뿌리 내릴 수 있습니다. 현 정권은 군복을 양복으로 갈아입었을 뿐 그 본질은 전혀 변하지 않았습니다. 전국에 내려진 계엄령의 확대, 야간 통행 금지의 확대 실시, 집회 및 시위에 대한 전면 규제, 반정부 인사의 무차별 연행 등이 그 실례입니다."

선학이는 부엌살림 중에서 커다란 주걱을 집어 들었다. 구멍을 통해 새어 나오는 손바닥만 한 빛에 의지해 주걱에다 '밖에 도둑놈이 있어요'라고 썼다. 왼손에 주걱을 쥐고 명식의 다리를 향해 휘둘렀지만 손가락 하나 정도 길이가 부족했다. 뒤쪽 벽에서 주걱이 튀어나와 돌아다니는 줄도 모르고 명식은 다시 말을 잇기 시작했다.

"자신만을 생각하는 사람은 바로 압제자들이 가장 다루기 쉬운 인간형입니다. 어르기도 쉽고 위협하기도 쉽고 제거하기도 쉽고 억누르기도 쉽습니다. 하지만 다른 사람을 생각하는 사람은 압제자들에게 큰 위협입니다. 다른 사람을 생각하는 사람은 자신의 고통을 견디고 다른 사람을 위해 싸웁니다. 다른 사람을 생각하는 길은 또한 진정으로 자신을 위하는 길이기도 합니다."

아무리 휘둘러도 명식이 돌아보지 않자 다급해진 선학이는 명식의 다리 쪽을 어림해 주걱을 내던졌다. 주걱은 정확하게 명식의 발목을 때렸다.

"여러분 공장에서는 어떻습니까? 지금껏, 아!"

명식은 갑자기 비명을 지르며 주저앉았다. 상기된 얼굴로 명식을 주목하던 야학 학생들이 웅성거리기 시작했다. 발목을 문지르던 명식은 바닥에 떨어진 주걱을 발견하고 벽에 뚫린 구멍으로 교회 안을 살피고 있는 눈동자를 보았다.

"너 누구야? 잡히면 혼난다!"

명식은 다른 학생들에게는 들리지 않게 목소리를 죽여 구멍 속의 눈동자에게 으름장을 놨다. 눈동자가 사라지더니 입이 불쑥 나타났다.

"형! 나야, 선학이! 밖에 도둑놈 둘이 있어. 교회 안을 살피고 있어."

"뭐?"

선학이 말을 분명히 알아들은 명식이 자리에서 벌떡 일어섰다. 수런거리던 야학 학생들은 난데없이 나무 주걱을 들고 있는 명식을 보고 웃음을 터뜨렸다.

"와, 하하하, 주걱이다, 주걱!"

"지금 뭐 하는 겁니까? 최 선생! 김 선생!"

쩌렁쩌렁한 이 목사의 목소리가 교회 안에 울려 퍼지자 웃음소리는 찬물을 끼얹은 것처럼 사라졌다. 도착하자마자 숨 돌릴 틈도 없이 교회 수위를 놀아본 이 복사는 수상한 사람이 없는 것을 확인하고는 서둘러서 야학 학생들을 내몰았다.

"오늘은 그만 하고 돌아들 가세요. 주일 예배 때까지 야학은 쉽니다. 빨리 가방 챙겨서 돌아들 가요. 빼먹지 말고 자습들 하세요."

야학 학생들은 어리둥절한 표정으로 주섬주섬 가방을 쌌다. 명식과 용일이 이 목사에게 달려왔다.

"목사님, 미리 말씀 못 드려서 죄송합니다. 하지만 이런 식으로 학생들을 돌려보내는 건 옳지 않습니다. 교과 과정도 중요하지만 현 사회에 대한 정확한 이해도 필요합니다."

"목사님, 금방 이야기를 마무리하겠습니다. 시간을 조금만 더 주세요."

"우리 나중에 따로 이야기합시다. 일단은 학생들을 모두 돌려보내는 게 급해요."

"그럴 수는 없습니다, 목사님."

"최명식 선생!"

이 목사의 목소리가 높아졌다. 지금껏 이 목사의 화난 목소리를 들어 본 사람은 없었다. 야학 학생들도 이 목사의 기세에 눌려 뭐가 뭔지 모르지만 일단 가방을 챙겨 급히 교회를 나갔다. 이 목사는 교회 뒤편의 책상에서 야학 학생 출석부와 학생 기록부 등 학생들의 신상 명세가 들어 있는 자료를 급히 챙겨 가방에 담았다. 뒤늦게 도착한 서경이가 문을 열고 들어왔다.

"서경아! 외할머니 댁에 가서 이 가방 좀 잠시 맡아 달라고 그래. 나 아니면 누구도 내주지 마시라고 꼭 전해라. 그리고 오늘은 외할머니 집에서 자고."

서경이가 가방을 받아 들었다. 어색한 공기가 싫은 선학이도 서경이와 함께 골목으로 사라졌다. 이제 교회에는 이 목사와 명식, 용일 세 사람이 남아 있을 뿐이었다. 이 목사는 두 사람을 밖으로 내몬 다음 불을 모조리 끄고 자물쇠를 잠갔다. 이 목사가 문에서 돌아서자 명식이 입을 열었다.

"오늘 목사님의 행동, 참으로 실망입니다."

"실망이든 만족이든 그런 건 중요하지 않아요."

"무시하시는 겁니까?"

"일단 우리도 이 자리를 뜹시다."

이 목사는 두 사람을 끌고 나무 밑으로 갔다. 잠시 뭔가를 생각하던 이 목사는 어두운 철둑길을 더듬어 내려가 기찻길로 뛰어내렸다. 두 사람도 어쩔 수 없이 이 목사를 따라 내려갔다. 철로 양옆에 쌓여 있던 잔돌이 세 사람의 발길에 와르르 무너져 내렸다. 세 사람은 철길 옆 한 걸음 너비쯤 되는 흙길로 내려왔다. 철도 인부들이 보수 작업을 할 때나 다니는 길이었다. 발바닥 감촉으로 흙길을 찾아 살금살금 걸어 나가고 있을 때였다. 머리 위에서 골목을 울리는 발소리가 들려왔다. 수십 명이 한꺼번에 발을 맞춰 달려가는 소리였다. 발소리는 순식간에 멀어졌지만 이 목사 일행은 그 발소리의 목적지를 알 수 있었다. 뒤돌아보니 불 꺼진 교회를 여러 개의 손전등 불빛이 휘젓고 있었다.

"우리가 한발 빨랐습니다. 다행이에요."

이 목사가 말했지만 명식과 용일은 아무 말도 하지 못했다. 어두운 철길 옆을 한참 동안 걷자 기찻길 옆 둔덕이 낮아지면서 곧 기찻길과 같은 높이가 됐다. 세 사람은 둔덕과 기찻길 사이 물고랑을 뛰어넘었다.

"여기서 헤어집시다."

"목사님, 경찰들이 닥칠 줄 미리 알고 계셨습니까?"

"아니에요. 그냥 느낌이 좋지 않아서 자리를 피한 겁니다."

"죄송합니다."

"미안해할 필요 없어요. 누구의 잘못도 아닙니다."

사월이지만 밤공기가 제법 서늘했다. 머뭇거리는 두 청년에

게 이 목사가 말했다.

"별일 없을 테지만 그래도 오늘은 친구 집에 가서 자는 게 좋 겠어요. 완도댁 할머니 집에 별 이상이 없으면 박창원 선생 시 켜서 연락을 주도록 하지요. 그럼 주일날 봅시다."

이 목사는 돌아오는 길에 완도댁 할머니 집에 들렀다. 이 목 사의 목소리를 들은 선학이가 뛰어나와 심부름은 잘 마쳤고 서 경이는 지금 외할머니 집에 있다고 말했다. 이 목사는 창원에게 자초지종을 이야기하고 수상한 사람이 어슬렁댄다든지, 경찰이 집안을 수색하면 즉시 용일과 명식에게 알려 수라고 무박했다. 집으로 가는 밀시 않은 길을 길으며 이 목사는 길음을 내디딜 때마다 발길을 다른 곳으로 돌리고 싶은 강한 유혹을 느꼈다.

'무사히 넘어가 주면 좋을 텐데. 하나님, 제게 용기를 주세요. 시련을 피하게 해 주신다면 감사합니다. 하지만 그 시련을 이길 용기를 주신다면 그 역시 감사합니다.'

지금이라도 서경이에게 달려가고 싶었다. 지금이라도 야학 학생 중 하나를 찾아가 잠자리를 구할 수 있었다. 하지만 이 목 사는 집으로 향하는 발걸음을 늦추지 않았다.

'내가 마셔야 할 잔이다.'

이 목사는 몇십 번 되뇌며 집으로 향했다. 이 목사의 집 앞은 비어 있었다.

'이제 문을 열고 들어가 손발을 씻고 마침 기도를 드린 후 자 자. 내일 새벽까지 아무 꿈도 꾸지 말고 깊이 지자. 내일 아침

일찍 서경이를 데려와 함께 아침밥을 먹고 학교에 보내자.'

이 목사의 손이 양철 문을 밀려고 할 때였다. 검은 그림자 셋이 소리 없이 이 목사를 에워쌌다.

"이준행 목사님?"

"예, 그렇습니다만."

"같이 좀 가실까요? 서에서 나왔습니다."

두 사람이 옆에서 이 목사의 팔을 붙잡았다. 네 사람은 골목 어귀에 세워 둔 검은 지프차에 탔다. 부우웅, 지프차가 내뿜은 배기 가스가 바람에 날려 곧 흩어졌다.

17. 서경이를 포기하게!

다음날이 되어도 이 목사는 돌아오지 않았다. 이 목사의 지시대로 주일이 될 때까지 야학은 문을 닫았다. 때문에 야학 학생들은 누구도 이 목사의 실종을 알지 못했다. 다음날 집에 돌아와 아버지를 기다리다가 혼자서 하룻밤을 꼬박 새운 서경이가 용일을 찾아간 뒤에야 사람들은 이 목사의 실종을 알게 되었다.

"울지 마. 어디 급한 일이 있어서 가신 걸 거야."

용일이 위로하며 서경이의 어깨를 다독거렸다. 서경이는 훌쩍거리며 손등으로 눈물을 닦아 냈다.

용일과 명식은 전날 밤 명식의 후배 집에서 잠을 잤다. 다음날 학교에서 만난 창원에게 집 근처에 별 이상한 기색이 없다는 말을 전해 듣고 나서야 집으로 돌아왔다. 용일과 명식은 이 정도로 끝날 일이 아니라고 생각한 것에 비해 너무니 조용하게 사건이 마무리되는 것 같아 미심쩍어하면서도 안심을 했다.

하지만 명식은 긴장을 늦추지 않았다. 이렇게 끝날 리는 없었다. 대수롭지 않은 이념 서적 몇 권을 가지고 있거나 혹은 그 내용에 대해 토론했다는 이유로 재판 같지도 않은 재판을 받고 감옥에 갇힌 사람들이 명식의 주위에는 너무도 많았다. 새벽녘에 갑자기 들이닥친 사나이들에게 잠옷 바람으로 끌려 나간 친구들과 선후배들은 들어 보지도 못한 이적 단체의 간부로 변해 재판에서 중형을 선고받았다. 함께 막걸리와 파전을 나눠 먹었기 때문에, 함께 간 목욕탕에서 등을 밀어 줬기 때문에, 함께 축구를 했기 때문에 엮여 들어간 '가담자'들도 많았다. 정신 차리지 않으면 뒤집어쓴다, 넋 놓고 있다가 수배자 된다는 선배들의 경험담이 생생한 명식은 너무 조용한 마무리가 왠지 마음에 걸렸다.

한집에 살게 된 용일이 같이 야학에서 일해 보자고 권유했을 때도 사실 명식은 야학 학생들에게 뭔가 도움을 주고 싶은 순수한 의도밖에 없었다. 하지만 야학 학생들에게 정작 필요한 것은 자신이 처한 현실을 바로 볼 수 있는 눈이었다. 사회의 모순에 대한 이해가 없는 단순 암기식 공부는 혼자만의 도피 수단일 뿐이었다. 야학 학생들이 스스로의 껍질을 깨는 데 필요한 것, 그것을 줄 수 있다고 결론을 내리자 명식은 바로 행동에 들어갔다. 용일과 창원을 설득하는 데는 그리 오랜 시간이 걸리지 않았다. 둘 다 젊은 혈기가 왕성했고 사회 모순에 대해 극도로 혐오감을 보이고 있었기 때문이었다. 문제는 이 목사였다. 명식이 보기에 이 목사도 충분히 트인 사람이었다. 기독교를 통해 빈민 봉사를 하겠다는 것도 나쁘지 않았다. 중세부터 현재까지 기독교만큼 민중을 착취하고 세뇌한 종교가 없으니까, 이에 대해 깊이 반성하고 민중을 위한 기독교 원래의 자리를 찾아간 듯한 이 목사의 관점은 명식에게 더없이 만족스러웠다. 그러나 이 목사는 정치 등 특정 분야에서의 사회 참여와 기독교의 경계를 철저히 갈라놓고 서로 침범하는 것을 용납하지 않았다. 그 덕분에 지금껏 지켜져 온 초록빛 교회가 지금 자신을 축으로 한 몇 명 때문에 흔들리고 있는 점에 대해서 명식은 진심으로 미안해했다. 그렇지만 '그건 반드시 깨져야 할 경계였어. 모두를 위해!'라고 스스로를 위로할 뿐이었다.

잠시 가방을 싸러 집에 들렀을 뿐인 명식과 용일은 서경이 때문에 꽤 오랫동안 머물러야 했다. 훌쩍이던 서경이는 눈물이 마르자 외할머니 집으로 돌아갔다. 명식은 옷가지며 책 등으로 금세 가방을 채웠지만 용일은 제 책상 앞에 앉아 뭔가 골똘히 생각하는 눈치였다.

"다 쌌으면 가자."

명식이 가방을 들고 일어서며 말했다. 용일은 앉은 채로 나직이 말했다.

"형, 나는 남아 있어야 될까 봐."

"무슨 소리야? 며칠만 피해 있자는 건데."

"아니. 나는 남을래."

"너 제정신이냐?"

용일은 고개를 끄덕였다. 명식은 가방을 내려놓았다.

"도대체 왜 이러는 건지 이유나 한번 들어 보자."

"목사님 말이야, 아무래도 끌려가신 것 같아."

"그건 나도 그렇게 생각해. 그러면 더더욱 피해 있어야지. 그렇다고 너까지 끌려갈 필요는 없잖아."

"나 차라리 자수할까 봐. 우리 때문에 죄 없는 목사님만 끌려가셨어."

"가서 뭐라고 하게? 야학 출석부라도 내밀면서 일 번부터 이십삼 번까지 다 우리에게 교육받았습니다, 공범이니까 함께 체포해 주십시오, 여기 공장 이름과 집 주소가 있습니다, 그러게?"

"그런 건 말 안 해. 난 다만 목사님이 풀려나시게 하고 싶은 거야."

명식은 한심하다는 듯 콧방귀를 뀌었다.

"네가 말하고 싶지 않다고 하면 개네들이 잘도 그러라고 하겠다. 네가 간다고 해서 풀려날 목사님이라면 네가 안 가도 며칠 지나면 다 풀려나. 솔직히 목사님이 우리 토론회에 대해 알고 계신 게 뭐가 있냐?"

"그건 그렇지만, 서경이도 마음에 걸리고……"

"네가 가면 입이 둘이 돼. 입이 둘이면 지켜질 비밀은 없어. 조용히 숨어 지내는 게 목사님을 돕는 일이야. 뭘 좀 알고나 움직여라."

명식의 핀잔을 듣고서야 용일은 주섬주섬 나머지 짐을 챙겼다. 두 청년은 풀 죽은 선학이의 머리를 한 번씩 쓰다듬고는 집을 나섰다.

"할머니한테는 우리 농촌 봉사 활동 갔다 온다고 말씀드려. 한 보름 걸릴 거라고."

선학이는 두 사람이 집을 떠나 있어야 하는 속사정을 눈치 채고 있었다. 명식과 용일도 선학이가 둘의 핑계를 말 그대로 믿으리라고는 생각하시 않았다. 하지만 보내는 사람노 떠나는 사람도 다른 말을 하지 않았디. 완도댁 할머니가 농촌 봉사 활동 핑계를 빌어 주기만 바랄 뿐이었다. 선학이는 골목길을 빠져나가는 두 사람의 뒷모습을 지켜보았다. 웬일인지 앞집 독구도 짖지 않았다.

"서경아, 이 딸기 좀 먹어 봐라."

"그려, 어여 일어나서 딸기 먹어. 아줌마가 맛나게 설탕 뿌려 놨어."

서경이는 베개에 얼굴을 묻고 고개만 저어 댔다. 외할머니와 화순댁이 십 분 넘게 달랬지만 "싫어요." 한마디 말고는 들을 수가 없었다. 두 사람은 별수 없이 딸기가 담긴 크리스털 접시를 책상 위에 올려놓고 방을 나왔다.

외할머니는 일 층 거실로 내려와 안락의자에 앉았다. 활짝 열린 창을 통해 짧게 자른 잔디 냄새가 솔솔 바람을 타고 들어왔다.

"대체 이 사람이 어디로 간 거야? 화순댁, 어디 짚이는 데 없어?"

"지 맘이 그 맘이랑게요. 영 도깨비 사라진 자리 같으니께."

"김 기사한테 알아보라고 했는데 이 사람도 무소식이네."

"오늘 사장님 출장 뫼시고 다니느라 짬이 없을 거구만요."

외할머니는 화순댁이 가져다준 찻잔에 손도 대지 않고 곰곰이 생각에 잠겼다. 어찌 됐든 딸자식 데려간 사위고 하나밖에 없는 손녀의 아빠였다. 이 어수선한 시국에 소식 없이 사라진 사람이 잘 지내고 있으리라곤 생각되지 않았다. 외할머니는 몇 번이고 들었다 내려놓은 전화기를 다시 집어 들었다. 따르륵 따르륵 다이얼 돌아가는 소리가 유난히 거슬렸다. 여자가 나서면 되던 일도 금이 가게 마련이라며 절대 바깥일에 관여하지 못하게 하는 남편의 성미가 걸리긴 했지만 서경이를 위해서 하는 일이었다. 남편도 이해해 줄 것이다.

"여보세요, 박은규 과장 좀 부탁합니다."

"지금 회의 중이신데요."

"그럼 말씀 좀 전해 주세요. 동명동 고모한테서 전화 왔다고, 꼭 전화 부탁한다고요. 네, 고마워요."

경찰서에 있는 조카라면 이 목사를 찾아 줄 수 있을 것 같았다. 신문사와 라디오 방송국에도 조카뻘 되는 친척들이 있지만 일단은 경찰서에서 올 답을 기다리기로 했다. 다행히 오래지 않아 전화벨이 울렸다. 자초지종을 들은 조카는 알아보겠다며 걱정하지 말라고 시원스럽게 전화를 끊었다. 한 시간이 지나자 조카에게서 전화가 왔다. 이 목사를 찾았다는 이야기를 곁에서 들은 화순댁이 환성을 지르며 서경이에게 달려갔다.

"찾긴 찾았는데 문제가 있다니, 그게 무슨 소린가?"

"그게요, 고모님. 좀 어려운 건으로 얽혀 있어서요."

조카는 연방 미안해하며 전화를 끊었다. 외할머니는 아무래도 남편의 힘을 빌리는 수밖에 없다고 생각했다.

'화는 내겠지만 이번만큼은 그냥 물러날 수 없지. 암, 없고말고.'

외할머니는 나무 계단이 꺼질 듯 달려 내려와 환성을 지르는 서경이의 미소를 보며 더욱 결심을 굳혔다.

"이준행!"

"예!"

'다시 시작이군.'

이 목사는 뻑뻑한 몸을 일으켜 세웠다. 허리를 굽혀 유치장 문을 나서자 사복 차림의 남자가 앞장서 걷기 시작했다. 남자는 일 층으로 향하는 계단을 오르기 시작했다. 당연히 취조실로 갈 것으로 생각한 이 목사는 의아한 얼굴로 남자의 뒤를 따랐다. 일 층으로 올라간 남자는 긴 복도를 지나 거침없이 현관으로 나섰다. 햇살이 눈부시게 쏟아지는 정오경이었다. 이 목사는 손을

들어 눈을 가렸다. 내내 지하에서 지낸 터라 강렬한 햇살에 눈
이 부셨다. 눈앞이 밝아지자 대형 승용차 한 대가 눈에 들어왔
다. 자동차의 창이 스르르 열리며 장인의 목소리가 들렸다.

"타게."

이 목사는 남자의 얼굴을 돌아봤다. 남자는 무표정한 얼굴로
장인을 향해 목례를 한 후 사라졌다. 이 목사가 타자 차는 곧 출
발했다. 조용한 차 안에 들릴 듯 말 듯 엔진 소리가 낮게 깔리자
참을 수 없을 만큼 졸음이 몰려왔다. 어려운 장인이 옆에 있기
때문에 참으려 애를 썼지만 며칠간 제대로 자지 못한 몸은 말을
듣지 않았다. 자기도 모르게 꾸벅 고개를 떨어뜨렸다. 깜짝 놀
라 다시 고개를 들었지만 졸음은 꼬리를 물고 이어지는 파도 같
았다. 이 목사는 곧 깊이 잠이 들었다. 잠결에 머리를 기대는 이
목사를 장인은 굳이 밀어내지 않았다. 팔짱을 끼고 창밖만 바라
볼 뿐이었다.

여태껏 사십 년 가까이 함께 살면서 한 번도 자기 욕심으로
언성을 높인 적이 없는 아내와 처음으로 말다툼을 했다. 사위도
자식이고 서경이를 봐서라도 힘을 좀 써 달라는 아내의 주장은
백 번 옳았지만 하나뿐인 딸자식의 신세를 망친 걸 생각하면 자
식이 아니라 원수였다.

'얌전하게 살고 있으면 교회라도 하나 지어 줘 앞길 열어 줄
마음이었는데, 봉사를 한답시고 달동네로 기어들더니 결국 금
쪽같은 외동딸 경미를 죽게 해? 하나 남은 혈육인 서경이 다리

306

마저 그 꼴을 만들어? 처자식 건사도 제대로 못하는 놈이 누굴 위하고 누굴 가르쳐! 시국이 어떤데 정신 못 차리고 젊은 놈들을 선동해? 내가 누군데 그깟 경찰서장한테 아쉬운 소리를 하게 만들어? 이놈이 끼어들어서 제대로 되는 일이 하나도 없어, 하나도!'

차는 산길을 거슬러 올라 전망대 앞에 멈췄다. 전망대에 올라서면 광주 전체가 한눈에 들어왔다.

"차 안에 있게."

김 기사를 남겨 두고 장인은 정신을 차린 이 목사와 함께 가파른 비탈에 섰다.

"자네가 무슨 일을 벌였는지 알고 있나?"

"경찰서에서 들었습니다."

"하마터면 여러 사람 신세를 망칠 뻔했어."

이 목사는 대답하지 않았다. 스스로도 운이 좋았다고 생각했다. 수차례 취조를 받으면서도 몇 번의 손찌검을 제외하고는 특별히 고문을 당하지 않았다. 어째서 계엄하의 치안을 담당하고 있는 군으로 사건을 넘기지 않고 굳이 경찰 쪽에서 취조를 계속했는지도 알 수 없었다. '모릅니다'로 일관하면서도 가혹한 체형이 가해지면 얼마나 버틸 수 있을지 걱정이었고, 버티는 동안 제발 야학 선생들이나 학생들이 몸을 피해 주기를 얼마나 바랐는지 모른다. 배움이 필요한 사람들에게 배움의 기회를 주려던 순수한 의도가 조금만 각도를 달리하면 불순한 의도를 가진 조직으로 보일 수 있다는 것도 실감하지 못했다. 어떻게 하면 다치는 사람 없이 이 사건을 마무리할 수 있는지 사람의 생각으로는 막막할 뿐이었다. 모든 속내를 아는 하나님이 직접 도와주시기를 기도할 뿐이었다. 그리고 그 기도의 답은 생각지도 못한 장인을 통해 전해졌다.

"긴말하지 않겠네. 다행히 경찰서장과 몇몇 간부들이 나와 막역한 사이여서 간신히 마무리를 할 수 있었네만, 다시 이런 일이 벌어진다면 그때는 자네뿐 아니라 내 집과 내 사업까지도 위태로울 수 있어."

"죄송합니다."

"정말 죄송하게 생각하나?"

"예."

"그럼 내 얘기를 잘 듣게."

이 목사는 고개를 들어 장인의 뒷모습을 바라보았다. 장인은 뒷짐을 지고 광주 시내를 내려다보고 있었다.

"자네를 도우려는 마음으로 경찰에서 빼내 온 게 아니야. 서경이 녀석이 불쌍해서 무리를 한 게지. 자네는 아비로서 자질이 많이 부족해. 집안을 건사하지 못하는 남자는 큰일을 할 수가 없어. 설령 뭔가를 한다 하더라도 그게 무슨 의미가 있겠나?"

"면목 없습니다."

"다음달 말경에 서경이를 미국으로 보낼 테니 그리 알게."

"예?"

이 목사는 뜻하지 않은 장인의 통고에 머릿속이 멍해졌다.

"샌프란시스코에 내 동생이 있어. 일찍 건너가서 자리도 잡았고 서경이 또래 손녀 손자도 있으니 외롭지는 않을 게야."

"그건 안 됩니다."

이 목사가 외쳤지만 여전히 등을 돌리고 서 있는 장인의 어깨는 꿈쩍도 하지 않았다.

"안 된다? 자네한테 허락을 받자는 이야기 같나? 서경이 미래를 위해 자네가 해 줄 수 있는 게 뭔가? 불구인 여자 애가 일류 교육도 받지 못하고, 저런 허접스러운 동네에서 자라서 뭐가 되겠나? 정신 차려, 이 사람아! 세상은 자네 생각처럼 만만한 게 아니야! 아직 똥오줌도 못 가리는 아비가 딸아이는 제대로 돌볼 성싶어?"

"서경이는 제가 키웁니다. 세상에는 장인어른이 말씀하시는 것보다 중요한 게 많습니다. 우리 부녀는 지금껏……"

"됐네. 자네가 말 잘하는 목사인 거 아니까 말로 날 설득하려고 하지 말게. 아까 말했듯 이건 선택의 문제가 아니야. 자네가 예뻐서 빼내 온 게 아니라고 했지? 서경이를 미국으로 보낼 텐가, 아니면 다시 경찰서로 들어가 여러 사람 다치게 할 텐가? 경찰에서 듣자 하니 자네 교회에 유독 젊은 아이들이 많이 모여 있다며? 그 아이들 안전은 자네가 다 책임질 텐가?"

이 목사는 숨이 콱 막히는 것을 느꼈다. 서경이와 헤어질 수는 없었다. 그렇다고 다시 경찰서로 돌아갈 수도 없었다. 이 목

사의 다리가 후들거렸다. 곁에 있는 나무에 몸을 기댄 이 목사
는 쥐어짜듯 말을 꺼냈다.

"시간을 좀 주십시오. 차분하게 생각해 보겠습니다."

"시간은 충분했어. 서경이를 포기하게. 그게 아이의 미래를
위한 거야."

"장인어른!"

"같은 말 두 번 하게 하지 말게!"

장인은 차를 향해 걷기 시작했다. 선택의 여지가 없는 결정일
수록 생각할 여유를 주지 않고 과감하게 밀어붙이는 것이 상책
이었다. 이 목사가 바보가 아니라면 서경이를 포기하는 쪽을 선
택할 게 분명했다. 사실 어느 쪽을 선택해도 장인은 서경이를
미국으로 보낼 생각이었다.

김 기사가 튀어나와 차 문을 열었다. 장인이 뒷좌석에 깊숙이
기대앉을 때까지 이 목사는 나무에 기댄 채 움직이지 않았다.

'모자란 녀석! 나 하나도 제대로 설득하지 못하면서 세상 누
구를 변화시키겠다는 건가.'

한참을 기다렸지만 이 목사는 돌이라도 된 것처럼 움직이지
않았다. 장인은 고개를 돌려 앞을 보며 말했다.

"동명동!"

미끄러지듯 스르르 차가 움직이기 시작했다. 김 기사는 거울
을 통해 이 목사를 흘끔흘끔 바라보며 최대한 천천히 차를 몰
았다.

'버스도 드문 곳이라서 걸어 내려오려면 꽤나 시간이 걸릴 텐데……'

웬만하면 태우고 가고 싶은 김 기사의 속도 모르고 이 목사는 석상처럼 움직이지 않았다. 이 목사가 끝내 움직이지 않자 김 기사는 점차 속도를 높였다. 굽이진 내리막길이었지만 독일에서 만든 고급 차는 이름값만큼 편안하게 움직였다. 가끔 길을 가로지르는 등산객들이 소리도 없이 다가오는 검은 차에 화들짝 놀랐지만 알아서들 길을 비켜 주었다. 차가 동명동에 도착할 때까지 장인은 한 번도 입을 열지 않았다. 이미 익숙해진 김 기사도 입을 다물고 있었기 때문에 차 안은 물속처럼 조용했다. 차문을 열면 쏴아아 쏟아져 나올 것 같은 침묵이었다.

18. 총알 목걸이

"쓸데없이 나다니지 말고 집에서 공부나 해라. 알았지!"

"예!"

변성기 아이들의 거위 같은 목소리가 교실을 가득 메웠다. 오늘도 학교는 단축 수업을 하고 일찍 끝났다. 담임 선생님이 교실을 나서자 아이들은 와글와글 교실을 빠져나가기 시작했다. 선학이도 가방을 들고 집으로 향했다. 바람결에 실려 온 메케한 냄새에 하굣길의 아이들은 콜록거리면서도 발걸음을 쉬지 않았다. 교문 앞에서 기다리고 있던 규민이와 함께 돌아오면서 선학이는 웬일인지 아무 말이 없었다. 규민이는 그런 선학이가 답답했는지 쿡쿡 옆구리를 찔렀다.

"오늘 우리 집에 갈래? 패튼 전차 샀는데 같이 조립하자."

선학이는 말없이 고개만 끄덕일 뿐이었다. 규민이는 선학이의 반응이 의외였는지 같은 말을 되풀이했다.

"패튼 전차 샀다니까? M48 패튼!"

"귀 안 먹었어."

"너 선생님한테 맞았냐?"

"아니."

"중간고사 떡쳤어?"

"아니."

"그럼 왜 그래?"

"몰라."

선학이의 맥없는 대답이었다. 규민이는 속으로 '은성이한테 무슨 말 들었군' 싶었지만 거기까지는 붙어보지 않았다. 규민이와 선학이는 요즈음 플라스틱 모형에 푹 빠져 있었다. 35분의 1로 축소한 전차며 군인들이 놀라울 만큼 세밀하게 재현되어 있었다. 더구나 전차 내부에는 두 개의 모터가 들어 있어 유선 리모컨으로 전후좌우 주행도 가능했다. 둘 다 돈이 생기면 각종 전차며 장갑차, 군인 인형을 샀지만 규민이는 그중에도 미국군을 좋아했고 선학이는 독일군을 좋아했다. 손바닥 위에 올려놓을 수 있을 만큼 작은 모형들에 대해 규민이와 선학이는 학교 공부를 하듯 열심히 제원이며 성능들을 외웠다. 패튼 전차는 규민이가 몇 주 전부터 눈독을 들이던 전차였다. 값이 비싸 선뜻 손이 가지 못했는데 어디서 돈이 생긴 게 분명했다.

규민이와 선학이는 마루에 가방을 던져 놓고 방으로 들어갔다. 네모 반듯한 종이 상자 위에 인쇄된 패튼 전차의 그림을 본 선학이는 그제야 흥이 나는 듯했다.

"잘 뜯어. 안 부러지게."

규민이가 이야기하지 않아도 선학이는 충분히 잘 알고 있었다. 35분의 1로 축소된 삽이며 도끼, 밧줄 같은 부품들은 연필 끝보다 얇았다. 무심코 떼어 내다가는 소리 없이 부러지기 일쑤였다. 선학이는 수술이라도 하는 것처럼 칼로 조심스럽게 작은 부품들을 떼어 냈다. 설명서에 따라 조립 순서대로 부품을 떼어 내서 깔끔하게 다듬은 다음 규민이에게 건네주었다. 규민이는 새끼손가락만 한 튜브에 든 접착제로 조심스럽게 부품을 붙였다. 둘은 말없이 전차 조립에만 열중했다. 규민이는 혀끝을 살짝 빼물고 있었고 선학이는 아랫입술을 지그시 물고 있었다. 뭔가에 열중할 때의 버릇이었다. 촛불에 달군 드라이버로 허리띠 같은 무한궤도의 양끝을 겹치게 눌러 붙였고 부품을 떼어 낸 플라스틱 줄기 하나를 촛불에 녹인 다음 길게 늘여 안테나도 만들었다. 바퀴 열여섯 개가 각각 잘 돌아가는 것을 확인한 다음 무한궤도를 걸었다. 아래쪽 차체와 포탑이 올라간 상판을 틈새 없이 붙이자 전차 한 대가 완성되었다.

규민이는 리모컨에 건전지를 넣고 전진 레버를 밀었다. "위이이잉" 소리를 내며 전차가 힘차게 움직였다. 진짜 전차라도 되는 것처럼 방바닥에 널린 책이며 드라이버 등을 거침없이 넘어다녔다. 규민이와 선학이의 입이 벌어졌다. 선학이는 규민이를

314

재촉해 리모콘을 넘겨 받았다. 전차가 뒤집어지지 않을 만한 장애물을 골라 넘게 했다. 자칫 무리한 시도를 하다가 전차가 넘어지기라도 하면 위쪽에 붙여 놓은 전차병 인형이며 기관총, 안테나 등 약한 부품이 부서지기 일쑤였다. 신이 난 선학이를 지켜보며 웃던 규민이가 고개를 갸우뚱거리다가 말했다.

"야, 서경이랑 은성이다."

윙윙거리던 전차가 뚝 멈췄다. 방바닥에 앉아 있던 선학이가 규민이를 올려다보았다.

열린 창을 통해 재잘재잘 쉴 새 없이 목소리가 들려왔다. 무슨 이야기인지 내용은 알 수 없었지만 시경이 목소리 사이사이 짧게 대답하는 건 확인할 필요도 없는 은성이 목소리였다. 책상 위로 올라간 규민이가 내려오며 선학이에게 손짓을 했다. 선학이는 책상을 딛고 올라가 길 쪽을 내다보았다. 바로 앞을 지나가고 있는 서경이와 은성이가 보였다. 서경이의 느릿한 걸음에 맞춰 천천히 걷는 은성이의 단정한 머리칼이 보였다. 찰랑찰랑 흔들리는 머리칼 위에 꽂힌 머리핀이 햇빛에 반짝거렸다. 선학이는 행여 눈이라도 마주칠세라 거북이처럼 목을 숙이고 눈으로 은성이를 좇았다.

"그렇다니까. 그래서 내가 '전에는 팔백 원이라고 했잖아요' 그러니까 그제야 '아, 전에 그 학생! 그럼 팔백 원에 줘야지. 진작 말을 하지 그랬어?' 그러면서 느글느글하게 웃는 거야. 참 그런 사람이 다 있니?"

"그러게, 그 아저씨 안 그럴 것 같았는데."

"너도 새마을 문구 가지 말고 곰돌이 문구 가. 곰돌이 문구 아저씨는 안 그래."

"그래야겠다."

규민이네 창을 지나친 서경이와 은성이는 교회 쪽을 향해 걸었다. 골목길에 접어들었을 때 뒤쪽에서 고함인지 비명인지 모를 외마디 소리가 들렸다. 둘은 뒤를 돌아보았지만 길은 텅 비어 있었다. 고개를 갸웃거리며 서경이와 은성이는 다시 걸음을 옮겼다.

바닥에 나동그라진 선학이가 벌떡 일어났지만 이미 일은 벌어진 다음이었다. 점점 멀어지는 은성이의 뒷모습을 조금이라도 더 보려고 창가에 비스듬히 몸을 기울이다가 무심코 잡은 선반이 떨어지면서 선학이도 함께 굴러 떨어지고 만 것이었다. 운이 나빴는지 그 선반은 규민이가 애써 조립한 전차들을 올려놓은 나무 선반이었다. 방 안은 부서진 전차들로 난장판이 되었다. 일곱 대의 전차가 부서져 나뒹굴었다. 규민이는 겨우 "야!" 외마디 소리를 지른 후 어쩔 줄 몰라 부들부들 떨고 있었다. 선학이는 포탑 따로 상판 차체 따로 분해된 전차들을 맞춰 보려고 애를 썼지만 별탈 없이 다시 조립된 전차는 두 대뿐이었다. 나머지는 전쟁에라도 나갔다 온 것처럼 심하게 부서져 있었다.

"미안해……"

규민이는 아무 대답도 없이 주저앉았다. 그렁그렁 고여 있는 눈물이 누가 말만 시켜도 주르르 흘러내릴 것 같았다. 선학이는 주섬주섬 전차들을 정리해 책상 위에 올려놓고는 기어 들어가는 목소리로 말했다.

"선반은 우리 아빠가 고쳐 주실 거야. 이따가 올게."

선학이가 방을 나가도 규민이는 아무 말이 없었다. 미안한 나머지 쥐구멍에라도 들어가고 싶은 선학이는 가방과 나무 선반을 챙겨 들고 규민이네 집을 나섰다. 미안하기도 하고 창피하기도 해서 집에 도착할 때까지도 달아오른 얼굴이 식지 않았다.

선학이 아버지는 오늘도 일찍 일을 마치고 돌아와 있었다. 사월부터 하고 있는 시내의 건축 일이 매일 계속되는 시위 때문에 시장이 많았다.

"학교 다녀왔습니다."

"어이, 이제 오냐. 손에 든 건 뭐냐?"

"아빠, 좀 고쳐 주세요. 규민이 건데 제가 부숴 먹었어요."

"오냐, 그래. 고쳐 줘야지. 고쳐 주고말고."

선학이 아버지는 심심하던 차에 잘됐다는 듯 연장 가방을 꺼냈다.

"어디 보자, 어디를 보자……"

가락을 넣어 흥얼거리던 선학이 아버지는 깨져 나간 못걸이 부분을 유심히 살펴보다가 투덜거렸다.

"누가 만들었는지 모르겠다만 나무를 통 모르는 사람 솜씨다. 이거, 나뭇결을 거슬러서 못걸이를 붙여야지 나뭇결과 같이 가게 붙여 놓으면 힘을 받을 수가 있나? 금방 떨어져 버리지. 선학아! 이거 네가 부쉈다고?"

"예."

"이건 누가 손대도 조금만 힘주면 부서지게 되어 있는 거다. 걱정하지 마. 아빠가 아예 새 걸로 하나 만들어 줄 테니까."

선학이 아버지는 광에서 깔끔하게 대패질이 된 판자 조각을 꺼내 왔다. 대패 머리를 톡톡 망치로 때려 날 깊이를 조정한 다음 판자 모서리까지 깔끔하게 밀었다. 끌과 칼을 몇 자루 꺼내 선반에 멋지게 용을 조각했다. 그다음 거칠기가 각각 다른 사포 몇 장을 꺼내 나무 면을 부드럽게 다듬고 황토 가루를 물에 개어 입혔다. 황토 가루가 마르자 고운 사포질을 한 다음 니스를 엷게 칠해 그늘에 말렸다. 휘파람을 불며 쓱쓱 일하는 사이사이 선학이와 눈이 마주칠 때마다 아버지는 찡긋 윙크를 했다.

선학이는 머릿속으로 규민이의 전차 값을 계산하고 있었다. 두 대는 그럭저럭 말짱했지만 다섯 대는 형편없이 부서졌다. 한 대당 삼천 원씩만 해도 만오천 원이나 되었다. 친구니까 깎아 준다 쳐도 최소한 만 원은 있어야 될 것 같았다. 너무 큰돈이었다.

"다 됐다!"

선학이 아버지는 고개를 끄덕이며 선반을 가리켰다. 니스가 아직 마르지 않았지만 훌륭한 선반이었다. 선학이 아버지는 연장 가방을 정리해 넣고 마당의 톱밥을 쓸어 낸 다음 옷을 털었다. 손발도 깨끗이 씻고 방에 들어와서 잔뜩 생색을 냈다.

"아들아, 일을 마친 아빠는 지금 배가 몹시 출출하다. 뭐 없냐?"

"라면 끓일까요?"

"진정한 남자의 새참은 따로 있는 것이다. 그것은 바로……뭐지?"

"막, 걸, 리!"

"그렇지! 가서 막걸리 좀 받아 오너라. 너 먹고 싶은 것도 사 오고."

선학이 아버지는 주머니를 뒤적이더니 오백 원짜리 지폐 한 장을 내밀었다. 선학이는 동네 구멍가게로 달려가 막걸리와 라면을 사 왔다. 선학이 아버지는 아들이 끓여 준 라면에 김치를 곁들여 막걸리 한 병을 비우더니 곧 잠이 들었다. 선학이는 금세 코를 고는 아버지 곁에 앉아 규민이 전차를 어떻게 물어 줄까 고민에 빠졌다. 책을 사거나 불우이웃 돕기 성금이 필요하다고 거짓말을 해 돈을 타 낸다 해도 만 원은 너무 큰 액수였다. 두고두고 나눠 갚을 수밖에 없었다. 눈 깜짝할 사이에 빚쟁이가 된 선학이는 마음이 무거워졌다. 앞으로는 용돈이 생겨도, 가지고 싶은 게 있어도 규민이의 전차 값을 물어 줄 때까지는 어림없겠다고 생각하자 한숨이 저절로 새어 나왔다.

'아니면?'

그때 선학이에게 좋은 생각이 떠올랐다. 선학이는 책꽂이에서 우표첩을 꺼냈다.

‘이걸 줄까?’

만 원에 넘기기에는 우표첩에 쏟은 정성이 너무 아까웠다.

‘그럼 다른 걸로?’

선학이는 책꽂이 밑에 넣어 둔 신발 상자를 꺼냈다. 신발 상자 속에는 선학이가 차곡차곡 모아 둔 편지와 카드 들이 들어 있었다. 편지들을 헤치고 제일 밑바닥에 있는 종이봉투를 꺼냈다. 봉투는 꽤나 묵직해 보였다. 선학이는 봉투에서 목걸이를 하나 꺼내 들었다. 세로로 자른 탄피에 탄두를 끼우고 군번줄로 연결한 목걸이였다. 옛날 현내에서 공수 부대 박 중사가 선물로 준 목걸이에는 파란 구리 녹이 슬어 있었다.

이거라면 규민이도 좋아할 게 분명했다. 진짜 총알로 만든 목걸이라면 전차를 부순 잘못도 용서해 줄 것 같았다. 선학이는 목걸이를 주머니에 넣고 신발 상자를 닫았다. 규민이네 집을 향해 달려가는 선학이의 발걸음에 풀썩풀썩 먼지가 일었다.

“서울행 열차가 곧 출발하겠습니다. 입장권을 가진 손님께서는 열차에 타실 수 없습니다. 안전한 승강장 내에서 전송을 마쳐 주십시오.”

안내 방송이 역 안에 울려 퍼졌다. 선학이 아버지는 보자기에 싼 짐을 양손에 들고 앞장서 성큼성큼 걸었다. 기차 안까지 들어가 자리를 확인한 다음 선반에 짐을 올렸다. 선학이 어머니는 돌아서는 남편을 따라 다시 승강장으로 내려왔다.

"금방 다녀올게요. 반찬은 찬장에다 넣어 뒀고 국도 한 솥 끓여 놨으니까 끼니 거르지 마세요."

"집안 걱정 말고 잘 다녀와. 아무렴 밥도 못 차려 먹을까."

색색의 수기를 든 역무원이 호각을 불어 댔다. 기차는 금방이라도 움직일 것처럼 길게 기적을 울렸다. 선학이 어머니는 발길이 떨어지지 않는다는 듯 힘들게 차에 올랐다. 선학이와 아버지는 어머니가 앉은 창 밑에서 손을 흔들었다. 차창에 볼을 댄 어머니도 손을 흔들었다.

"빠아아앙!"

기적 소리가 길게 울렸다. 기차는 덜컹 소리를 내며 뒤로 약간 움찔거리는 듯싶더니 곧 앞쪽으로 움직이기 시작했다. 선학이는 승강장에 서서 기차가 사라질 때까지 지켜보았다. 아버지가 다가와 선학이 머리를 쓰다듬어 주었다. 두 사람은 손을 잡고 개찰구를 향해 걷기 시작했다. 곧 다시 만날 어머니지만 먼 나라에라도 보내는 것처럼 마음 한구석이 허전했다.

서울 외할머니가 병원에 입원했다는 전화를 받은 건 어제 저녁이었다. 오랜만에 동생의 전화를 받은 선학이 어머니 눈에 눈물이 고였다. 선학이 아버지는 아내 눈물을 보고 마음이 편치 않은 듯 어서 올라가 보라며 재촉했다. 당장이라도 올라갈 듯하던 선학이 어머니는 오늘 오전 내내 반찬을 만들고 빨래를 정리해 두고 오후가 되어서야 기차를 탔다. 선학이 아버지도 같이 가야 옳겠지만 상태가 심각해지면 그때 올라가기로 하고 일단 선학이 어머니만 먼저 올라가기로 했다.

아버지도 선학이도 돌아오는 길에는 말이 없었다. 역에서 집 앞까지 느릿느릿 걸어 삼십 분이 넘게 걸렸다. 나주 식당 앞을 지나갈 때 안에서 누가 아버지를 불렀다. 낮술에 얼굴이 벌게진 동네 아저씨들이었다. 선학이 아버지는 아들을 먼저 보내고 나주 식당으로 들어갔다. 그렇잖아도 기분이 우울해 한잔 생각이 나던 참이었다. 선학이는 바로 집에 들어가지 않고 규민이네 집으로 갔다. 마침 규민이는 부서진 전차를 손질하고 있었다.

"전쟁터를 만들 거야. 진짜 실감 나게."

규민이는 종이 상자 안에 모래며 잔돌로 언덕을 만들었다. 선학이는 벽에 등을 기대고 앉아 규민이의 손놀림을 지켜보았다. 규민이는 나무젓가락을 포개어 무너진 통나무집을 지었다. 물감으로 나무에 색을 입혔고 뜯어 온 풀잎과 연필로 솜씨 좋게 야자나무도 만들어 꽂았다. 불에 달군 철사로 전차를 뚫어 포탄이 관통한 구멍도 만들었고 촛불에 그슬어 불에 탄 흔적도 그렸다. 포탑을 뜯어내 엉성하게 올려놓자 꼭 폭발한 전차처럼 보이기도 했다. 군인 인형들을 군데군데 배치해서 전쟁터 분위기를 한껏 더했다. 부상당해 쓰러진 군인도 놓고 급하게 달려가는 군인도 놓았다. 전차 뒤에 숨어 앞쪽을 살피는 군인까지 놓자 종이 상자 안은 금세 전쟁터가 되었다.

"제목은 전차 부대의 최후야. 멋있지?"

"응. 그런데 좀 이상한 데가 있어."

"뭔데? 뭐가 이상해?"

"M48 패튼은 요즘 전차잖아. M4 셔먼은 이차 대전 때 전찬데 둘이 같은 전쟁터에 있다는 게 좀 이상하지 않아?"

"음, 그거는⋯⋯"

규민이는 선학이의 지적을 듣고 곰곰이 생각했다. 사실 맞는 말이었다. 하지만 규민이는 좋은 생각이 났다는 듯 빙그레 웃으며 대답했다.

"그러니까 진짜 전차 부대의 최후지. 옛날 고물 전차까지 동원해 싸웠지만 어쩔 수 없이 전멸하고 마는 최후의 전차 부대. 멋지지 않나?"

"멋지다."

선학이는 건성으로 고개를 끄덕였다. 전차에 대해 잘 아는 사람이 본다면 모를까, 잘 알 수 없는 부분이었다. 규민이는 손을 놓고 책상 위의 종이 상자를 유심히 살폈다.

"나중에 더 큰 전쟁터를 만들자."

"어떻게?"

"네 독일 전차 부대랑 내 미군 전차 부대랑 한 판에서 싸움을 붙이면 진짜 멋있을 거야."

하지만 선학이는 달랑 두 대밖에 없는 전차를 망가뜨리고 싶지 않았다. 제법 용돈을 많이 받는 규민이와 달리 용돈이 빠듯한 선학이로서는 몇 달이 걸려 어렵게 산 전차들이기 때문이었다.

규민이는 선학이에게서 받은 총알 목걸이를 꺼내 군번줄을 풀었다. 종이 상자 앞면에 군번줄을 늘어뜨리고 총알을 가운데 세워 놓자 상자 속 전쟁터가 더 실감 나는 것 같았다.

"나는 나중에 꼭 군인이 될 거야. 전차를 타고 신나게 달리는 멋있는 군인."

"군인이라고 다 전차만 타고 다니는 건 아냐."

"그럼?"

"삽 들고 땅도 파고, 톱질도 하고 그래."

"에이, 그런 게 어디 있어? 군인인데."

"옛날에 나 살던 현내에 군인들이 와서 천막집 지어 주고 변소도 만들어 주고 그랬거든."

선학이는 규민이에게 박 중시며 공수 부대 군인들 이야기를 자세하게 해 주었다. 규민이는 건빵도 먹어 보고 총도 만져 보았다는 선학이 이야기를 듣고 몹시도 부러운 표정이 되었다.

"어쨌든 나는 전차 부대 군인이 될 거야. 삽질이나 하는 군인보다 훨씬 멋있잖아."

"맘대로 해!"

규민이는 총알 목걸이가 무척 맘에 드는 모양이었다. 어디서 들있는지 칫솔에 치약을 묻혀 시간 날 때마다 문지르고 있었다. 덕분에 구리 녹이 한 겹 벗겨진 총알 목걸이는 제법 새 것처럼 빛이 났다. 선학이는 마음속으로 '괜히 줬나?' 하는 생각도 들었지만 이미 끝난 일이었다.

용일과 명식, 창원은 교문에서 멀찌감치 떨어진 골목길 모퉁이에 몸을 숨기고 학교 쪽 동태를 살폈다. 교문 앞에는 열 맞춰 선 군인들이 사람들의 출입을 막고 있었다. 군인들은 멋모르고 학교로 들어가려던 학생들을 붙잡아 마구 때렸다. 군인들에게 거칠게 항의하던 학생 몇몇은 개구리처럼 길바닥에 뻗을 때까지 몽둥이찜질을 당했다. 학생들은 발길을 돌릴 수밖에 없었다. 교문 밖에는 등교를 저지당한 학생들이 모여 '공수 부대 물러나라! 비상 계엄 해제하라!'는 구호를 외쳤다. 모든 대학들은 이미 군인들에 의해 폐쇄된 상태였다. 어떤 학생도 교내로 들어갈 수 없었다. 몇 달 전부터 계속된 학생 시위를 뿌리 뽑으려는 계엄 정부 특단의 조처였다. 경찰이 군인으로, 일반 군인이 공수 부대로 차례로 바뀌어 이미 광주 시내 곳곳에는 무장한 공수 부대가 배치되어 있었다.

"끝까지 목을 조르는군."

"이제 어쩌죠?"

"어쩌긴, 할 수 있는 데까지 해 봐야지."

용일과 명식은 학교 앞 시위대에 동참하지 않고 창원을 따라 완도댁 할머니 집으로 돌아갔다. 며칠 동안 친구들의 자취방을 돌아다닌 터라 몸이 젖은 솜이불처럼 무거웠다. 잠깐 동안 쉬었다가 시위대에 동참할 생각이었다.

수돗가에 앉아 있던 완도댁 할머니가 다듬던 파를 내팽개치고 달려왔다.

"아이고, 야들아, 어딜 갔다가 인자 오냐? 너네들 기다리다 내 속이 숯덩이가 다 되어 버렸다."

"에이, 할머니도. 왜 걱정을 하고 그러세요? 학교 일로 좀 바빠서 그랬는데."

"뭣이여? 내가 그런 눈치도 없는 늙은이 줄 아냐? 이십 년 동안 대학상 하숙을 쳤는디 그 속을 모르겄어? 느그들 고향 집에서 전화 올 때마다 가슴이 덜컹덜컹헌다. 빤히 속내 알면서 거짓말하기도 쉬운 일이 아녀."

요즘따라 고향에서 학생들의 안부를 묻는 전화가 자주 걸려 왔다. 그럴 때마다 완도댁 할머니는 학생들이 일러 준 대로 봉사 활동 나갔네, 도서관에 있네 하면서 본의 아니게 거짓말을 할 수밖에 없었다. 어찌 되었든 멀쩡하게 돌아와 준 세 젊은이가 고마웠는지 완도댁 할머니의 주름투성이 얼굴에 웃음 주름이 더 깊게 파였다.

"그나저나 볼이 쑥 파여 부렀네."
하며 딱해하던 완도댁 할머니는 파를 다듬어 채반에 받쳐 놓고 집 앞 장성 식육점으로 돼지고기를 사러 나갔다. 용일과 명식은 방바닥에 등을 대자마자 곧 늪 같은 잠에 빠져 들었다.

창원은 용일과 명식의 코 고는 소리를 들으며 팔베개를 하고 누워 하늘을 바라보았다. 오월의 하늘은 가을 하늘처럼 맑고 깊지도, 겨울 하늘처럼 시리게 투명하지도 않았지만 오월만의 따스함으로 가득했다. 조금 있으면 모내기가 시작될 텐데 올해는 누구 품을 사서 모내기를 하려나? 나도 확 고향으로 내려가 버릴까? 부모님 농사일이나 돕다가 조용해지면 다시 광주로 나올까? 병석이 형이랑 근수는 모레 고향으로 내려간다던데. 나도 내려가서 책이나 더 읽다가 나올까? 내년에는 군대도 가야 되는데, 이참에 군대나 가 버릴까? 가지가지 생각이 꼬리를 물고 일어났다. 어느 것 하나 이거다 싶은 답은 없었지만 조용한 곳에서 쉬고 싶은 마음은 굴뚝 같았다.

"학교 다녀왔습니다."

선학이가 대문을 열고 들어왔다. 댓돌 위에 있는 신발들을 본 선학이가 반색을 하며 마루로 뛰어 올라왔다.

"용일이 형! 명식이 형!"

"쉿! 방금 잠들었어."

어지간한 방해로는 쉬이 깨지 않을 만큼 깊이 잠든 두 사람이었지만 창원은 주의를 주었다. 얼마 지나지 않아 돼지고기며 딸기가 든 장바구니를 든 완도댁 할머니가 돌아왔다. 부엌에서 조금 이른 저녁밥을 푸짐하게 준비하고 있는데 시립 도서관에서 공부하던 병석과 근수가 나란히 집으로 돌아왔다. 밥상이 마루에 올라오자 기다렸다는 듯 선학이 아버지가 대문을 밀고 들어섰다. 오랜만에 온 집안 사람이 푸짐한 밥상에 둘러앉았다. 다들 즐겁게 웃으며 밥그릇을 비웠다. 서먹하던 명식과 근수도 아무 일 없었다는 듯 농담을 주고받았고 특히 명식과 용일은 밥을 세 공기나 비워 완도댁 할머니를 기쁘게 했다. 밥상을 내리고

328

구수한 숭늉으로 입가심을 했다.

"아, 배부르다."

하며 명식이 마루에 드러눕자 완도댁 할머니가 재촉해 일으켜
세웠다.

"먹고 바로 누우면 소 되니께 일어나. 어여 일어나!"

딸기 접시를 올려 준 완도댁 할머니가 설거짓거리를 들고 수
돗가에 앉자 명식이 벌떡 일어나 내려갔다.

"소 되면 안 되니까 설거지는 제가 할게요."

완도댁 할머니는 기분 좋은 얼굴로 웃으며 소매를 걷었다.

"대장부가 부엌일 하면 고추 떨어져. 징가도 못 사고 후회하
지 말고 이여 올라가서 딸기나 먹어."

"고추 떨어지면 할머니랑 살면 되죠. 제가 할게요."

명식은 포기하지 않고 완도댁 할머니의 팔을 잡아 세우려 했
다. 완도댁 할머니는 여전히 웃는 얼굴로 손바닥에 물을 담아
명식에게 뿌렸다. 명식은 어쩔 수 없다는 듯 설거지를 포기하고
마루에 걸터앉아 이런저런 이야기로 할머니의 귀를 심심치 않
게 해 주었다. 설거지가 끝나자 노을이 짙게 깔렸다. 명식은 배
를 꺼뜨린다며 산보를 나갔다. 집안에 남은 여섯 남자들은 텔레
비전도 켜지 않고 점점 짙어지는 노을을 묵묵히 바라보았다. 짙
어지다가 짙어지다가 어느 순간에는 어둠으로 변할 노을이었
다. 멀리서 최루탄 터지는 소리가 끊임없이 들려왔다. 보통 때
보다 크고 짧게 끊어지는 소리였다. 해질 녘이면 시위하는 군중

들도 진압하는 군인들도 조용해질 시간이었다. 하지만 오늘은 점점 어두워지는데도 최루탄 소리가 줄기차게 들려왔다. 선학이는 자기도 모르게 흘러나오는 콧물을 손등으로 슥 닦았다.

"뭐 하는 거여? 누가 보면 송장인 줄 알겄다. 어여 테레비나 켜 봐. 연속극 할 시간인게."

완도댁 할머니의 재촉에 선학이가 일어나 텔레비전을 켰다. 사람들의 눈길이 텔레비전으로 모였다. 시어머니에게 구박받고 남편에게 버림받은 새댁을 보며 완도댁 할머니는 계속 눈물을 훔쳐 냈다. 남자들은 눈만 깜빡거릴 뿐 보는 둥 마는 둥 연속극이 빨리 끝나고 뉴스가 시작되기를 기다렸다.

"쿵!"

대문을 박차는 요란한 소리에 완도댁 할머니가 화들짝 놀랐다. 돌아보니 명식이 숨을 몰아쉬고 있었다.

"간 떨어지는 줄 알았다. 뭔 일인디 뜀박질을 그리 숨넘어가게 했다냐?"

"왜 그래, 형? 무슨 일 있어?"

명식은 한참 동안이나 숨을 골랐다. 명식이 말을 꺼내기를 기다리던 사람들은 답답증이 일었다.

"무슨 일인데 그래? 빨리 말 좀 해 봐!"

"군인들이 하아, 하아, 시민들을 총검으로 찔렀대. 사람들이 하아, 죽었대, 많이."

"두두둥!"

　새장가를 든 남편에게 돌배기 아들마저 빼앗길 지경이 된 새
댁이 눈물을 흘리던 끝에 복수를 다짐하자 장렬한 북소리가 텔
레비전에서 흘러나왔다. '내일 이 시간에' 라는 자막이 눈을 하
얗게 치뜬 새댁의 얼굴 위로 떠올랐다.

19. 작전 명령

"2중대 집합!"

전투 식량으로 아침 식사를 마치고 전남 대학교 본부 건물 앞 빈터에 흩어져 휴식을 취하던 군인들이 재빨리 광장에 모여 4열 종대로 줄을 맞췄다. 각 소대장이 인원 점검을 마치고 중대장에게 보고를 했다. 1, 2, 3소대가 끝나자 덕용이 소속된 4소대의 인원 보고가 시작됐다.

"4소대 인원 보고! 총원 34명, 열외 3명. 열외 내용, 주둔지 경계 2명, 보고자 1명. 현재원 31명, 번호!"

"하나! 둘! 셋! 넷! 다섯! 여섯! 일곱! 여덟! 일 결!"

4소대의 인원 보고를 마지막으로 중대장이 대열 앞에 섰다. 중대장을 바라보는 군인들은 저마다 얼룩덜룩하게 위장한 얼굴에 눈빛만 섬뜩하게 빛나고 있었다.

“제군들은 지금 확대 계엄하에 작전을 수행 중이다. 현 상황은 훈련이 아닌 실제 상황이다! 현재 광주 시내 전역에는 불순 세력이 주도하고 있는 불법 시위 군중이 난동을 부리고 있다. 각자 철저하게 무장을 재점검하고 작전 명령 하달 시 신속 정확하게 임무를 수행해라. 우리는 국군 최강의 특전 부대다. 한 치의 물러섬도 용납하지 않는다. 선임들은 최근에 전입 온 신병들을 잘 이끌어 작전에 차질이 없도록 해라. 중대 선임 하사는 군장 점검하고 소대장들은 중대 본부에 모여 작전 지시를 하달받아라. 이상!”

“중대 차렷! 중대징님께 경례!”

“추웅성!”

“충성!”

낮고 굵은 경례 소리가 대학 본부를 울렸다. 소대장들이 중대장에게 작전 지시를 듣는 동안 소대별로 군장 점검이 있었다. 중대 선임 하사인 서 상사가 각 소대의 선임 하사들을 통솔해 무장 상태를 자세히 점검했다.

“군장 점검 끝, 소대별로 휴식 군기 유지하며 대기한다. 실시!”

“실시!”

군인들은 줄을 맞춘 상태 그대로 땅바닥에 앉아 소대장이 나오기를 기다렸다. 뒷부분에 앉아 있던 박민수 중사가 겨우 몇 주 전에 전입 온 신병에게 담배 하나를 건넸다.

"진덕용, 이번이 첫 번째 작전이지?"

"하사 진덕용! 예, 그렇습니다."

"너무 긴장하지 마라. 어제만큼만 하면 돼."

"예, 알겠습니다."

"담배 피워라."

덕용은 박 중사가 건네준 담배 한 개비를 깊이깊이 빨아들였다. 아침 아홉 시가 겨우 지나고 있었다. 어쩌자고 공수 부대를 지원했을까…… 몇 번이고 후회했지만 이미 때는 늦었다. 덕용은 어느새 두 번째 담배에 불을 댕겼다.

명호와 함께 현내를 도망 나온 덕용은 몇 달 동안 신나게 서울 생활을 즐겼다. 봉천동 근처에 사글셋방 하나를 얻어 놓고 여기저기 서울 구경에 시간 가는 줄도 몰랐다. 버는 것 없이 쓰기만 했기 때문에 수중에 가지고 있던 돈은 곶감 빼 먹듯 줄어들기만 했고, 반년이 지나자 달랑 천 원짜리 몇 장이 남아 있을 뿐이었다. 당장 다음 주 살 일이 막막해진 덕용과 명호는 서울대 앞 중국집에 각각 배달과 주방 보조로 취직했다. 그 무렵에는 사글셋방도 감당할 수 없어 중국집 골방에서 숙식을 해결해야 했다. 당구장 직원, 술집 웨이터를 전전하던 끝에 명호가 먼저 군대를 갔다. 이 목사 사건 때문에 고향에 내려갈 수도 없었던 명호는 고향 집에서 어머니가 남몰래 편지로 부쳐 준 영장과 차비를 받아 논산 훈련소에 들어갔다. 명호를 훈련소까지 바래다 주던 날 논산역 게시판에 붙어 있던 포스터 한 장이 덕용의 눈길을 끌었다.

'공수 특전 하사관 모집!'

날렵한 베레모가 폼 나기도 했지만 무엇보다 월급을 모아 목돈을 만들 수 있다는 문구가 마음을 끌었다. 복무 기간이 길긴 하지만 어차피 가야 할 군대, 돈까지 준다는데 망설일 이유가 없었다. 복무 기간 동안 열심히 돈을 모아서 제대한 다음에는 정말 작은 가게라도 하나 내 봐야겠다고 결심했다. 서울에서 밑바닥 생활 이 년 반을 경험한 덕용은 별이라도 따올 것 같던 예전과 달리 작고 단단한 꿈을 꾸고 있었다.

다음날 당장 병무청에 달려가 지원서에 지장을 찍은 덕용은 입대 후 눈이 튀어나올 것같이 고된 훈련에 하루에도 냊십 번 후회하며 오늘까지 버텨 왔다. 다행히 신병 교육 후 배치 받은 자대에서 만난 박 중사가 현내 출신인 덕용을 동생처럼 잘 돌봐 주었기 때문에 그나마 버텨 낼 수 있었다. 박 중사는 순창 사람이었지만 현내에 대민 지원을 나간 적이 있다며 덕용을 아껴 주었다.

하지만 자대 생활에 익숙해지기도 전에 이런 실전에 투입될 줄은 정말 몰랐다. 어제 광주 시내의 거점을 방어하면서 본 폭도들의 모습은 말 그대로 총만 안 든 빨갱이였다. 마스크를 한 채 돌을 던지고 반국가적인 구호를 외치는 폭도들은 금세라도 몰려들어 군인들과 한판 벌일 태세였다. 주위에 함께 서 있는 전우들만 아니라면 폭도들이 몰려올 때 주저앉았을지도 모를 만큼 오금이 저렸다. 다행히 "돌격!" 소리와 함께 돌진한 동료들이 폭도들을 진압봉으로, 개머리판으로 때려눕히는 것을 보고 용기를 얻을 수 있었다. 폭도들은 일단 진압이 시작되자 꼬리를 감추고 내빼기에 바빴다. 정신 차려 보니 덕용의 발밑에는 축 늘어진 폭도 한 명이 쓰러져 있었다.

"4소대 집합!"

중대 본부에서 나온 소대장들이 각각 자기 소대를 집합시켰다. 덕용도 재빨리 담뱃불을 끄고 자리를 찾아 정렬했다. 소대장의 목소리를 듣자 다시 온몸이 긴장하기 시작했다.

'어제처럼 싸울 수 있을까?'

"우리 소대의 작전 지역은 금남로 오 가 네거리다. 오늘도 어제처럼 중대 전원이 동일 임무를 수행한다. 방어 및 제압을 위한 대검 사용은 가능하다. 추가 명령 하달 시까지 탄알집 장전 상태로 안전장치 안전에 놓고 대기하라. 대항하는 폭도는 최대한 신속히 제압한다. 체포된 폭도는 중대 거점 지역에 집결시켜 이송한다. 진압 시 낙오에 주의하라. 최소 2인 1조로 움직인다. 질문 있나?"

"없습니다."

"화기 점검 후 차량 탑승 이동한다. 이상!"

덕용은 탄띠에 매달려 있는 대검을 뽑아 들었다. 묵직한 칼날이 햇빛에 검게 빛나고 있었다. 칼날 중앙에 나 있는 가느다란 홈을 집게손가락으로 쓰다듬어 보았다. 적을 찔렀을 때 피와 공기를 통하게 해 칼날을 쉽게 빼낼 수 있게 하기 위한 홈이었다.

'돌려서 빼야 돼. 그냥 잡아 뽑으면 잘 안 빠지니까. 하나, 찌른다! 둘, 돌린다! 셋, 뺀다! 기억해 둬라.'

총검술 교관의 말이 생각났다. 찌르고 돌리고 뺀다! 덕용은 대검을 쥔 손아귀에 뿌듯하게 힘이 차오르는 것을 느낄 수 있었다. 조금 전까지 느낀 불안감은 어느새 사라져 버렸다.

"대검 이상 무!"

"착검!"

"철컥!"

M16 소총의 소염기에 대검이 결합되는 소리가 신호라두 되듯 덕용의 마음속에도 용기가 불끈 솟아올랐다.

오늘은 선학이 아버지가 일을 나가지 않았다. 선학이네 학교도 임시 휴교에 들어갔다. 용일과 명식, 창원이 새벽같이 달려 나갔고 근수와 병석은 고향에 내려가겠다며 가방을 꾸리고 있었다. 선학이 아버지는 서울로 전화를 신청해 아내가 광주로 내려오지 못하게 하려 했지만 몇 번을 신청해도 전화를 받는 사람이 없었다. 완도댁 할머니는 집안일이 손에 잡히지 않는 듯 라디오만 이리저리 돌려 댔다. 벽돌만 한 건전지를 검은 고무줄로 칭칭 동여매 놓은 라디오에서는 유행가만 기세 좋게 흘러나올 뿐 별다른 소식을 전해 주지 않았다. 민방위 훈련 날 '국민 여러분, 여기는 민방위 본부입니다. 현 시간부로 훈련 경계 경보를 발령합니다' 하고 시끄럽게 굴 때와는 사정이 달랐다. 집 밖에만 나가도 전쟁처럼 살벌한 공기를 느낄 수 있었지만 그런 사정은 자기 알 바 아니라는 듯 라디오는 계속해서 유행가만 신나게 틀어 대고 있었다. 역정이 난 완도댁 할머니가 라디오를 내리쳐 꺼 버렸다.

"사람 속이 타 죽을 지경인디 뭐가 좋다고 오두방정이여, 방정이!"

"계십니까?"

문밖에서 귀에 익은 목소리가 들려왔다. 방에 누워 있던 선학이가 벌떡 일어나 달려 나갔다.

"목사님!"

"오, 그래. 선학이가 있었구나."

"목사님 오셨소? 어서 여기 올라앉으시오."

이 목사는 반겨 주는 완도댁 할머니의 손을 잡고 인사를 건넸다.

"별일 없으시지요?"

"빤히 아시면서 왜 물어본다요. 학상들하고 군인들하고 쌈이 붙는 통에 내가 속이 타 죽겠구만요."

"너무 염려 마세요. 곧 끝나지 않겠습니까?"

"지발 그리 돼야 될 텐디…… 내 정신 좀 봐라야."

완도댁 할머니는 손사래를 치며 부엌으로 달려갔다. 부엌에서 빼꼼히 얼굴을 내민 완도댁 할머니가 이 목사에게 큰 소리로 물었다.

"아침은 잡수셨는가 모르겠네요. 아직 국이 따땃한디 밥 한 술 뜨실라요?"

"아침 먹었습니다. 냉수나 한 그릇 주십시오."

"아따, 냉수는 무슨. 그라면 숭늉 한 그릇 드릴 테니께 그거라도 자시오."

"예."

이 목사는 완도댁 할머니와 대화하는 게 즐거운 듯 밝은 얼굴이었다. 선학이는 이 목사 곁에 나란히 앉았다.

"목사님, 서경이네 학교도 쉬지요?"

"그렇다더라."

"우리 주일 예배도 쉬는 건가요?"

"예배를 쉬면 되나. 교회는 쉬는 일이 없다."

"서경이는 뭐 하고 있어요?"

"아침에 은성이가 와서 놀고 있다. 이따가 한번 가 볼래?"

"제가요?"

이 목사는 고개를 끄덕였다. 선학이는 속으로 갈까 말까 고민하기 시작했다. 완도댁 할머니가 나무 쟁반에 숭늉 그릇을 받쳐 들고 왔다. 이 목사는 숭늉 그릇을 들고 단숨에 들이켰다.

"구수한데요. 잘 먹었습니다."

"한 그릇 더 할라요?"

이 목사는 빙긋 웃으며 손을 내젓고는 선학이에게 물었다.

“김 선생하고 최 선생은?”

“새벽에 나갔어요.”

“그래?”

선학이 아버지가 모퉁이를 돌아 나타났다. 구석에 있는 변소에서 나오는 길인 게 분명했다.

“목사님, 아침부터 웬일이십니까?”

선학이 아버지가 수돗가에서 손을 씻은 다음 물기를 닦으며 조심스레 묻자 이 목사의 웃음이 엷어졌다.

“이 집 학생들이 궁금해서 들렀습니다. 갈수록 험악해지는 것 같네요.”

“지금까지보다는 앞으로가 문제지요.”

“안녕하세요?”

병석과 근수가 방에서 나오며 이 목사를 향해 인사했다. 벌써부터 이 목사가 온 건 알고 있었지만 한시라도 빨리 가방을 꾸리려고 모른 척한 참이었다.

“저희는 고향에 내려갑니다. 좀 조용해지면 다시 뵙지요.”

병석과 근수는 완도댁 할머니에게도 작별 인사를 했다. 이 목사가 두 사람에게 물었다.

“대인동 터미널로 가는 건가요?”

“예. 둘 다 버스 편밖에 없어요.”

“조심해요. 그쪽도 군인이 배치된 것 같던데.”

“알아서 하겠습니다.”

용일 등과 달리 이 목사와 그다지 친한 사이가 아닌 병석과 근수는 대충 인사를 마치고 집을 나섰다. 이 목사는 완도댁 할머니와 선학이, 선학이 아버지에게 서로 손을 잡게 한 다음 기도를 올렸다. 기도를 마치고 다른 집을 방문하겠다며 나서는 이 목사를 배웅하고 돌아서며 완도댁 할머니가 말했다.

"참, 나이도 젊은 양반이 어쩌면 저리 부처님 속 같으까나. 딴사람 불안할까 봐 돌아다니면서 좋은 말만 빌어 주니 영 고맙기만 하네. 극락 갈 거여."

이 목사는 점심도 거르고 교인들의 집을 방문했다. 젊은이들은 대부분 집을 비우고 없었다. 세 시가 되어서야 집에 돌아온 이 목사는 서경이가 차려 준 늦은 점심을 먹고 교회도 나갔다. 텅 빈 교회에서 해가 질 때까지 땀을 흘리며 기도에 열중했다.

"하나님 아버지, 이 나라의 권세 잡은 자들에게 임하셔서 그들이 자신의 결정에 대해 다시 생각하게 해 주십시오. 수많은 영혼들이 위정자의 탐욕 때문에 고통받고 있습니다. 권세 잡은 자들의 영혼을 열어 주셔서 고통받는 영혼들의 신음을 듣게 하시고 그들의 고통을 느끼게 하여 주시옵소서. 권력의 탐욕에 눈먼 이들의 눈을 뜨게 하시고 악의 유혹에서 빠져나오게 하여 주시옵소서. 무고한 사람들의 피를 멎게 하시고 하나님의 치유하는 손길로 그들을 어루만져 주시옵소서."

기도를 마친 이 목사가 이마의 땀을 닦고 있을 때였다. 멀지 않은 도청 쪽에서 "타당탕, 탕, 탕" 총소리가 들려왔다. 이 목사

는 벌떡 일어나 교회 밖으로 달려 나갔다. 총소리는 점점 거세
져 광주 중심부가 온통 전쟁터로 변한 것 같았다. 이 목사는 눈
을 지그시 감았다.

"아버지!"

신음이 이 목사의 입에서 흘러나왔다.

용일과 명식은 밤이 늦어서야 집으로 돌아왔다. 온몸이 땀으
로 범벅이 되어 있었고 넘어지기라도 했는지 옷 위로 팔꿈치와
무릎에서 핏기가 내비치고 있었다. 소리 없이 문을 열고 들어선
용일과 명식은 여느 때와 달리 쥐 죽은 듯이 조용한 집안 분위
기에 긴장을 늦추지 못했다. 인기척을 느끼고 방에서 얼굴을 내
민 완도댁 할머니의 얼굴에는 말라붙은 눈물 자국이 선명했다.

"할머니, 왜 그러세요?"

"병석이가, 병석이가 끌려갔디야."

용일과 명식은 병석이네 방문을 활짝 열었다. 근수가 방구석
에 쪼그리고 앉아 부들부들 떨고 있었다.

"무슨 일이야? 병석이 형이 끌려가다니?"

명식의 채근에 근수가 겨우 입을 열었다.

"버스를 타려고 대인동 터미널에 갔어. 군인들이 갑자기 터미
널을 포위하고 젊은 사람들을 몽둥이로 막 때리고 총칼로 찔렀
어. 버스 기사들도 맞아서 길바닥에 쓰러졌어. 잡힌 사람들을
다 트럭에 싣고 가 버렸어. 여자 남자 안 가리고 잡히기만 하면

342

때려눕혔어. 나만 변소 창문으로 도망 나왔어. 무서워. 무서워."

근수는 무섭던 광경이 생각나는지 몸을 부들부들 떨었다. 용일과 명식은 근수를 자기네 방으로 데려갔다. 용일과 명식이 양쪽에서 손을 잡아 주고 나서야 근수는 밀려오는 공포를 이겨 낼 수 있었다.

무서움에 떨기는 선학이도 마찬가지였다. 선학이는 문을 박차고 달려 들어오던 근수의 눈동자를 잊을 수 없었다. 온통 흰자뿐이던 그 눈! 완도댁 할머니와 선학이 아버지도 근수가 미쳐 버린 줄 알고 깜짝 놀랐다. 모두들 달려들이 근수에게 담요를 씌우고 물을 거푸 먹이고 나시야 지초지종을 들을 수 있었다.

"군인들이 다 미쳤나부다. 다 미져 버렸나벼!"

완도댁 할머니가 몸서리를 쳤다.

근수가 잠이 든 것을 확인한 용일이 낮은 목소리로 울분을 토했다.

"군인들이 아예 광주 시민을 다 죽이기로 작정을 한 것 같아."

"누가 아니래. 공포탄도 아니고 실탄 사격을 했어!"

"아, 미치겠다. 돌멩이로 총을 상대해야 하니!"

"스무 명 정도 죽었을까, 오늘?"

"넘지 않을까? 쓰러진 사람만도 그 배는 더 될 텐데. 병원에 실려 간 사람들도 넣어야지."

"우리도 무기가 있어야 돼."

"그러게! 총이 있다면 좋을 텐데."

　번갈아 가며 한숨을 쉬던 용일과 명식은 긴장이 약간 풀리자 곧 잠에 빠져들었다. 새벽부터 자정 가까운 지금까지 쉴 새 없이 뛰어다닌 하루였다.

　다음날 새벽, 잠이 깨기가 무섭게 금남로로 나간 용일과 명식은 마침 대학 친구들을 만나 상황 설명을 들을 수 있었다. 아침부터 몰려든 사람들로 도청 앞 금남로는 장바닥처럼 북적대고 있었다. 사람들은 시위대 수십 명이 공수 부대의 총검에 찔렸다는 소문에 몹시 흥분해 있었다. 줄줄이 정렬해 있는 군인들을 향해 돌을 던지며 욕설을 퍼붓는 사람도 있었고 줄을 맞춰 구호를 외치는 대학생들도 있었다. 공수 부대는 날아오는 돌을 피하며 그 자리를 지키고 있었다. 사람들은 점점 대담해져 공수 부대 가까이 다가가 돌을 던지고 도망쳐 왔다. 정오가 지나자 수천 명이 금남로에 모였다. 몰려든 사람 때문에 차들도 움직일 수 없었다. 기세가 오른 시위대는 버스 위에 올라선 한 젊은이의 지휘에 맞춰 우렁차게 구호를 외쳐 댔다.
　“비상 계엄 철폐하라!”
　“군사 정부 물러가라!”
　“공수 부대 물러가라!”
　“퍽! 퍼벅!”
　군인들을 향해 날아간 화염병이 요란한 소리를 내며 깨졌다. 유리병에 휘발유를 채우고 천으로 마개를 한 화염병은 제법 위협적인 무기처럼 보였다. 휘발유가 밴 천에 불을 붙이고 빙빙 돌리다가 힘껏 던지면 화염병은 수십 미터 밖까지 날아가 불덩이로 변했다. 화염병이 등장하자 사람들은 더욱 힘이 났다. 사람들은 점점 줄지어 방어벽을 친 군인들 가까이 다가가기 시작했다. 수천 명 대 수백 명, 금세라도 군인들을 휩쓸어 버릴 것 같은 열띤 분위기였다. 군인들은 묵묵하게 자리를 지킬 뿐 동요하지 않았다. 사람들이 던지는 돌무더기가 점점 거세졌다. 잠시 후 앞 열에 선 군인들이 등에 메고 있던 소총을 돌려 사람들을 조준하기 시작했다. 앞쪽에 선 사람들은 겨눠진 총구를 보자 움찔거리며 뒷걸음질치려 했지만 밀려드는 인파에 눌러 앞으로 나갈 수밖에 없었다. 버스 위에서 구호를 선창하던 젊은이가 다시 한 번 주먹을 불끈 쥐고 외치기 시작했다.

"비상 계엄 철폐하라! 공수 부……"

날아든 총알이 젊은이의 가슴을 관통했다. 젊은이가 길바닥으로 굴러 떨어지자 신호라도 떨어진 듯 군인들이 일제 사격을 시작했다.

"탕! 타타탕! 타당! 탕! 타당! 타다당!"

총소리와 비명 소리가 금남로를 뒤덮었다. 사람들은 순식간에 뒤돌아서서 도망치기 시작했다. 수천 명이 한꺼번에 도망치는 바람에 넘어지고 깔리고 밟히는 사람이 많았지만 아픔을 느낄 새도 없이 다시 일어나 달려야 했다. 사격을 끝낸 군인들이 착검한 총과 진압봉을 들고 달려 나왔다. 달리기가 늦은 사람들

346

과 넘어져서 미처 일어나지 못한 사람들이 먼저 군인들의 밥이 되었다. 군인들은 큰길 가에 있는 건물에도 마구 들어가 구경하던 사람들을 끌고 내려왔다. 반항하는 사람이 있으면 입에 거품을 물 때까지 때렸다. 묵직한 박달나무로 만든 진압봉은 한 번만 제대로 때리면 제아무리 거구라도 단번에 기절시킬 정도의 위력을 발휘했다. 군인들은 체포된 사람들의 옷을 벗겨 속옷 차림으로 땅바닥에 엎드리게 했다. 고개를 들거나 움직이는 사람은 하나같이 진압봉으로 흠씬 두들겨 맞았다.

박 중사와 덕용도 한 조를 이뤄 진압에 나섰다. 박 중사는 불필요한 진압봉 사용은 되도록 삼가했다. 징강이에 진압봉 한 대면 폭도는 당장 꿈쩍도 할 수 없을뿐더러 보름은 설뚝거릴 게 분명했다. 박 중사는 은행 입구에서 폭도 한 명을 잡아 중간 집결지의 동료에게 인계했다. 주변 건물 수색을 위해 다른 조와 합류한 박 중사는 불현듯 진덕용 하사가 보이지 않는다는 것을 깨달았다.

"이 병아리 녀석이! 2인 1조라고 그렇게 이야기했는데! 저녁에 두고 보자."

박 중사는 막다른 골목길에서 당황해하는 남녀 두 명을 더 찾아냈다.

"얘는 때리지 말아요!"

남자가 여자를 가로막고 나섰다. 기분이 찜찜해진 박 중사가 남자만 끌고 가려고 하는데 여자가 박 중사에게 매달렸다.

"우리 오빠 좀 놔주세요. 제발 부탁이에요. 놔주세요."

"난 괜찮으니까 너 먼저 집에 가. 빨리 못 가냐! 오빠 말 들어, 좀!"

진압봉에 맞을까 봐 고개를 푹 숙인 채 남자는 여자를 떠밀었지만, 여자는 막무가내로 박 중사의 팔에 매달렸다. 박 중사는 자기도 모르게 진압봉을 든 손에서 힘이 풀렸다. 왠지 몇 년 전에 집을 나간 여동생의 얼굴이 자꾸만 겹쳐 보였다.

"이것들 뭐야? 엉겨 붙어? 죽을래?"

뒤늦게 달려온 군인 둘이 각각 남자와 여자를 때려눕혔다. 피를 흘리며 질질 끌려가는 오누이를 보자 박 중사의 마음속에 얼음덩이가 쿵 떨어지는 것 같았다. 그래도 박 중사는 진압봉을 고쳐 잡고 다시 달리기 시작했다. 여동생이 이런 곳에 있을 리없었다.

"돌격!"

명령을 듣는 순간 덕용은 머릿속이 텅 비는 것 같았다. 달리기에는 누구보다 자신 있던 덕용은 호랑이처럼 뛰어나가 진압봉을 휘둘렀다. 하나, 둘, 셋, 넷, 폭도들이 쓰러질 때마다 덕용의 몸은 점점 가벼워졌고 알 수 없는 힘이 솟아올랐다. 박 중사가 시야에서 사라진 것을 알아차릴 새도 없었다. 선불 맞은 호랑이처럼 날뛰는 덕용의 눈앞에 함께 달아나는 청년 둘이 보였다. 덕용은 재빨리 달려가 뒤처진 청년의 뒤통수를 진압봉으로 내리쳤다. 입에서 피를 흘리며 쓰러지는 친구를 본 다른 청년이 눈을 부릅뜨고 덕용을 향해 몸을 던졌다. 엉겁결에 박치기를 당한 덕용이 쓰러지자 청년은 골목으로 달아나 버렸다. 덕용은 뜨뜻한 입가를 쓰다듬어 보았다. 손에 묻어나는 피를 보자 분노로 머리카락이 서는 것 같았다. 입속에 찝찔한 피 맛이 느껴졌다. 철모 끈이 아래턱을 눌러 통증이 더 심한 것 같았다. 덕용은 끈을 풀고 급히 철모를 벗었다.

"퉤!"

앞니 하나가 침과 피에 범벅이 되어 나왔다. 고통을 느낄 새도 없이 벌떡 일어나 골목길로 달려 들어갔다. 손에서 떨어진 진압봉을 주울 생각도 없이 등에 메고 있던 소총을 끌러 들고 눈을 부릅떴다.

'누구든지 걸리기만 하면! 걸리기만 하면!'

"퍽!"

덕용의 외마디 비명이 이어졌다.

"걸렸다!"

"빨리, 빨리!"

덕용이 쓰러지면서 놓친 소총이 보도블록 사이에 꽂혀 깃대처럼 흔들거렸다. 뒤쪽에서 나타난 젊은이 중 한 명이 급하게 소총을 잡으려다 발을 헛딛는 바람에 어깨로 소총을 밀어붙였다. 대검이 맥없이 부러지면서 소총이 땅바닥에 나뒹굴었다. 네 명의 젊은이는 쓰러진 덕용에게서 소총과 철모, 여분의 탄창을 뺏어 들고 미로 같은 골목길로 사라졌다. 가까운 공사장에서 주워 온 각목으로 뒤통수를 제대로 얻어맞은 덕용은 단번에 숨이 끊어졌다. 팔다리만이 아직 죽지 않았다는 듯 움찔거리고 있었지만 초점 없는 두 눈은 담벼락 아래 통통한 채송화를 응시하고 있었다.

20. 총이다! 자유다!

"승객 여러분께서는 안전한 지하도를 이용해 주십시오."

안내 방송은 듣는 듯 마는 듯 철길을 건너는 사람들이 꽤 많았다. 선학이 어머니는 쯧쯧 혀를 차며 지하도를 향해 걷기 시작했다. 손에 든 묵직한 짐 탓에 걸음이 늦었다.

"아줌마!"

"누구?"

"나예요. 쌀집!"

시장 어귀의 호남 쌀집 배달원인 만석이였다. 성이 심씨인 까닭에 사람들 모두 '십만 석'이라고 놀려 댔지만 김제가 고향인 만석이는 오히려 싱글벙글이었다. '백씨면 백만 석인디' 하며 놀리는 사람들을 도리어 놀려 주는 여유도 있었다. 약간 모자란 듯했지만 항상 웃는 얼굴에 모나지 않은 성격이라 시장 사람들에게 평이 좋은 스무 살 총각이었다.

"어디 갔다 오세요?"

"응, 서울에 좀."

"저도 고향에 다녀오는 길이구만요. 아버지 환갑 잔치가 있어
서요."

어색한 새 와이셔츠에 짧은 듯한 양복 바지가 낯설어 보인다
싶었다.

"그렇게 입으니까 영 딴사람 같네. 인물이 훤해 보여!"

선학이 어머니는 진심이 담긴 칭찬을 해 주었다. 만석이는 선
학이 어머니 손에 들린 짐을 제 짐인 양 옮겨 들며 씩 웃었다.

두 사람은 서두를 것도 없이 천천히 개찰구를 통해 역을 빠져
나왔다. 역 앞 광장 구석마다 사람들이 모여 웅성거리고 있었
다. 보통 때도 광장에는 늘 사람들이 모여 있게 마련이었다. 술
에 취해 의자에 누워 자는 사람도 있고 그늘에서 장기를 두는
노인네들도 있고 차 시간을 기다리는 여행객들도 있었다. 그러
나 오늘 역 광장에 모인 사람들에게서는 평소 같은 여유는 찾아
볼 수 없었다. 사람들은 모두 긴장한 얼굴로 목소리를 낮춰 수
군대고 있었다. 선학이 어머니와 만석이는 버스 정류장까지 걸
어가면서 영문을 몰라 주위를 두리번거렸다.

여느 때 같으면 집까지 걸어가겠지만 오늘은 짐이 있었다. 만
석이가 인심 좋게 들어 준다고 해도 집까지 걸어가자고 하는 건
너무 염치없는 짓이었다. 두 사람은 정류장에서 한참 동안 버스

를 기다렸다. 집으로 가는 버스가 두서너 대는 충분히 왔을 시간이지만 단 한 대도 지나가지 않았다. 그러고 보니 도로를 달리는 차들도 유난히 적었다. 정류장 담배 가게에서 아까부터 두 사람을 지켜보던 할아버지가 불쑥 고개를 내밀었다.

"버스 기다리오?"

"예!"

"어디 사는 양반인지는 모르지만 천상 걸어가야 될 거여. 간밤부터 버스가 안 다녀."

"왜요?"

"좀 전에 기차에서 내렸소?"

"예."

"역에 들어가 도장 하나 받아 가더라고. 그라면 군인들도 통과시켜 준답디다."

"………"

이유를 물어보기도 전에 할아버지는 고개를 쑥 집어넣었다. 선학이 어머니와 만석이는 다시 역으로 돌아와서야 역무원에게서 자초지종을 들을 수 있었다. 역무원은 두 사람에게 받은 기차표 중 손에 잡히는 하나를 집어 도장을 찍어 주었다.

"근처에서 자고 가라고요? 집이 요 앞 계림동인데요?"

"가깝다고 해도 그쪽으로 가는 건 위험합니다. 시내 곳곳에서 데모대하고 군인들하고 대치하고 있어요."

"집이 멀지 않고 또 방금 기차에서 내렸다는 도장도 이렇게 받았는데요?"

"혹시 도움이 될까 해서 찍어 드리긴 하지만, 이 도장이 뭐 특별한 것은 아닙니다. 게다가 이번 기차가 마지막 기차예요. 광주로 들어오는 기차는 다 통제돼서 끊겼어요."

"그래도……"

말려도 두 사람이 듣지 않을 것 같았는지 역무원 아저씨가 말을 덧붙였다.

"그럼 좀 돌아가더라도 큰길로 가세요. 작은 길에서 군인을 만나면 아예 도망 다니는 데모대 취급해서 못되게 군다니까, 일부러라도 큰길로 가세요. 그게 오히려 안전하다네요."

인사를 하고 역무원실을 빠져나온 선학이 어머니와 만석이는 누가 먼저랄 것도 없이 집을 향해 걸음을 옮기기 시작했다.

"엎어지면 코 닿을 데 집이 있는데 어디서 자고 가란 소리야."

"오늘까지 꼭 오라고 했어요. 내일 가면 혼나요, 우리 사장님한테."

하지만 불안한 마음은 집이 가까워질수록 점점 더해 갔다. 도로는 텅 비어 있었다. 드문드문 지나가는 차들도 창문을 꼭 닫고 바쁜 듯 한껏 속도를 내고 있었다. 이십 분쯤 걷자 광주 교육 대학교가 나왔다. 정문 맞은편에는 철모를 쓰고 총을 어깨에 멘 군인들이 여러 명 경계를 서고 있었다. 선학이 어머니와 만석이는 혹시 눈이라도 마주칠까 봐 고개를 푹 숙이고 군인들 앞을 지나쳤다. 쿵쿵대던 심장이 어느 정도 안도감에 잦아들려 할 때였다.

"거기 두 사람, 정지!"

선학이 어머니와 만석이의 발이 땅에 붙어 버렸다. 뒤도 돌아보지 못하는 두 사람에게 재차 짧고 굵은 명령이 떨어졌다.

"뒤로 돌아! 이리 와 봐!"

선학이 어머니는 있는 힘을 다해 겨우 뒤로 돌았다. 혹시 다른 사람을 부른 것이길 바라는 마음이었지만 주위에 민간인은 두 사람밖에 없었다. 떨어지지 않는 발걸음으로 겨우 군인들 앞까지 갔다. 낮게 눌러쓴 철모 때문에 눈언저리가 잘 보이지 않았지만 새파란 나이의 군인 한 명이 두 사람에게 말했다.

"조사할 게 있으니까 따라와!"

선학이 어머니는 문득 고개를 들었다. 대학교 담장 안쪽 어둑한 곳에 속옷 차림으로 무릎을 꿇고 있는 젊은이들이 보였다. 언뜻 봐도 삼사십 명은 될 것 같았다. 젊은이들의 얼굴과 몸은 상처투성이였고 다들 고개도 못 들고 땅만 바라보고 있었다.

'군인들한테 끌려가면 죽을지도 몰라.'

머릿속에 선학이와 선학이 아버지의 얼굴이 스치는 순간 선학이 어머니는 땅바닥에 주저앉아 군인의 군화를 부여잡았다.

"군인 아저씨, 저는 아무것도 몰라요. 방금 서울에서 기차 타고 내려와서 무슨 일이 있는지 하나도 몰라요. 요 앞이 우리 집이라서 그냥 빨리 집에 가려고 하는 생각밖에 없었어요. 한 번만 용서해 주세요."

선학이 어머니가 큰 소리로 애걸복걸하자 볼에 여드름이 난 군인은 당황한 듯했다. 경계를 서던 다른 군인들도 선학이 어머니를 돌아보았다. 선학이 어머니는 이마로 군화를 닦아 주기라도 할 것처럼 연방 머리를 조아렸다.

"우리 애기가 집에서 기다리고 있어요. 한 번만 용서해 주세요. 우리 집이 바로 요 앞이에요. 서울에서 일 주일이나 있다가 와서 광주 일은 하나도 몰라요. 진짜로 잘못한 거 없어요. 한 번만 용서해 주세요."

만석이도 뜻밖의 행동에 놀란 듯했지만 곧 선학이 어머니를 두둔하고 나섰다.

"맞아요, 이 아줌마 방금 나랑 같은 기차에서 내렸어요. 서울 갔다 온 것도 맞아요."

"증명 내봐!"

"증명이요?"

"기차에서 내렸다는 증명이 있어야 할 거 아냐!"

선학이 어머니는 엎드린 채로 호주머니를 뒤져 도장을 받은 기차표를 꺼냈다. 군인은 기차표를 건성으로 보고는 다시 내밀었다.

"돌아다니지 말고 집구석에 처박혀 있어. 알았어?"

"예, 예."

"가 봐."

선학이 어머니는 허겁지겁 집 쪽을 향해 걸었다. 뒤따르려던 만석이가 군인들에게 제지당했다.

"넌 아냐. 따라와."

"같은 기차에서 내렸는데, 왜 사람 차별한대요?"

군인의 눈썹이 꿈틀거렸다. 만석이는 벌써 저만치 가는 선학이 어머니를 소리 질러 불렀다.

"아줌마! 아줌마!"

선학이 어머니가 소스라치게 놀라며 걸음을 멈췄다.

"보따리 놓고 갔어요. 보따리 가져가요!"

선학이 어머니는 잠시 망설였다. 뒤돌아보니 군인들을 따라 씩씩거리며 나무 그늘로 들어가는 만석이 모습이 보였다. 선학이 어머니는 더 생각할 필요도 없이 다시 돌아섰다. 다시 저기로 갈 수는 없었다. 보따리를 포기하고 정신없이 달려 골목길로 들어섰다.

'만석아, 미안하다. 정말 미안하다.'

몇 번이고 되뇌며 집을 향해 달렸다. 나주 식당이 눈앞에 보였다. 골목을 울리는 발소리에 앞집 독구가 컹컹대고 있었다.

용일과 명식은 나란히 줄을 섰다. 소총과 탄환을 나눠 주는 짧은 줄이었다. 예비군 무기고에서 꺼내 왔다는 구식 칼빈 소총 수십 정과 탄환 수백 발이 순식간에 동이 났다. 총을 받지 못한 젊은 남자들은 저마다 손을 벌리고 총을 달라며 아우성을 쳤지만 총이 담겨 있던 나무 상자는 텅 비어 있었다.

“시민 여러분, 조금만 더 기다리십시오. 다른 무기고를 접수하러 간 사람들이 곧 돌아올 겁니다.”

총을 나눠 주던 사람들이 웅성대는 시민들을 진정시켰다. 한쪽에서는 군대에 갔다 온 사람들이 총을 받은 사람들에게 간단한 분해 결합과 사격 방법을 가르치고 있었다.

눈썰미가 좋은 용일은 금세 소총 분해 결합에 익숙해졌다. 오른손에 뿌듯하게 차는 총목이 용일에게 힘을 주었다. 아직 한 번도 쏴 보지 못했지만 왠지 모르게 품에 착 안기는 느낌이 좋았다.

'이제 총이 있으니까 군인들에게 당당히 맞설 수 있다. 이제 저럼 무참하게 유린당하지는 않을 거다. 우리를 지켜 술 힘이 생긴 거다.'

용일은 총을 꼭 붙들었다.

“거기 젊은 친구들, 나랑 갑시다.”

사격 방법을 가르쳐 준 삼십대 후반의 키 작은 남자가 용일과 명식을 불렀다. 세 사람은 골목을 통해 군인들이 배치돼 있는 쪽으로 다가갔다.

“두 친구, 군대 갔다 왔소?”

“아니요, 아직.”

“그럼 내가 하는 말 잘 들으쇼. 내가 이래 뵈도 월남까지 갔다 온 사람이니까 나 하라는 대로만 하면 저놈들하고 한판 붙어 볼 만할 거요.”

남자의 믿음직한 말에 용일과 명식은 크게 고개를 끄덕였다.

"쏘라고 하기 전까지는 함부로 총 쏘지 마요. 든든한 엄폐물 뒤에 숨어서 쏘고, 같은 자리에서 계속 쏘아서도 안 돼요. 두어 발 쏘고 안전하게 이동해서 다른 방패막이를 확보한 다음에 또 쏴요. 정조준해서 쏘려고 몸을 오랫동안 노출시켜서도 안 돼요. 내가 오래 조준하면 저놈들한테도 나를 오래 조준할 시간을 주는 거니까."

남자는 조심스럽게 걸으면서 용일과 명식에게 간단한 요령을 일러 주었다. 군인들의 총을 피해 여기저기 흩어져 숨어 있던 시민들이 세 남자의 손에 들린 총을 보고 크게 기뻐했다.

"총이다! 만세! 우리 편도 총이 생겼다!"

골목마다 사람들이 불어나기 시작했다. 빈틈없이 경계하고 있던 군인들은 뿔뿔이 흩어진 시민들이 다시 모이는 것을 알아차렸다.

"공수 부대 물러나라!"

"대한민국 국민에게 총을 쏘는 너희들은 어느 나라 군대냐!"

"비상 계엄 해제하라!"

군인들은 신속하게 진압 대열을 갖췄다. 시민들은 조금씩 조금씩 골목에서 빠져나와 목소리를 높였다. 언제 발사될지 모르는 군인들의 총 때문에 제각각 몸을 숨기고 돌을 던지기 시작했다. 돌은 중간에도 못 미치고 길바닥에 떨어졌다. 그 모습을 지켜보던 중대장의 입에서 명령이 떨어졌다.

"각 중대 1소대의 제압 사격 실시 후 2개 중대 전원 진압에 나선다. 1소대들은 거점 방어 및 체포된 폭도들을 이송 시까지 관리한다."

"사격 개시!"

"탕, 타타타탕! 타탕! 타타탕!"

요란한 총소리가 금남로에 울려 퍼졌다. 사람들은 재빨리 골목이나 건물 뒤로 몸을 피했다.

"돌격!"

"와아아아아!"

군인들은 함성을 지르며 돌진하기 시작했다.

"시금이다. 쏴!"

"땅! 따당! 땅! 땅!"

골목과 건물, 옥상 여기저기서 총소리가 났다. 군인들은 예상치 못한 반격에 당황했지만 곧 신속한 명령이 떨어졌다.

"진압조 후퇴, 지원조 엄호해! 사격! 사격!"

M16 자동 소총과 구식 칼빈 소총 소리가 뒤섞인 금남로는 지옥처럼 시끄러웠다. 용일은 아까 들은 시가전 요령은 생각도 하지 못한 채 군인 쪽을 향해 총을 쏴 댔다. 제대로 조준도 하지 못하고 무조건 방아쇠를 당기는 총이었지만 귀가 멍멍할 만큼 크게 울리는 총소리는 어느 구호보다도 분명하게 하고 싶던 말을 담고 있었다.

군인들은 노출된 길에서 신속하게 후퇴해 총알이 미치지 않는 건물 뒤에서 전열을 재정비했다.

"저놈들이 총을 어디서 구했지? 이건 전쟁이야! 화력이 더 필요하다."

현장 지휘를 맡고 있는 중대장이 무전병을 불렀다.

"호랑이굴, 여긴 호랑이 하나. 폭도들이 개인 화기를 보유하고 있다. 반복한다. 개인 화기를 보유한 폭도들과 교전 중이다. 대응 지침을 달라. 이상."

용일은 주머니를 뒤적거렸다. 서른 발을 받아 온 실탄이 바닥나고 빈 탄창만 땅바닥에 떨어져 있었다. 용일은 명식을 불렀다.

"형, 총알 남았어?"

"조금."

"좀 줘."

"아껴라."

실탄 몇 발을 탄창에 넣어 재장전했다. 어느 틈엔가 총소리는 멎어 있었다. 용일은 고개를 삐죽 내밀어 큰길을 살폈다. 군인들의 모습이 보이지 않았다. 사람들이 하나 둘 나오기 시작했다. 수많은 사람들이 주변을 살피며 조심스레 금남로로 나오더니 곧 환호성을 지르기 시작했다.

"이겼다! 이겼다! 이겼다!"

용일과 명식도 총을 높이 들고 소리를 질렀다. 우리가 그 저 승사자 같던 공수 부대를 물리쳤다. 와아아아아!

멀리서 군용 트럭 석 대가 달려왔다. 사람들은 순간 긴장해 몸을 숨기고 트럭을 향해 총을 겨눴다. 트럭 짐칸에서 누군가 일어나 사람들을 향해 소리쳤다. 트럭 위의 사람들은 태극기를 몸에 감은 청년들이었다.

"총 가져왔어요. 총 받아 가요!"

사람들은 목이 찢어져라 환호성을 지르며 트럭에 실린 소총을 나눠 가졌다. 이제는 어떤 것도 두렵지 않았다. 사람들은 스스로를 시민군이라 부르기 시작했다.

아침부터 시내가 술렁서렸다. 오늘의 술렁서림은 어제의 무섭고 절망적인 분위기와 전혀 다른 기쁨의 물결이었다. 몇 번의 시가전 끝에 공수 부대가 광주 시내에서 철수한 사실은 이미 모든 사람들이 알고 있는 사실이었다. 사람들은 저마다 거리로 쏟아져 나와 만세를 부르기도 하고 아무나 얼싸안고 춤을 추기도 했다.

선학이와 규민이, 서경이와 은성이도 도청 구경을 하러 나섰다. 몇백 번 본 도청이지만 여기저기 널린 전투 흔적 때문에 난생 처음 보는 낯선 광경이 펼쳐져 있었다. 불에 탄 버스와 자동차들이 길에 버려져 있었고 건물 유리창은 대부분 깨져 있었다. 도로는 부서진 보도블록과 유리 조각으로 덮여 있었다. 마스크로 얼굴을 가린 남자들 수십 명이 손에 총을 들고 서성거렸다.

"무섭다!"

은성이가 속삭이듯 말했다. 규민이가 냉큼 대답했다.

"무섭긴 뭐가 무섭냐! 전쟁 나면 다 이런 거지."

"전쟁이 난 거야, 지금?"

"그럼, 전쟁이지. 총 들고 싸웠잖아."

"난 다른 나라하고 싸우는 게 전쟁인 줄 알았는데……"

은성이가 말꼬리를 흐렸다. 선학이가 허리를 굽혀 뭔가를 집어 들었다.

"탄피다."

"뭐, 탄피? 어디, 어디 좀 봐!"

규민이가 달려들어 선학이가 들고 있던 탄피를 받아 들었다. 자세히 보니 주위에는 제법 많은 탄피가 흩어져 있었다. 규민이는 눈을 반짝이며 탄피를 주워 주머니를 채웠다. 서경이가 아이들을 재촉했다.

"그만 돌아가자. 점심때 됐어."

탄피 줍기에 정신이 팔린 규민이는 세 친구가 아무리 재촉해도 허리를 펴지 않았다. 포기한 세 친구가 멀어지고 나서야 규민이는 불룩해진 주머니를 붙잡고 친구들을 쫓아갔다.

"밥때 됐네. 어여 주먹밥들 먹고 가!"

아주머니 서너 명이 길가에 함지박을 내려놓고 지나다니는 젊은이들을 손짓해 불렀다. 젊은이들은 아주머니들이 건네주는 주먹밥이며 딸기, 막걸리 한 잔을 맛나게 먹고 인사를 꾸벅 한 다음 다시 갈 길을 재촉했다.

364

규민이는 쪼르르 달려가 한 아주머니에게 물었다.

"아줌마, 이거 공짜로 주는 거예요?"

"그려, 공짜여. 하나 묵어 볼텨?"

아주머니는 규민이에게 김으로 옷을 입힌 주먹밥 한 덩이를 건네주었다. 탄피 때문에 손이 더러운 규민이는 바지춤에 쓱쓱 손을 닦고 주먹밥 한 덩이를 받아 금세 먹어 치웠다.

"딸기도 공짜예요?"

"어이, 공짜여. 몇 개 묵어 봐라."

"왜 공짜예요?"

"아따, 남정네들이 주기 살기로 쌈을 혀서 고 무서운 군인들을 몰아냈는디 우리 같은 아줌씨들이 공싸 밥 한 끼 못 내놓겄냐? 한 가마를 내놔도 안 아깝지. 오늘은 우리도 돈 받는 장사 안 할란다."

막걸리 통을 가진 아주머니만 규민이를 푸대접했다. 공짜 음식에 신이 난 규민이가 그새 저만치 걸어가고 있는 친구들을 불렀지만 친구들은 뒤돌아보지 않았다. 규민이는 양손에 딸기를 들고 친구들을 향해 달려갔다. 트럭 한 대가 길옆에 서자 타고 있던 사람들이 우르르 내렸다. 아주머니들은 반색을 하며 함지박을 내밀었다. 주는 손은 주름투성이였고 받는 손은 더러웠지만 얼굴만은 다들 환하게 웃고 있었다.

친구들은 초록빛 교회까지 올라갔다. 교회는 잔칫집처럼 시

끄러웠다. 교회 부엌에서는 식사 준비를 하고 있었고 야학 청년
들 대부분이 즐겁게 웃으며 이야기를 나누고 있었다. 용일과 명
식, 창원도 야학 청년들 사이에 섞여 큰 소리로 웃고 있었다. 용
일을 발견한 은성이의 표정이 환해졌다. 선학이는 용일이 나무
둥치에 기대 세워 둔 총에 눈이 가면서도 은성이의 표정 변화를
놓치지 않았다. 명식이 큰 소리로 시가전 이야기를 들려주던 참
이었다.

"거기서 민구 씨를 만날 줄 어떻게 알았겠어? 설마 했는데 팔
뚝에 난 점을 보고야 알았다니까."

"거 참! 마스크를 쓰고 있었는데 어떻게 알아봤데요? 선생님
은 참 눈도 좋아요."

자동차 공장에 다니는 민구와 봉수 옆에도 소총이 한 자루씩
놓여 있었다. 모여 있는 스무 명 남짓한 야학 학생들 중 다섯 사
람이 총을 가지고 있었다. 총을 가진 사람들은 뽐내며 큰 목소
리로 무용담을 이야기하기도 하고 총을 가지지 않은 사람을 은
근히 놀리기도 했다.

이 목사가 부엌에서 나오며 아이들을 반겼다.

"어디 다녀오는 길이냐?"

"도청 구경하고 왔어요."

아이들은 청년들 사이에 섞여 앉아 오가는 이야기를 들었다.
이 목사도 명식의 곁에 앉으며 말을 건넸다.

"최 선생, 총은 이제 필요 없게 됐으니 반납하는 게 어때요?

아까 보니까 무기 반납에 대해서들 말이 오가는 모양이던데."

"그건 좀 두고 봐야겠습니다. 당장이야 쓸 일이 없을 것 같지만 상황이 어떻게 변할지는 아무도 모르니까요."

"그건 명식이 형 말이 맞아요. 총이 없으면 군인들이 당장 다시 몰려 들어와도 싸울 방법이 없어요."

"김 선생!"

이 목사의 목소리는 무거웠다. 어떻게 해서 여기까지 왔는지는 지금 중요하지 않았다. 청년들은 이미 이 목사의 말보다 총을 더 믿고 있었다. 차분히 더 이야기를 해야 할 부분이었다.

'일단 흥분을 가라앉힐 수 있도록 좀 더 두고 보도록 하자.'

이 목사는 야학 학생들을 둘러보았다. 다들 군인들의 무자비한 무력 사용에 분노해 어쩔 수 없이 무기를 집어 든 젊은이들이었다. 다시 군인들과 싸움을 시작한다면 누가 다쳐도 크게 다칠 게 뻔했다. 설사 싸워 이긴다 하더라도 사태가 진정된 후 아무 일 없었다는 듯 보통의 생활로 돌아갈 수는 없을 것이다. 어떤 형태로든 책임을 물을 게 분명했다. 국가를 상대로 하는 싸움은 달걀로 바위 치기였다. 청년들은 당장의 분노에 눈이 가려 앞을 내다보지 못하고 있었다.

"밥들 먹어요."

아주머니들이 청년들을 불렀다. 초록빛 교회의 식사는 군대처럼 식판 위에 담겨 나눠졌다. 다들 줄을 서 붉은빛이 도는 플라스틱 식판에 뜨거운 밥과 김치, 국을 담았다.

'군대가 따로 없군.'

총을 세워 두고 식판에 식사를 하는 청년들을 보고 이 목사는 쓴웃음을 지었다. 불길한 흑철색의 총에서 이 목사는 눈을 떼지 못했다.

총에서 눈을 떼지 못하는 사람은 또 있었다. 은성이와 규민이가 그랬다. 규민이는 밥 먹는 것도 잊고 명식의 총을 만지작거리고 있었다. 명식은 총에서 탄창을 제거하고 빈 총임을 확인한 후 규민이에게 내주었다. 처음 만져 보는 진짜 총에 신이 난 규민이는 입이 귀밑까지 찢어져 빈 방아쇠를 짤깍거렸다.

은성이는 나무 그늘에서 서경이와 함께 밥을 먹고 있었다. 서경이가 김치를 더 가져오겠다며 부엌으로 가자 혼자 남은 은성이는 용일을 돌아보았다. 배가 고팠는지 눈 깜짝할 사이에 식판을 비운 용일은 한입 가득 몰아넣은 밥을 우물거리며 부엌을 향해 걸음을 옮겼다. 다들 식사에 열중하고 있어 교회 주위는 조용했다. 은성이는 식판을 내려놓고 자리에서 일어나 살그머니 용일의 총 쪽으로 걸음을 옮겼다. 묵직한 총을 두 손에 든 은성이는 아래쪽 철로변으로 미끄러지듯 내려갔다.

'응? 은성이 어디 갔지?'

식판에 김치를 더 얻어 온 서경이 말고는 은성이가 사라진 걸 아무도 눈치 채지 못했다. 한 판 가득 밥과 김치를 담아 온 용일은 제자리에 털썩 주저앉아 밥을 먹기 시작했다. 절반쯤 먹자 터질 듯 배가 불렀다. 남은 음식을 버리기가 미안한 용일은 식판을 들고 고민하기 시작했다. 머리를 긁적이다가 무심코 옆을 본 용일이 깜짝 놀라 주위를 두리번거렸다.

"총! 내 총 어디 있어?"

아무리 둘러봐도 총이 보이지 않았다. 용일은 혹시나 싶어 규민이가 가지고 있는 총을 확인했지만 그건 개머리판이 약간 깨져 있는 용일의 총이 아니었다. 용일은 교회 사람들 중 없어진 사람이 있는지 둘러보았다. 은성이가 보이지 않았다.

'혹시?'

용일은 은성이네 집을 향해 달리기 시작했다.

"누구야, 이거? 자기 식판도 안 치우고?"

녕식이 늘으라는 늦 투덜댔지만 식판 주인은 나타나지 않았다. 용일과 은성이의 식판이 땅바닥에 덩그렇게 놓여 있었다.

21. 소중한 사람

오월이었지만 철로에서 올라오는 열기는 한여름처럼 뜨거웠
다. 기차가 다니지 않는 기찻길은 무섭도록 고요했다. 은성이는
팔을 들어 이마에 송골송골 맺힌 땀을 닦았다. 잔돌 수십 개를
더 없고 난 다음에야 은성이는 그늘로 자리를 옮겼다. 숨결이
진정되자 은성이는 그늘에서 나와 다시 한 번 돌더미를 살펴보
았다. 불룩한 돌더미 밑에 총이 숨겨져 있으리라고는 누구도 생
각하지 못할 터였다. 마음을 놓은 은성이는 집을 향해 걷기 시
작했다. 잔돌 수백 개를 옮긴 손은 생채기투성이였고 무릎과 얼
굴에는 얼룩이 묻어 있었다. 지나치는 사람들이 지저분한 은성
이를 돌아봤지만 은성이는 아무렇지 않았다.

'이제 용일 오빠는 전쟁터에 나갈 수 없어. 총이 없으니까 용
일 오빠는 괜찮을 거야.'

　은성이의 머릿속은 온통 용일에 대한 걱정뿐이었다. 군인들과 시민들이 싸움을 시작했을 때만 해도 그저 걱정하고 기도할 뿐이었다. 별일 없을 거라 스스로 위로하면서 잠들었다. 하지만 군인들이 총칼로 사람들을 죽였다는 소식을 듣자 심장이 떨어지는 것 같아 밤에도 잠을 잘 수가 없었다.

　'혹시 용일 오빠가 다친다면? 죽는다면?'

　생각조차 하기 싫은 상상이 꼬리를 물고 일어났다. 군인들이 시민들을 죽였고 시민들도 총을 구해 맞싸움하고 있다는 이야기를 듣자 하늘이 무너지는 것 같았다. 평소에도 무슨 일이든 앞장서서 사람들을 이끌고 궂은일도 마다하지 않는 용일의 성격으로 보아 총싸움에서도 몸을 사리지 않을 것이 분명했다.

　'어떡하지? 어떡해? 용일 오빠 죽으면 어떡해?'

　은성이는 용일이 무사히 돌아오게 해 달라고 눈물을 흘리며 기도했다. 그토록 열심을 다해 기도해 본 적이 없었다. 소식이 궁금해 서경이네 집에 갔을 때에도 속으로는 중얼중얼 기도를 쉬지 않았다.

　"너 왜 그래? 어디 아파?"

　걱정하는 서경이에게는 정말 아픈 것처럼 힘없이 웃어 줄 수밖에 없었다. 마음 같아서는 용일 오빠가 있을 금남로를 향해 당장이라도 달려가고 싶었다. 용일의 무사한 모습을 직접 확인하고 싶었다. 그리고 말하고 싶었다. 할 수 있을 때, 더 늦기 전에 고백하고 싶었다.

같은 교회에서 예배 드리고 공부하다가 세월이 흘러 어엿한 아가씨가 되면 그때는 당당하게 용일 오빠를 향해 다가갈 수 있을 거라던 희망은 이제 먼 나라의 이야기가 되어 버렸다. 지금 잡아 두지 않으면 용일 오빠는 영영 다시 못 올 나라로 떠나 버릴 것 같았다. 총을 들고 있는 용일 오빠는 예전에 알던 용일 오빠가 아닌 것 같았다. 부드러운 목소리로 국어책을 읽어 주고 시험 문제를 풀어 주던 사람이 아닌 것 같았다.

'총이 없으면 다시 싸우러 나가지 못할 거야. 예전의 용일 오빠로 돌아올 거야.'

집이 점점 가까워질수록 은성이의 마음은 차분하게 진정되었다.

용일은 목을 쑥 빼고 은성이네 담장 안쪽을 기웃거렸다. 방문 아래에는 은성이 어머니의 신발로 보이는 고무신만 단정하게 놓여 있을 뿐 은성이의 신발은 보이지 않았다. 용일은 잠시 망설이다가 골목 입구 전봇대에 기대서서 은성이를 기다리기로 했다. 총을 가지고 멀리 가지는 못했을 터이고 어디로 갔든 곧 집으로 돌아올 게 분명했다. 한참 후 힘없이 걸어오는 은성이가 멀찌감치 보이기 시작했다. 용일은 골목 안으로 몸을 숨겼다. 발소리가 점점 가까워지더니 곧 은성이가 골목으로 들어섰다.

"은성아!"

"선생님?"

은성이는 용일을 바로 보지 못하고 눈을 피했다.

"내가 왜 왔는지 알고 있지? 총 어디 있어?"

"몰라요."

"왜 이러는 거야? 그러지 말고 총 어디다 뒀는지 알려 줘. 빨리!"

용일의 목소리가 엄격해졌다. 은성이는 고개를 들어 용일을 바라보았다.

'남의 속도 모르고. 바보!'

용일은 은성이의 행동을 이해할 수 없었다. 똑똑하고 얌전한 아이로만 생각해 온 은성이가 왜 이런 짓을 하는지 답답할 뿐이었다.

"너 자꾸 그러면 선생님 화낸다! 총 어디 있어?"

"몰라요. 알아도 말 못해요!"

"알아도 말 못해?"

"그래요. 못해요."

"은성아!"

화가 난 용일의 목소리가 커졌다. 은성이는 처음 듣는 용일의 화난 목소리에 서러움이 북받쳐 올랐다.

'이런 목소리를 듣고 싶은 게 아닌데. 나한테 화를 내다니. 용일 오빠가 나한테 소리를 지르다니. 내 맘도 모르고.'

은성이의 눈에 고인 눈물이 주르르 볼을 타고 흘러내렸다. 용일은 말없이 고개를 숙이고 있는 은성이가 답답한 나머지 팔을 뻗어 은성이의 얼굴을 들어 올렸다.

"어, 우냐? 왜 울어? 울지 마!"

은성이의 눈물을 본 용일은 너무나 당황스러웠다.

"은성이 왔냐?"

은성이 어머니의 목소리가 방에서 흘러나왔다. 당황한 은성이가 눈물을 훔치며 태연한 듯 대답했다.

"응, 엄마, 저 왔어요. 금방 들어갈게요."

"밖에 누구랑 같이 있냐?"

"친구랑 같이 있어요. 이야기 좀 하고 들어갈게요."

"알았다."

은성이 어머니는 두 달 전 시장에서 배달 자전거에 밀려 허리를 다치는 바람에 움직이지 못하고 있었다.

용일은 은성이 손을 잡고 골목을 벗어났다. 기찻길이 내려다보이는 공터까지 와서야 용일이 손을 놓자 은성이는 쪼그리고 앉아 팔로 무릎을 안았다. 용일은 어떻게 이야기를 시작해야 할지 몰라 은성이 옆에 털썩 주저앉아 한참을 망설이다가 입을 열었다.

"우리, 솔직하게 이야기해 보자. 왜 총을 가져갔냐?"

"싫어서요."

"뭐가 싫은데?"

"다 싫어요. 싸움도 싫고, 죽는 것도 싫고, 총도 싫어요."

"넌 모를 거다. 그 총이 얼마나 소중한 건지, 우리에게 얼마나 큰 힘을 주는지 넌 모를 거야."

용일은 차분한 목소리로 이야기를 계속했다. 은성이의 눈물도 햇빛 아래 곧 말라 버렸다.

"총이 있기 때문에 우리가 이길 수 있었어. 군인들의 총은 우리를 억누르고 짓밟았지만 우리들의 총은 우리를 자유롭게 해 주는 가장 큰 힘이야."

"그래도 싫어요. 선생님이 총을 들고 있는 것 자체가 싫어요. 그러다가 죽으면 어떡해요? 총 맞으면 어떡할 거예요?"

"그래도 싸워야 할 땐 싸워야지."

"그게 뭐야? 죽을지도 모르는데 왜 싸우는 거예요? 왜!"

은성이의 목소리가 높아졌다.

"내가 얼마나 많이 걱정했는지 알아요? 총소리 날 때마다, 수건으로 얼굴 가린 사람들이 몰려다닐 때마다 선생님 찾으려고 얼마나 두리번거렸는지 알아요? 그런 거 하나도 모르죠? 나 같은 건 하나도 생각 안 났죠?"

"은성아!"

"나도 알아요. 선생님이 나를 어떻게 생각하는지. 하지만요, 누가 지금 당장 나를 생각해 달래요? 지금 당장 나를 좋아해 달라고 하냐고요? 몇 년만 지나면, 중학교도 졸업하고 고등학교도 졸업하면 그때는 나도 어른인데, 그때까지만 기다려 주면 되는데, 군인들하고 싸우다가 지금 죽으면 어떡해요? 나는 어떡하냐고요?"

은성이가 주르륵 눈물을 흘렸다. 용일은 혹시 누가 듣지 않았을까 싶어 주위를 두리번거렸다. 이런 당돌한 생각을 하고 있을 줄은 꿈에도 생각하지 못했다. 유난히 눈이 자주 마주치기는 했지만 그때마다 집중력이 뛰어난 아이라고 생각했을 뿐이었다. 용일은 서러움이 북받친 듯 엉엉 우는 은성이를 어떻게 달래야 할지 몰라 어색한 손으로 어깨를 두드려 주었다. 용일의 손이 어깨에 닿자 은성이는 쓰러지듯 용일의 팔에 매달려 더욱 서럽게 울었다.

'이게 무슨 꼴이람……'

용일은 은성이가 울음을 멈출 때까지 그저 어깨를 두드려 줄 뿐이었다.

은성이는 목이 메어 목소리가 갈라질 때까지 울었다. 조그만 머릿속에 이렇게 많은 눈물이 들어 있다니, 용일은 사뭇 신기하기까지 했다. 용일의 팔을 잡고 한참을 운 은성이는 점점 마음이 진정되고 있었다. 빨개진 눈으로 콧물까지 흘리는 은성이에게 용일이 손수건을 내밀었다. 최루탄이 쏟아질 때는 입도 막고 눈물 콧물도 닦던 손수건이었다. 은성이는 용일의 손수건으로 눈물을 닦았다. 코도 풀고 싶었지만 용일이 바로 옆에서 지켜보고 있기 때문에 손수건을 지그시 눌러 콧물을 닦아 내기만 했다.

"은성아, 지금은 그런 이야기를 할 때가 아니야. 너는 중학생이고 나는 대학생이야. 야학에서 나는 선생이고 너는 학생이잖아. 그런 이야기는 나중에, 먼 나중에 하자. 나중에 은성이가 어른이 되면 그때 우리 다시 이야기하자. 응?"

은성이는 토끼처럼 빨개진 눈으로 용일을 지그시 바라보았다. 은근슬쩍 넘어가려던 용일은 자기도 모르게 얼굴이 달아올랐다.

"그럼 세 가지만 약속해 줘요."

"약속하면 총 돌려줄래?"

"약속하면 돌려줘요."

"좋아, 약속할게."

은성이는 용일에게 새끼손가락을 내밀었다. 용일도 머뭇머뭇 새끼손가락을 내밀었다. 두 사람은 손가락을 단단히 걸었디.

"첫째! 이제부터는 선생님을 오빠라고 부를 서예요. 괜찮죠?"

"좋아. 그 정도야, 뭐."

"두 번째는 내가 어른이 될 때까지 결혼도 하지 말고 애인도 사귀면 안 돼요. 알았죠?"

"노력할게!"

"노력 가지고는 안 돼요. 이건 꼭 지켜야 되는 약속이란 말이에요."

"알았어. 결혼 금지, 애인 금지!"

"장난 아니에요. 심각하게 말하는 거예요."

"그래, 알았다니까. 세 번째는 뭐냐?"

"세 번째는요, 세 번째는 말이에요."

용일은 무심코 은성이의 눈을 바라보았다. 순식간에 은성이의 눈에 눈물이 솟아올라 말라 버린 눈물 자국 위로 넘쳐흘렀다. 은성이는 손가락을 걸고 있는 용일의 손을 잡아 자기 얼굴을 가렸다. 용일은 손바닥이 뜨겁게 젖어드는 것을 느꼈다.

"절대로 죽으면 안 돼요. 군인한테 잡혀가도, 총 맞아 다쳐도 괜찮아요. 하지만 죽어 버리면 정말 용서 안 해요. 나만 남겨 두고 절대로 죽으면 안 돼요. 약속하죠?"

용일은 은성이를 내려다보았다. 은성이의 진심 어린 눈물에 마음 한구석이 뜨거워졌다.

'지금껏 누구도 이토록 나를 염려해 준 사람이 없었는데. 내가 뭔데 나를 위해 눈물을 흘리는 거니? 허락한 적도 없는데 나를 왜 그렇게 가득 네 마음에 담았니? 어리지만 속 깊은 아이야. 약속한다. 전처럼 다시 널 웃게 해 줄게. 나 때문에 흘린 눈물을 백 배 천 배 갚아 줄게.'

"약속한다. 무슨 일이 있어도 죽지 않을게."

용일은 자기도 모르게 은성이의 어깨를 감싸 안았다. 은성이는 용일의 가슴에 얼굴을 묻고 소리 없이 눈물을 쏟았다. 기쁨과 두려움이 섞인 눈물이었다. 용일은 가슴이 점점 뜨겁게 젖어가는 것을 느꼈다. 은성이의 눈물로 더워진 용일의 심장이 더없이 힘차게 뛰고 있었다.

"나도 젊기만 했으면 뛰어나가는 건데."

"당신도 참, 그런 생각은 꿈도 꾸지 말고 라디오나 틀어 봐요."

"어? 날 무시하는 거야? 내가 이래 봬도 경기도 연천 최전방에서 간첩을 잡을 뻔한 몸이야. 왜 이래?"

선학이 아버지는 아내에게 무시를 당했다고 생각했는지 금세 핏대를 올리며 흥분하기 시작했다. 명식과 창원이 있는 자리라서 더 창피해하는 것 같았다. 같은 남자로서 누구는 총을 들고 나서는데 집에 숨어 있다니 두고두고 놀림을 받기에 충분했다. 그렇다고 놀릴 사람은 물론 없었지만 선학이 아버지는 스스로의 자격지심에 펄펄 뛰었다. 눈치 빠른 명식이 선학이 아버지의 체면을 살려 주었다.

"간첩이요? 와, 대단하네. 아저씨, 좀 자세히 얘기해 주세요."

"그러지, 뭐. 그러니까 그게 언제냐면 천구백육십사 년인가 그랬지, 아마?"

선학이 아버지는 기억을 되짚는 듯 허공을 노려보며 간첩 이야기를 시작했다. 선학이 어머니는 혀를 쯧쯧 차며 라디오를 켰다. 텔레비전은 며칠 전부터 나오지 않고 있었다. 라디오의 일일 드라마가 끝나자 곧 뉴스가 나오기 시작했다.

"한편 광주에서는 불순분자들이 시내 주요 관공서와 언론사를 점거하고 무장 난동을 부리고 있습니다. 정부는 선량한 시민들에게 동요하지 말 것을 당부하는 한편 신속한 사태 해결을 위해 군부대의 확대 투입을 검토하고 있습니다. 다음 뉴스, 오늘

낮 한 시 삼십 분, 종로에서는……"

선학이 어머니의 손이 힘없이 라디오를 껐다. 명식과 창원은 굳어진 얼굴로 신발을 신었다. 시내로 나가 시민군에 합류해 정보를 들어 볼 생각이었다.

"용일이 오면 도청에 갔다고 전해 주세요."

선학이 아버지와 어머니가 약속이라도 한 것처럼 동시에 고개를 끄덕였다. 선학이가 대문 앞에서 형들을 배웅했다. 명식과 창원이 손을 흔들어 보이고는 뒤돌아서서 빠른 걸음으로 멀어져 갔다.

"선학이네! 손 비어 있으면 이리로 좀 와 봐!"

완도댁 할머니의 급한 목소리를 듣고 선학이 어머니는 큰방으로 들어갔다. 방 안 가득 솜이불을 내놓은 완도댁 할머니가 문 위에 쳐 놓은 줄에 솜이불을 매달려고 애쓰고 있었다. 선학이 어머니가 손을 도와 솜이불을 걸어 주며 물었다.

"뭐 하시는 거예요, 할머니?"

"듣자 하니까 총알도 솜이불은 못 뚫는다는구먼. 언제 눈먼 총알이 날아올지 모르니께 미리 방비를 해야지. 선학이네도 문에 솜이불 쳐 놔. 당장."

큰방에서 나온 선학이 어머니도 남편을 불러 못을 박고 줄을 치게 했다. 솜이불을 꺼내 우선 마당 빨랫줄에 걸어 숨을 통하게 한 다음 해 지기 전에 방 안으로 들여갔다.

"자기 전에 걸어요, 우리는."

"효과가 있을까?"

"없는 것보다는 낫겠죠."

어머니가 선학이의 손을 만지작거리며 남편에게 말했다.

"무사히 집에 돌아온 게 정말 다행이에요."

"늦은 얘기지만, 서울에서 출발하기 전에 전화라도 하지 그랬어? 그렇게 놀랄 거였으면."

"아뇨, 당신이 나왔더라면 더 큰일 날 뻔했어요. 다 잘된 일이에요. 우리 세 사람 다 무사히 집에 있으니까."

선학이 아버지가 아내의 손을 꼭 잡아 쥐었다. 어머니의 귀향 길이 얼마나 위험했는지 생각하면 선학이는 지금 이 순간도 가슴이 조여 들었다. 선학이는 어머니 무릎을 베고 누웠다. 어쨌든 온 가족이 여기 모여 있다. 다시는 헤어지지 않을 것이다.

"아따, 이놈의 줄이 왜 또 끊어지고 난리여. 선학이네!"

완도댁 할머니가 짜증이 약간 섞인 목소리로 선학이 어머니를 불렀다. 선학이 어머니가 웃는 얼굴로 방을 나서며 말했다.

"당신이 좀 해 줘요."

선학이 아버지가 건너가 낡은 줄을 풀어 버리고 튼튼한 철사를 묶어 주었다. 솜이불 두 채를 걸어도 끄떡없이 튼튼했다. 완도댁 할머니는 깨끗한 방바닥을 걸레로 다시 한 번 훔쳐 냈다.

"이따가 애들 들어오면 다 이 방에서 재울라고 그려. 든든하게 방비한 방에 모여 자면 좋잖어."

완도댁 할머니가 언제 짜증을 부렸냐는 듯 환하게 웃었다.

"일단 근수 먼저 옮겨 놔야겠네. 선학이 아배! 손 좀 빌려
줘."

근수는 대인동 버스 터미널에서 도망 나온 뒤로 줄곧 누워 있
었다. 온몸이 불덩이처럼 달아오르고 가끔 외마디 소리를 질러
서 완도댁 할머니의 마음을 아프게 했다.

"아이고, 우리 애기 무겁기도 하다."

선학이 아버지와 어머니, 완도댁 할머니는 힘을 모아 근수를
옮겼다. 근수는 솜이불을 뒤집어쓰고도 오들오들 떨고 있었다.

"서경아, 오늘부터는 외갓집에서 자는 거다."

"아빠는요?"

"아빠는 집에서 자야지. 따로 할 일이 있어서 그래."

"같이 가요. 외할머니가 언제라도 집으로 오라고 했단 말예
요."

"당분간만 아빠 말대로 해. 당분간만."

"밥은요? 아빠 밥은 누가 차려 드려요?"

"아빠가 알아서 할게. 그런 건 걱정 마라."

서경이는 시무룩한 얼굴로 이 목사를 바라보았다.

'아빠는 틈만 나면 나를 떼어 놓으려고 해!'

볼이 부은 서경이는 알았다고 퉁명스럽게 말하고는 가방을
꾸렸다.

해가 지기 전 이 목사는 서경이의 손을 잡고 동명동 처갓집으

382

로 갔다. 부자 동네답게 집집마다 아름드리 정원수가 굵었고 정원에는 짧게 손질한 잔디가 깔려 있었다. 걸어서 십 분 거리인 이 목사네 동네와는 하늘과 땅처럼 차이가 났다. 장인네 마당만 해도 이 목사네 동네 스무 가구는 들어갈 만큼 넓었다. 이 목사는 대리석 계단을 올라가 구리 장식이 멋진 통 주물문 앞에 섰다. 폭이 사 미터가 넘는 양 여닫이문의 빈틈으로 정원 한구석에서 솟아나고 있는 분수가 시원하게 보였다.

"서경이넵니다."

인터폰이 끊기자 곧 문이 열렸고 화순댁이 달려 나와 가방을 받아 늘려 했다.

"괜찮습니다, 아주머니."

"아녜요, 서방님. 괜찮응게 가방 넘겨 줘요."

'서방님?'

이 목사는 키 작은 화순댁을 새삼스럽게 내려다보았다. 장인 집에서 삼십 년 넘게 가정부로 살아온 화순댁은 이 목사를 볼 때마다 서방님 소리를 빠뜨리지 않았다. 서경이가 이런 호칭을 당연하게 생각하지 않길 바랐지만, 이런 환경에서 살게 된다면 서경이도 자연스럽게 동화될 것이 분명했다. 이 목사는 깊이 한숨을 쉬며 현관으로 들어섰다. 장모가 웃으며 부녀를 맞아 주었다.

"어서 오게. 저녁은 들었나?"

"아직 전입니다."

"그럴 줄 알았네. 화순댁, 우리 저녁 준비 좀 서둘러 줘요."

"예, 사모님."

화순댁의 음식은 풍성하고 정갈했다. 죽순회와 떡갈비가 어우러진 저녁상을 물리고 이 목사는 서경이를 방에 데려다 주었다. 서경이 방의 책꽂이에는 새로 들여놓은 청소년 문학 전집이 한 질 꽂혀 있었다. 서경이는 금세 얼굴이 풀려 책에 달라붙었다. 이 목사는 방을 돌아보았다. 서경이 엄마가 자란 방은 널찍했고 큰 유리창 밖에는 옆집 지붕들 사이로 석양이 내다보였다. 어디선가 서경이 엄마의 향기가 나는 것 같아 이 목사는 숨을 깊이 들이쉬었다.

'이런 환경에서 곱게 자란 사람이 나 같은 남자를 믿고 모든 걸 포기하기가 얼마나 어려웠을까. 그만큼 나를 사랑했겠지. 바보 같은 여자. 당신이 너무 그리워, 너무.'

이 목사는 책에 빠져 있는 서경이를 남겨 두고 일 층으로 내려갔다. 장모는 다기에 끓는 물을 부어 식히며 다식을 접시에 놓고 있었다.

"그래, 서경이 할아버지 말씀대로 할 셈인가?"

"그렇게 될 것 같습니다."

"잘 생각했네. 서경이를 위해서도 자네를 위해서도 그게 좋은 방법이야."

이 목사는 묵묵히 장모가 우려내 주는 차를 마셨다. 향이 싱그러웠지만 맛을 몰랐다. 장모는 두 번째 찻물을 붓고 부드럽게 입을 열었다.

"부모 자식을 떼어 놓는 것이 사람의 도리가 아니라는 걸 내 모르지는 않네. 나도 내 속으로 서경이 어미를 낳아 봤는데 생이별하는 그 고통을 왜 짐작 못하겠나. 자네가 속으로 얼마나 뜨거운 불덩이를 삭이고 있는지 다 알아."

이 목사는 입 안에 머금고 있던 차를 꿀꺽 삼켰다. 이 목사의 목울대가 부풀었다 수그러지는 모습을 지켜보던 장모가 차분한 목소리로 말했다.

"내 얘기 새겨듣게. 서경이 할아버지는 서경이만 미국으로 보내려는 생각이지만 내 생각은 달라. 네가 도와줄 테니 자네도 서경이 할아버지 몰래 샌프란시스코 쪽으로 유학 준비를 하게. 원하는 공부를 하면서 서경이를 곁에서 돌봐 주게. 굳이 한국에서 힘들게 살 필요는 없지 않아? 서경이 어미야 제 복이 그만큼이라 먼저 갔지만 사위도 자식이야. 좋은 게 좋은 거니까 잘 생각해서 내 말대로 하게. 그리 할 테지?"

장모가 따듯하게 웃으며 이 목사의 찻잔을 채워 주었다. 이 목사는 찻잔 속의 풀빛 차를 내려다보며 복잡한 생각을 곱씹었다.

"빵! 빵!"

자동차 경적이 두 번 울리더니 차고 문이 자동으로 스르르 올라가는 쇳소리가 뒤이어 들렸다. 피곤한 얼굴의 장인과 가방을 든 김 기사가 현관으로 들어왔다.

"큰일이야, 큰일. 광주 나가고 들어오는 길이 다 막혔어. 우리 같은 사람들도 통행을 못한다니, 이런 더러운 경우가 어디 있나?"

"다녀오셨습니까."

예상치 못한 이 목사의 인사에 장인의 얼굴이 더 찌푸려졌다.

"이 서방이 인사드리잖아요. 당신 뜻대로 하겠다고 찾아온 거예요."

"그럼 당연히 그래야지."

장인은 이렇게 말하고는 바로 안방으로 들어가 버렸다. 장모는 따라 들어가며 언짢은 모습을 보였다. 안방에서 들릴 듯 말 듯 나는 언쟁을 들으며 이 목사는 조용히 현관을 나섰다. 화순댁이 쫓아 나와 배웅 인사를 했다. 이 목사는 화순댁을 향해 정중하게 허리를 굽혔다. 그리고 허리를 펴며 거대한 저택의 이층을 올려다보았다. 서경이가 있는 방의 창이 환하게 빛나고 있었다.

22. 산 자여, 따르라!

규민이는 빌밑을 살피며 천천히 걸음을 옮겼다. 이제 탄피 따위는 줍지 않았다. 지금까지 주운 탄피만도 백 개가 넘었고 둘러보면 탄피보다 더 멋진 것들이 심심찮게 눈에 띄었다. 지금 규민이가 줍는 것은 납작해진 탄두였다. 금남로 주변 건물 벽에는 총알에 맞아 파인 자국이 즐비했다. 그 밑을 잘 살펴보면 납작해진 탄두가 널려 있었다. 신이 난 규민이는 연방 싱글거리며 탄두를 주워 담았다. 납작해지고 끝이 갈라진 탄두였지만 나름대로 실감 나는 전쟁터의 기념품이었다. 벽을 따라 골목으로 들어가던 규민이는 뭔가에 걸려 넘어지며 손에 들고 있던 탄두들을 놓쳤다.

"에이, 뭐야!"

옷을 툭툭 털며 일어나던 규민이의 눈길이 보도블록 사이에 꽂힌 물체에 고정되었다. 가운뎃손가락 길이만큼 튀어나온 물체는 검은색의 작은 자처럼 보였다. 보도블록 한 개를 들어내자 물체는 힘없이 빠져나왔다. 이십 센티미터쯤 되는 부러진 대검이었다. 규민이는 뜻밖의 수확에 입이 찢어질 것처럼 웃었다.

"진짜다. 진짜 대검이야."

규민이는 대검에 묻은 검붉은 얼룩에는 신경조차 쓰지 않았다. 손잡이가 없는 것이 흠이었지만 그런 행운까지는 바라지도 않았다. 규민이는 날아갈 듯한 기분으로 골목을 빠져나왔다. 들뜬 규민이에게는 방금 전까지 드문드문 오가던 사람들이 어느 틈에 사라져 거리가 텅 빈 것이 눈에 들어오지 않았다.

어디선가 끼긱거리며 쇳덩이 긁히는 소리가 들려왔다. 육중한 물체가 덜덜거리며 달려오는 듯한 소리에 섞여 "착착착착" 군화 소리도 가까워지고 있었다. 거리는 텅 비어 있었지만 점점 커지는 소리는 곧 금남로 전체에 울려 퍼졌다.

"뭐지?"

주위를 둘러보았지만 멀리 있는 도청 쪽에서 바쁘게 뛰어다니는 사람들 말고 움직이는 것은 눈에 띄지 않았다. 빨리 집으로 돌아가야겠다고 생각한 규민이가 금남로의 중앙선을 막 넘을 때였다. 오륙백 미터쯤 떨어진 네거리의 오른쪽 모퉁이에서 거대한 전차가 불쑥 나타났다. 한 대, 두 대, 석 대, 넉 대, 다섯 대, 날카로운 냉각 팬 소리를 내며 장갑차들이 뒤를 이었다. 장갑차 뒤에는 얼룩무늬 전투복의 공수 부대원들이 "착착착착" 발을 맞춰 달려오고 있었다. 건물을 무너뜨릴 것 같은 전차와 장갑차 소리에 놀란 규민이는 발걸음이 제대로 떨어지지 않았다. 전차는 도로에 놓인 불탄 자동차를 보고도 비켜 가지 않았다. 한쪽 무게만 1톤이 넘는 거대한 무한궤도가 불탄 자동차를 깔아 뭉갰다. 자동차는 오징어처럼 납작해졌고 전차는 거침없이 도청을 향해 달렸다. 규민이는 자기도 모르게 중얼거렸다.

"M48 패튼이다."

실제로 본 패튼 전차는 집채만큼 거대했다. 둥그런 포탑 가운데 솟아난 구십 밀리미터 전차포 위에는 네모난 탐조등이 달려 있있고 포답에 딜린 기관총은 도청을 항헤 조준되어 있었다. 규민이는 떨어지지 않는 발을 겨우 옮겨 실옆으로 비켜났나. 곧 전차와 장갑차, 군인들이 규민이를 지나쳐 갔다. 군인들이 금남로 오 가 쪽에 진지를 구축하자 누가 먼저랄 것도 없이 쏘아 대는 총소리가 들리기 시작했다.

"땅! 따당! 땅! 땅!"

도청에 있던 시민군이 쏘는 총소리였다.

"두두둑! 두두두두두두둑! 두둑! 두두둑!"

답례처럼 전차의 기관총이 불을 뿜었다.

규민이는 있는 힘을 다해 걸음을 옮겼다. 마음 같아서는 달리고 싶었지만 마치 꿈이라도 꾸는 것처럼 다리가 움직이지 않았다. 금남로를 겨우 벗어나 대인로를 가로지를 때였다. 대인동 비스 터미널 쪽에 버티고 있는 군인들이 눈에 띄었다. 광주 시내가 온통 군인들로 가득 찬 것 같았다.

규민이가 전남 여고 옆길로 접어들 때였다. "피핑" 소리를 내며 날아온 총알 서너 발이 규민이 옆 벽에 박혔다. 기절할 듯 놀란 규민이는 땅바닥에 코를 박고 넘어졌다. 잠시 후 고개를 든 규민이는 총알이 더 날아오지 않자 자리에서 일어나려 했다. 왼쪽 다리로 먼저 일어서다가 중심을 잡지 못하고 바로 쓰러졌다. 규민이는 영문을 몰라 오른쪽 다리를 보았다. 오른쪽 무릎 아래가 온통 피범벅이 되어 있었다. 그제야 규민이는 불로 지지는 듯한 통증을 느꼈다. 갑자기 눈앞이 빙빙 돌았다. 규민이는 땅바닥에 쓰러진 채 온몸을 덜덜 떨었다. 전남 여고 쪽문에서 다람쥐처럼 달려 나온 여학생 한 명이 규민이를 부축해 옆에 있던 문방구점으로 들어갔다. 여학생의 까만 치마에는 규민이 다리에서 흘러나온 피가 진하게 엉겨 붙어 있었다.

몇 배나 증원된 공수 부대가 전차와 함께 나타났다는 소식은 곧 시내 곳곳에 전해졌다. 무기를 가진 시민군들은 대부분 도청으로 모여들었지만, 무기를 내던지고 집으로 숨은 사람들도 있었다. 용일과 창원, 명식은 교회 앞마당에 모여 야학 학생들을 기다렸다. 다시 싸우러 갈 때 함께 모여 가기로 한 약속 때문이었다.

"그냥 우리끼리 가자, 형! 저 소리 안 들려?"

들려오는 총소리가 창원의 마음을 급하게 만들었다. 명식이 우울한 얼굴로 말했다.

"조금만 더 기다려 보자. 나올 거야."

"선생님!"

골목길을 빠져나온 사람들은 봉수를 앞세운 네 명이었고 뜻밖에 중학교 삼 학년인 경훈이가 끼어 있었다. 경훈이는 손에 소총까지 들고 있었다. 명식은 봉수네를 반갑게 맞으면서도 경훈이를 향해 눈살을 찌푸렸다.

"우리가 지금 장난하러 가는 줄 알아? 집에 가, 빨리!"

경훈이는 굳은 일굴로 내답했다.

"니도 목숨 걸고 싸우려고 나온 거에요. 우리 아버지가 군인늘한테 늘려샀난 말예요."

항상 장난기 가득하던 경훈이의 눈이 이글거리고 있었다. 경훈이의 굳은 마음에 난처해진 명식이 말을 돌렸다.

"도대체 총은 어디서 났냐?"

"민구 형한테 받았어요."

"민구 씨는 뭐 하고?"

"배탈 나서 못 간대요. 나도 총 쏠 줄 알아요. 민구 형한테 배웠단 말예요. 나도 데리고 가요."

"형, 웬만하면 데리고 가지?"

창원이 끼어들었다. 명식은 창원을 노려본 다음 경훈이에게 다가갔다.

"알았으니까 총이나 줘 봐. 배우긴 네가 뭘 배워? 이렇게 해 놓으면 총이 나가냐? 여기 손잡이 있지? 이 손잡이를 반대로 돌려놓아야지."

뭔가를 알려 주는 척 다가간 명식이 번개 같은 손놀림으로 경훈이의 총을 낚아챘다. 경훈이는 갑자기 벌어진 일에 넋 놓고 총을 빼앗겼다. 명식은 경훈이의 총을 용일에게 던져 주고는 경훈이를 향해 돌아섰다.

"좋은 말로 할 때 집에 가라. 빨리 안 가?"

"나도 데리고 가요!"

경훈이가 울먹거리며 소리쳤다. 명식의 눈이 가늘어지더니 다음 순간 경훈이가 쓰러졌다. 명식은 쓰러진 경훈이의 멱살을 잡아 세우더니 다시 한 번 배에 주먹을 먹였다.

"이래도 말 안 들어? 이래도?"

경훈이는 숨도 쉬지 못하고 하얘진 얼굴로 고개를 가로저었다. 명식이 다시 손을 치켜들었다. 누군가 명식의 손을 붙들었다.

"최 선생, 그만 해요."

어느 틈에 나타난 이 목사가 경훈이를 부축해 교회 안에 눕혔다. 명식은 이 목사를 향해 머리를 숙였다.

"목사님, 다른 의도는 없었습니다."

"알고 있습니다. 최 선생 마음은 고맙게 생각하고 있어요. 하지만……"

명식이 고개를 들었다. 이 목사는 둘러선 여섯 젊은이들 한 명 한 명과 눈을 맞춰 가며 입을 열었다.

"여러분 모두 그곳에 가서는 안 됩니다. 여러분은 살아남아서 해야 할 일이 있어요."

명식의 눈이 다시 가늘어졌다. 이 목사는 명식의 눈길은 아랑곳하지 않고 창원과 용일의 어깨에 손을 얹었다.

"지금은 모두 힘든 땝니다. 양심과 의지가 있는 사람에게는 더욱 견디기 어려운 시기지요. 하지만 지금 총을 들고 나서는 것보다 더 중요한 건 끝까지 살아남아서 앞으로 길어질 싸움을 준비하는 겁니다."

명식이 차갑게 말했다.

"목사님 말씀은 위신으로 들릴 수도 있다는 기 아닙니까?"

이 목사가 명식을 돌아보며 말했다.

"위선?"

"길어질 싸움을 준비하기 위해 뒤에 남겠다! 비굴함을 포장하려 할 때 딱 좋은 명분이군요. 그렇게 오래 살아남고 싶다면 조용히 혼자서 빠져나가는 게 차라리 도와주는 겁니다."

"최명식 선생! 내가 그런 사람으로 보입니까?"

이 목사의 목소리가 격해졌다. 명식은 이 목사의 눈을 빤히 바라보았다.

"잘은 모르지만 목사님이 그런 분이 아니라는 것만은 알고 있습니다. 하지만 적어도 지도자의 위치에 선 사람이라면 행동과 말이 일치해야 신뢰를 얻을 수 있지 않을까요? 서경이를 미국으로 보내실 계획이라고요? 미국이 어떤 나라인지 잘 아신 목사님이, 자기 딸은 미국으로 보내 호의호식시키며 미국이 지지하는 군사 독재 정권에 대항해 긴 투쟁을 하겠다는 건 모순 아닙니까?"

이 목사가 혹시 하는 눈빛으로 용일을 돌아보았다. 용일은 고개를 숙여 이 목사의 눈을 피했다. 이 목사는 다시 청년들을 향해 말을 이었다.

"그 점에 대해서는 나중에 따로 해명하겠습니다. 어쩔 수 없는 사정이 있어요. 지금은 다른 이야기를 하고 있는 중입니다. 거듭 말하지만, 지금 총을 놓고 각자의 자리를 지키는 건 굴종도 아니고 비겁도 아닙니다. 오해를 무릅쓰는 것도 큰 용기가 필요한 거예요. 여러분에게는 미래가 있습니다. 그 미래를 위해서라도 총을 내려놓아야 합니다."

"비겁하게 살아남으라고요? 죽어 가는 동료를 외면하고 혼자 쥐새끼처럼 도망치는 사람에게 어떤 미래가 있단 말입니까? 도대체 저 싸움보다 더 중요한 게 뭐가 있다는 거죠?"

명식이 외쳤다. 용일이 논쟁을 가로막으려는 듯 명식과 이 목사 사이에 끼어들었다. 이 목사는 고개를 저으며 말했다.

"총으로는 이 세상을 변화시킬 수 없어요. 적을 한 걸음 물러나게 할 수는 있지만 곧 더 강한 적을 불러들일 뿐입니다. 여러분은 영혼의 싸움에 눈을 떠야 돼요. 지금 여러분에게 필요한 건 힘으로 힘에 대적하는 악순환을 끝내는 더 큰 용기예요."

명식이 가슴을 두드리며 소리쳤다.

"목사님! 눈앞에서 죄 없이 죽어 가는 사람을 구하지 못한다면 백 번 기도를 한들 무슨 소용입니까? 죽은 뒤의 천국도 중요하지만 우리들한테는 열심히 일해 살아갈 내일 하루가 더 중요하다고요. 다 목사님 같을 수는 없잖아요. 우리는 보통 사람들이에요. 가족이 소중하고 친구가 소중하고 함께 사는 이 나라의 장래가 소중한 보통 사람들이라고요!"

"소중하지 않다는 게 아니야. 소중하니까 그 소중한 것들을 위해 더 좋은 방법을 찾자는 거지!"

이 목사는 존댓말을 버렸다. 죽음을 향해 나아가려 하는 막내동생 같은 젊은이들의 마음을 되돌릴 수 있는 말이 떠오르지 않아 답답한 가슴이 터질 것만 같았다.

"목사님도 그렇게 생각한다면 여기 남은 총이 한 자루 있습니다. 우리와 함께 가세요. 가서 두려움을 안고 싸우는 사람들에게도 하나님이 주시는 용기를 나눠 주세요."

'그것보다 더 큰 용기를 하나님이 주시고 있어. 보이지 않아? 느껴지지 않아? 잠깐만 눈을 돌려 봐. 조금만 멀리 생각해 봐. 왜 보지 못하는 거냐! 왜! 왜!'

이 목사는 용일의 팔을 붙잡고 말했다.

"용일아, 날 봐라. 나는 너희들을 친동생 이상으로 생각하고 있다. 지금은 나를 원망해도 좋아. 지금 이해하지 못하겠어도 시간이 흐른 뒤에는 분명히 이해할 수 있을 거다. 그때까지만 살아남아 줘. 날 욕해도 좋으니까 그때까지만 기다려 줘!"

이 목사와 명식을 번갈아 보던 용일이 천천히 입을 열었다.

"오늘 우리가 죽을 수도 있겠죠. 혹시 살 수 있을지도 몰라요. 하지만 한 가지 분명한 것은 우리가 가지 않으면 저 사람들이 살 수 있는 확률도 적어져요. 뭉쳐야 다 같이 살 수 있어요. 우리를 위해 기도해 주시지 못할 거라면 우리를 막지도 말아 주세요."

용일은 이 목사의 말이 무슨 뜻인지 알 것 같았다. 하지만 형제처럼 지내 온 친구들이 싸움터로 나가려 하고 있었다. 이들을 버릴 수는 없었다. 용일은 언쟁을 서둘러 끝내려는 듯 결코 이야기하고 싶지 않던, 오랫동안 혼자서 품고 있던 질문을 꺼냈다. 언젠가는 한 번 답을 듣고 싶었던 질문이지만 이런 자리에서 물어보게 될 줄은 정말 몰랐다.

"목사님 말씀대로 살아남아서 오랫동안 계속해야 할 싸움이라면, 그렇게 해서 이길 수 있는 싸움이라면 목사님은 왜 현내를 떠난 겁니까? 정작 목사님 같은 사람이 필요한 현내 사람들을 두고 왜 광주로 내려왔습니까? 목사님이 떠난 뒤 현내 사람들은, 희망을 줄 목사님이 필요했던 사람들은 지금 어떻게 살고 있나요? 그 사람들이 바로 우리 같은 사람들 아니었습니까? 목사님의 싸움이 이기는 싸움이라면, 정말 이길 거라고 확신했다면 우리는 현내에 남았어야 했어요. 광주로 내려오는 게 아니었다고요!"

이 목사의 얼굴이 하얗게 얼어 버렸다. 용일이 아물어 가고 있는 이 목사의 상처를 헤집은 것이다.

"우리는 갈 겁니다. 이번만큼은 목사님 말씀을 들을 수 없어요. 혹시 우리가 돌아오지 못한다면 뒷일을 맡아 주세요. 끝까지 살아남아서 이 싸움을 목사님 식대로 계속해 주세요."

여섯 청년은 이 목사를 향해 일제히 고개를 숙였다. 이 목사는 희미해져 가는 정신을 추스르지 못하고 땅바닥에 주저앉고 말았다. 이 목사를 남겨 두고 떠나는 용일의 눈에서 뜨거운 눈물이 흘렀다. 명식이 용일의 어깨를 두드렸다. 여섯 사람은 어둠 속에 몸을 숨기고 도정을 향해 소리 없이 걷기 시작했다.

밤새도록 총성은 그치지 않았다. 사람들은 저마다 집에서 한 발짝도 나가지 못하고 불안한 밤을 보내야 했다. 이 목사는 텅 빈 교회에 혼자 주저앉아 용일의 말을 되씹었다. 용일의 말이 그토록 이 목사에게 상처를 준 것은 그것이 틀림없는 사실이기 때문이었다. 이 목사 스스로도 점점 심해지는 충치처럼 아파하던 부분이었다. 다만 용일이, 친동생같이 아끼던 용일이 그 상처에 손가락을 비집어 넣을 줄은 몰랐다.

총성을 들으며 이 목사는 힘없이 중얼거렸다.

"내가 도망쳤었나? 현내에서? 그렇지, 도망쳤지. 왜? 너무 힘들었으니까, 모든 게 너무 힘들었으니까. 그때도 하나님은 나와 함께 계셨을 텐데 뭐가 그리 힘들었을까? 왜 나 혼자서 그 무게를 다 감당하려고 했을까? 왜 내가 현내를 떠나도록 하나님은 보고만 계셨을까? 내가 현내에 필요한 사람이 아니어서? 어디까지 혼자 해 나가는지 두고 보시려고? 결국 그거였나? 내 힘으로 해 보려고 덤벼들었기 때문에? 그래서 현내에서 도망칠 수밖에 없었을까? 지금은? 지금은 어떻게 해야 되지? 저 아까운 젊은이들이 불구덩이로 뛰어들고 있는데 나는 여기서 뭘 하고 있는 거지?"

도청 쪽 하늘이 붉게 타오르고 있었다. 시내 전역에 전기, 전화가 끊겨 버린 지금 붉게 타오르는 하늘은 화염에 싸인 건물일 게 분명했다. 이 목사는 "아아아아아아!" 고함을 지르며 머리를 싸안았다. 깜빡 잊고 있었다는 듯 총소리가 다시 들려오기 시작했다.

다음날 도청 옥상을 지키라는 명령을 받은 용일과 창원, 명식은 졸린 눈을 비비며 계단을 걸어 올라갔다. 도청 안 주차장의 전나무에 기대어 두어 시간 잠시 눈을 붙였을 뿐인 세 사람의 눈은 빨갛게 충혈되어 있었다. 세 사람은 옥상에 있던 십여 명의 시민군과 합세해 금남로 삼 가 쪽의 전차를 향해 총을 겨눴다. 군인과 시민군은 잠시 싸움을 쉬고 있었다. 사실 아무리 소총을 갈겨도 전차는 묵묵하게 제자리를 지키고 있을 뿐이었다. 어제 불을 뿜던 전차의 기관총탄에 도청 벽은 무수히 파여 있었다. 포라도 쏜다면 도청은 날아가 버릴 게 분명했다.

"탱크는 어떻게 해야 돼요? 뭘로 부숴야 돼요, 아저씨?"

398

며칠 전부터 전투 지휘를 맡은 키 작은 월남전 아저씨가 창원을 돌아보았다.

"우리가 가진 무기로는 어림도 없어. 대전차포도 없고 대전차 지뢰도 없잖아."

"수류탄! 수류탄이 있잖아요."

"너, 수류탄 오백 미터 던져서 전차 바퀴에 끼워 넣을 수 있냐? 오십 미터도 힘들 거다."

월남전 아저씨가 비통한 얼굴로 고개를 돌렸다. 시민군들은 모두 예상하지 못한 전차의 출현에 당황하고 있었다.

시민군의 지휘 본부에서는 수습위원회 위원들의 논쟁이 계속되고 있었다. 군인들의 요구대로 무기를 반납한 다음 협상을 하자는 주장과 계속 도청을 사수하자는 의견이 나뉘어 있었다.

"이대로 무기를 반납하면 우리는 독 안에 든 쥐가 되는 겁니다. 저들이 이대로 물러날 리 없습니다. 무기를 반납하는 즉시 진압이 시작될 겁니다. 그러면 우리는 끝이에요."

"도청을 끝까지 사수한다고 해도 결과는 같아요. 어찌 됐든 계엄군은 도청을 접수하려 들 테고, 그럼 더 많은 희생이 뒤따를 테지요."

밤을 새운 논쟁은 결말 없이 아침을 맞았다. 결국 수습위원들이 '계엄군 철수 후 시민군 해산'이라는 협상안을 가지고 군 책임자와 한 테이블에 앉았지만 협상은 곧 결렬됐다. 무조건 해산하라는 계엄군의 요구를 놓고 수습위원회는 다시 긴 논쟁을 벌였다.

서경이는 아침이 밝자마자 거실로 내려왔다. 거실 안락의자에는 이미 외할아버지와 외할머니가 걱정스러운 얼굴로 앉아 있었다.

"할머니, 저 집에 좀 다녀올게요."

"안 된다. 꼼짝 말고 방에 들어가 있어."

외할아버지의 냉정한 대답이었다. 서경이는 외할아버지에게 다가가 두 손을 모으고 부탁했다.

"아빠가 잘 계시는지만 보고 올게요. 부탁이에요, 할아버지."

"방에 들어가 있으래도! 이 서방은 별일 없을 거다."

"할아버지!"

"서경아, 할아버지 말씀 들어. 지금 바깥은 전쟁터야. 좀 조용해지면 김 기사 시켜서 알아볼 테니까, 일단 방에 들어가 있어. 착하지?"

서경이가 시무룩한 얼굴로 돌아서자 외할아버지는 화순댁을 불렀다.

"부를 때까지 서경이 방에 같이 있어요. 엉뚱한 짓 못하게 잘 감시하고."

"예."

화순댁이 이 층으로 올라가기가 무섭게 비명 소리가 들렸다. 거실에 있던 두 사람이 황급히 올라가 보니 활짝 열려 있는 창으로 다리를 내밀고 있는 서경이를 화순댁이 끌어안고 있었다.
머리끝까지 화가 난 외할아버지가 버럭 소리를 질렀다.

"뭐 하는 짓이야! 성한 다리 하나도 마저 부러뜨릴 작정이
냐?"

"여보!"

"이놈 당분간 화순댁 방에서 지내게 해. 절대 혼자 두지 말고.
알았어?"

거실로 내려가는 외할아버지의 뒤를 서경이의 울음소리가 따
랐다. 그 소리가 듣기 싫어 계단을 쿵쿵거리며 내려왔지만 안방
에 가도 거실에 앉아노 서경이의 울음소리기 들렸다.

"조용히 시켜!"

외할아버지가 소리치자 서경이가 울먹이며 제 입을 틀어막았
다. 소리 죽인 흐느낌이 방에 가득 찼다.

이차, 삼차에 걸친 협상도 결렬되었다. 도청의 시민군들은 불
안한 얼굴로 서로를 바라볼 뿐 말이 없었다. 강제 진압을 막기
위해 도청 지하실에 탄약을 쌓고 있다는 소식도 전해졌다. 용일
과 명식, 창원은 밑에서 날라다 준 주먹밥으로 끼니를 때우며
여전히 옥상을 지키고 있었다. 멀리서 요란한 소리가 들려오기
시작했다. 사람들은 웅성거리며 주위를 두리번거렸다.

"타타타타타타타타타타!"

곧 도청 하늘에 헬리콥터 한 대가 나타났다. 헬리콥터는 음침

한 얼굴로 도청 여기저기를 살펴보는 듯 잠시 도청 위에 머물렀다가 사라졌다. 헬리콥터 옆으로 삐쭉 나와 있는 기관총이 유난히 마음에 걸렸다. 불길한 침묵이 시내 전역에 가득했다. 가끔 전차의 포탑이 조준이라도 하는 듯 윙윙 움직일 때마다 옥상에 있는 사람들의 심장이 덜컹덜컹 내려앉았다. 총 소리도 없고 함성 소리도 없이 죽음 같은 고요가 군인들과 도청 사이에 가득 고여 있었다.

명식이 용일에게 말을 건넸다.

"겁나냐?"

"조금. 형은?"

"나도 겁난다."

창원이 끼어들었다.

"형도 겁나? 난 나만 겁나는 줄 알았지."

"이런 상황에서 겁 안 나면 그게 사람이냐? 바보지."

명식이 창원에게 핀잔을 주었다. 창원이 뒷머리를 긁적이며 말했다.

"그런데 우리가 과연 이길 수 있을까?"

"미국이 직접 개입하면 모를까, 아니면 힘들 거요."

옆자리에 쪼그려 앉아 담배를 피우던 남자가 불쑥 끼어들었다. 몇몇이 귀가 솔깃한 듯 그 사람에게로 눈길을 돌렸다. 남자가 눈길을 의식하며 말을 이었다.

"듣자 하니 미국이 항공모함을 보냈다고 하더만요. 경고하는 거지요. 우리 같은 사람 그만 죽이라는. 미국이란 나라가 원래 일등 민주주의 국가 아니요. 항공모함이 도착할 때까지만 버티면 최소한 비길 수는 있어요."

스스로도 그렇게 믿고 싶었는지 남자의 목소리에는 점점 힘이 실렸다. 몇 사람의 얼굴이 표 나게 밝아졌다.

명식이 피식 웃으며 말했다.

"그랬으면 좋겠네요. 하지만 너무 순진한 생각입니다. 항공모함이 올지 안 올지 모르지만 우리를 위한 건 아닐 게 확실해요."

명식은 의미 없이 탄창을 뺐다 넣었다 철컥거리는 소리를 반복했다.

"미국은 처음부터 방관자였어요. 아니, 묵인하는 거죠. 어느 쪽에 힘을 실어 주는 게 미국에 유리한지를 따지면 답은 분명합니다. 지난 이십 년 동안 그랬듯 이번에도 미국은 군사 정권을 옹호하고 있어요. 그 항공모함, 아마 헛생각하지 마라는 뜻으로 북한에 대한 경고일 거예요. 우리가 지켜 줄 테니 빨리 광주를 청소해라, 그런 뜻이겠죠."

사람들의 표정이 다시 어두워졌다. 명식은 우뚝 선 무등산을 바라보며 아무 일 없었다는 듯 무표정한 얼굴로 창원에게 말했다.

"근수 자식, 지금쯤 일어났을까? 나한테 대들 때는 꽤 야무진 놈 같더니 고걸 못 참고 병이 나. 자식, 참 웃기는 놈이야."

"그러게. 계집애같이 생겨 가지고는."

창원이 맞장구를 쳤다. 용일이 근수를 두둔하고 나섰다.

"근수 착한 애야. 형들도 알잖아."

"착한 거야 알지. 좋은 의사가 될 거야, 그놈은."

명식이 이번에는 탄창으로 무릎을 툭툭 치며 말을 이었다.

"근수 녀석은 제 어머니만 고생하는 줄 알지만 사실 우리 어머니도 고생 많이 하셨지. 여름에는 논일, 겨울에는 갯벌 일, 허리 펼 날이 없으니까. 완도 김 양식장 일이나 강진 뻘밭 일이나 힘들기는 한가지지, 뭐. 그나마 근수는 나중에 의사 돼서 효도라도 하겠지만, 난 뭐냐? 잘돼야 국사 선생인데 그것도 싹수가 노랗지. 데모하다 툭하면 잡혀가고 이제는 아예 총 들고 정부랑 힌핀 붙어 보겠다고 나섰으니 선생 되기는 애초에 글렀지, 글렀어. 애고, 불쌍한 우리 어머니."

"형만 그런가, 뭐. 우리 집도 비슷해."

"나도."

세 사람은 약속이나 한 것처럼 씩 웃었다. 그 순간만은 아무 생각도 나지 않았다. 용일은 속이 빈 듯한 명식의 웃음을 보다가 문득 생각했다.

'저 웃음에 색이 있다면 노을에 비친 구름 같은 색일까? 보이는 부분은 노을이지만 보이지 않는 부분은 이미 밤하늘이 된 저 하늘의 구름 같은 색……'

용일은 무심코 는 생각을 쫓으려 고개를 흔들었다. 오늘따라 노을이 짙어 하늘은 온통 핏빛이었다.

이 목사는 노을이 들고 나서야 교회 문을 나섰다. 어제 저녁부터 지금까지 꼬박 하루를 먹지도 마시지도 못한 몸은 핏줄에 바람만 들어 있는 듯 남의 몸 같았다. 그러나 정신만큼은 어느 때보다 맑았다. 이 목사는 부엌에 들어가 물통에 바가지를 집어넣었다. 뱃속이 울렁거릴 만큼 물을 마셨지만 물통 속의 물은 그다지 줄어든 것 같지 않았다. 이 목사는 머리를 흔들었다. 물을 마시자 조금은 힘이 나는 것 같았다.

부엌을 나온 이 목사는 초록빛 교회를 돌아보았다. 삼 년 동안 열심히 일해 온 터전이었다.

'다시 이 교회를 기반으로 일할 수 있겠지. 내가 아니라도 다른 누군가가 이 교회를 통해 일할 수 있을 거야.'

이 목사는 단숨에 등을 돌렸다.

'작별 인사를 미리 하지는 않겠어. 앞날은 누구도 모르는 거니까.'

이 목사는 조용히 도청을 향해 걸음을 옮기기 시작했다.

'서경아, 미안하다. 너와 함께 미국에 간다면 우린 꿈처럼 행복할 수도 있을 텐데. 장마도 겨울도 없고 정원엔 오렌지와 레몬이 열리고 언덕이 끝나는 곳엔 바다가 시작되는 곳, 그런 곳은 천국과 닮은 곳일까? 잘 모르겠다. 아빠는 너와 함께 그곳에 가지 못해. 여기서 아빠를 필요로 하는 사람들이 있거든. 사실 현내에서도 아빠를 필요로 하는 사람들이 있었는데 아빠가 버렸지. 힘에 겨워서 그곳에서 도망치듯 나왔어. 내 안에 있는 하나님은 그러지 말자고 하셨을 텐데 너무 힘든 나머지 그 목소리를 못 들은 거야. 이제는 절대 안 그럴 거다, 절대로. 도청으로 간 젊은이들은 아빠 말을 듣지 않았어. 착하고 굳세긴 하지만 영혼을 보는 눈이 아직 어두운 사람들, 그래서 내가 더욱 필요한 사람들이지. 그들에게 간다. 아빠는 지금 그 사람들에게 가고 있어. 총을 들고 싸울 거냐고? 서경아, 아빠는 지금도 굳게 믿고 있다. 이 싸움은 그렇게 해서 해결될 수 있는 싸움이 아니야. 어떤 부분은 해결될 것처럼 보이지만 그건 속고 있는 거란다. 아빠는 순수하지만 무지한 영혼들에게 가고 있는 거야. 그들은 자기들의 영혼이 얼마나 굶주린지, 얼마나 갈증에 시달리는지 모르고 있어. 어제는 백 년 후의 천국보다 하루 먹을 걸 벌수 있는 내일이 더 소중하다고 말하더구나. 하지만 말이야, 그런 마음으로는 절대 천국을 보지 못한단다. 백 년 후의 천국을 소중하게 생각하는 마음이 당장 오늘의 천국을 만들 수 있는 거야. 서경아, 아빠를 용서하렴. 아빠는 오늘 그 사람들 곁에 있어야겠다. 아빠가 겁쟁이가 아니라는 걸 증명하기 위해 가는 게 아냐. 다른 길도 있다는 걸 알려 주기 위해 가는 거란다. 지금이 아니면 영원히 깨닫지 못할 사람들도 있을 테니까. 아빠가 죽을 수도 있겠지만 혹시 내가 그 자리에 있음으로써 살아남은 사람들은 내가 그토록 전하고 싶어하던 하나님의 방법이 뭔지 알 수 있을 거다. 그럼 다시 싸움은 시작되는 거야. 그때는 우리가 결국 이길 수밖에 없는 하나님의 방법으로 싸우게 되는 거지. 정말 멋지지? 서경아, 아빠를 이해해 주렴. 누구보다 널 사랑하지만 이건 우리 사랑보다 더 큰 영역의 일이란다. 무서워하지 말고 잘 자. 하나님이 널 보살펴 주신다.'

이 목사는 동명동의 처가 옆을 지났다. 잠시 걸음을 멈추고 올려다본 서경이 방의 창문은 불이 꺼져 있었다. 단 한번이라도 서경이를 안아 볼 수 있다면, 한 번만 서경이의 목소리를 들을 수 있다면. 죽음보다 강한 유혹을 이기기 위해 찢어지도록 아랫입술을 깨물며 이 목사는 다시 걷기 시작했다. 어느새 이 목사의 눈에서는 끈적끈적한 눈물이 흐르고 있었다.

"시민 여러분, 도청으로 나와 주십시오. 오늘 밤 계엄군의 도청 진압이 있습니다. 우리는 반드시 도청을 사수해야 합니다. 도청으로 나와 주십시오. 우리가 하나 되면 할 수 있습니다. 민주주의 만세!"

젊은 여자의 간절한 목소리가 밤거리에 울려 퍼졌다. 스피커를 실은 자동차는 어두운 거리를 누비며 잠들지 못한 사람들의 마음에 파문을 일으켰다.

선학이 아버지는 불 꺼진 방 안에 앉아 잠든 선학이의 머리칼을 쓰다듬었다. 용일과 명식 앞에서 허세를 부렸지만 속마음은 부끄러울 뿐이었다. 목숨을 내걸고 싸움에 나간 젊은이들에게 미안한 마음은 새벽이 오도록 선학이 아버지를 잠 못 들게 하고 있었다.

'지금이라도 나갈까? 과연 그럴 수 있을까? 내가 죽으면 집 사람과 선학이가 잘 살 수 있을까?'

마음속에 울려 퍼지는 목소리가 쉬지 않고 선학이 아버지를 괴롭혔다.

"여보, 안 자고 뭐 해요?"

선학이 어머니가 잠에 겨운 목소리로 말했다. 선학이 아버지는 눈을 질끈 감고 자리에 누웠다.

'내가 있어야 돼. 우리 가족에게는 무엇보다 내가 있어야 돼.'

멀리서 들려오는 간절한 여자의 목소리를 떨쳐 내려는 듯 선학이 아버지는 머리를 흔들었다. 그리고 이불을 끌어당겨 머리를 묻었다. 아무리 질끈 눈을 감아도 눈앞은 하얗게 밝을 뿐이었다.

은성이는 창밖을 바라보았다. 구름 사이로 보이는 별빛이 유난히 초롱초롱한 밤이었다.

'조금만 지나면 동이 틀 거야. 그럼 다시 하루가 시작되겠지. 아침이 되면 용일 오빠가 돌아올지도 몰라. 아무 일 없었다는 듯 총을 버리고 환하게 웃으며 돌아올지도 몰라.'

시간이 얼마나 흘렀는지 알 수 없었다. 애절한 목소리로 도청으로 나와 줄 것을 부탁하는 여자의 목소리가 아직도 귓가에 울려 퍼지는 것 같았다.

'오늘 밤 도청 진압이 있다고 했는데 아직 조용하네. 밤이 얼마 남지 않았으니까 아무 일 없이 끝날 거야. 그래야 돼. 그래야만 돼.'

은성이는 무릎을 꿇고 두 손을 모았다.

'살아 돌아오게 해 주세요. 살아만 오게 해 주세요.'

한 번 말할 때마다 몇 초가 아무 일 없이 지나갔다.

'삼천 번쯤 하면 날이 밝을까? 삼천 번만 하면 아무 일 없이 밤이 지나갈지 몰라.'

천 번을 넘기고 이천 번이 다가오자 은성이의 마음은 동이 터 오는 것처럼 점점 밝아지고 있었다.

'살아 돌아오게 해 주세요. 살게 해 주세요.'

천구백삼십 번을 넘겼을 때였다.

"투둑, 두두둑, 툭툭, 투두두두두둑!"

자동화기 소리가 밤하늘에 울려 퍼졌다. 요란한 총소리는 그치지 않고 계속되었다.

"안 돼!"

은성이는 비명을 지르며 베개에 얼굴을 묻었다. 영문도 모르는 은성이 어머니가 잠에서 깨어나 힘겹게 몸을 일으켰다. 모녀는 각각 다른 걱정을 가지고 서로를 껴안았다.

뜬눈으로 밤을 지새우다 새벽이 되어서야 선잠이 든 완도댁 할머니는 번쩍 눈을 떴다. 단단히 쳐 놓은 솜이불도 콩 볶는 듯

한 총소리까지는 막아 주지 못했다. 완도댁 할머니는 총알 걱정도 잊고 솜이불을 헤쳐 밖으로 나갔다. 총소리는 점점 드세지고 있었다. 완도댁 할머니는 손바닥을 비비며 마당을 걸어 다니기 시작했다.

"천지신명님, 우리 명식이 애기를 보살펴 주시오. 창원이 애기를 보살펴 주시오. 용일이 애기를 보살펴 주시오. 천지신명님, 제발 우리 애기들을 보살펴 주시오. 다치지 않게만 해 주시오. 이렇게 빌고 또 빕니다. 우리 애기들을 털끝 하나도 다치지 않게 해 주시오."

총소리는 끊임없이 들려왔다.

"쾅, 콰꽝!"

폭발 소리가 연달아 들리자 완도댁 할머니는 마루에 쓰러지듯 앉으며 나무 기둥을 붙안았다. 다리가 후들거려 걸어 다닐 수가 없었다. 총소리에 섞여 손자 같은 청년들이 지르는 비명 소리가 들려오는 것만 같았다. 완도댁 할머니는 손으로 귀를 막고 비명을 질렀다.

"군인들이 우리 애기들 다 죽인다!"

양손에 총을 쥔 채 쓰러져 쿨럭쿨럭 피를 토하는 명식의 부릅뜬 눈이, 총을 내던지고 손을 들었지만 쏟아지는 총알을 그대로 빈 가슴에 받는 창원의 몸부림이, 죽은 이들에 깔려 한 손만 보이는 용일의 소맷자락이, 지금 이 순간에도 총을 맞고 쓰러지며 군홧발에 차이는 젊은이들의 구릿빛 이마가 완도댁 할머니 눈앞에 선연하게 떠올랐다.

다리에 힘이 풀린 완도댁 할머니는 그만 마루에서 미끄러져 마당에 주저앉고 말았다. 넋이 나간 눈으로 아래턱을 떨며 명식과 용일, 창원의 이름을 되풀이해 부르던 완도댁 할머니의 주름진 눈에서 송진 같은 눈물이 흘러내렸다.

"워째야 쓰까! 워째야 쓰까! 우리 애기들, 우리 명식이, 우리 용일이, 우리 창원이를 워째야 쓰까! 새파란 우리 애기들, 착하디착한 우리 애기들, 시퍼런 청춘이 원통절통혀서 눈도 못 감을 텐디, 누가 우리 애기들한테 총을 났냐? 우리 애기들이 도둑질을 했냐, 강도질을 했냐. 우리 애기들 살려 내라, 이놈들아. 니 배 아파 낳은 새끼도 아닌디 니들 맴대로 죽이는 법이 어딨냐! 이런 세상이 어딨냐! 우리 애기들 살려 내라. 살려 내봐!"

창자를 찢는 듯한 완도댁 할머니의 울음소리가 새벽닭 소리같이 울려 퍼졌지만 어느 집도 불을 켜지 않았다. 선학이 어머니와 아버지가 어두운 방에서 살금살금 나와 기진한 완도댁 할머니를 방으로 데리고 들어갔다. 괜찮을 수도 있다, 살아 돌아올 수도 있다며 선학이 아버지가 완도댁 할머니를 위로했지만 할머니는 다시 마루로 기어 나와 머리를 쥐어뜯으며 나뒹굴었다.

"아니여. 내가 평생 난리를 한두 번 겪은 것이 아니랑께. 어쩌끄나, 우리 애기들. 시방 내 속이 불덩이네. 내 속에 불이 붙는 걸 보니께 우리 새끼들 다 죽어 버렸는갑네. 우리 생때같은 애기들을 워째야 쓰까! 이놈의 세상이 사람 사는 세상이여? 누가 입 있으면 말 좀 혀 봐! 말 좀 해 보라니께!"

어느새 총소리가 멎어 있었다. 선학이 아버지와 어머니가 완도댁 할머니를 부둥켜안았다. 잠이 깬 선학이도 마루에 나와 함께 완도댁 할머니를 감싸 안았다. 완도댁 할머니가 가슴을 쥐어뜯으며 소리쳤지만 목이 멘 탓에 무슨 소리인지 분명하지 않았다. 말 한마디 못하고 눈물만 흘리던 선학이가 문득 고개를 들었을 때는 이미 하늘 한끝이 뿌옇게 밝아 오고 있었다.

23. 다시 푸른 무등산

어느덧 삼 년이 흘렀다. 기억하는 사람은 잊지 않으려고, 잊고 싶은 사람은 잊으려고 몸부림친 시간이었다. 총알 자국 위로 시멘트가 덧붙여졌고 핏자국은 물로 깨끗이 씻겨졌지만 그날을 기억하는 사람들의 마음속에 든 피멍은 가시지 않았다. 그러기에 삼 년은 너무 짧았다. 날마다 아무도 모를 만큼만 자라는 나무를 따라 아이들이 자랐다. 꽃 지면 봄 여름이 갔고 잎 지면 가을이었다가 어느새 눈이 내리길 반복하는 세월은 무심히 돌아가는 시곗바늘 같았다.

학교에서 돌아온 선학이는 책상 위에 놓인 편지 한 통을 보았다. 주소를 보지 않아도 서경이 편지라는 것을 알 수 있을 만큼 미국 우표에 소인이 큼지막하게 찍혀 있었다. 선학이는 겉옷을 벗어 옷걸이에 걸었다. 편지를 펼치자 사진 한 장이 떨어졌다.

하얀색 셔츠에 청바지를 입은 서경이였다.

　보고 싶은 선학이에게

　잘 지내지? 고등학교는 어때? 여전히 공부 잘해? 어렵지는 않고? 나는 뭐, 별일 없이 지내고 있지. 미국에 온 지 벌써 삼 년이 넘었어. 이제 영어도 그다지 불편하지 않아서 여기 친구들도 제법 많아. 친구들이 한국 이야기를 해 달라고 조를 때마다 현내 이야기, 광주 이야기를 해 주면 다들 깜짝 놀라. 그러고는 나를 마치 전쟁 영웅처럼 우러러보는 것 같아서 조금 우쭐해질 때도 있이. 나 웃기지? 아빠를 잃은 광수인데 그저 농담처럼 이야기할 수 있다니, 내가 생각해도 대단한 변화인 것 같아. 하지만 속까지 변한 건 아냐. 아직 너나 초록빛 교회나 용일 오빠를 생각하면 눈물이 나니까. 단지 내가 너무 힘들어서 그렇지 않은 척할 뿐이고, 이젠 그런 척에 나 자신이 가끔 속을 뿐이지.

　내가 어떻게 우리 아버지를 잊을 수 있겠니. 하나뿐인 딸을 내버려 두고 도청으로 달려간 무책임한 아버지를 말이야. 내가 정말 존경하고 사랑한 분이지만 그분은 나를 그다지 사랑하지 않은 것 같다고 생각하니까 너무 힘들었어. 나보다, 단 하나뿐인 외동딸보다 소중한 게 뭐였을까? 아직도 이해할 수가 없어. 네가 전해 주는 용일 오빠의 편지가 없었다면 아직 용서조차 하지 못하고 있었을 것 같아. 지금은? 잘 모르겠어.

아직도 아버지에 대해 생각할 때면 눈물이 먼저 나와 버리니까.

이번 여름엔 외할머니를 졸라 한국에 한번 갈 생각이야. 외할아버지는 대학 졸업할 때까지 절대 안 된다고 하시지만 방학 때마다 외할머니가 미국에 나오시니까 몰래 따라가려고 해. 그때 우리 꼭 만나자. 알았지? 이만 총총.

선학이는 서경이 편지를 펼쳐 커다란 국어사전 속에 넣었다. 접은 자국이 잘 펴지면 다른 편지들처럼 앨범에 꽂아 놓을 생각이었다.

"선학아, 밥 먹어라."

선학이 어머니가 늦은 저녁을 차려 놓고 선학이를 불렀다. 선학이가 식탁에 앉자 어머니는 보글보글 끓는 찌개를 식탁 가운데 내려놓았다.

"아버지는요?"

"오늘도 야근이셔. 내일 출감 시간 맞춰 나가려면 피곤하실 텐데."

"저도 따라갈까요?"

"무슨 소리! 학교는 무슨 일이 있어도 빼먹으면 안 돼."

"어머니도 피곤하신데 일찍 주무세요."

"저녁 차려 줄 때나 아들 얼굴 보는데?"

몇 달 전 대인 시장 어귀에 과일 가게를 낸 선학이 어머니는 요즘 한창 신바람이 나 있었다. 신이 난 건 선학이 아버지도 마찬가지였다. 광주로 이사 온 자기를 거둬 준 건축업자와 손을 잡고 도목수로 독립한 선학이 아버지는 이 년이 넘기도 전에 방 세 개짜리 아파트로 이사를 나올 만큼 확실하게 자리를 잡았다. 한번 풀리기 시작한 운은 좀처럼 떨어져 나가지 않는 것 같았다. 완도댁 할머니 집 셋방에서 복작거리던 때가 겨우 삼사 년 전 일인데 마치 십 년은 지난 일처럼 느껴졌다.

선학이네가 이사 나오던 날 완도댁 할머니는 연방 눈물을 찍어 내며 보이지 않을 때까지 손을 흔들었다. 명식과 창원이 도청 진압 때 한꺼번에 목숨을 잃고 근수마저 하숙집을 옮기자 완도댁 할머니는 더 못하겠다며 선학이네가 이사 나온 직후 집을 처분했다. 서울 외아들네로 이사를 간 완도댁 할머니는 종종 선학이 어머니와 전화 통화를 하면서 서울 생활이 답답해서 자매들이 있는 완도로 내려갈까 생각하고 있다고 했다. 선학이 어머니는 완도 가시기 전에 광주에 꼭 한 번 들르라며 몇 번이고 다짐을 받았다.

선학이는 가끔 계림동 초록빛 교회에 가 보았다. 이 목사가 사라진 후 두어 달 비어 있던 교회에 이 목사의 신학교 후배인 전도사가 자청해서 왔다. 새 전도사를 중심으로 초록빛 교회가 다시 자리를 잡는 데는 일 년 가까운 시간이 걸렸다 미국에 가기 전 서경이가 은성이에게 교회 열쇠를 건네주었기 때문에 은성이와 선학이는 처음 두어 달 동안 주일마다 텅 빈 교회를 청

소하고 환기도 시켰다. 이사 간 후부터는 아무래도 발길이 뜸해
졌지만 가끔씩 가 보면 여전히 청소를 막 끝낸 듯 깔끔했다. 은
성이가 시간 날 때마다 청소하는 게 분명했다.

선학이는 이제 은성이를 특별하게 생각하지 않았다. 은성이
마음에 용일이 얼마나 크게 들어 있는지 알기 때문이었다. 가끔
은성이와 마주칠 때에도 선학이는 아무 떨림 없이 이야기를 주
고받을 수 있을 만큼 마음이 담담해졌다.

선학이는 저녁을 먹고 바로 책상 앞에 앉았다. 파란 줄이 쳐
진 얇은 항공 편지지를 꺼내 정성 들여 써 내려간 편지에는 그
동안 있었던 새로운 일들이 차곡차곡 담겼다. 석 장째가 되어서
야 편지 쓰기가 끝났다. 선학이는 편지를 두 번 접어 편지 봉투
에 넣었다. 봉투를 붙이려다 뭔가 빠뜨린 것 같은 기분에 고개
를 갸웃거리던 선학이는 달력에 그려진 동그라미를 보고서야
머리를 긁적거리며 편지를 도로 꺼냈다. 볼펜을 들어 '추신'이
라고 쓴 선학이는 싱긋 웃으며 글을 이어 나갔다.

내일 용일이 형이 출소해. 그동안 교도소로 부모님과 몇 번
면회를 갔었어. 전에 이야기했지? 첫 면회 때 본 죄수복 입은
용일이 형이 얼마나 무서웠던지…… 어쨌든 나는 내일 못 가
고 아버지와 근수 형이 같이 가기로 했어. 용일이 형이 무사
히 출감하게 되어서 다행이야, 정말.

　학교에서 돌아온 은성이는 선학이와 약속한 대로 교회에 가려고 집을 나섰다. 다급하게 달려 나가던 은성이는 골목 어귀에 서 있는 남자를 보고는 얼어 버린 듯 우뚝 섰다. 짧은 머리, 헬쑥해진 얼굴의 남자가 다가와 은성이가 떨어뜨린 가방을 집어 들었다.

　"많이 컸구나, 그동안."

　은성이에게는 어떤 소리도 들리지 않았다. 아무것도 보이지 않았다. 손으로 얼굴을 가리고 그저 눈물만 흘릴 뿐이었다. 용일은 은성이의 눈물이 멎기를 기다렸다가 앞장서서 걷기 시작했다. 다시는 놓치지 않겠다는 듯 은성이는 용일의 소매 한쪽을 단단히 붙잡았다.

　"동네가 많이 변했다."

　"교회는 변하지 않았어요."

　"가 보자."

　용일은 삼 년 만에 보는 옛 동네가 신기하다는 듯 주위를 두리번거렸다. 큰길을 벗어나자 과연 변하지 않은 옛 골목이 나타났다. 그제야 용일의 얼굴에 미소가 번졌다. 곧 초록빛 교회가 모습을 드러냈다.

　"꿈에 수백 번도 더 나왔어, 우리 교회가."

　은성이가 문을 밀었다. 녹슨 경첩 갈리는 소리가 빈 교회 안에 울려 퍼졌다. 용일은 환하게 웃으며 전면의 설교대를 향해 걸어갔다.

"그대로야. 하나도 안 변했어."

용일은 벽에 손을 대고 내부를 한 바퀴 돌았다. 의자에서 창틀까지 꿈에 보던 그대로였다.

"아, 목사님!"

용일의 입에서 긴 한숨이 흘러나왔다. 창밖에는 유월의 푸른 무등산이 훤칠한 이마를 드러낸 채 광주 시내를 굽어보고 있었다. 용일은 그런 무등산을 올려다보며 속으로 말했다.

'목사님, 말이라는 것이 얼마나 부족한지 이런 때야말로 실감하게 됩니다. 전하고 싶은 가슴속 생각을 막상 말로 꺼내 놓으면 전혀 다른 모습이 되네요. 목사님의 말도 그랬을까요? 그래서 우리들이 목사님의 말은 알맹이 없는 메아리라고 생각하게 됐는지도 모릅니다. 그 말을 듣지 않고 총을 들고 나선 우리의 싸움이 헛된 것이었다고는 지금도 생각하지 않습니다. 오히려 너무 귀중하고 순수한 양심이었다고 생각하고 있어요. 다시 그런 기회가 오더라도 절대 총을 들지 않겠다고 목사님께 약속드릴 수가 없어서 죄송합니다. 콩밥을 먹었어도 아직 제 혈기가 죽지 않은 것 같네요. 아니, 오히려 더 분명하게 낙인 찍혀 버렸습니다. 그렇다고 화를 내지는 마세요. 반드시 총을 들겠다는 말은 아니니까요. 총은 벌써 쥐어 봤으니까 이제 목사님께서 그렇게 강조하신 더 힘들고, 더 오래 버텨야 하는 싸움을 한번 해 보겠습니다. 기대가 돼요. 정말 제가 겪은 죽음의 공포보다 더 힘든 싸움일지, 그래도 버티다 보면 총으로는 가져올 수 없는 큰 승리를 맛볼 수 있을지 말이에요. 제 삶을 건 오랜 싸움이 되 겠지만 그래도 가겠습니다. 목사님이 하신 말과 행동과 생각을 믿으니까요. 오늘 같은 날은 유난히 더 뵙고 싶습니다, 목사님.'

은성이가 등 뒤에서 살며시 용일을 껴안았다. 여위었지만 단 단한 용일의 등에 볼을 대고 은성이가 자그맣게 속삭였다.

"세 번째 약속 지켜 줘서 고마워요, 오빠."

"그 약속 어떻게 지킬 수 있었는지 이야기해 줄까?"

"궁금하긴 한데 듣고 싶지는 않아요. 무서울 것 같아."

"별로 무서운 이야기는 아니야. 들어 봐. 그날 밤 우리들이 지 키고 있던 곳으로 천사 같은 사람이 찾아왔어. 글쎄, 진짜 천사 였는지도 모르지. 겹겹이 쳐 있던 군인들의 포위망을 어떻게 뚫 고 도청까지 들어왔는지 다들 신기해했으니까. 어쨌든 그 사람 은 죽음의 공포에 떨고 있는 우리에게 밤새도록 용기와 희망을 주었어. 밤이 깊어 갈수록 우리들은 긴장했거든. 그 사람이 아 니었다면 진압이 시작되기도 전에 미쳐 버렸을지도 몰라. 벽시 계의 종소리에도 놀라 발작한 사람이 있을 정도였으니까. 하지 만 대부분의 사람들은 두려워하면서도 맑은 정신으로 도청을 지켰어. 한 달 같은 하룻밤을 그렇게 보내고 정말 아무 일 없이 끝나는 건가 의심하며 새벽을 맞이하려던 참에 도청 진압이 있 었지. 정신을 차려 보니까 그 천사가 내 위에 쓰러져 있지 뭐야. 천사는 아니었겠다. 그 사람도 죽은 걸 보면. 우리가 있던 곳에 서 나 혼자만 살아남았어."

"그분에게 감사드려야겠네요. 그분을 보내 주신 하나님께도
요."

"정말 그래."

은성이는 속으로 감사를 드렸다.

'누구신지는 모르지만요, 제가 사는 동안 이 고마움을 절대
잊지 않을게요.'

"이제 갈까?"

용일이 조심스레 은성이의 팔을 풀었다. 문득 정신이 든 은성
이의 얼굴이 빨갛게 달아올랐다.

손바닥으로 뜨거운 볼을 식히며 은성이가 말했다.

"만날 사람들이 있어요, 여기서."

"사람들?"

은성이가 급히 교회 밖으로 달려 나갔다가 다시 들어왔다. 은
성이 손에는 낡은 출석부가 들려 있었다.

"오빠, 출석 불러 주세요."

용일이 출석부를 펼쳤다. 눈에 익은 이름들이 줄지어 있었다.
용일의 눈에 눈물이 핑 돌았다. 은성이가 보일 듯 말 듯 미소를
지었다. 용일은 눈에 힘을 주고 설교대를 두드렸다. 빈 의자마
다 학생들이 앉아 있기라도 한 듯 휘휘 둘러보기도 했다.

"조용! 조용! 출석 부릅니다. 유은성!"

"네."

은성이가 대답했다.

“이서경!”

대답이 없었다. 용일이 애써 장난치듯 말했다.

“대답 없으면 결석입니다. 이서경!”

역시 대답이 없었다. 용일은 출석부에 표시를 했다.

“다음, 김선학!”

“예.”

문밖에서 들려오는 대답에 놀란 용일이 고개를 들었다. 삐거덕 문을 열고 선학이가 교회 안으로 들어와 자리에 앉았다. 용일은 떨리는 목소리로 다음 이름을 불렀다.

“김규민!”

“………”

규민이가 조용히 문을 열고 들어왔다. 앞자리를 향해 걷는 규민이는 심하게 다리를 절고 있었다. 용일의 눈에서 눈물이 흐르기 시작했다.

“다음, 고경훈!”

“네.”

기름 묻은 정비복 차림의 경훈이가 교회로 들어왔다. 경훈이는 옛날에 앉던 제 자리를 찾아가 앉았다.

용일은 더 출석을 부르지 못하고 한 손을 들어 얼굴을 가렸다. 열린 문을 통해 선학이 아버지와 어머니가 들어왔다. 그 뒤를 이어 젊은 전도사가 들어왔다. 봉수를 비롯한 아하 학생들과 근수도 들어왔다. 마지막으로 수척해진 완도댁 할머니가 들어왔다. 설교대에 얼굴을 묻은 용일의 어깨가 부들부들 떨렸다. 근수가 다가가 용일의 어깨를 안았다. 고개를 든 용일의 얼굴은 눈물 콧물로 범벅이 되어 있었다. 은성이가 손수건을 내밀었다. 도청으로 떠나기 전 은성이에게 준 용일의 손수건이었다.

용일은 사람들의 손을 하나하나 잡았다. 마주 잡은 손의 온기와 부둥켜안은 가슴의 떨림, 서로의 눈에서 보는 뜨거운 눈물이 말보다 더 분명하게 마음을 이어 주었다. 세월 따라 변하는 것이 사람이지만 끝까지 변하지 않는 것 또한 사람이었다. 사람들의 얼굴에 흐르던 눈물은 누구랄 것 없이 터뜨린 웃음꽃이 말려 주었다. 교회 안이 장터처럼 소란스러워졌다. 모인 사람들 모두 힘들었지만 부끄럽지 않게 살아온 그동안의 시간들을 나누며 서로를 칭찬했다.

기다려 준 사람들로 인해 용일은 큰 용기를 얻었다. 용일이 돌아옴으로써 사람들은 더 큰 힘을 얻었다. 불꽃처럼 환해진 사람들의 얼굴이 모이자 교회 안이 모닥불을 피운 듯 뜨거워졌다. 사람들은 저마다 속마음을 단단하게 굳히고 있었다. 아직 우리는 지지 않았다! 기다려라. 너희는 따라 할 수 없는, 우리만의 방법으로 다시 싸워 줄 테다. 이길 때까지 덤벼 줄 테다. 시간이 얼마가 걸리든, 우리를 어떻게 짓밟든 끝까지 싸워 줄 테다. 절대 잊지 않을 거다. 다시 시작될 싸움을 위해 사람들은 서로를 격려하고 안아 주었다.

무등산 중봉을 넘어온 보름달이 남쪽 하늘에 둥실 걸리고 나

서야 사람들은 아쉬운 마음으로 하나 둘씩 초록빛 교회를 떠났다. 마지막으로 전도사가 전등을 끄고 문을 잠갔다. 오늘따라 유난히 가깝게 들리는 소쩍새 소리를 들으며 전도사는 멀지 않은 자취방을 향해 걸음을 옮겼다. 뒤축이 심하게 닳은 구두 발자국 소리가 골목에 울려 퍼졌다. 골목 가득 고여 있던 어둠에 파문을 일으키던 발자국 소리가 점점 멀어지더니 이윽고 사라졌다. 잠시 찰랑대던 어둠이 아무 일 없었다는 듯 다시 잔잔해졌다.

인적 드문 골목길의 어둠은 오랫동안 고요하게 머물러 있었다. 첫 새벽을 깨우는 사람이 올 때까지 밤을 새워 고일 터였다. 어둠이야 고이든 말든 골목 집들의 지붕 위에는 함박눈보다 흐뭇한 달빛이 밤새도록 쌓여 갔다.

밭걸음이 닿는 곳에 길이 만들어집니다. 둘아보면 세상에는 참 여러 가지 길이 있습니다. 하루에도 수만 명이 오가는 넓은 길이 있고 햇빛도 잘 들지 않는 골목길도 있습니다. 누구나 가고 싶어하는 길이 있고 굳은 결심을 하지 않고서는 걸음이 내디뎌지지 않는 험한 길도 있습니다. 현재 내가 서 있는 곳은 지금까지 걸어온 길들이 이어진 결과입니다. 길은 끝이 없습니다. 사람은 길 어디쯤에서 태어나고 어디쯤에서 죽게 마련입니다. 혼자 서 있는 길에도 누군가의 발자국은 찍혀 있습니다.

이마에 환한 불을 밝힌 기차가 기적 소리를 울리며 달려가는 기찻길, 그 옆에 바짝 붙어 있는 가난한 동네의 골목길과 그 길을 오가는 보통 사람들의 이야기를 담고 싶어 『기찻길 옆 동네』를 썼습니다. 『기찻길 옆 동네』는 2004년 제8회 '좋은 어린이책

원고 공모' 창작 부문에서 대상을 받고 출간된 소년소설입니다. 주로 어린 독자들이 많이 읽지만 청소년과 성인도 함께 느낄 수 있는 부분이 많아 이번에 양장본으로 새로 내게 되었습니다. 어쩌면 눈높이가 높은 독자들이 이 책이 그려 내는 골목길 풍경과 가난한 이웃들 모습에 더 익숙할 듯합니다.

골목길은 마치 모세혈관처럼, 보이지 않지만 꼭 있어야만 하는 길, 보통 사람들의 길입니다. 그 길을 오가는 사람들이야말로 세상의 뼈와 피입니다. 보통 사람들의 땀 냄새, 눈물, 불끈 쥔 주먹에 대한 이야기를 『기찻길 옆 동네』에 담았습니다. 밟힐수록 강해지는 들풀처럼 어려운 세상을 서로 기대 가며 살아간 사람들, 그 사람들이 걸어온 길은 그리 오래되지 않은 이야기, 잊어서는 안 될 이야기입니다.

돌아보면 지나온 길모퉁이에서 우리를 향해 웃고 있는 사람들이 보입니다. 더는 함께 가지 못하지만 목숨 바쳐 우리가 가는 길을 열어 준 사람들, 역사가 되고 이정표가 되어 버린 고마운 사람들입니다. 그 사람들이 선택한 길이 우리의 길이 되었듯 우리도 다음에 올 누군가에게 바른 길을 열어 주어야겠습니다. 우리는 영원히 계속될 이어달리기 주자입니다.

광주 산수동에서
김남중